PARIS à Vol d'Oiseau

Illustrations de G. FRAIPONT

PARIS

A LA LIBRAIRIE ILLUSTRÉE

7, RUE DU CROISSANT, ET RUE SAINT-JOSEPH, 8

PARIS

À

VOL D'OISEAU

PARIS à vol d'Oiseau

Illustrations de G. FRAIPONT

PARIS

A LA LIBRAIRIE ILLUSTRÉE

8, RUE SAINT-JOSEPH, 8

DEPOT LEGAL
Seine
N° 04447
1889

L'EXPOSITION UNIVERSELLE

DE 1889

A VOL D'OISEAU

C'est en 1883, au mois de juin, qu'un petit groupe de députés entretinrent le gouvernement d'un projet d'Exposition
nationale. L'idée était bonne. Elle ne tarda pas à faire son
chemin, grâce aux journaux et aux discours éloquents de
ceux qui semblaient, dès le début, appelés à jouer un rôle
dans l'organisation de l'œuvre projetée. Mais beaucoup pensè-
rent que l'on approchait du centenaire de 1789 et qu'il était
évidemment préférable de faire coïncider avec la célébration
de cette date mémorable l'ouverture d'une exposition, non pas
nationale, mais universelle. M. Jules Ferry, alors président
du conseil, examina en 1884 la question de savoir s'il était pru-
dent de convier les nations étrangères, vivant presque toutes
sous le régime monarchique, à célébrer la commémoration
d'une révolution qui, dès ses commencements, portait en
germe la forme républicaine. Il ne vit à cela aucun inconvénient diplomatique. Il y a, disait-il, une grande distinction à
faire entre les principes de 1789 et ceux de 1793. Or, ceux-là,
les gouvernements du monde entier les ont subis ou adoptés
dans le cours du siècle ; ils ont servi de base à la généralisa-

tion du régime constitutionnel en Europe. En outre, si nous
donnions à l'Exposition le caractère d'une manifestation inter-
nationale, nous contribuerions pour une large part à assurer
la paix de l'Europe, puisque nous prendrions ainsi l'engagement moral de consacrer aux luttes pacifiques de l'industrie
et du commerce notre activité, nos efforts et notre argent. Le
8 novembre 1884, le président de la République, M. Jules
Grévy, signa donc, sur le rapport de M. Rouvier, ministre du
commerce, un décret portant qu'une Exposition universelle
s'ouvrirait à Paris le 5 mai 1889 et serait close le 31 octobre
suivant; elle aurait surtout un caractère économique, et résu-
merait ce que la liberté du travail, inaugurée en 1789, a produit
au cours du siècle qui vient de s'écouler. Sur ces entrefaites
eut lieu la chute du cabinet Ferry (mars 1885), et, sous le ministère Brisson, le gouvernement dut se préoccuper surtout
des élections législatives. Les premiers crédits furent deman-
dés un peu plus tard par M. Lockroy, ministre du commerce,
qui se prononça sur le système de l'organisation par l'État
avec le concours d'une société de garantie. Le ministre prit le
titre de commissaire général de l'Exposition et eut sous ses
ordres immédiats trois directeurs généraux : M. Alphand,
directeur général des travaux ; M. Georges Berger, directeur
général de l'exploitation, et M. Grison, directeur général des
finances. M. Bartet, ingénieur, fut adjoint à M. Alphand. Pour
les constructions métalliques, le choix de l'administration se
porta sur MM. Contamin, J. Charton et Pierron. MM. Bou-
vard, Dutert, Formigé furent nommés architectes de l'Exposition; enfin, MM. Laforcade et Lion se trouvèrent spécialement chargés des jardins et plantations.

Il restait à déterminer le règlement général de l'Exposition.
Ce fut l'objet d'un arrêté ministériel du 26 août 1886, qui ins-
titua une commission consultative de 300 membres, subdivisée
en sous-commissions spéciales, et, dans chaque département,

un comité chargé de faire connaître les règlements, de signaler les producteurs dont le concours serait particulièrement utile, d'organiser le groupe collectif des produits similaires du département, en un mot, de préparer par tous les moyens la participation de la province à l'Exposition de Paris. Les commissions étrangères, constituées dans chaque pays sur la demande du gouvernement français, furent invitées à se faire représenter auprès de lui par un délégué ayant pour mission de traiter toutes les questions d'organisation intéressant ses nationaux. Pour en finir avec ces détails préliminaires, il nous suffira de dire que, dans chaque section consacrée aux exposants d'une même nation, on décida de diviser les objets exposés en neuf groupes : Œuvres d'art; Éducation, Enseignement et Arts libéraux, Mobilier, Vêtement, Industries extractives, Industries mécaniques, Produits alimentaires, Agriculture, Horticulture.

L'Exposition de 1889 occupe un espace beaucoup plus considérable que les précédentes, sans en excepter celle de 1878. Ses bâtiments et ses jardins ne couvrent pas moins de 843,530 m. La somme totale des dépenses a été arrêtée à 43 millions, dont 18 millions fournis par la Société de garantie, le reste par l'État et la Ville de Paris.

On doit à la vérité de dire que, en certains milieux, on considéra comme problématique la réussite de l'Exposition. Ces prévisions pessimistes ne se sont point réalisées, et tout dernièrement un journaliste anglais, M. Julius Price, écrivait dans la *Pall Mall Gazette* : « Ce sera la plus colossale et la plus extraordinaire Exposition que le monde ait jamais vue. Les Français aiment à faire grand : ils sont en train de prouver une fois de plus qu'ils s'y entendent. Leur Exposition du Centenaire de 1789, comparée surtout aux misérables déballages que nous sommes accoutumés de voir à Kensington, est déjà absolument stupéfiante. Ni les peines ni l'argent n'ont été ménagés. Rien de mesquin n'afflige le regard. Jusque dans la moindre charpente de fer, le sentiment artistique et le goût sautent aux yeux. Le résultat est de nature à démontrer à l'univers que la France est toujours la plus laborieuse, la plus artiste des nations, et qu'une fois résolue à faire une chose elle sait s'y mettre corps et âme. Si les nuages dont l'horizon politique reste chargé n'éclatent pas en orage, l'Exposition va attirer à Paris la moitié du monde civilisé, et certes à bon droit, car c'est la plus belle que le globe ait jamais vue. » Cette appréciation d'un publiciste étranger nous dispense d'insister davantage.

L'entrée principale de l'Exposition du Champ de Mars, pour toute la rive gauche, c'est la porte Rapp, qui donne directement accès dans les galeries des industries diverses et des beaux-arts. Cependant, nous commencerons la revue rapide que nous allons faire par le palais des Machines, et nous terminerons par le Trocadéro et l'esplanade des Invalides. Ceux qui sont rebelles à la marche, et qui redoutent de parcourir à pied 90 hectares, auront divers moyens de locomotion. Ils trouveront en dehors des fauteuils roulants, comme en 1878, un chemin de fer tramway longeant l'esplanade, le quai jusqu'au pont d'Iéna, l'avenue de Suffren, avec stations au carrefour Malar (galeries de l'agriculture), au palais des Produits alimentaires, à l'angle du quai et de l'avenue de Suffren.

Pour abriter les merveilleuses inventions, les machines colossales que la science a créées depuis la dernière Exposition universelle, il fallait élever un palais qui fût à la fois digne de recevoir les premières et capable de contenir les secondes : il fallait, en un mot, faire énorme et beau. Le problème a été résolu par un architecte éminent, M. Dutert, et par un ingénieur accompli, M. Contamin. Cette précieuse collaboration a produit une merveilleuse construction de 429 m.

de longueur, d'une largeur de 115 mètres et de 45 mètres de hauteur. La charpente est constituée par une série de fermes métalliques d'une portée de 110^m,60. Jamais pareille dimension n'avait été atteinte, car les fameuses fermes métalliques de la gare Saint-Pancras, à Londres, n'ont que 73 mètres d'ouverture. C'est sur ces fermes, dont la forme est celle d'ogives surbaissées, que s'appuie toute l'ossature de la couverture. Des massifs de maçonnerie portent les sabots ou coussinets en fonte qui reçoivent la pression des arcs; ils peuvent supporter une charge verticale de 412,000 kilogrammes et une poussée horizontale de 115,000 kilogrammes. Du côté de la Seine, la ligne des puits des piliers a été faite en maçonnerie, et les fondations ont eu lieu sur gravier. Les piles se composent d'un massif rectangulaire de maçonnerie de 7^m,07 de long sur 3^m,50 de large et 3^m,70 de haut, reposant sur un plateau de béton qui a jusqu'à 1^m,35 d'épaisseur, avec une surface d'appui de 11^m,20 sur 6^m,50, soit une moyenne de 5 mètres de profondeur. Des travaux considérables ont été exécutés du côté de l'École militaire, où le sol est en grande partie composé de remblais; dix piles ont été montées sur pilotis. Commencés le 3 juillet, les travaux étaient terminés le 21 décembre 1887.

Le montage des fermes ne présentait pas moins de difficultés, mais ces difficultés ont été vaincues, de façons différentes, par les deux soumissionnaires : la Compagnie de Fives-Lille et la Société des anciens établissements Cail. L'ingénieur de Fives-Lille, M. Lautrac, imagina un échafaudage de trois pylones montés sur galets et permettant de monter chaque ferme en quatre tronçons pesant chacun près de 50 tonnes. L'ingénieur de la Société Cail, M. Barbet, au lieu d'assembler sur le sol, comme son collègue, les pièces entrant dans la construction des divers tronçons des fermes, les réunit par petits paquets ne dépassant pas 3 tonnes sur un plancher continu soutenu par sept pylones, formant cintre, et portant les appareils de levage. 7,500,000 kilogrammes de fer ont été employés pour la construction de la grande galerie centrale !

Les installations mécaniques ont été dirigées par M. Vigreux, professeur à l'École centrale, assisté d'un comité technique. Pour le service de la force motrice, mis gratuitement à la disposition des exposants, on a dû installer des générateurs de vapeur, des machines motrices, la transmission principale de mouvement, les canalisations d'eau froide, de vapeur et d'eau chaude de condensation, des machines élévatoires, un réservoir. Deux ponts roulants d'une portée de 18 mètres et d'une puissance de 10 tonnes chacun ont servi à la manutention pendant l'aménagement du palais des Machines et servent au transport des visiteurs pendant l'Exposition. Ils roulent sur des poutres en treillis, reliant chacune deux lignes de supports de transmission et se déplaçant d'un bout à l'autre du palais au moyen d'un transport de force par l'électricité. L'eau est puisée à la Seine, et à cet effet, sur la berge du fleuve, en avant du pont d'Iéna, on a installé une usine de machines élévatoires; chaque jour un matériel spécial peut élever 600 mètres cubes d'eau (200 litres par seconde), soit au total 2 millions de mètres cubes pour la durée de l'Exposition. La transmission principale du mouvement comprend quatre lignes d'arbres, qui vont d'un bout à l'autre du palais.

La décoration intérieure de la partie basse de la couverture a été confiée à M. Jambon, qui a composé tout exprès 124 panneaux représentant les armoiries et les attributs des départements, des colonies et d'un certain nombre de capitales étrangères. Ces peintures, qui couvrent un espace de 18,000 mètres carrés, contribuent à donner au palais un aspect imposant et agréable. On avait pu un instant craindre que le visiteur n'éprouvât comme un sentiment de vide sous cette nef immense et que les machines disséminées à l'intérieur ne fussent disproportionnées, par leur petitesse relative, avec les dimensions du local. Il n'en a rien été. Le palais des Machines a été construit de telle manière que l'on devine sa puissance bien plus qu'on ne la voit, et l'on a peine à se figurer que l'Arc de l'Étoile y tiendrait à l'aise.

En sortant du palais des Machines, on entre dans celui des Industries diverses, dont le nom est suffisamment clair pour dispenser d'explications. Il se compose de deux galeries entre lesquelles s'élève le pavillon de la ville de Paris, consacré à une intéressante exposition ouvrière. A l'entrée est une porte monumentale que surmonte un dôme de 70 mètres. On trouve ensuite en se dirigeant vers la Seine : à droite, le palais des Beaux-Arts ; à gauche, celui des Arts libéraux. L'exposition des Beaux-Arts comprend deux expositions différentes : l'une centenale, l'autre décennale. La première résumera l'histoire de l'art français pendant un siècle, depuis les marquises idéalisées de Watteau jusqu'aux solides modernités de Manet. Le palais des Beaux-Arts, situé le long de l'avenue de La Bourdonnais, et celui des Arts libéraux, situé le long de l'avenue de Suffren, sont l'œuvre de M. Formigé et dressent, à 56 mètres de hauteur, leur élégante coupole. L'architecte a voulu que l'ossature des deux édifices, longs de 230 mètres et larges de 85, restât visible ; seuls les interstices de fer sont bouchés au moyen de briques, afin d'assurer suffisamment l'intérieur contre les intempéries. Tous les fers apparents sont revêtus d'une teinte bleu-vert, et les coupoles sont recouvertes de briques émaillées jaunes, blanches, rouges et bleues.

Dans le palais même des Arts libéraux, M. Sédille, l'architecte chargé du lotissement et de l'installation des exposants, a construit sur toute la longueur de la nef centrale une sorte de palais intérieur en bois sculpté, avec façades, cadres-vitrines, galeries ouvertes, et terrasses reliées par des passerelles aux galeries qui font le tour du premier étage. Cet élégant pavillon est destiné à l'exposition rétrospective du travail et des sciences anthropologiques, laquelle a pour objet d'initier le public à l'histoire des procédés du travail manuel et du travail mécanique qui, à travers les siècles, ont abouti à l'outillage industriel moderne des arts et métiers. Les musées, les collections publiques ou privées ont fourni une ample moisson de documents curieux. Le visiteur pourra voir fonctionner un atelier de fabrication d'émaux cloisonnés de Chine.

L'astronomie lui montrera le télescope de Galilée, comparé aux plus puissantes lunettes modernes, de même que la mécanique opposera la première machine de Stephenson à la dernière locomotive des Cail et des Schneider. Là seront reconstitués les observatoires chinois, hindous, égyptiens, les anciens cabinets de chimie et d'alchimie, et notamment le laboratoire de Lavoisier. Les outils de reliure, les types de papiers, de livres, de journaux, des images, ainsi que le matériel des librairies, seront exposés de manière à mettre en évidence leur variété et leurs perfectionnements. Ailleurs seront représentés les décors, les costumes, les programmes de théâtre, les instruments de musique, l'histoire complète des arts du dessin.

Entre le palais des Beaux-Arts et celui des Arts libéraux, un jardin intérieur conduit à la tour de 300 mètres. Les études que M. Eiffel eut, comme ingénieur, l'occasion de faire sur de hautes piles métalliques supportant les viaducs de chemins de fer, comme celui de Garabit, le conduisirent à penser que l'on pouvait donner à ces piles des hauteurs notablement supérieures à celles que l'on avait atteintes jusque-là. De l'ensemble de ses recherches, M. Eiffel tira cette conclusion qu'il serait possible : d'élever une tour ou pylone de 300 mètres, qui serait inaugurée en même temps que l'Exposition de 1889, comme un symbole gigantesque de notre siècle de science et d'industrie. Il soumit son idée au gouvernement, qui l'agréa, et, dans le courant de l'année 1887, les Parisiens virent s'élever peu à peu la *tour Eiffel* entre l'enceinte du Champ de Mars et le pont d'Iéna.

Lorsque l'honorable ingénieur soumit au gouvernement son projet gigantesque, l'idée fut accueillie avec faveur. Une seule protestation se produisit, mais elle était signée de noms célèbres : Meissonier, Gounod, Charles Garnier, Gérôme, Bonnat, Bouguereau, Dumas fils, Vaudremer, Sully-Prudhomme, Delaunay, etc. Ces littérateurs et ces artistes protestaient « de toute leur indignation » au nom du goût français, au nom de l'histoire de notre art national, ne voulant pas que « le Paris des gothiques sublimes, le Paris de Jean Goujon, de Germain Pilon, de Puget, de Rude, de Barye, devînt le Paris de M. Eiffel ». Et ils ajoutaient : « Il suffit d'ailleurs, pour se rendre compte de ce que nous avançons, de se figurer un instant une tour vertigineusement ridicule, dominant Paris, ainsi qu'une gigantesque et noire cheminée d'usine écrasant de sa masse barbare Notre-Dame, la Sainte-Chapelle, la tour Saint-Jacques, le dôme des Invalides, l'Arc de Triomphe, tous nos monuments humiliés, toutes nos architectures rapetissées, qui disparaîtront dans ce rêve stupéfiant. Et nous verrons s'allonger sur la ville entière, frémissante encore du génie de tant de siècles, nous verrons s'allonger, comme une tache d'encre, l'ombre odieuse de l'odieuse colonne de tôle boulonnée. »

Cette virulente diatribe, qui fut publiée par les journaux en février 1887 sous forme de lettre à M. Alphand, se produisait trop tard. Depuis plusieurs mois déjà, il était entendu que M. Eiffel construirait pour l'État la tour de 300 mètres, qu'il recevrait de lui une première subvention de 1,500,000 francs, plus le droit d'exploiter le monument pendant l'Exposition. Après l'Exposition, l'État céderait la tour à la Ville de Paris, qui, comme seconde subvention, accorderait, elle aussi, à l'ingénieur le droit de l'exploiter pendant vingt ans. Ce délai écoulé, il était entendu que la tour appartiendrait définitivement à la Ville, qui en aurait la pleine et entière disposition. Enfin, les travaux étaient commencés, les fondations posées. Quel intérêt pratique pouvait donc avoir la protestation? Aujourd'hui, la tour est achevée : il ne vient à l'esprit de personne d'en contester l'imposante grandeur.

Les conditions de résistance et de stabilité de la tour reposent sur des principes scientifiquement établis. La direction de chacun des éléments des montants s'infléchit de telle manière que la courbe extérieure de la tour reproduit à une échelle déterminée la courbe même des moments fléchissants dus au vent. L'emploi du fer ou de l'acier semblait tout indiqué par la grande résistance du métal sous un faible poids, par le peu de surface qu'il permet d'exposer au vent, enfin par son élasticité qui solidarise toutes les pièces et permet d'en faire un ensemble dont toutes les parties sont susceptibles de travailler à l'extension ou à la compression et qui, étant toutes calculables, peuvent donner une sécurité complète. Après de nombreuses hésitations, M. Eiffel a donné la préférence au fer sur l'acier, parce que, dans le cas actuel, il était peu important d'avoir une légèreté particulière, laquelle, au point de vue de la résistance au vent, est plutôt nuisible qu'utile ; parce qu'avec ces grandes dimensions, la résistance au flambage est, pour la plupart des pièces, un élément prédominant, et enfin parce que l'acier travaillant à un coefficient plus élevé que le fer, on aurait des flèches et des vibrations plus grandes sous l'effet du vent.

Le métal présente aussi cet avantage particulier que la construction est amovible et qu'il permet, sans frais excessifs, le déplacement de la tour, dans le cas où, pour une cause quelconque, on jugerait utile de la transporter en un point de Paris autre que l'Exposition. La dépense de ce déplacement est évaluée, par M. Eiffel, à 600,000 ou 700,000 francs. D'ailleurs, M. Eiffel avait constaté que les deux solutions dans lesquelles on aurait pu employer la maçonnerie, soit en combinant la maçonnerie avec le fer, soit en employant la maçonnerie seule, donneraient des résultats inférieurs à l'emploi du fer seul, si elles n'étaient pas même tout à fait irréalisables. Les travaux d'édification commencèrent le 1er février 1887; ils étaient complètement achevés le 1er avril 1889. Ceux qui ont suivi attentivement les travaux ont été frappés de la régularité avec laquelle les chantiers successifs se sont installés et organisés. Le public s'imaginait que les grandes hauteurs influenceraient le moral des ouvriers. Il n'en a rien été. Montant incessamment et régulièrement avec la construction même, ces équipes disciplinées et entièrement dévouées à leur besogne n'ont éprouvé aucune défaillance sérieuse. A 57 mètres, elles ont trouvé dans le plancher du premier étage un nouveau sol au-dessus duquel ils se sont élevés avec confiance; à 115 mètres, ils en ont trouvé un second. D'ailleurs, ils n'ont point couru des dangers extraordinaires dans ces chantiers aériens. L'œuvre s'est montée par *panneaux* successifs, formant un assemblage complet et rigide. Or, aucun panneau n'est placé dans ces conditions sans qu'un plancher provisoire ait été établi, muni de claies et de garde-fous.

Les escaliers à étages inclinés, et les paliers qui mènent de la base de la tour au premier étage (58 mètres), sont très doux. On y passe aisément trois de front. Du premier au second étage et au delà, il n'y avait plus de place pour une pareille installation, et M. Eiffel a employé des escaliers à vis dont chacun s'enroule autour d'un tuyau de fer d'un diamètre extérieur de 0m, 40. Ces divers tuyaux sont maintenus verticalement par de solides traverses en fer reliées aux montants de 11 mètres en 11 mètres; les marches mesurent 0m, 60 de largeur. Tous les 9 mètres, l'escalier s'incline pour regagner

la verticale. Sur la première plate-forme s'élèvent quatre
pavillons : une brasserie flamande, un restaurant russe, un
bar anglo-américain et un cabaret Louis XIV, dont les caves
se trouvent à 58 mètres au-dessus du sol. Quatre mille deux
cents personnes pourront y dîner à l'aise. A 115 mètres, on
arrive à la seconde plate-forme où sont installés des rouffs,
des longues-vues, une cantine où les ouvriers ont pris leurs
repas jusqu'à l'achèvement de la tour. De là, on a une vue
admirable, et il semble que l'on ait sous les yeux comme un
plan en relief de l'Exposition. A 200 mètres, nouvelle plate-
forme, dite plancher intermédiaire. Les ascenseurs déposent
les visiteurs exactement à 309^m, 03 au-dessus du niveau de la
mer, et à 273^m, 13 au-dessus de la base de la construction.
A 2^m, 58 plus haut, M. Eiffel a tout fait préparer pour les expériences scientifiques, et autour de cette région élevée règne un
balcon octogonal que dominent quatre grands arceaux de fer
constituant le campanile. Un escalier tournant conduit de là
sur un plan circulaire à balcon situé à 290^m, 815 et au-dessus
duquel un phare électrique avec feu fixe de premier ordre
donne des éclats bleus, blancs, rouges. Le sommet de la
calotte du phare est à 300 mètres au-dessus du sol, 333^m, 50
au-dessus du niveau de la mer. Il faut signaler enfin, avant de
quitter la tour géante, l'ornementation des consoles et des
panneaux de la première plate-forme, où M. Eiffel a fait
écrire en lettres d'or les noms d'un certain nombre de savants.
Quant au sien, il n'a pas besoin d'être écrit : il se lit du haut
en bas de la tour, des fondations au campanile.

Les jardins du Trocadéro sont consacrés exclusivement à
l'Exposition d'horticulture. On y voit le pavillon des Forêts,
dont la façade est composée de panneaux constitués par la
simple juxtaposition de bois non écorcés : chêne, hêtre, orme,
acacia, mélèze, charme, frêne, cormier, merisier, en un mot
toutes les essences qui viennent dans notre domaine forestier.

Près de l'Aquarium, au bord d'une excavation dissimulée par des massifs de fleurs, le visiteur pourra prendre place dans une benne. Une légère trépidation lui donnera l'illusion de la descente dans quelque profond puits de mine ; puis, de grands tableaux en trompe-l'œil passeront successivement sous ses yeux, lui montrant les égouts de Paris, les catacombes, les anciennes carrières de la capitale, une galerie de mines, bref tout le monde souterrain en raccourci. Comme le disait spirituellement M. Charles Yriarte, c'est la tour Eiffel renversée.

Mais le Champ de Mars et le Trocadéro ne contiennent pas toute l'Exposition. Plaçons-nous au débouché du pont d'Iéna, couvert d'un velum et orné d'élégants kiosques. et tournons le dos au Trocadéro. A notre droite, dans un parc, s'élèvent les pavillons des États de l'Amérique du Sud et du Centre ; à notre gauche, l'histoire de l'Habitation humaine attire les regards. Ceux qui ont vu l'Exposition de 1878 n'ont pas oublié la célèbre rue des Nations, avec ses façades si joliment décorées et si propres à donner une idée exacte des procédés architecturaux adoptés par les principaux peuples modernes. L'Exposition de 1889 nous réservait, dans le même ordre d'idées, une surprise plus complète, car M. Charles Garnier a imaginé de remplacer la rue des Nations par un ensemble de constructions destinées à représenter les types principaux de l'habitation humaine dans tous les temps et dans tous les pays. Cette idée est fort ingénieuse, puisque en passant quelque temps sur le terre-plein qui borde le quai d'Orsay on pourra se rendre visiblement compte de l'évolution de l'art architectural, et, par contre-coup, des conditions de la vie domestique. Une première série de constructions résumera l'histoire de l'habitation préhistorique, sans oublier les palafittes ni les dolmens, et il sera instructif de comparer avec les demeures de nos premiers ancêtres celles des peuples qui de nos jours ne sont pas encore entrés dans l'orbite de la civilisation. Pour l'antiquité classique, les types grec et romain auraient peut-être suffi, mais M. Garnier s'est sans doute souvenu des origines orientales de l'art hellénique, et il a reconstitué très habilement les maisons égyptienne, assyrienne, phénicienne, hébraïque, avant d'arriver aux types grec, étrusque et romain. L'art chinois et l'art japonais se sont développés à part, et quant à l'art hindou, il n'était pas encore maître de ses procédés lorsque les Grecs le connurent; au point de vue classique, ni l'Extrême-Orient, ni l'Inde n'ont donc d'importance, mais leur architecture n'en mérite pas moins de figurer à l'Exposition. De même, il y avait lieu de faire une place aux anciennes civilisations du nouveau monde, celles des Aztèques et des Incas.

Le moyen âge est représenté par la maison gallo-romaine, qui avait remplacé peu à peu la hutte gauloise, après la conquête, par les informes abris des Huns, par les cabanes de ces peuples germaniques qui se ruèrent sur l'Empire romain et le détruisirent. Le monde musulman ne pouvait non plus être laissé de côté, et M. Garnier nous donne la maison arabe et la maison persane. Une assez vaste construction groupe, en trois corps de bâtiments, l'habitation française de l'époque romane, de l'époque ogivale et de la Renaissance. Quant à l'Europe orientale, elle vit tout entière dans les habitations byzantine, slave, russe et scandinave.

A l'extrémité de cette curieuse exhibition architecturale, un grand bâtiment rond attire les regards. C'est le panorama de la Compagnie transatlantique. Le Parisien aura l'illusion d'un voyage en Amérique, et, embarqué sur un paquebot de la Compagnie, il entrera triomphalement dans la rade de New-York, sans avoir quitté Paris. Là aussi commence l'Exposition des produits alimentaires et de l'agriculture, qui s'étend tout le long du quai jusqu'à l'esplanade des Invalides.

L'Esplanade n'est pas le coin le moins attrayant de l'Exposition. C'est là que se dressent le pavillon de l'Algérie avec ses minarets, la pagode annamite au toit recourbé, le pavillon khmer, et ces villages coloniaux où l'on dégustera toutes sortes de produits exotiques et tropicaux. C'est là aussi que le ministère de la guerre a fait élever, pour son exposition spéciale, un véritable édifice, où l'on accède par une porte Louis XIV d'un bel effet. C'est là enfin que, dans le panorama du *Tout-Paris*, on verra défiler toutes les célébrités parisiennes, se promenant sur le boulevard, assises sur les terrasses des cafés, causant aux balcons des clubs.

Voilà ce qu'est l'Exposition de 1889. Mais, contrairement à ce qui s'est fait en 1878, le Champ de Mars et ses annexes seront ouverts le soir et éclairés par l'électricité. Pour cela, il a fallu installer le matériel nécessaire à l'utilisation d'une force motrice de 3,000 chevaux, la surface éclairée étant de 30,000 mètres. Les bas-côtés, ainsi que les jardins du Trocadéro, sont réservés pour l'éclairage au gaz, qui va s'essayer à égaler son brillant rival. Les organisateurs avaient été frappés du grand succès obtenu par les fontaines lumineuses installées dans diverses expositions étrangères, et ils n'ont pas manqué d'en doter l'Exposition de Paris. En s'appuyant sur des expériences de réflexion totale, en modifiant au moyen de verres spéciaux la coloration de la lumière, en faisant varier en même temps la pression de l'eau, on a obtenu des effets merveilleux, donnant l'illusion d'un feu d'artifice sans fumée, sans odeur et sans danger.

Rien donc ne manque pour assurer le succès du beau spectacle que la France donne au monde. Alors que l'Europe plie sous le faix des armes, que les nations civilisées se ruinent en incessants achats de fusils et de mélinite, que l'on sonde vainement, sans en trouver le fond, le gouffre où s'engloutit le plus clair de nos ressources, la France choisit ce moment pour dire aux peuples : « Non, le dernier mot de la science n'est pas un mot de destruction ; non, la guerre n'est pas le but le plus élevé des sociétés, et ce n'est pas à couvrir le monde de canons et de forteresses que l'homme, éclairé par les lumières de la science, doit consumer son activité. » L'Exposition de 1889 est née en effet d'une pensée sincèrement pacifique. Il était bon, il était utile de protester contre les tendances belliqueuses qu'on nous prête par une imposante manifestation de notre génie national, et de montrer, à ceux qui nous accusent de vouloir déchaîner un conflit encore sans pareil dans l'histoire, que nous plaçons avant toute chose les féconds triomphes de la paix. Décréter une Exposition universelle pour 1889, c'était nettement dire, à la face de l'univers, que si la France s'entoure, elle aussi, de torpilleurs et de forteresses, que si notre pays, dans l'intérêt supérieur de son indépendance, prend de plus en plus l'aspect d'un camp retranché, ce camp, du moins, ne protège pas d'insatiables bandes de Vandales, mais une armée de travailleurs ne demandant qu'une chose : la certitude de la paix et la fin de ces inquiétudes paralysantes qui contribuent à entretenir la crise économique dont l'Europe souffre depuis 1870.

Lorsque plus tard on étudiera la fin du XIXᵉ siècle et que l'on jugera sans passion les événements qui la remplissent, on réservera à l'Exposition universelle de 1889 une page des plus honorables. On fera certainement ressortir que, pour répondre à la triple alliance formée contre elle, la France, forte de son droit et de ses intentions, convia simplement ses adversaires à tenir chez elle les grandes assises de la Paix.

PARIS

A VOL D'OISEAU

CHAPITRE PREMIER

Un mot historique. — Les hasards de la naissance.
La province, l'étranger et Paris. — L'esprit de Paris

« Rouen est la plus grande ville de France, mais Paris est
un monde, » disait Charles-Quint à François Ier qui, avec
toute la courtoisie d'un roi gentilhomme, avait permis à son
vainqueur de traverser la France pour gagner les Pays-Bas.
Le mot n'est plus vrai pour Rouen qui est loin, aujourd'hui,
d'occuper la première place et qui, à quelques lieues, sur son
propre territoire, a vu grandir, menaçante, une ville qui à
l'époque de François Ier n'était qu'un hameau protégé par un
château fort. D'autres encore, Lyon, Marseille, Lille, pour ne
citer que les plus importantes, ont relégué la capitale de la
Normandie à un rang inférieur ; mais ce que disait Charles-
Quint du Paris du xvie siècle est encore vrai du Paris du xixe.
C'est un monde grandiose, énorme, qui défie et lasse l'obser-
vateur. Les travaux des érudits, si nombreux et si complets
qu'ils soient, laissent toujours quelque chose à glaner aux
chercheurs, et jamais la gerbe ne sera complète ; la tâche de
l'écrivain doit se borner à ajouter quelques épis à ceux qu'ont
réunis ses devanciers : car, Paris, infatigable, ne s'arrête pas

1

dans son œuvre de transformation et de progrès, et longtemps
encore, tant que Notre-Dame, la colonne Vendôme, l'Arc de
Triomphe, ces trois monuments auxquels Victor Hugo a
promis l'immortalité, élèveront vers le ciel leur tête altière,
Paris sera pour le curieux une mine féconde de recherches et
d'observations, et, pour le Parisien, un sujet éternel de surprises et de récréations.

Nous vivons dans un temps où la science a transformé les
conditions de la vie; quelques Américains hardis peuvent, en
quelques jours, créer de toute pièce une ville, qui sera
demain un centre commercial très actif ; sur un emplacement inculte on amène des maisons de bois qu'on monte par
morceaux ; un temple, un théâtre, une imprimerie, une gare
de chemin de fer, et voilà d'où va sortir, en quelques années,
une cité puissante ; l'important, c'est qu'il y ait à proximité
une source de pétrole, une mine de charbon de terre, de
cuivre ou d'or. Le combat pour la vie, le *struggle for life*,
qui, dans la société moderne, entraîne la guerre, pousse des
peuples entiers à l'émigration et détermine cette production
inouïe dont l'excès est le péril de l'avenir, a, de tous temps,
été la loi générale naturelle, immuable, loi qui apparaît, plus
impérieuse encore, à l'origine de toute civilisation. Alors
l'homme a à se défendre contre mille dangers dont l'homme
lui-même est le plus redoutable. Où ira-t-il planter sa tente,
pour trouver, à portée de son arc, les animaux dont il se
nourrit, sans avoir à redouter les attaques de tribus ennemies,
sans avoir à craindre des étés trop chauds ou des hivers trop
rudes ?

Voyez cette tribu de Celtes en marche, dont les ancêtres
ont fui les cavernes où ils aiguisaient la pierre ; a-t-elle
épuisé le sol sur lequel elle vivait depuis plusieurs générations ? Fuit-elle devant une invasion des barbares, de ces
Francs qui l'asserviront, de ces Normands qui la rançonne-

ront ? Elle a franchi de larges espaces, cherchant ce coin idéal
où elle puisse espérer vivre en paix de la pêche et de la
chasse. Elle vient de traverser une forêt immense, épaisse,
pleine de chênes séculaires autour desquels s'enroule le gui
sacré, et qui s'étage sur une chaîne de collines. Alors c'est un
cri de joie ! Les collines s'abaissent doucement jusqu'à une
vallée que baigne un large fleuve ; au milieu, plusieurs îles,
auxquelles la Seine fait un rempart naturel ; c'est là que se
terminera l'exode; c'est dans cette île de la Cité que va vivre
la tribu celtique, et quand elle deviendra un peuple, quand
Lutetia (la ville de boue) ou Leucotetia (la ville aux maisons
blanches) sera devenue une ville, Paris trouvera, dans son sol
même, tous les éléments de sa prospérité et de sa grandeur.

A quelques pas, les carrières de Montrouge lui fourniront
les matériaux de ses maisons, de ses châteaux forts, de ses
habitations royales et de ses palais seigneuriaux ; la chaîne
de forêts qui l'enserre : forêts d'Orléans, de Versailles, de
Compiègne, de Fontainebleau, lui donnera le bois; Montmartre, le plâtre ; Vaugirard, la brique ; Fontainebleau, le pavé.
Et quand Paris grandissant ne trouvera plus, autour de lui,
sa nourriture quotidienne, il demandera le pain à la Beauce,
la viande à la Normandie, le vin à la Bourgogne ; la Seine
sera sa pourvoyeuse par l'Eure qui la met en communication
avec la Normandie, par la Marne, par l'Oise, par l'Yonne, qui
la relient à la Champagne, à la Picardie, à la Bourgogne.
C'est cette admirable situation géographique qui a fait la fortune de Paris ; mais depuis vingt siècles le monstre a épuisé
les carrières et dévoré les forêts, et c'est la France, c'est le
monde entier qui lui apportent aujourd'hui sa nourriture et
ses matériaux.

Si la situation de Paris a été la cause originelle de sa
prospérité, c'est ailleurs qu'il faut chercher les motifs qui
en ont fait la ville par excellence, celle qui est le centre de

toutes les aspirations et de toutes les convoitises. Il y a
d'autres capitales célèbres; il y en a de plus grandes, de plus
peuplées, comme Londres; de plus gaies, comme Vienne,
où la pompe de l'Orient apparaît dans les costumes des Mag-
gyars, des Roumains, des Slaves et des Tchèques; il y en a
de plus savantes, comme Berlin; de plus artistiques, comme
Rome, Florence; mais Paris est tout cela; c'est la synthèse
du genre humain, avec ses grandeurs et ses petitesses, ses
vertus et ses crimes, ses palais et ses masures, ses splendeurs
et ses verrues, qu'aimait Montaigne, et qui retiennent encore
l'observateur, charmé ou épouvanté. Si Berlin a ses corporations d'étudiants dont les derniers privilèges vont disparaître, Paris a son quartier Latin, toujours jeune et toujours
studieux, où la science s'est perpétuée par une chaîne inin-
terrompue, depuis Abélard jusqu'à ces professeurs illustres
du Collège de France, qui parlent dans la chaire des Michelet,
des Quinet, des Villemain, des Cousin; Paris a ses bibliothèques, ses académies, son Muséum, ses archives, ses
facultés, ses lycées, dont le dernier venu, Janson de Sailly,
dépasse tout ce qui a jamais été fait; Paris a ses usines, mais
les immenses cheminées qui couvrent la ville de Londres
d'une fumée que les Anglais voudraient nous faire prendre
pour du brouillard ont été reléguées aux extrémités de la
Ville; quant à l'art, on lui a donné une demeure digne de lui,
le Louvre; il a encore le Luxembourg, Cluny, l'hôtel Carnavalet, sans compter l'hospitalité que lui offrent les collectionneurs, sans compter cette avenue de Villiers où l'Américain,
chargé de banknotes, peut frapper à chaque porte, certain de
rencontrer un accueil empressé; l'art est partout ici, et les
boulevards sont une exposition permanente où s'affine le
goût du public. Pour les plaisirs et les distractions, voici les
cafés, les bals, les théâtres, les Champs-Élysées qui valent
bien le Prater, le Corso ou le Prado, le bois de Boulogne qui

vaut bien Hyde-Park, cette élégance de Keapseake; voici les
courses, les expositions, les fêtes, qui chaque dimanche
jettent trois cent mille Parisiens dans les villages suburbains;
mais ce qui donne à ces plaisirs un ton particulier, c'est la
liberté d'allures qui règne à Paris, et qui ne règne qu'ici, il
faut bien le dire, et qui fait de la grande Ville un spectacle
toujours vivant, animé, joyeux, où l'étude, le plaisir, l'art,
le commerce vivent côte à côte, et auquel chaque siècle,
chaque génération, chaque année ajoutent un décor nouveau.

. L'inspiration d'un chef celtique a créé une grande ville.
Mais ce qui a donné à Paris la suprématie, c'est le caractère
même de ses habitants, c'est cet esprit large et ouvert qui est
comme la marque originelle du Parisien, esprit gaulois, car
il a un nom, qui a pris naissance dans l'île de la Cité et qui
est l'essence même de la grande Ville. La suprématie de
Paris n'est pas acceptée sans résistance; l'esprit frondeur de
la province, qui subit, sans murmurer, les prescriptions municipales les plus étroites, qui s'accommode d'une vie bornée
aux délices de la musique militaire, sur la promenade, sur le
cours, sur le mail, se regimbe parfois; mais, au fond, il couve
Paris d'un œil paternel, indulgent pour ses fautes, glorieux
de ses richesses; la province se dit que ces merveilles sont
le patrimoine, non pas d'une ville, mais de la France entière;
les boulevards sont à elle, au moins autant qu'aux Parisiens,
et elle s'y promène, de quatre à six, avec une assiduité que
n'ont pas les habitants de la rue Saint-Denis; ce qu'elle vient
chercher à Paris, c'est tout ce qui lui manque : les distractions,
les plaisirs, l'étude, les concerts, les théâtres, les musées, et
ce grand air dont elle est si fière, elle le retrouve au bois de
Boulogne, à Vincennes, dans les environs, où la fantaisie a
embelli la nature, et même sur les boulevards et dans les
larges rues où il circule à flots. Ce qu'elle vient chercher surtout, c'est la liberté, la liberté d'aller à sa guise, de manger

où elle veut, de sortir et de rentrer quand il lui plaît, dans cette ville où l'habit noir peut se montrer le soir, dans les rues et à n'importe quel petit théâtre, sans provoquer aucune surprise; où le gamin, qui, pour se délasser, laisse pendre ses jambes par-dessus la balustrade du paradis, n'a de paroles narquoises que pour l'élégant ridicule ou provocant; où la distinction n'exclue pas l'affabilité; où le sergent de ville complaisant aide une vieille femme à traverser le boulevard; où le grand seigneur allume son cigare à la pipe du pauvre diable. Une ville peut se transformer : telle cité artistique peut devenir industrielle; telle ville commerçante peut dépérir; mais il y a une chose qui défie les âges, c'est le caractère même du peuple, ce sont les mœurs, et Paris a gardé toujours ce large esprit qui éclate dans Montaigne et dans Rabelais, esprit charmant, bon enfant et narquois tout ensemble, qui a failli verser dans la dépravation, sous Louis XV, que le génie des encyclopédistes sauva du pédantisme, qui a survécu aux révolutions, aux guerres civiles, aux désastres; cet esprit qui est celui de la France entière, honnête et travailleuse, c'est Paris qui en a le dépôt; il se trouve à tous les coins de rue, dans les boutiques, dans les ateliers, dans les cafés; il fait à la Capitale une atmosphère spéciale dans laquelle les provinciaux et les étrangers viennent se retremper. Il a créé le vaudeville, mais parfois il s'épure et s'exalte au spectacle des misères et des injustices, et alors il fonde la liberté; il chante comme un oiseau; il gronde comme un tonnerre; il est fait de bonne humeur, d'indulgence et quelquefois aussi de passion et de colère; s'il a ses éclipses, et il faut qu'il ait la vie dure pour avoir résisté à la Terreur rouge ou blanche, au système d'intimidation de l'Empire, aux désastres de la guerre et aux horreurs de la Commune, il renaît toujours victorieux, ailé, et la source ne peut tarir; car elle est là, dans le sol fécond et généreux que nous frappons du

pied, dans ce terroir qui fait les vins de France chauds, vivi-
fiants et parfumés. Notre siècle, plus qu'octogénaire, n'a plus
que quelques années à vivre. Quelles guerres, quelles révolutions apporteront ces dernières années qui se dressent
devant nous, dans leur menaçant mystère ?

Que sera le Paris du xxᵉ siècle, avec sa population énorme,
avec les villages suburbains qui sont déjà, aujourd'hui, grâce
aux chemins de fer, un faubourg de la Capitale ? Combien de
rues auront disparu ? Combien seront nées ? Combien de
gloires éteintes et combien de renommées naissantes ? Plus
tard, alors que d'autres cités puissantes dormiront oubliées
sous la poussière des siècles, l'esprit de Paris, survivant à la
Ville elle-même, suffira à protéger contre l'oubli le souvenir
de notre Capitale ; il aura fait la conquête du monde moderne

CHAPITRE II

Paris à travers les âges. — Les Romains. — Les Francs.
Développement de Paris. — Les enceintes.

Ce livre est consacré au Paris moderne, mais il est indispensable de placer en tête de cette étude quelques lignes rapides sur le Paris de l'histoire. Comment l'île de la Cité a-t-elle donné naissance à la ville moderne? Comment cette bourgade est-elle devenue une cité immense? C'est là une histoire curieuse et bien simple cependant; elle tient tout entière dans celle des diverses enceintes de Paris; on peut suivre pas à pas le développement inouï de la Ville, rien que par l'observation de ses sept enceintes qui, de la période romaine à nos jours, accusent une progression constante. Il semble que Paris obéisse à une loi fixe; il grandit d'âge en âge, sans temps d'arrêt, et les misères du moyen âge, les disettes, les émeutes des cabochiens, les guerres des Armagnacs, le dédain que semblent professer pour lui Louis XIV, Louis XV et Louis XVI, les révolutions, rien ne peut arrêter sa marche ascendante. N'a-t-on pas essayé de nos jours, à l'exemple de Louis XIV, de découronner Paris? Versailles n'y retrouva pas les splendeurs de la cour du roi-Soleil et Paris n'y a rien perdu. De temps en temps, quelques mécontents essayent d'effrayer la Capitale en la menaçant d'une nouvelle fuite en Egypte; Paris laisse dire et, chaque année, la statistique accuse une augmentation de la population. Un de perdu, dix de retrouvés! Mais procédons par ordre.

Lutèce n'occupait que l'île de la Cité, alors que César, qui venait chercher en Gaule la couronne d'*imperator*, y envoya son lieutenant Labiénus, cinquante-trois ans avant l'ère chrétienne. La forteresse des *Parisii* (le mot est dans les *Commentaires* et le Parisien de notre époque peut se recommander de vingt siècles de roture) ne se composait que de quelques cabanes de pêcheurs, et pourtant ce n'est que par surprise que Labiénus eut raison de la résistance des Parisiens commandés par Camulogène. L'îlot de la Cité d'où est sorti Paris s'est accru depuis de deux petites îles ; il avait, à l'origine, une superficie restreinte ; son plus grand diamètre allait du chevet de Notre-Dame à la rue du Harlai ; deux ponts en bois le reliaient aux rives opposées ; autour s'étendait la campagne déserte où la hache de l'homme de pierre avait frappé plus d'une bête fauve : un marais, un cours d'eau et la forêt immense qui bornait l'horizon et où s'élevaient les autels des druides dont une rue de Paris (la rue Pierre-Levée) a longtemps conservé le souvenir. C'est de cet îlot conquis par César, puis par les Francs, ravagé par les Normands, que va sortir la capitale de la France. Si la situation de Paris lui assure de précieux avantages, en revanche, elle l'expose à bien des convoitises ; la Seine n'est pas toujours une barrière suffisante ; les Romains qui ont conquis Lutèce élèvent dans la Cité la première enceinte ; le mur suit le contour de l'îlot ; à l'extrémité occidentale s'élève le palais de la Cité, qui deviendra le palais de Justice, et qui fut peut-être, dans l'esprit de l'empereur Julien, destiné à être l'habitation d'hiver pendant que le palais des Thermes, bâti en pleine campagne, était le palais d'été. Le palais de la Cité, très rudimentaire sous la domination romaine, prendra une extension considérable sous les rois de la dynastie capétienne, qui l'habiteront ; il sera suc-

cessivement la résidence de Huges Capet, le véritable fondateur de la monarchie en France, de Robert II, de Philippe Ier, de Louis VI et de Louis VII.

L'enceinte de Julien n'empêcha pas la Ville de tomber au
pouvoir des Francs en 493 ; Clovis, vainqueur, vint habiter le
palais des Thermes. Pendant la période carlovingienne, Paris
est délaissé par les souverains. Charlemagne règne à Aix-la-
Chapelle ; il faut les incursions des Normands pour que
l'enceinte de Julien, qui a à peu près disparu, se relève ; c'est
Charles le Chauve qui en ordonne la reconstruction ; l'enceinte est réparée, fortifiée, et, à la tête de chaque pont,
s'élèvent deux tours en bois, dont l'une a gardé le nom de
tour du Palais. Ce palais de la Cité, qui va devenir l'asile des
rois de la troisième race, n'est encore qu'une forteresse, où le
comte Eudes et l'évêque Gozlin soutinrent vaillamment
pendant huit mois (885) l'assaut de 30,000 Normands.

La première enceinte réparée par Charles le Chauve enserre
toujours la Cité ; mais la Ville grandit, à l'ombre de ces murs
de pierre et de ces tours de bois. Louis VI, dit le Gros, construit la seconde enceinte sur laquelle l'histoire ne nous donne
que des renseignements très confus ; essayons d'en relever
le tracé. Les tours de bois qui protègent les ponts disparaissent et à leur place s'élèvent le grand et le petit Châtelet ;
l'enceinte part du grand Châtelet, sur la rive droite, et embrasse tout l'espace compris entre le Châtelet et l'hôtel de
ville, jusqu'à la rue des Lombards ; de l'enceinte de la rive
gauche, pas de traces ; c'est toujours le mur de Julien, ou
plutôt de Charles le Chauve, qui délimite la Ville de ce côté.

La troisième enceinte accuse un accroissement considérable. Avant de partir pour la croisade, Philippe-Auguste
établit autour de Paris une muraille, avec des tours de place
en place, qui sont de véritables forteresses ; murailles épaisses,
tours solides ; capable de résister à toutes les attaques.

Tout le monde connaît ce spécimen de l'architecture militaire au xɪɪ° siècle ; les Parisiens de 1860 ont pu voir une des
tours de l'enceinte de Philippe-Auguste, mise au jour lors
des travaux entrepris entre la rue de la Harpe et la rue de
Cluny ; la France entière se couvre de constructions de ce
genre ; Rouen garde précieusement une tour à laquelle se
rattache un souvenir plus précieux encore, celui de Jeanne
Darc qui y fut enfermée. L'enceinte de Carcassonne, admirablement restaurée par Viollet-le-Duc, est de cette époque,
et la petite ville de Dinan reflète dans les eaux de la Rance,
à côté de ses jardins suspendus, ses créneaux restés intacts.

Sur la rive droite de la Seine, l'enceinte de Philippe-Auguste part du pont des Arts pour aboutir au quai Saint-Paul ;
elle coupe la cour du Louvre, côtoie la halle aux blés et
aboutit rue Montmartre, au-dessus de l'église Saint-Eustache ;
elle part de là, à travers les rues Mauconseil et Beaubourg,
pour aboutir à la rue du Temple, d'où elle rejoint la Seine en
coupant la rue Saint-Antoine à la hauteur de l'église Saint-
Paul. Sur la rive gauche, l'enceinte part de l'Institut, longe
la rue Mazarine, la rue de l'Ancienne-Comédie, la rue Con-
trescarpe, la rue du Cardinal-Lemoine et regagne la Seine
par le boulevard Saint-Germain, là où finissait la rue des
Fossés-Saint-Bernard. Quatre tours terminent l'enceinte ; sur
la rive droite, la tour du Coin et la tour Barbette ; sur la rive
gauche, la tour de Nesle et la tour Saint-Bernard ; des chaînes
en fer barrent la Seine. La Ville, on le voit, a grandi ; c'est la
période de l'adolescence ; Notre-Dame, la tour du Temple,
celle du Louvre, sortent de terre ; mais l'enceinte a laissé
encore en dehors d'immenses espaces de terrain ; les clos,
propriété ordinaire des congrégations religieuses ; les cultures,
vastes emplacements où poussent les légumes, où fleurit la
vigne ; les petits champs, qui ont donné leur nom à tout un
quartier. La place des Victoires, où se dresse aujourd'hui

Louis XIV, dans l'attitude d'un empereur romain courant un steeple-chase, est un cimetière, cimetière sans consécration officielle, car les Parisiens dorment leur dernier sommeil un peu au hasard, dans les églises et autour des églises, dans la campagne, dans les jardins. Ce n'est qu'en 1356 qu'apparaît la quatrième enceinte, et sa construction est une des dates les plus importantes de l'histoire de Paris. La Ville prend officiellement possession d'elle-même : Etienne Marcel est prévôt des marchands, et c'est lui qui crée l'enceinte nouvelle. L'année suivante, 1357, ce maire de Paris, dont le nom est resté si populaire, achète, sur la place de Grève, cette maison des Piliers qui succède au parloir des bourgeois et qui est l'aïeule de notre hôtel de ville.

L'enceinte de la rive droite enserre le Louvre, traverse le Palais-Royal, la place des Archives, suit la rue d'Aboukir jusqu'à la rue Meslay et longe les boulevards jusqu'à la Seine.

Cinq ans plus tard, Hugues Aubriot, autre prévôt des marchands, fortifie l'enceinte, creuse des fossés, et Charles V construit la Bastille, château fort d'abord, prison ensuite. A l'abri de la forteresse s'élève l'hôtel Saint-Paul, qui devient résidence royale.

A ce moment, le Louvre de Philippe-Auguste n'est encore qu'une forteresse, et il faut attendre la Renaissance pour que le palais des rois de France sorte de terre sous la main des artistes qu'inspirait le génie de l'Italie. Après les Thermes, le palais de la Cité et l'hôtel Saint-Paul, c'est le palais des Tournelles qui de Charles VII à Henri II abrite la monarchie française; le coup de lance de Montgomery, qui tue le roi, renverse le palais des Tournelles sur l'emplacement duquel le premier des Bourbons élèvera la place Royale; c'est au Louvre que va finir la dynastie des Valois.

La quatrième enceinte s'élargit sous Henri III, uniquement

pour dégager le Louvre devenu résidence royale ; la porte du Louvre est reculée au delà des Tuileries.

La cinquième enceinte date de Louis XIII ; sur la rive droite, elle suit la rue Royale et la ligne des boulevards de la Madeleine à la Bastille ; mais le temps n'est plus où le mur d'enceinte avait une destination toute militaire ; pendant que sur la rive gauche, les fortifications de Philippe-Auguste subsistent encore, le mur de Louis XIII disparait sous son successeur.

Ce sont les boulevards actuels qui, sous Louis XIV, constituent sur la rive droite la délimitation de Paris ; sur la rive gauche, les fortifications de Philippe-Auguste disparaissent, et une autre ligne de boulevards marque également, de ce côté, les frontières de la Ville qui s'accroît des terrains du Pré-aux-Clercs, longtemps la seule promenade de Paris. A ce moment, Paris compte 653 rues ; il en avait 413 sous Henri IV, 350 sous Philippe le Bel. Les fortifications qui faisaient de Paris une place de guerre n'existent plus ; la guerre est au loin, dans le Nord, sur la frontière, en attendant, hélas ! qu'elle revienne à Paris. A la place des fortifications qui ont longtemps retardé le développement de la Ville s'étend l'allée des boulevards, plantée d'arbres, au nord comme au sud, large promenade qui ne résistera pas longtemps à l'expansion de la Cité.

En 1784, nouvelle enceinte, toute pacifique ; c'est la sixième, c'est l'enceinte de l'octroi, élevée sur les réclamations des fermiers généraux, qui absorbe les Champs-Élysées, la rue Saint-Lazare, la rue de Clichy, les faubourgs Poissonnière, Saint-Denis, Saint-Martin, la rue Saint-Maur, et aboutit au quai d'Austerlitz ; sur la rive gauche, elle suit le boulevard des Invalides, de Montparnasse, la rue de la Glacière, les boulevards des Gobelins et de l'Hôpital.

En 1818, nouvelle annexion ; le mur d'enceinte englobe

l'espace contenu entre la barrière Fontainebleau et la gare d'Ivry.

Enfin, en 1840, construction de la septième enceinte, des fortifications actuelles; cependant la ville de Paris est toujours bornée aux limites de l'enceinte de l'octroi; mais cette délimitation artificielle est déjà condamnée, et on prévoit qu'elle ne tardera pas à disparaître. Cette enceinte de l'octroi, qui suit les boulevards extérieurs, n'a plus de raison d'être avec les fortifications; elle résiste encore vingt ans cependant, et ce n'est que le 1er janvier 1860 que l'annexion des communes suburbaines fit entrer dans Paris Ménilmontant, Montmartre, Batignolles, Vaugirard, Montrouge, etc.

Les fortifications de Louis-Philippe marquent-elle les limites définitives de la ville de Paris? Nous ne le croyons pas. Ces fortifications sont destinées à disparaître, au moins dans une certaine partie, et Paris pourra continuer à se développer, sous la protection des forts dont l'enceinte enveloppe la Ville.

CHAPITRE III

Paris moderne. — Aspect général. — Les rues nouvelles. — Les
subdivisions naturelles. — Les noms des rues.

Il suffit de jeter un coup d'œil sur un plan de Paris
pour découvrir les divisions naturelles qu'y forme le réseau
de nos voies de communication. Les deux parties que sépare
la Seine ont grandi inégalement ; il semble que la Cité ait
mis au monde deux jumeaux dont l'un a, dès sa naissance, éprouvé une croissance hâtive, jusqu'au jour où la loi
de 1840, étreignant les deux frères dans l'enceinte des fortifications, arrêta pour toujours leur développement. Nous
ne nous permettrons pas de juger l'enceinte militaire au
point de vue stratégique ; elle a arrêté l'armée prussienne
pendant quatre mois, c'est vrai, mais elle a facilité l'inves-
tissement. Le seul avantage qu'elle présente pour l'écrivain
qui étudie Paris, c'est de délimiter nettement son sujet.
Avec elle nous savons jusqu'où nous devons aller ; à l'intérieur de l'enceinte apparaissent d'autres subdivisions qui
sont : les boulevards extérieurs, sur la rive droite comme
sur la rive gauche ; puis la ligne des boulevards de la Bastille
à la Madeleine à laquelle correspond à peu près le boulevard
Saint-Germain, sur la rive gauche. Paris se trouve ainsi partagé, naturellement, en trois zones, et cette remarque, facile
à faire, à première vue, peut ne pas être facile à l'étranger,

au provincial, au Parisien lui-même, qui ignore trop souvent
sa ville. Autre remarque, tout aussi simple, et qui a aussi
son intérêt. Dans les rues parallèles à la Seine, les maisons
sont numérotées suivant le cours du fleuve; dans les rues
perpendiculaires et transversales, les numéros commencent
à partir du fleuve; dans les unes et dans les autres, les numéros
pairs sont à droite, les numéros impairs à gauche. Dans
quelques années, espérons-le, toutes les maisons seront garnies de plaques lumineuses qui permettront de lire les numéros, la nuit, et le nom de la rue sera inscrit sur les réverbères
placés à chaque extrémité. Cette mesure est déjà appliquée
sur certains points, mais il est nécessaire qu'elle se généralise.

A côté des boulevards, de la Bastille à la Madeleine, du
boulevard Saint-Germain et des boulevards extérieurs, nous
allons trouver d'autres points de repère tout aussi précieux
pour le curieux et pour le promeneur. Ils nous sont fournis
par les grandes voies qui traversent Paris en tous les sens et
qui mettent en communication directe les points les plus
éloignés. Paris, du nord au sud, se trouve séparé en deux
parties à peu près égales par le boulevard de Sébastopol qui,
par le boulevard Saint-Michel et l'avenue d'Orléans, gagne
la porte d'Orléans et qui, par le boulevard de Strasbourg,
s'amorce aux faubourgs Saint-Martin et Saint-Denis et au
boulevard Magenta. La rue de la Villette prolonge le faubourg
Saint-Martin jusqu'à la porte de la Villette; la rue de la
Chapelle prolonge le faubourg Saint-Denis jusqu'à la porte de
la Chapelle, et le boulevard Ornano prolonge le boulevard
Magenta jusqu'à la porte de Clignancourt. C'est la traversée
de Paris dans sa plus grande largeur, du sud au nord; de
l'est à l'ouest, de la porte de Vincennes à la porte Maillot, le
chemin est direct par le cours de Vincennes, le faubourg
Saint-Antoine, la rue de Rivoli, l'avenue des Champs-Elysées
et l'avenue de la Grande-Armée.

Que si on ajoute à ces grandes divisions quelques indications supplémentaires sur les voies qui mettent en communication les divers quartiers avec le centre de la Ville, on voit qu'il n'est pas très difficile de se reconnaître dans cet amoncellement de rues, de places, de boulevards, d'avenues qui font la terreur du provincial. Les rues et surtout les rues nouvelles suivent toutes une ligne droite, dont l'inflexibilité peut attrister le fantaisiste, mais qui facilite la curiosité de l'explorateur. Il faut beaucoup de bonne volonté pour se perdre à Paris, à l'heure qu'il est, et ces surprises sont certainement plus fréquentes dans certaines petites villes de province, où les rues se replient en circonvolutions extravagantes.

Il existe bien encore, dans chaque quartier, des dédales de rues et de ruelles, agglomérations destinées à disparaître, un jour ou l'autre. Vous n'avez qu'à faire quelques pas et vous êtes certain de retrouver le grand air, de rencontrer une large rue qui vous mènera infailliblement aux boulevards, à la Seine, ou à une grande voie de communication.

Sur la rive droite, tous les faubourgs : du Temple, Saint-Martin, Saint-Denis, Poissonnière, Montmartre, le boulevard Magenta, la rue Lafayette, le boulevard Haussmann, le boulevard Malesherbes, les rues Turbigo, Etienne-Marcel, du Quatre-Septembre, l'avenue de l'Opéra, la rue de la Paix, vous offrent leurs larges trottoirs où la flânerie peut rêver à l'aise sans crainte de s'égarer jamais. Sur la rive gauche, même chose, et de la porte du Bas-Meudon à la porte de la Gare, vingt rues vous amèneront jusqu'à la Seine : les rues Saint-Charles, Lecourbe, de Sèvres, les avenues du Maine et de Montsouris, le boulevard d'Enfer, les rues de la Glacière et de la Santé, les avenues d'Orléans, d'Italie, des Gobelins, etc. Et combien d'autres voies encore s'ouvrent faciles devant le passant oisif ou pressé : de la porte de Pantin à l'Arc de Triomphe, la rue d'Allemagne, la rue Lafayette, le

3

boulevard Haussmann, l'avenue de Friedland ; le boulevard
touche à Saint-Ouen par la chaussée d'Antin, la rue de
Clichy, l'avenue de Clichy et l'avenue de Saint-Ouen ;
Belleville descend s'approvisionner aux Halles par le faubourg du Temple et par la rue Turbigo, et la rue Etienne-
Marcel met les billets de la Banque de France à la portée du
boulevard Sébastopol.

Nous n'avons d'autre dessein, par ces rapides indications
qu'on pourrait multiplier à l'infini, que de montrer combien
il est facile de s'orienter à Paris.

Il serait très désirable que ces petits détails topographiques
fussent complétés par des renseignements tirés du nom même
des rues. Mais là, tout est mystère : c'est la fantaisie qui a
présidé au baptême. Il y a bien, par-ci, par-là, quelques
désignations qui dénotent un plan préconçu ; mais les
exemples sont rares, il faut bien le reconnaître. On peut les
citer en quelques lignes.

Les boulevards qui longent l'enceinte militaire ont tous
reçu le nom d'un des généraux du premier Empire. Ce sont,
sur la rive gauche, du Point-du-Jour au pont National : les
boulevards Lefèvre, Brune, Jourdan, Kellermann, Masséna ;
sur la rive droite : les boulevards Murat, Suchet, Lannes,
Gouvion, Berthier, Bessières, Ney, Macdonald, Seruzier,
Mortier, Davoust, Soult, Poniatowski. C'est l'histoire tout
entière des guerres de l'Empire. Autour de l'Arc de Triomphe
rayonnent plusieurs avenues qui portent également le nom
de généraux célèbres ; d'autres rappellent le souvenir de nos
victoires : ce sont les avenues d'Iéna, d'Eylau, de Wagram,
de Friedland ; ce sont les avenues Hoche, Kléber et Marceau,
dont les noms méritaient d'être inscrits près du monument
élevé à la gloire des armées françaises. Ils ont remplacé des
souvenirs de famille : ceux de la reine Hortense, du roi de
Rome, de l'impératrice Joséphine.

Les boulevards extérieurs ont conservé le nom de leurs quartiers; ces boulevards modestes n'ont d'autre prétention que de se rendre utiles; avec eux, pas de confusion, on sait où l'on est; remercions-les. Ce sont les boulevards de Charonne, de Ménilmontant, de Belleville, de la Villette, de la Chapelle, de Rochechouart, de Clichy, de Batignolles, de Courcelles, sur la rive droite, et sur la rive gauche, ceux de l'Hôpital, de Saint-Marcel, de Port-Royal, de Montparnasse.

Il y a encore quelques points où l'ensemble des désignations semble procéder d'une conception très nette; ainsi la place de l'Europe; là, c'était tout indiqué; les rues voisines portent toutes le nom d'une grande capitale : Constantinople, Moscou, Édimbourg, Naples, Rome, Amsterdam; à deux pas du cours la Reine, près de cette maison charmante connue sous le nom de Maison de François Ier et qui, en 1826, fut transportée pièce par pièce de Moret, près de Fontainebleau, se trouve la place François Ier; elle est traversée par deux rues : la rue Bayard et la rue Jean-Goujon; c'est parfait, mais pourquoi ces exemples sont-ils si rares?

Pour les autres rues, nous le répétons, c'est, le plus souvent, la fantaisie qui préside à leur baptême; nous ne faisons nulle difficulté de reconnaître les bonnes intentions du Conseil municipal de la ville de Paris, qui s'est appliqué à substituer à des noms obscurs ou compromis, à des désignations sans intérêt, les noms des hommes qui ont honoré et illustré la France. C'est ainsi que deux rues rappellent le souvenir de deux héroïsmes tout récents : celui de Rivière, mort au Tonkin; celui de Thorel, le jeune savant qui est tombé à Alexandrie, victime de son dévouement à la science.

A ce propos, on a bien souvent parlé d'un projet que nous serions bien aise de voir mettre à exécution : le nom des hommes célèbres inscrit au coin de nos rues serait accompagné d'une courte notice rappelant la date de leur naissance

et celle de leur mort et le fait saillant de leur existence. Ces
notices peuvent toujours.être très courtes, une ligne ou deux
au plus, et elles constitueront un cours d'histoire permanent à
l'usage des ignorants et même souvent des érudits. Ainsi, pour
ne citer qu'un exemple, la rue de Morny a cédé son nom à La
Boëtie et à Pierre Charron; c'est grâce à Montaigne que le
premier a dû d'échapper à l'oubli, mais le second était
absolument ignoré quand le Conseil municipal a exhumé son
souvenir. Il suffirait de deux lignes pour que ces deux noms
n'eussent pas l'air d'une énigme proposée à la sagacité des
passants, deux lignes conçues dans cet esprit :

Le Boëtie. — Né à Sarlat, 1530, mort en 1563. Ecrivain.
Discours sur la servitude volontaire.

Inutile, n'est-ce pas, d'ajouter que La Boëtie fut, en 1552,
nommé conseiller au parlement de Bordeaux ; ce titre n'ajoute
rien à sa gloire. Pour Charron, même chose :

Pierre Charron. — Né à Paris, 1541, mort en 1603. Ecrivain.
De la Sagesse.

Et voilà !

Ce n'est que du xviiie siècle que date l'usage de placer des
écriteaux portant le nom des rues. Les rues avaient bien des
noms, mais que la tradition seule conservait, non sans les
altérer. C'est ainsi qu'une rue dont le souvenir est intimement
lié à l'histoire de nos guerres civiles, une rue dont tout le
monde sait le nom, quoiqu'elle ait disparu, absorbée par la rue
Beaubourg, la rue Transnonnain enfin, s'est appelée à l'origine
la rue Trousse-Nonnain. L'étymologie est curieuse : sur l'emplacement de l'hôtel des évêques de Châlons fut construit un
couvent de Carmélites ; la rue elle-même était livrée à la galanterie de bas étage, et le peuple, confondant dans le même nom
les deux faits qui signalaient à l'attention la rue de Châlons,
la désigna de ce nom coloré. Quoiqu'on ait changé beaucoup

de noms de rues dans ces dernières années, un certain nombre
a tenu bon.

Une des plus anciennes rues de Paris est la rue Saint-Denis,
dont la trace se retrouve à l'origine de notre histoire locale et
qui apparaît déjà célèbre au xiiᵉ siècle. Saint Denis a-t-il
passé par cette rue comme il a passé, en compagnie de ses
deux compagnons, saint Eleuthère et saint Rustique, par la
rue des Martyrs? Les rois de France, eux, y passaient le jour
de leur entrée dans Paris; ils y repassaient une dernière fois
pour aller dormir dans les caveaux de Saint-Denis. Beaucoup
de saints ont donné leur nom à des rues de Paris; cela date
d'une époque où il y avait des saints et des miracles, où les
chapelles, les églises s'élevaient de toutes parts, dans toute
la ferveur d'une foi nouvelle. A côté de Saint-Denis, voici
Saint-Martin, Saint-Gervais, Saint-Antoine, Saint-Honoré,
Saint-Séverin, Saint-Jacques, Saint-Sulpice, Saint-Roch, etc.

Les saints n'ont pas, eu, seuls, le privilège de donner leur
nom aux rues de Paris; les moines, les religieuses, les grands
seigneurs et même les bourgeois ont partagé cet honneur avec
eux. Les rues des Saints-Pères, des Petits-Pères, des Blancs-
Manteaux, des Grands-Augustins, etc., conservent le souvenir des couvents de moines; les rues des Nonnains-d'Hyères,
des Filles-du-Calvaire, des Filles-Dieu, des Filles-Saint-
Thomas, etc., accusent suffisamment leur origine. Les rues
de Cléry, Gaillon, de Montmorency, de Rohan, de Trévise,
de Duras, etc., ont possédé les hôtels du même nom.

Les bourgeois sont assez nombreux : c'est Coquillier, qui
donne son nom à la rue Coquillière; sur l'emplacement de
l'hôtel qu'il habitait, occupé plus tard par le comte de Flandre,
s'élèvera, au coin de la rue Coquillière et de la rue Plâtrière,
l'habitation d'un fermier général, Claude Dupin; un de ses
hôtes, qui fut le précepteur du fils de Dupin, donnera son nom
à la rue Plâtrière, c'est Jean-Jacques Rousseau. Rogier de

Quiquetonne, riche boulanger, a dépossédé Denis le Coffrier,
qui fut le premier parrain de la rue Tiquetonne. C'est un
nommé Portefin, qui donne son nom à la rue Portefoin;
Taranne est l'argentier de Charles VI; Claude Charlot est un
paysan languedocien, devenu un riche financier; Pastourel
est juge au parlement de Paris en 1378; Jean de Popincourt
est président au parlement sous Charles VI; la rue Etienne-
Marcel fait rentrer Pagevin dans l'obscurité.

Les corporations ont baptisé un certain nombre de rues :
les rues des Taillandiers, des Boulangers, de la Ferronnerie,
des Fourreurs, etc.; d'autres noms perpétuent le souvenir de
certaines enseignes : la rue du Croissant, où a passé tout ce
qui tient une plume et où, sur l'emplacement du marché Saint-
Joseph, aujourd'hui occupé par un immeuble fastueux,
autrefois cimetière, reposa la dépouille mortelle de Molière;
la rue de l'Arbre-Sec, la rue du Cherche-Midi, etc., etc. Mais
nous n'en finirions pas, si nous voulions donner un aperçu,
même incomplet, des rues de Paris et de leur histoire. On peut
voir que les sources de leur origine sont bien différentes; il y
en a qui doivent leur nom à une fantaisie d'amoureux; telle la
rue Bleue, qui s'appelait d'abord rue d'Enfer; là demeurait
Mme de Buffon, la belle-fille du grand naturaliste, maîtresse
du duc d'Orléans, depuis Philippe-Égalité; le duc d'Orléans
voulut que la rue portât la couleur des yeux de sa belle; ainsi
fut fait. Le madrigal est joli et a duré plus que bien des
poèmes. Le nom de rue d'Enfer semble prédestiné à servir de
prétexte à des fantaisies : celle de la rive gauche est située sur
l'enclos du diable Vauvert, concédé par saint Louis aux Chartreux à condition d'en déloger le diable; le nom d'Enfer a disparu pour faire place à celui de Denfert-Rochereau; mais ce
mauvais calembour n'enlève rien à la gloire de l'illustre défenseur de Belfort.

Le Conseil municipal de Paris, nous le répétons, obéit à une préoccupation dont on ne peut que le féliciter, en cherchant à substituer à certaines dénominations qui n'ont plus aujourd'hui un sens bien compréhensible le nom des célébrités de la France ; dans l'hécatombe qu'il a faite des souvenirs du second Empire, il a eu le bon goût de respecter le nom de M. Haussmann, dont le souvenir se lie étroitement à l'histoire du Paris moderne ; il a donné à une avenue superbe le nom du plus grand poète de ce siècle. La ville de Paris n'oublie aucune des gloires de la France : Lakanal, Quinet, Diderot et cent autres ont leur nom inscrit à l'angle de nos rues ; mais on voudrait retrouver dans ce travail la trace d'un programme défini ; pour les grands hommes qui ont habité Paris, est-ce que la rue où ils ont demeuré n'était pas désignée pour perpétuer à tout jamais leur souvenir? Diderot, par exemple, dont je rappelle le nom et qui est le nouveau parrain du boulevard Mazas, avait sa place marquée sur la rive gauche, à quelques pas de la place où s'élève sa statue. Il a habité vingt ans un logement au quatrième étage dans la rue Taranne. Mais rien de pareil ; c'est un peu à l'aventure qu'on opère. Nos édiles posent aux écrivains des âges futurs un problème impossible à déchiffrer. Pourquoi, par exemple, les rues qui avoisinent le parc Monceau s'appellent-elles rue Murillo et rue Rembrandt, avenue Van Dyck et avenue Velasquez? La colonie de peintres qui occupe les hôtels de l'avenue Villiers a-t-elle été attirée par l'éclat de ces grands noms, ou bien est-ce par une délicate flatterie à son adresse qu'on a placé le quartier sous la protection de ces vieux maîtres?

Mystère, que nous ne pouvons, nous, les contemporains, arriver à éclaircir. Et il y en a bien d'autres plus compliqués, plus indéchiffrables encore !

CHAPITRE IV

Les quartiers de Paris. — Aspect particulier. — Les spécialités.
Le mouvement.

Les grands travaux de Paris ont modifié non seulement sa
physionomie générale, mais même sa constitution géologique;
le temps a fait disparaître le fameux parvis de Notre-Dame,
qui se trouvait de niveau avec le sol de l'église et auquel on
accédait jadis par treize marches; c'est la main de l'homme
qui a jeté bas cette butte des Moulins, formée de déblais, et
où Jeanne Darc fut blessée en 1429.

Ce n'est que d'hier que l'avenue de l'Opéra a emporté la
butte des Moulins. Montmartre, qui a une origine plus ancienne et plus naturelle, a tenu bon, et cependant la butte
n'a pas conservé, on peut le croire, sa physionomie première;
elle s'effrite et se désagrège, et il a fallu des travaux gigantesques pour assurer dans ce tuf mobile la solidité de l'église
que le clergé de Paris élève au Sacré-Cœur sur l'emplacement
où la légende place le martyre de saint Denis et de ses compagnons.

Si, dans les quartiers excentriques, dans les faubourgs, les
rues présentent encore des niveaux différents, des rampes
assez dures, que gravissent péniblement les omnibus, malgré
le concours d'un cheval de renfort, en revanche le centre de la
Ville s'est nivelé un peu partout; l'exhaussement naturel du

sol, œuvre du temps, a été vigoureusement combattu par l'édilité parisienne.

Les travaux exécutés en 1855 dans la Cité pour l'ouverture du boulevard du Palais ont mis à découvert de vieilles maisons (rue Constantine) qui s'étageaient sur trois berceaux de caves ; en plein boulevard s'étale un exemple plus frappant encore de cette modification du sol de la Capitale : le boulevard Saint-Martin se trouve encaissé entre deux murailles de pierre qui, sur quelques points, dépassent la hauteur d'un premier étage ; sur le boulevard du Temple, la chaussée a été aussi profondément remuée ; la rue Bellefond franchit sur un pont suspendu la rue Baudin. Presque tout le sol de Paris a été ainsi fouillé et remanié. Certes, l'œuvre n'est pas complète, et il y a encore, dans le centre même, beaucoup à faire pour arriver à la perfection de la ligne droite ; mais c'est là une œuvre irréalisable ; ce n'est que dans les quartiers nouveaux, là où on table sur un terrain vierge, qu'on peut mener les larges avenues à travers tous les obstacles, sans souci des exhaussements ou des dépressions ; telle l'avenue Victor-Hugo, par exemple, qui se déroule, comme un ruban, de la place d'Eylau à l'avenue du Trocadéro.

Il faut en prendre notre parti : à part quelques modifications comme le prolongement de la rue Étienne-Marcel, du boulevard Haussmann, comme la transformation du Champ-de-Mars, le Paris actuel restera le Paris de demain ; quelques ruelles disparaîtront, pour le plus grand bien de la santé publique, mais nous ne verrons plus de révolution radicale comme celle qui a été accomplie dans ces dernières années.

Et pendant que, ici, la pioche jette à bas les derniers vestiges du Paris des siècles précédents, là, elle fait apparaître les traces de nos premiers vainqueurs : les arènes de la rue Monge, dont l'histoire n'a pas gardé le souvenir, se révèlent au Parisien étonné.

4

Le temps, ce mystérieux agent de destruction, avait enfoui sous une épaisse poussière ces constructions gigantesques qui, au bout de seize siècles, nous étonnent par leur solidité. L'esprit se plaît à ces résurrections; le Parisien, épris de sa ville, aime à retrouver, au cours de ses promenades, ces vieux monuments qui marquent les diverses étapes de son histoire; l'imagination s'accroche à une inscription, à un rinceau, à un mascaron, et se plaît à remonter le cours des âges, en compagnie de ces témoins muets d'un temps à jamais disparu.

Mais l'ère des regrets est close; tout ce qui devait disparaître du vieux Paris n'existe plus que dans notre souvenir. Convient-il de s'attarder dans des doléances inutiles, de pleurer les façades charmantes où s'était dépensée la fantaisie des artistes de la Renaissance? On ne remonte pas le cours des âges; chaque siècle a ses conditions d'existence auxquelles il faut se soumettre, et si nous envions le caprice qui élève en plein Paris, sur le boulevard Malesherbes, un hôtel Louis XIII, nous admirons plus encore cette passion pour les améliorations pratiques, qui est comme une des traditions de l'administration municipale de la ville de Paris. Nous lui devons les grandes voies qui nous mènent au but, qui nous donnent l'air et le jour, qui ont abaissé le niveau de la mortalité et protégé Paris contre l'expansion d'épidémies contagieuses. C'est charmant, un hôtel Louis XIII, mais à la condition de l'approprier aux besoins de la vie moderne, et c'est là un coûteux anachronisme. L'auteur de ce livre a eu, lui aussi, le goût des vieilles choses et des vieilles maisons; il s'était pris d'une belle passion, en province, pour une maison Renaissance, portant, sur sa façade, deux cariatides grandeur nature; il n'hésite pas à déclarer, après expérience, qu'il préfère de beaucoup un petit appartement installé à la moderne, avec un ascenseur et l'eau et le gaz à tous les étages, comme disent

les écriteaux de location. A qui n'est-il pas arrivé de désirer
avoir vécu à une autre époque et dans un autre temps?
Combien souffrent d'être venus trop jeunes dans un monde
trop vieux! Il y en a que tentent les mystères inexpliqués de
la vieille Égypte; d'autres rêvent de la Grèce glorieuse ou de
l'Italie triomphante; combien voudraient avoir descendu, en
habit de cour, soie ou velours, l'épée au côté, les grands escaliers de Versailles! Combien ont rêvé devant ces aquarelles
de Baron ou de Lamy, où l'on voit de fiers seigneurs menant
des dames charmantes! Le carnaval et les redoutes
permettent seuls de telles résurrections. Il faut être de son
temps, voilà la loi moderne, et l'élégant le plus raffiné
n'arriverait pas, comme Bassompierre, à dépenser 14,000 livres
pour un habit de baptême.

Il faut être de son temps et les vieilles rues, elles-mêmes,
obéissent à la prescription. Il est bien difficile aujourd'hui,
comme jadis, de classer les rues par spécialité et par
industrie. Les divers quartiers de Paris ont perdu leur physionomie particulière, par suite de l'extension même de la
Ville qui a éparpillé un peu partout les industriels, les marchands, les fabricants qui semblaient, autrefois, fixés à per-
pétuité dans tel ou tel quartier. Nous avons rappelé quelques
rues qui doivent leur nom à une industrie particulière; telles
les rues des Boulangers, de la Ferronnerie, des Fourreurs.
Comme cela nous paraît loin! On ne fait pas cent pas sans rencontrer un boulanger, et les fourreurs, les marchands de fer,
comme tous les commerçants parisiens, se sont envolés aux
quatre points cardinaux. La rue n'est plus le centre d'une
industrie particulière; elle procède d'une conception toute
différente, c'est une ville, dans la ville, qui a ses moyens
d'action particuliers, ses éléments propres. On peut dire que
chaque pâté de maisons a une organisation spéciale: il a son
boulanger, son boucher, son marchand de vins, son charbon-

nier, son mercier et vingt autres fournisseurs, et c'est partout
la même chose ; la ménagère paresseuse ou attardée a sous la
main tout ce qui est nécessaire à la vie, et·quand le commerce
local ne suffit pas à la consommation, comme dans le faubourg
Saint-Denis et dans le faubourg Montmartre, par exemple,
c'est un marché perpétuel, où, jusqu'à midi, stationnent le
long des trottoirs de petites voitures à bras, toujours em-
plies, toujours vidées.

Certains quartiers continuent cependant à vivre sur leur
ancienne réputation. C'est ainsi que la rue Saint-Denis, qui
sous Louis XIII et sous Louis XIV a atteint l'apogée de sa fortune, se présente encore à notre esprit comme le centre d'un
commerce très important en mercerie, rouennerie, passemen-
terie, etc. L'histoire de la rue Saint-Denis c'est l'histoire même
de Paris : cette vieille rue qui voyait passer le cortège triom-
phal des rois de France, qui a été, comme tout Paris, peuplée de
couvents et de chapelles, déjà célèbre au XIIᵉ siècle, grandit
et se développe peu à peu ; c'est, au XVIIᵉ siècle, le véritable
centre commercial de Paris ; c'est là qu'est le mouvement, suivant un mot récent : les auberges où descendent les messagers
de Reims, de Soissons, de Lille, de Douai, de Bruxelles, cou·
doient les magasins où l'on débite la soie, le velours, la pas-
sementerie, les huiles d'olive ; l'auberge du *Cheval Blanc*, des
Deux Anges, le cabaret de la *Croix de Fer*, où Colletet aiguise
ses épigrammes entre deux bouteilles de vin d'Argenteuil,
fraternisent avec la *Rose Blanche*, le *Chêne Vert*, le *Chevalier
du Guet*, le *Chien Noir*, le *Chat Noir*, etc., enseignes com-
merciales qu'a remplacées notre invariable *et Cᵒ*.

Le *Chat Noir*, devenu le patron d'un cabaret artistique,
avait des prétentions moins littéraires ; il présidait aux des-
·tinées d'une génération de marchands dont le dernier rejeton
fut un poète, le poète bourgeois par excellence, Scribe, personnification de cette aristocratie marchande à laquelle la

révolution de 1830 ouvrit les portes des Tuileries. Rien n'a manqué, on le voit, à la gloire de la rue Saint-Denis; elle a eu même son poète. Que reste-t-il de cette haute fortune? A peine un souvenir. La rue Saint-Denis a vu son commerce s'éparpiller boulevard Sébastopol, rue Greneta, rue de Rambuteau, rue de Cléry, rue du Mail. Tous les quartiers de Paris en sont là. C'est que le commerce lui-même s'est transformé sous l'impulsion d'une production inouïe. Il lui faut les vastes magasins, les sous-sols ajourés; il affectionne encore certains quartiers, mais il étend sans relâche son champ d'action; la rive gauche seule lui échappe. Si la rue Saint-Denis n'est plus que l'ombre d'elle-même, combien plus encore le Palais-Royal nous paraît déchu de sa splendeur! Il fut avec Richelieu le véritable siège de l'autorité royale; il fut avec le Régent le refuge de la haute vie; il fut avec les galeries de bois le rendez-vous du monde entier, qui allait y chercher des plaisirs faciles : l'ivresse du jeu et celle de l'amour. Il a eu aussi ses grands jours, lorsque Camille Desmoulins y fit entendre le premier cri de la Révolution. Aujourd'hui, sous les galeries désertes, se promènent quelques rares provinciaux; les cafés ont disparu un à un, et le dernier va tomber à son tour.

Le commerce de librairie, installé dans la galerie sur l'emplacement de laquelle s'est élevée la galerie d'Orléans, est partout; les grands fournisseurs, les imprimeurs sont surtout sur la rive gauche; mais les libraires sont dans chaque rue, sur chaque boulevard, attirant le public par l'infinie variété des productions nouvelles. Il y en a pour tous les goûts et pour toutes les bourses, depuis le livre tiré sur papier de Hollande à un nombre restreint d'exemplaires, jusqu'au volume à vingt-cinq centimes. Le développement du commerce de la librairie suffirait à caractériser l'époque que nous traversons. Chaque jour le nombre des livres s'accroît, et chaque jour le goût de la lecture pénètre plus profondément dans le public. La grande Révolution, c'est l'imprimerie qui l'a faite. Nous nous abstiendrons de rechercher ici quelles sont les causes des progrès de cette industrie, progrès qui se démontrent par un exemple connu. Un roman nouveau se tire couramment à quinze ou vingt mille exemplaires ; beaucoup vont à soixante mille, cent mille même. Une maison de librairie vend annuellement soixante mille volumes de Dumas père, et il en sera ainsi jusqu'à la consommation des siècles ; et la production s'accumule : vers, prose, théologie, histoire, roman, tout cela trouve des lecteurs. La diffusion de l'instruction est pour beaucoup dans ce résultat ; mais le journal, lui aussi, n'y est-il pas pour quelque chose ? Laissons aux philosophes le soin de creuser ces problèmes, et poursuivons cette rapide monographie. Les libraires des galeries de bois avaient des voisines, les modistes ; ces dames ont fait aussi leur chemin ; elles occupent des appartements ou des magasins luxueux, rue Vivienne, rue de la Paix, sur les boulevards ; mais, comme pour les livres, il y en a pour tout le monde, et dans les quartiers modestes, on retrouve les mêmes champignons surmontés des mêmes chapeaux.

Presque tous les corps de métier ont obéi à cette loi de la diffusion ; plusieurs quartiers, cependant, ont conservé leurs traditions ; c'est ainsi qu'un coin de Paris : la rue des Gravilliers, la rue Aumaire, la rue Portefoin, la rue Pastourel, la rue du Grenier-Saint-Lazare, est consacré à la fabrication de l'article *Paris ;* le faubourg Saint-Antoine, lui aussi, est resté l'asile de la fabrication du meuble. Cela tient aux conditions particulières de ces industries qui ne se sont pas sensiblement modifiées. L'article de Paris se fabrique toujours dans de petits ateliers ; c'est toujours la même division du travail, les mêmes procédés de fabrication un peu rudimentaires. Si l'industrie du meuble a besoin aujourd'hui des inventions de la mécanique, elle a sous la main quelques grands ateliers de découpage et dé sciage ; mais la majeure partie des meubles ordinaires se fait toujours, pour ainsi dire, en famille.

Le patron, négociant modeste, a deux, trois, quatre ouvriers; la pièce qui sert d'atelier est aussi la salle à manger, et c'est sur l'établi qu'on dresse le couvert.

Quant à l'article Paris, qui se compose de tous ces mille objets où triomphe la fantaisie de l'ouvrier parisien : porte-monnaie, bourses, porte-cigares, jouets, etc., il est bien resté cantonné dans le quartier du Temple, mais beaucoup de petits fabricants ont dû fuir devant la cherté croissante des loyers. Ils se sont réfugiés dans les quartiers excentriques, sur les hauteurs de Belleville, de Ménilmontant, de la Chapelle. Pour peu qu'on étudie Paris, on se prend d'une véritable affection pour ces obscurs et infatigables travailleurs qui sont, il faut bien le dire, les véritables victimes du progrès économique; c'est grâce à eux, à leur ingéniosité, à leur habileté, que l'article Paris, tout en conservant sa suprématie, est tombé à des prix de bon marché dérisoires ; sur le prix de vente, ils n'ont eu que la moitié, quelquefois moins ; ils ont des ouvriers, et pourtant peut-on les considérer comme des patrons? Ils partagent le labeur, la vie de ceux qu'ils emploient, et ils gagnent souvent moins qu'un de ceux qu'ils payent. Hélas ! la vie est dure pour tout le monde, dans ce Paris dont le pouls bat toujours la fièvre ; il faut lutter sans cesse et sans relâche. A côté de ces petits fabricants, il y a les grands, qui font mouvoir une armée de travailleurs ; ils sont partout, dans le centre de Paris et aux extrémités. Il y a, dans tel hôtel princier, place des Victoires où s'est fixée l'industrie du vêtement, soixante-dix coupeurs qui, du matin au soir, taillent les vêtements qu'achètent les magasins de confection de Paris et de la province; dans les faubourgs, une machine à vapeur distribue la force motrice à cinquante petits industriels, travaillant côte à côte, dans un atelier commun. On fait de tout à Paris : des montres

et des machines à vapeur, de la lingerie qui semble brodée
par les fées, et des casquettes à trois ponts, orgueil des boulevards extérieurs. On y fait du vin avec des raisins secs et
de la bière avec la racine du buis. Il y a le négociant qui af-
frète des navires, il y a celui qui ramasse les bouts de cigare ;
pour combien de braves gens y a-t-il place entre ces deux
degrés de l'échelle sociale ? C'est une ruche en activité, où les
frelons sont rares, quoique trop nombreux encore.

Le travail et, il faut ajouter, la probité dans le travail, telle
semble être la devise du commerce parisien. Il n'y a pas que
de la racine de buis dans la bière que nous buvons. Le commerce parisien a des relations avec le monde entier et il a
toujours maintenu, haut et ferme, son renom de loyauté.
Nous ne nous permettrons pas de l'en féliciter.

Nous allions oublier, dans cette rapide nomenclature, quelques industries restées fidèles à leur berceau : les fabricants
d'objets de sainteté qu'abrite Saint-Sulpice ; les commission-
naires en marchandises, qui occupent la rue d'Hauteville, le
faubourg Poissonnière, la rue Bergère, la rue Richer ; les marchands de tableaux, rue Laffitte, les marchands d'oiseaux sur
les quais, les confiseurs rue des Lombards, où ils succédèrent
aux usuriers ; mais ce ne sont là, une fois encore, que des
exceptions. Le développement de Paris a éparpillé la production ; l'abolition des maîtrises avait porté le premier coup au
vieil état de choses. Les quartiers, les rues ont une physionomie générale à peu près uniforme, au point de vue commercial ; les boutiques y sont plus ou moins luxueuses, et
c'est tout.

Les rues anciennes s'étaient formées longuement, comme
sous l'influence d'une lente cristallisation, et elles sont restées
dans nos souvenirs, avec le caractère qu'elles empruntaient à
de vieilles traditions. Mais ces traditions ont disparu, avec
beaucoup d'autres choses. Quand on parle du faubourg Saint-

Antoine, par exemple, on se le figure volontiers hérissé de barricades et de fusils. Le vieux faubourg a, depuis le grand Condé, une réputation passablement révolutionnaire ; il ne l'est ni plus ni moins que ses voisins. Pour la rue Saint-Denis, — car il faut toujours y revenir, — on n'est que trop tenté, encore à cette heure, de rappeler les plaisanteries légendaires sur le bourgeois du quartier. Le bonnetier est beaucoup plus rare rue Saint-Denis que rue de Rivoli.

Et la chaussée d'Antin, cet asile de la haute finance ? Les oiseaux se sont envolés, pour la plupart, par la ligne du Nord. Et le faubourg Saint-Germain, où les chanoinesses promenaient leurs trente-deux quartiers à l'ombre des ormes séculaires ? Les ormes sont tombés, et le faubourg Saint-Germain a fait comme tout le monde ; il s'est éparpillé ; il demeure partout : boulevard Haussmann, boulevard Malesherbes, aux Champs-Elysées et même quelquefois tout simplement au cinquième étage d'une rue très modeste.

CHAPITRE V

De la Bastille à la Madeleine, cette longue promenade qui
prend tant de noms différents et qui affecte la forme d'un arc
de cercle, c'est le boulevard, le boulevard sans épithète,
aussi bien pour l'étranger et pour le provincial que pour le
Parisien. Personne ne s'y trompe, et à Pétersbourg comme
à Berlin, le touriste, quand on prononce ce mot, sait bien
de quel boulevard il s'agit, et particulièrement de quelle
partie du boulevard. Nous aurons l'occasion de nous expliquer, sur ce point, au cours de la promenade que nous allons
entreprendre. L'enceinte d'Étienne Marcel, on l'a vu, suivait,
de l'extrémité de la rue d'Aboukir à la Bastille, une ligne
parallèle au boulevard actuel; c'est à peu près sur l'emplacement qu'elle occupait qu'a été ouvert, sous Louis XIV, le
boulevard actuel de la Bastille à la porte Saint-Denis; de
la porte Saint-Denis à la Madeleine le boulevard suivit
à peu près la délimitation tracée par Louis XIII. La porte
Montmartre, en effet, était placée à l'angle de la rue des
Jeûneurs; la porte Richelieu, à l'angle de la rue Feydeau.

C'est au début du règne de Louis XIV que commencent
les travaux, à travers des terrains incultes, des buttes, et
le boulevard, planté de trois allées d'arbres, devient une des

promenades favorites des Parisiens. Sur le côté gauche vont
bientôt s'élever des hôtels, des couvents plus nombreux que
les hôtels, et le côté droit, à part quelques exceptions,
restera, jusqu'à la Révolution, un terrain vierge où s'élèveront au hasard quelques maisons, folies de grands seigneurs
pour la plupart.

On voit que le boulevard, dont la réputation est aujour-
d'hui universelle, ne remonte pas à une bien haute antiquité.
Mais commençons notre promenade; aussi bien il ne s'agit que
de quatre kilomètres et demi environ.; la course n'est pas
très longue, et si vous êtes fatigué, les moyens de locomotion
ne manquent pas : les omnibus se succèdent de deux minutes
en deux minutes.

Le boulevard Beaumarchais s'est appelé à l'origine boulevard Saint-Antoine; ce n'est qu'en 1831 qu'il eut pour
parrain l'auteur du *Mariage de Figaro;* le choix, cette fois,
était heureux. Baumarchais n'a pas eu seulement la gloire
d'être un des précurseurs de la Révolution ; il a habité, sur le
boulevard même, un très bel hôtel qui s'étendait entre les
rues Daval et Amelot, et la place. A l'entrée du boulevard
se dresse la colonne de la Bastille, élevée à la mémoire des
combattants de Juillet. A l'entrée du faubourg Saint-Antoine
s'éleva jusque sous le règne de Louis-Philippe un éléphant
en plâtre, maquette d'une fontaine colossale que l'empereur
Napoléon Ier voulait édifier à cet endroit. Sur la place, une
ligne de granit indique la configuration de l'ancienne
Bastille. A côté de l'hôtel Beaumarchais s'étendaient des
contre-allées qui n'ont disparu qu'en 1846.; les maisons du
côté droit ont une origine très récente, on le voit. L'autre
côté du boulevard a été surtout illustré par Ninon de
Lenclos. La célèbre courtisane a habité une maison dont
une grille indique encore l entrée, à côté du théâtre Beaumarchais. Le boulevard Beaumarchais a une physionomie

de petite ville de province ; il n'emprunte une certaine
activité qu'aux omnibus qui le parcourent; si on reportait
la tête de ligne au cirque d'Hiver, ce serait le désert. La
circulation y est rare et le commerce peu actif; c'est une
succession de petites boutiques occupées par des industriels
modestes. Le soir, les portes se ferment de bonne heure, et
on éprouve une véritable impression de tristesse, quand
on arrive du boulevard du Temple et de la place du Château,
brillamment éclairés, et qu'on s'engage sur ce long boulevard
que sillonnent quelques rares passants. La place de la
Bastille est assez animée; elle met en communication la
rue de Lyon, le faubourg Saint-Antoine, le boulevard
Richard-Lenoir avec le boulevard Saint-Germain et la rue
de Rivoli, et le mouvement incessant des voitures et des
omnibus contraste vivement avec le calme du boulevard
Beaumarchais; ville de province, c'est bien le mot, ville de
province qui a son théâtre, un vrai théâtre de province, où la
vertu triomphe chaque soir entre onze heures et minuit. La
loi des gradations se retrouve sur le boulevard. Le silence
du boulevard Beaumarchais se prolonge avec le boulevard de
Filles-du-Calvaire, dont le nom rappelle un couvent fondé par
le Père Joseph, le confident de Richelieu; il devient, au delà
de la place, un murmure qui ira sans cesse grossissant.

Le boulevard des Filles-du-Calvaire n'a rien qui puisse
retenir le promeneur. Encore sur le boulevard Beaumarchais
trouve-t-on quelques rares marchands d'antiquité bien
connus du chercheur, mais sur le boulevard des Filles-du-
Calvaire, tout est moderne et tout est triste. Hâtons-nous de
traverser la place. Ici commence, bien faiblement encore, le
mouvement. Un regard d'abord au cirque d'Hiver, le Pollux
du cirque d'Été, dont la construction circulaire indique suffisamment la destination. Nous voici sur le boulevard du
Temple.

Qui se douterait aujourd'hui que le boulevard du Temple a été, pendant longtemps, un centre de réunion, un lieu de promenade? Il fut le boulevard des Italiens sous Louis XVI. Écoutez plutôt un contemporain :

« Si le temps est beau, quel coup d'œil agréable! deux simples rangées de chaises occupées par autant de Vénus que d'Adonis. Que de bons mots dits, rendus! que de fines agaceries! quelle ample matière d'anecdotes à donner au public! quelle piquante variété de modes sans cesse renouvelées! Hier, on se coiffait en hérisson; aujourd'hui, c'est le tour de la coiffure à l'enfant. Les panaches énormes sont quittés pour les coiffures basses; mais quelle que soit l'affectation du jour, c'est une grande satisfaction de voir toutes ces belles passer çà et là, nous clignoter d'un œil assassin; une autre nous fait remarquer, en affectant de rire, une petite bouche qu'elle pince en retirant ses joues; une autre serre de ses deux mains son mantelet pour montrer l'élégance de sa taille; celle-ci, dans sa voiture, cause avec un élégant... Quel agréable tableau! O Athènes! tu ne crois plus exister, et l'on te retrouve chaque jour sur nos boulevards. »

Ce n'était pas seulement, on le voit, le boulevard des Italiens, c'était aussi le tour du Lac. D'autres attractions retenaient encore le public sur le boulevard du Temple : c'était le théâtre d'Audinot, l'Ambigu-Comique; c'était Curtius, c'étaient les Folies-Dramatiques, c'était Nicolet; c'est le théâtre des élèves de l'Opéra; c'est aussi le spectacle en plein vent, la parade de Bobèche et de Galimafré; c'est encore le *Cadran Bleu*, un cabaret qui commence à faire concurrence à Bancelin, établi en face, Bancelin, marchand de vins traiteur, chez qui Fanchon la vielleuse vient dire chaque jour la chanson à la mode.

Veut-on maintenant un portrait plus récent? il date de 1842, et il est de Théophile Gautier. Rappelant les lignes que

nous citons plus haut, Gautier ajoute : « A coup sûr aujour-
d'hui, si l'on retrouvait Athènes, ce ne serait pas au boulevard du Temple! Des marchands de pommes, d'oranges et
de glaces à deux liards ont remplacé cette triple rangée
de chaises occupées jadis par les Vénus en paniers et par
les Adonis poudrés à blanc. Les débitants de trognons, les
promeneurs de chiens convalescents, les culotteurs de pipes
et autres industriels de même forme, se prélassent en maître
dans ce royaume qui s'étend depuis l'estaminet de l'*Épi-
Scié* jusqu'à l'emplacement occupé autrefois par le Panorama dramatique dont le rideau de glaces fit courir tout
Paris. »

Le tableau est un peu poussé au noir : car si le boulevard
du Temple n'était plus en 1842 le rendez-vous des oisifs et
du monde galant, il était resté, du moins, en possession de
son plus précieux privilège ; tous les théâtres étaient là : les
Folies-Dramatiques, la Gaîté, le Cirque, les Délassements-
Comiques, les Funambules, le Petit-Lazary, le Théâtre-
Lyrique. Il ne reste rien de tout ce passé. Seul le théâtre
Dejazet, bâti en 1854, représente ici, bien modestement, l'art
dramatique ; le cadran bleu, qui est toujours l'enseigne d'un
restaurant connu, rappelle seul l'époque de la splendeur du
boulevard du Temple.

Le boulevard du Temple, tel qu'il est, date de 1860. Les
magasins et les cafés s'y montrent un peu plus luxueux que
sur les boulevards des Filles-du-Calvaire et Beaumarchais;
le mouvement aussi, au moins dans la partie qui avoisine la
place de la République, y est plus actif ; mais il faut arriver
jusqu'à la place elle-même pour trouver cette animation, ce
bruit, cette intensité de vie qui sont le caractère distinctif du
boulevard. La place de la République est l'ancienne place du
Château-d'Eau, mais remaniée et agrandie. Sur le côté
gauche, elle a absorbé un tronçon du boulevard du **Temple et**

du boulevard Saint-Martin. Au milieu, se dresse la statue de la République, du sculpteur Morice, élevée en 1881 par le Conseil municipal de Paris. De chaque côté de la statue, sur un terre-plein, a été installé un petit bassin, et, deux fois par semaine, ce petit coin prend une animation inaccoutumée, grâce au marché aux fleurs. Rien de charmant comme cette exposition, car si les fleurs des environs de Paris ne peuvent rivaliser avec celles du Midi ou même avec celles de certaines régions de l'Ouest, en revanche les marchandes de fleurs s'entendent à merveille à faire valoir leur marchandise. Ces parterres d'un jour sont arrangés avec un goût véritable ; il n'y a pas une dissonance, pas une fausse note ; tout est fait à souhait pour le plaisir des yeux, et les bouquets savants, entourés de leur collerette dentelée, et les bottes, qui semblent trahir un empressement maladroit, et ces bouquets demi-sphériques où la fantaisie du fleuriste écrit pour la jeune fille impatiente les sentiments du fiancé. Etait-il besoin de ces grandes lances, qui semblent des mâts de cocagne oubliés après une fête, pour protéger les roses, les violettes et les pensées ? Ce sont les modèles en bois des motifs qui doivent compléter la décoration de la place. Ils sont d'une originalité douteuse, malgré leur hauteur, avec ces trophées et ces boucliers qui rappellent la République romaine.

Au fond de la place est la caserne du prince Eugène, et, de l'autre côté du faubourg du Temple, les Magasins-Réunis, immeuble immense qui peut contenir un cirque en même temps que d'innombrables boutiques, bâti par la spéculation et que la spéculation n'a pu faire vivre.

De la place du Château-d'Eau, on a pu assister, en mai 1871, à un spectacle terrible : l'incendie de la maison qui fait l'angle de la place et de la rue du Temple, les incendies du boulevard Saint-Martin, du boulevard Voltaire, formaient comme un cercle de feu, éclairant de lueurs sinistres l'agonie de la

Commune. Le temps a passé sur ces souvenirs douloureux, les maisons sont reconstruites, la vie et le travail sont partout où étaient la haine et la mort, et la République brandit une branche d'olivier à deux pas de l'endroit où s'élevaient les barricades. Puisse ce rameau de paix ne présider jamais à des scènes de carnage!

Le café Parisien, qui formait un des angles de la place, a disparu devant la concurrence, car les cafés sont nombreux; sur le terre-plein, longtemps désert, entre la rue de Bondy et le boulevard, se sont élevées de hautes maisons dont le rez-de-chaussée est occupé par une file de cafés; grâce à ces établissements, la vie ne s'éteint guère qu'à deux heures du matin, dans ce petit coin; quant au café Parisien, c'était hier un panorama, c'est aujourd'hui une maison de rapport.

Nous voici au boulevard Saint-Martin: sur la rue de Bondy, qui est parallèle, s'ouvrent les Folies-Dramatiques qui virent le succès de la *Fille de Madame Angot* et des *Cloches de Corneville;* plus loin, remis à neuf, entouré d'une grille, éclairé à la lumière électrique, l'Ambigu-Comique; puis le théâtre de la Porte-Saint-Martin, brûlé en 1871, qui vit la gloire de Frédérick Lemaître et de Sarah Bernhardt; enfin, la Renaissance, avec sa façade un peu prétentieuse, construite sur l'emplacement d'un restaurant qui eut son heure de célébrité et qui fut également brûlé pendant la Commune. Le théâtre de l'Ambigu-Comique, fondé par Audinot en 1760, sur le boulevard du Temple, a émigré en 1827, après un incendie, au boulevard Saint-Martin. La Porte-Saint-Martin fut construite sous Louis XVI pour recueillir les artistes de l'Opéra, chassés également, par l'incendie, de la salle de la rue Le Peletier. Entre les deux théâtres, sur le boulevard, a longtemps demeuré Paul de Kock, qui avait sous les yeux le spectacle incessant de ce Paris dont il nous a laissé de petits tableaux fort amusants. Derrière le boulevard Saint-Martin a habité

George Sand, encore inconnue, et à deux pas, Béranger, dans la rue qui porte son nom.

Au boulevard Saint-Martin commence véritablement l'animation qui, gagnant de proche en proche, atteindra au boulevard Montmartre et au boulevard des Italiens son maximum d'intensité. Nous sommes dans le Paris travailleur. L'activité de la rue a un caractère tout spécial ; les gens que vous rencontrez là vont à leurs affaires ou en viennent ; bien peu se promènent. Pour les boutiquiers, le repos ne commence que fort tard : car leurs clients, astreints à un travail quotidien, ne viendront les voir que dans la soirée, après la fermeture du magasin ou de l'atelier, après le dîner expédié. Aussi bien les rampes de gaz font mieux valoir, le soir, les séductions de l'étalage : l'or des bijoux a plus d'éclat, les diamants ont plus de feux. Les bijoutiers sont nombreux, en effet, sur ce boulevard, et s'ils n'ont pas les fantaisies des bijoutiers à la mode, ils étalent, du moins, un amoncellement de bijoux solides, qui sont assurés de durer longtemps aux oreilles ou aux bras des bourgeoises aisées et économes.

La porte Saint-Martin termine le boulevard de ce nom. Le boulevard Saint-Denis va jusqu'à la porte Saint-Denis ; rien à en dire : c'est le prolongement du boulevard Saint-Martin, c'est la même physionomie ; peut-être le mouvement y est-il un peu plus actif, grâce à la percée du boulevard Sébastopol et du boulevard de Strasbourg ; mais rien de remarquable à signaler ; des bijoutiers encore et des cafés ; l'un d'eux a été adopté, dans ces dernières années, par les comédiens de province, pendant le chômage de l'été. C'est une tradition déjà ancienne, et au début de ce siècle, les comédiens en vacances se retrouvaient dans un café de la rue de l'École-de-Médecine. Ce sont des nomades, et ils ont souvent changé de place. Les agences théâtrales ont remplacé les cafés où se signaient les engagements ; mais il faut un lieu de réunion à ce petit

6

monde bien particulier; s'il n'a pas le théâtre, dans ce café où il
n'entend parler que de triomphes, d'aventures et d'aubaines,
il en a au moins l'illusion. Et quel public complaisant, pour
un comédien, que des comédiens ! A charge de revanche !

Le boulevard Bonne-Nouvelle commence au faubourg
Saint-Denis et se termine au faubourg Poissonnière. Le sol
se trouve en contre-bas des trottoirs et certaines rues, du côté
gauche, accèdent au boulevard par des escaliers; un plan
incliné, garni d'un garde-fou, mène à la rue de Cléry, dont le
premier tronçon est occupé par des marchands de meubles
et la seconde partie par le commerce de gros, et à la rue de la
Lune, qui a inspiré à Labiche un joyeux vaudeville; la rue
est moins gaie. Sur le boulevard, voici un bazar immense
qui servit jadis de théâtre, et où se donnèrent des bals; voici
le Gymnase, où le *Maître de Forges* a ramené la fortune; le
théâtre de Madame a été construit en 1820 sur l'emplacement
d'un cimetière réservé sous Louis XVI aux protestants.
A côté, a longtemps existé un établissement célèbre, la
Galette du Gymnase, disparu pour toujours; on peut dîner
à côté, un peu mieux, sous cette vérandah qui empiète sur
le trottoir. Le restaurant a pris naissance dans le café même
du Gymnase; on voit qu'il a grandi; il a eu, jusqu'ici, l'ama-
bilité de ne pas absorber le théâtre. M. Georges Ohnet peut
lui être reconnaissant.

Le boulevard Poissonnière, sur le côté gauche, marque
exactement la limite de l'ancienne enceinte de Paris. L'enseigne d'un magasin a perpétué ce souvenir; on y lit : anciennes limites de Paris, 1726. Dans la dernière moitié
du XVIIIᵉ siècle, le côté droit était occupé par des jardins et
des résidences seigneuriales. La rue Rougement a été ouverte
sur l'emplacement des jardins de l'hôtel Rougemont de
Lowemberg, qui a disparu, il y a quarante ans environ;
à quelques pas une propriété habitée par l'abbé de Saint-

Phar a donné son nom à un hôtel meublé. De l'autre côté était l'hôtel Montholon, plus tard hôtel Sallandrouze, tristement célèbre par le coup d'État de 1851.

Le boulevard Poissonnière fait pressentir le boulevard Montmartre et le boulevard des Italiens ; les cafés y sont nombreux et les restaurants se coudoient ; l'industrie de luxe y fait sa première apparition avec les admirables bronzes de Dubois, de Mercié, de Saint-Marceau, de Delaplanche, de Barye, qu'offre à l'admiration du passant la vitrine de Barbedienne.

Quand vous avez franchi le faubourg Poissonnière, vous vous apercevez facilement que vous pénétrez dans un monde nouveau. De la Bastille à la place du Château-d'Eau, c'est un peu la province, avec son calme et ses mœurs patriarcales. Si la vie de Paris commence à se révéler à partir de la place du Château-d'Eau, la physionomie générale ne se modifie que progressivement, jusqu'à ce qu'enfin, avec le boulevard Poissonnière, elle prenne un caractère tout différent.

Les petites boutiques, très rapprochées sur les boulevards Beaumarchais, Filles-du-Calvaire, du Temple, Saint-Martin et Saint-Denis, ont créé entre leurs propriétaires une intimité de tous les instants ; les rapports, plus étroits, y ont un caractère de familiarité très évident ; le trottoir est le prolongement de la boutique ; les habitants y flânent, s'y promènent, s'y rencontrent, et le soir, après les chaudes journées d'été, ils s'installent sur des chaises, sans souci du promeneur. Cette familiarité se retrouve jusque sur le boulevard Bonne-Nouvelle ; le trottoir, devant le Gymnase, est, dans le jour, un lieu de réunion où les familles des environs, les familles juives surtout, tiennent un salon en plein vent. Entre deux rangs de chaises les promeneurs ont peine à se frayer un passage à travers les bébés de tout âge, jouant en toute sécurité sous l'œil des mères, des bonnes et des nourrices aux rubans flottants. Mais le sans-gêne du boulevard du Temple et du boulevard Beaumarchais se double ici d'un peu de coquetterie ; les hôtes du Gymnase font des frais de toilette pour le passant ; c'est qu'on est à deux pas du boulevard Poissonnière qui est, lui-même, l'antichambre du boulevard Montmartre ; c'est que si le flot des promeneurs, suivant une loi naturelle, roule vers l'ouest, il a toujours un peu de remous. Maintenant vous ne retrouverez plus le spectacle de ces colloques, de ces assemblées en plein vent ; à partir du faubourg Poissonnière, on se promène, mais on ne stationne plus ; les cafés vont se suivre, d'ailleurs, innombrables, avec leur terrasse d'où l'on peut assister au mouvement incessant de ce peuple en marche.

La célébrité commence boulevard Poissonnière, et encore sur le côté droit du boulevard : car, c'est là un fait à noter, jusqu'ici les deux trottoirs sont également fréquentés ; mais, arrivé au coin de la rue Poissonnière, le Parisien obéit à un instinct machinal en traversant la chaussée ; à peine trouverons-nous sur notre chemin, jusqu'à la Madeleine, trois ou quatre cafés assez fréquentés, cafés connus, mais où il faut avoir la volonté d'entrer ; de l'autre côté du boulevard, ce n'est pas l'habitué, c'est le curieux, le passant, l'étranger, qui constituent la véritable clientèle. C'est un café qui eut, à un moment, il y a quelque vingt ans, la célébrité du Procope, qui ouvre la série des établissements connus. Le boulevard Poissonnière se termine par une autre gloire, plus exclusivement culinaire, dont le grand salon vit ces fantastiques soupers du carnaval, qui nous apparaissent aujourd'hui comme grandis par l'éloignement. Nous entrons sur le boulevard Montmartre.

Si la ligne des boulevards s'appelle, pour tout le monde, le boulevard, l'espace compris entre le faubourg Montmartre et la chaussée d'Antin en est la synthèse. C'est là le seul et unique boulevard pour celui qui le fréquente et qui, avec une fidélité

toute provinciale, tient à s'y montrer à l'heure de l'absinthe,
faisant les cent pas de la rue Drouot à la rue Taitbout ou assis
à la porte du café Tortoni, du café Riche, du café de Madrid.

On a, dans ces derniers temps, longuement et souvent
parlé du boulevard. Chaque journal qui se pique de parisia-
nisme a voulu dire son mot sur cette question si controversée;
on a exalté, on a honni le boulevard; si on en a fait le berceau
de nos gloires littéraires, des moralistes sévères l'ont comparé à une sentine où roulent toutes les impuretés de Paris.
Il ne mérite « ni cet excès d'honneur ni cette indignité ».

C'est d'abord une promenade charmante où le flâneur est
sollicité par d'innombrables attractions. L'industrie de luxe
s'y montre dans toute la gloire de sa fantaisie. Il n'est pas
un caprice, de quelque nature qu'il soit, que ne puisse
satisfaire ce coin de Paris. Les bijoux y sont charmants,
coquets et élégants. Voulez-vous des objets d'art? Vous
n'avez que l'embarras du choix, et l'impressionnisme fait bon
ménage, à la devanture des marchands, avec les reproductions des tableaux célèbres. Voici des robes de femme
qui sont un poème, et le jeune homme pauvre s'arrête extasié
devant les gilets étonnants, devant les paletots à la coupe
magistrale que lui offre l'étalage des tailleurs en renom.
Donnez au jeune homme pauvre ce pantalon, et demain il
fera un riche mariage; chacun, devant ces boutiques, se
voit, en rêve, vêtu de ces costumes, paré de ces bijoux;
chacun fait son choix dans les vitrines : celle-ci veut ces
perles noires dont les chatoiements sont une caresse pour
le regard; une autre veut les brillants, les saphirs, les
opales; celui-ci, après une minutieuse inspection, a arrêté
son choix sur une aquarelle de Leloir, de Detaille, sur une
figurine en bronze; un autre préfère les livres et là, à deux
pas, dans le passage des Panoramas, il dévore des yeux les
éditions *princeps*, les reliures sans prix, les suites d'Eisen,

de Moreau ou de Fragonard. Combien de désirs s'allument
dans une journée devant cette exposition permanente!
Certes, le Parisien connaît bien son boulevard, et il l'aime,
et au fond de ses colères, il y a toujours un peu d'affection.

Mais le boulevard, il faut bien le dire, vit sur sa réputation. On peut bien y rencontrer encore de quatre à six
quelques personnalités connues, restées fidèles à une vieille
habitude; mais elles sont rares, et la plupart de ces promeneurs ne sont que des passants de hasard. Tel café est encore
le rendez-vous ordinaire des journalistes, mais ces journalistes sont surtout des amateurs de café, se plaisant, du haut
de leur obscurité, à railler méchamment leurs confrères
illustres; tel autre accueille des comédiens, vis-à-vis desquels
la province ne se montre pas toujours aussi indulgente;
mais vous ne trouverez pas là tout ce qui dans les lettres ou
dans les arts porte un nom célèbre; ce temps n'est plus. Le
boulevard Montmartre ressemble à tous les autres, avec un
peu plus de bruit et de malignité, avec plus d'éclat et plus
de luxe; mais on se tromperait étrangement si on prenait
à la lettre les admirations des uns et les doléances des
autres. O mères de famille, qui tremblez pour vos fils,
rassurez-vous : celui qui veut s'y perdre y mettra vraiment
de la bonne volonté; les grandes fêtes du café Anglais et de
la maison Riche ne sont plus qu'un souvenir; ce grand 16,
qui fut une des gloires du second Empire, et dont les fenêtres
flamboyantes semblaient, le soir, cacher au passant de mons-
trueuses orgies, vous regarde maintenant de ses yeux
fermés. Tout s'en va : la Courtille a disparu, le carnaval est
mort, les bals masqués sont navrants, et il faut avoir une
foi robuste pour chercher le plaisir dans les quelques restaurants de nuit où lutte encore, avec une farouche énergie, la
vieille garde de la galanterie française.

Tel qu'il est, le boulevard n'en est pas moins une prome-

nade curieuse et amusante. Il faut avoir vécu en province
pour sentir la joie qu'on éprouve à se trouver mêlé à une
foule incessamment renouvelée. Un de mes amis, après un
long séjour dans une ville de province, s'écriait avec bonheur,
sur le boulevard : « On m'a marché sur le pied! » Il y avait
dix ans que pareille chose ne lui était arrivée. Ce mouvement,
ce bruit, c'est la vie dans toute son intensité. Edgar Poe a
fait sur ce sujet une nouvelle étrange et attachante; eh bien,
le Parisien est l'*homme des foules*, il est heureux de ce
tapage qui est une des manifestations de la vie, il se
perd, avec délices, dans le flot. C'est là un sentiment tout
spécial, mais c'est l'explication du boulevard. Il a fallu de
tout temps, à Paris, un endroit où le mouvement fût plus
rapide, où le pouls de la grande Ville battit plus fort; ce fut
le boulevard du Temple, ce fut le boulevard de Gand, et
si le boulevard Montmartre et le boulevard des Italiens
n'ont pas aujourd'hui l'éclat de leurs aînés, c'est que les
embellissements de Paris ont créé la concurrence; c'est que
la promenade du boulevard a à lutter avec le tour du Lac,
avec les avenues nouvelles, avec le parc Monceau.

Le boulevard Montmartre s'est appelé à l'origine boulevard
Richelieu. Un café existait déjà, sous Louis XV, dans la
maison qui forme l'angle de la rue Montmartre et du boulevard. Le théâtre des Variétés date de 1808, et la maison
Frascati, qui a conservé son nom, rappelle le souvenir de la
grande maison de jeu qui a fonctionné jusqu'au 1er janvier 1837. De l'autre côté du boulevard, dans une maison qui
a été démolie pour l'ouverture du passage Jouffroy, ont
demeuré Boieldieu, Rossini et Carafa; au coin de la rue
Drouot, l'hôtel qui a disparu en 1884 a duré juste un siècle;
le Jockey Club y a habité depuis sa création, en 1836, jusqu'en
1855. Le passage des Panoramas rappelle l'introduction en
France du premier spectacle de ce genre; il y a des pano-

ramas un peu partout, à cette heure; le directeur de ce panorama fut un incompris, auquel notre siècle a rendu une tardive justice et dont l'invention a révolutionné le monde. C'était Fulton, qui présenta à l'empereur Napoléon Ier les plans du bateau à vapeur. Quelles conséquences aurait eues pour la France cette invention, si Napoléon Ier avait partagé la conviction de l'ingénieur américain! Par une coïncidence curieuse, le passage situé de l'autre côté du boulevard s'appelle passage Jouffroy; mais ce nom n'est pas celui de l'homme qui, reprenant l'idée de Fulton, a lancé sur la Saône le premier bateau à vapeur; c'est simplement un homonyme du marquis de Jouffroy, qui est le parrain de ce passage. Le hasard amène, on le voit, des rapprochements singuliers.

Le boulevard des Italiens et ceux qui suivent font en quelque sorte partie intégrante du boulevard proprement dit, au point de vue de l'observation. Ce que nous avons dit du boulevard Montmartre s'applique également à ceux-là. Le boulevard des Italiens a été, sous le nom de boulevard de Gand, pendant la Restauration, le rendez-vous à la mode. Est-il nécessaire d'indiquer qu'il a donné son nom à une catégorie d'élégants, les *gandins*, qui se sont appelés, depuis, lions, cocodès, petits crevés, boudinés, grelotteux, etc.? La mode a étendu son cercle d'action en deçà de la rue Richelieu et au delà de la chaussée d'Antin; son empire s'étend de la rue Montmartre à la Madeleine. C'est le même public.

Le boulevard des Italiens s'est appelé d'abord boulevard d'Antin. Dans la maison qui fait l'angle de la rue Richelieu et où un café est placé sous l'invocation du grand cardinal a demeuré Regnard, l'auteur du *Légataire universel;* Grétry, le compositeur de *Richard Cœur de Lion*, a demeuré au n° 7. Le théâtre de l'Opéra-Comique a été inauguré le 28 avril 1783, sous le nom de théâtre Favart; il a été reconstruit en 1837, après un incendie qui avait détruit l'ancienne salle, moins la façade. Devant le passage de l'Opéra, qui humilie le boulevard, s'est tenue longtemps la petite Bourse du soir, où des étrangers affolés voyaient une multitude criant, gesticulant, s'agitant; quelquefois une ombre se détachait du groupe et glissait dans l'oreille du passant ahuri ces mots mystérieux : j'ai de l'Autrichien dont 10. Un établissement de crédit, qui a élevé en face un hôtel monumental sur l'emplacement de petites boutiques et du bazar Véry, établis jadis sous la terrasse de l'ancien hôtel de Choiseul, offre maintenant l'hospitalité de son *hall* grandiose à ces spéculateurs impatients. Là sont les grands restaurants de Paris que leur illustration nous dispense de nommer; trois des plus célèbres, le café de Paris, le café Foy, Grossetête ont disparu successivement. Que d'estomacs reconnaissants ont conservé leur souvenir!

Le café du Helder, établi sur l'emplacement des anciens bains Chinois, est le rendez-vous des officiers de toutes armes, qui sont sûrs, dans leurs rapides séjours à Paris, de pouvoir serrer la main à un camarade. Cet officier de vaisseau, qui revient du Sénégal, y rencontrera un frère d'armes, retour de Cochinchine; ils ne se sont pas vus depuis dix ans, depuis le Borda peut-être, et ils se retrouveront au Helder dans un an, dans dix ans. On connaît cette anecdote qui peint à merveille l'éclatante vogue qu'eut, à son heure, le Palais-Royal. A Friedland, on sonne la charge. Deux jeunes officiers se rencontrent, marchant à l'ennemi dans des directions différentes:

— Adieu! dit l'un.

— Au revoir! répond l'autre.

— Où ça?

— Au Palais-Royal, dans quinze jours, à cinq heures.

— Devant la Rotonde?

— Oui.

L'histoire raconte qu'ils furent exacts au rendez-vous. Le Palais-Royal est désert: la Rotonde ne sera plus demain

7

qu'un souvenir, et les officiers n'ont plus besoin de se donner
de rendez-vous : ils savent qu'ils se rencontreront au café
du Helder. A quelques pas, voici un élégant pavillon qui a
conservé le nom que les Parisiens lui donnèrent à l'époque
de sa construction; c'est le pavillon de Hanovre, édifié en
1760 pour le maréchal de Richelieu, et qui fut payé avec
l'argent que le maréchal peu scrupuleux avait rapporté de sa
campagne. Ce pavillon a abrité les nombreuses bonnes
fortunes du maréchal. Du côté droit du boulevard des
Italiens s'ouvrent plusieurs rues à qui des hôtes illustres
ont fait une auréole de célébrité. La rue Laffitte a été la
demeure du financier célèbre, du ministre intègre à qui une
souscription nationale conserva, après des revers de fortune,
l'hôtel qui avait été, pendant les dernières années de la
Restauration, le centre de réunion du parti libéral. La
finance et la fortune demeurent encore dans cette rue. A la
hauteur de la rue de Provence s'élevait l'hôtel Thélusson,
barrant la rue et où a demeuré Murat. Ce fut aussi un
banquier, ce Thélusson qui eut pour caissier un ministre de
Louis XVI, le père de Mme de Stael, Necker. La rue Le
Peletier est celèbre par l'Opéra, construit en 1821 sur l'emplacement du jardin de l'hôtel de la Borde, et détruit par un
incendie dans la nuit du 28 au 29 octobre 1873. La rue de
la Chaussée-d'Antin, qui termine le boulevard des Italiens,
s'est appelée d'abord chaussée de la Grande-Pinte et elle
menait au cabaret des Porcherons, tenu par Ramponneau
sur l'emplacement où s'élève l'église de la Trinité; elle a pris
ensuite le nom de chaussée Gaillon, par suite du voisinage
de la porte de ce nom; puis rue de l'Hôtel-Dieu, à cause
d'un hôpital; rue Mirabeau, au lendemain de la mort du
grand orateur, rue du Mont-Blanc en 1793, à l'occasion de la
réunion à la France d'un nouveau département. Combien
d'illustrations différentes ont demeuré dans cette rue! C'est

Sophie Guimard, c'est Mirabeau, c'est Mme Récamier, c'est le cardinal Fesch, c'est Gambetta.

Le théâtre du Vaudeville, qui ouvre le boulevard des Capucines, a été inauguré le 1er octobre 1861. Cette façade circulaire, ornée de bustes et de figures allégoriques, quoique un peu alourdie par les colonnes corinthiennes, n'est pas sans charme ; elle rompt ces grandes lignes uniformes dont la monotonie vous poursuit et vous lasse ; l'aspect général devient d'ailleurs plus pittoresque en même temps que plus grandiose, de la chaussée d'Antin à la Madeleine. Les cafés se font plus grands, plus riches ; les rues, plus larges ; les boutiques, plus luxueuses. Voici la place de l'Opéra, avec l'hôtel gigantesque élevé par l'architecte Garnier à la Musique et à la Danse, avec ses dégagements spacieux, les rues Auber et Halévy, la rue du Quatre-Septembre, l'avenue de l'Opéra, la rue de la Paix. L'Opéra, commencé en août 1861, a été inauguré le 17 janvier 1875 ; il a coûté près de trente-six millions. La rue de la Paix a été ouverte en 1806 ; la rue du Quatre-Septembre s'est appelée jusqu'à la chute du second Empire la rue du Dix-Décembre ; quant à l'avenue de l'Opéra, elle est de création récente. Le monument construit par M. Garnier écrasait les maisons voisines et même la place de l'Opéra, dont on admire aujourd'hui les vastes proportions. L'idée de dégager l'Opéra naquit de ces critiques, et l'avenue de l'Opéra est la mise au point définitive du monument. La rapidité avec laquelle furent exécutés les travaux, dans l'année 1878, tient du prodige ; l'ouverture de l'avenue de l'Opéra, en six mois, à travers un terrain mouvementé, restera célèbre dans les fastes de la construction moderne. L'avenue de l'Opéra a 650 mètres de longueur sur 30 mètres de largeur ; le passant posté sur la place du Théâtre-Français a sous les yeux un spectacle merveilleux ; notre Opéra apparaît alors dans toute sa splendeur, défiant toutes les critiques par l'harmonie de ses proportions. A l'extrémité de l'avenue de l'Opéra s'élève le Théâtre-Français ; l'avenue est comme un trait d'union entre ces deux monuments qui gardent précieusement la tradition du génie français.

L'avenue de l'Opéra n'a pas encore d'histoire, elle est de date trop récente ; ne nous plaignons pas. Heureuses, à notre époque, les rues qui n'ont pas d'histoire et qui, en même temps qu'un souvenir illustre, n'évoquent pas à notre esprit une date sanglante ! Et cependant il y a du sang dans cette rue et du sang le plus pur, celui de cette héroïque jeune fille en qui s'est incarnée, au xv⁰ siècle, l'âme de la patrie, et dont la statue s'élève à deux pas de là, sur la place des Pyramides. Sur la butte des Moulins, que firent disparaître les travaux de l'Opéra, Jeanne Darc apparut un jour du mois de septembre 1429 ; elle jeta un long regard sur la ville, alors au pouvoir des Anglais, et qu'elle rêvait de rendre au roi Charles VII. Un trait parti des remparts vint la blesser : c'est là que commença son calvaire ; huit mois après elle était prisonnière.

Cette place de l'Opéra, avec ces grandes voies qui s'ouvrent de toute part, avec ces vastes magasins luxueux, ces cafés gigantesques, le Grand-Hôtel et l'Opéra, c'est le Paris moderne. On reproche souvent, et non sans raison, à notre architecture de manquer de caractère. Il est certain que nos maisons sont d'une monotonie désespérante et que en regardant la maison de François Iᵉʳ au cours la Reine, la comparaison n'est pas à notre honneur. Il est certain aussi que les tentatives artistiques de certains particuliers, si louables qu'elles soient en principe, n'ont donné que des résultats peu encourageants.

On rencontre par-ci par-là quelques maisons modernes ornées de mascarons, de fleurons, de rinceaux et même de cariatides. Tout cela, à part quelques rares exceptions, est d'un goût contestable. Ces sculptures décoratives n'ont jamais rien d'original; elles ont été empruntées à des modèles connus; ce sont presque toujours des reproductions plus ou moins exactes de figures et d'ornements anciens. Mon Dieu! nous ne demandons pas que le mascaron qui surmonte la porte d'entrée représente la figure du propriétaire, ce serait très moderne mais pas toujours très joli; mais nous croyons qne nos sculpteurs ornemanistes pourraient faire autre chose que du vieux neuf. On sait comment ils s'entendent à décorer les appartements; il n'est si mince logis dont les plafonds ne soient encadrés d'une moulure ou ne supportent une rosace, un ornement quelconque. Comment se fait-il qu'ils se montrent si peu ingénieux quand il s'agit de la décoration extérieure de nos maisons? C'est que les architectes modernes ont absolument proscrit l'art, même dans ses manifestations les plus modestes. Eux aussi réservent toutes leurs faveurs à l'aménagement intérieur. Est-ce par jalousie contre les sculpteurs dont la gloire les éclipse? Est-ce parce qu'ils n'ont pas trouvé un système de décoration qui ne jurât pas avec nos habitudes, nos mœurs, notre climat? A défaut d'originalité, à défaut de conception artistique, quelques-uns, au moins, ont essayé de nous donner le sentiment de la grandeur; il éclate et s'affirme à l'amorce du boulevard de la Madeleine, avec ces rues immenses et ces constructions gigantesques. C'est là le Paris moderne, disons-nous; c'est aussi le Paris de demain, et quand la rue Basse-du-Rempart aura complètement disparu, quand le boulevard de la Madeleine sera bordé tout entier de maisons hautes et spacieuses, il sera le type des rues de l'avenir. Par exemple, il faut espérer qu'aucun architecte n'aura jamais l'idée de refaire une église dans le style de la Madeleine; nous avons assez à Paris de la Bourse et de la Madeleine. Hélas! nos hivers, nos brouillards s'accordent mal avec ces hautes colonnades faites pour se baigner dans le bleu du ciel.

Le boulevard de la Madeleine se termine, comme il s'ouvre, sur un large et grandiose horizon : la rue Royale, où se pressent les voitures allant au Bois matin et soir, laisse apercevoir la perspective du Corps législatif. Le boulevard commence à la Bastille comme une chrysalide et finit à la Madeleine comme un papillon diapré, chatoyant et toujours en mouvement.

CHAPITRE VI

La traversée de Paris. — Les quais. — Les ponts.

La longue ligne de quais qui enserre la Seine sur un parcours de plus de onze kilomètres, du pont National au viaduc d'Auteuil, a transformé complètement le caractère du fleuve capricieux que les premiers habitants de la Cité avaient baptisé *Squan*, le Serpent.

Au sortir de Paris, la Seine se plie et se replie toujours en circonvolutions serpentines; mais à travers Paris, elle roule régulièrement entre deux murs de granit ses eaux paisibles. Les grandes crues ne sont plus qu'un incident sans danger pour les riverains dans l'intérieur de Paris; les berges peuvent être envahies et les caves inondées par les infiltrations, c'est à cela, d'ordinaire, que se bornent les désastres, et les épaves que dans les grands jours le passant regarde filer à la dérive proviennent, presque toujours, des villages en amont du fleuve.

La traversée de Paris est une des promenades les plus charmantes et les plus pittoresques qu'on puisse faire; les bateaux-mouche l'ont mise à la portée de toutes les bourses. Du pont du bateau on voit se dérouler en quelques instants l'histoire entière de notre vieux Paris. Mais procédons par ordre; la méthode, ici, est tout indiquée : nous n'avons qu'à descendre la Seine pour remonter vers le passé que nous allons voir flamboyer et revivre au milieu de notre excursion.

Le premier pont qu'on rencontre en entrant à Paris est le pont National, qui relie les boulevards tracés en dedans de l'enceinte militaire et qui sert à la fois aux piétons, aux voitures et au chemin de fer de Ceinture. A gauche est le quai de la Gare, à droite le quai de Bercy, qui s'étendent jusqu'au pont de Bercy. Le pont de Tolbiac est placé à peu près à égale distance des ponts de Bercy et National. Sur la rive droite, le quai est occupé presque tout entier par le nouvel entrepôt de Bercy, vaste emplacement où des millions de tonneaux contiennent les vins de France et aussi les vins étrangers additionnés d'alcool, et les vins faits uniquement avec des raisins secs, colorés et parfumés par ces procédés extravagants qui font « la gloire des chimistes », comme a dit Banville.

Outre les vins, voici les vinaigres, les huiles, les eaux-de-vie. Ce sont les docks du liquide, réservoir monstrueux où vient s'accumuler la production de la France, où vient s'alimenter le Gargantua qui a deux millions et demi de gosiers; c'est de là que coule le vin bleu qui met, dans les cabarets, les flammes aux yeux des buveurs; c'est de là que s'épanchent les grands vins du Bordelais, au rire joyeux, aux tons transparents, qui vont, pendant cinq ou six années, dormir d'un sommeil réparateur. C'est le temple de la *Beuverie !* Ici, le vin est dieu, un dieu mystérieux, bon et terrible tout ensemble! Combien de joies et de colères, de misères et de fortunes recèlent ces douves rebondies! La jeune fille qui s'éveille à la vie et qui, victime innocente et prédestinée, sent ses forces l'abandonner et la vie se retirer d'elle, retrouvera dans quelques gouttes d'un vin généreux la santé, la vie et la gaieté; le vieillard affaibli y trouvera quelques années de vigueur; le convalescent, la joie de se sentir renaître; et, dans les grands jours, alors que, pour les fiançailles ou le baptême d'un petit-fils, le grand-père fait circuler les bouteilles vénérables, gardées précieusement, le vin qui s'échappe en chantant met dans tous les yeux un éclair de joie et de confiance.

Pendant quelques instants, ces liens de la famille, que les hasards de la vie relâchent trop souvent, se font plus étroits et plus intimes. Mais, hélas! que d'ombres à ce tableau! C'est aussi de Bercy que sort la soûlerie honteuse et dégradante qui jette l'homme dans les maisons centrales, la femme au trottoir et les enfants à la rue.

Vis-à-vis de l'entrepôt de Bercy, sur le quai de la Gare, s'étend la gare des marchandises du chemin de fer d'Orléans. Du pont de Bercy au pont d'Austerlitz, c'est, à droite, le quai de la Râpée, à gauche le quai d'Austerlitz.

Avec le quai de la Râpée commencent les quais historiques; ce ne sont pas encore des dates ou des noms célèbres qu'évoque à nos yeux le quai de la Râpée, mais ses premiers habitants y ont laissé leur souvenir, et l'histoire nous a transmis des renseignements précis sur ce coin du vieux Paris, alors que la Seine, libre de ses allures, s'étendait bien au delà des limites qu'elle atteint aujourd'hui; alors que le sol menait par une pente douce au fleuve que n'enserrait aucune muraille.

Les premiers quais, bien primitifs, ne datent en effet que de Philippe le Bel; ce sont de simples talus en terre qui, en 1313, furent élevés de la place du Pont-Saint-Michel au couvent des Augustins, placé en amont du Pont-Neuf. Le quai de la Râpée a eu, avant cette époque, une vie assez brillante, et son nom, qu'on attribue à un sieur de la Râpée, commissaire général des guerres sous Louis XV, a une origine plus ancienne. Ce sieur de la Râpée a bien fait construire un hôtel sur le quai, mais il a encore emprunté le nom du quai, qui s'appelait de la Râpée dès le XIIᵉ siècle, à cause d'un marché où l'on vendait du vin de râpure, ou râpé.

La Râpée et Bercy sont devenus des quartiers essentiel-

8

lement modernes, et on se figure malaisément, au lieu de
ces maisons modestes, le château de Bercy, construit par
Mansard, l'hôtel du Luxembourg, la *vigne de Chaulnes*, au
XVIIᵉ siècle, vaste propriété de Charles d'Albert duc de
Chaulnes, qui fut ambassadeur de France à Rome, la maison
du duc de Gesvres, gouverneur de Paris. L'étang de Bercy,
qui séparait la vigne de Chaulnes de la propriété du duc de
Gesvres, était une véritable curiosité; il y avait des bassins,
des jeux d'eau; il y eut plus tard des oiseaux aquatiques, et,
dans le jardin, une ménagerie et un laboratoire; Mᵐᵉ de
Parabère a habité sur le quai de la Râpée. Ce fut, on le voit,
un quartier aristocratique et un lieu de plaisir. Les quais
n'ont rien gardé de ce double caractère. Comme la place
Royale, ils ont été abandonnés par leurs premiers hôtes, qui
recherchaient le voisinage de l'hôtel Saint-Pol et du Louvre.
Versailles a consommé la déchéance des quais qui, plus
plus avisés que la place Royale, ont suivi le mouvement,
et se sont transformés sans résistance. La gare du chemin
de fer d'Orléans occupe tout l'espace compris sur la rive
gauche, entre le pont d'Austerlitz et le pont de Bercy.

Le pont d'Austerlitz, construit de 1802 à 1807, a été reconstruit en 1855. Les noms des officiers morts à Austerlitz
sont inscrits dans la pierre. Il met en communication la
place Mazas, où aboutit l'avenue Ledru-Rollin avec la place
Walhubert sur laquelle s'ouvre le Jardin des plantes.
A gauche le quai Saint-Bernard longe le port aux vins
et la Halle aux vins, qui fut le premier entrepôt établi
à Paris.

Cette création date de 1656. La Halle aux vins actuelle,
décrétée en 1808, ne fut commencée qu'en 1811 et terminée en
1845; elle est devenue insuffisante et elle est simplement une
annexe du grand Entrepôt de Bercy. Le quai Henri IV, qui
continue le quai de la Râpée, a été ouvert sur l'emplacement

de l'ancienne île Louviers ; c'est l'ancien quai de l'Arsenal,
que construisit Sully ; il finit au pont Sully, un pont oblique
qui met en communication l'île Saint-Louis avec les deux
rives.

Nous voici au cœur du vieux Paris. L'île Saint-Louis, au
milieu du tumulte du Paris moderne, a conservé un caractère
de grandeur et de fierté ; c'est la Belle au bois dormant, qu'aucun prince charmant ne réveillera jamais. Les vieux hôtels ont
toujours une fière tournure ; mais ils ont perdu les hôtes qui
leur donnaient l'éclat et la vie. Que de souvenirs dans ce petit
coin de terre ! La rue Bretonvilliers a emprunté son nom à
l'hôtel qui s'élevait à la pointe orientale de l'île ; de l'autre côté
de la rue, sur le quai de Béthune, s'élevait l'hôtel Richelieu
où habita le duc, membre de l'Académie française à vingt-
quatre ans, quoiqu'il ne sût pas l'orthographe, et plus célèbre
par ses bonnes fortunes que par sa campagne du Hanovre. Sur
le quai d'Anjou, le vieil hôtel Pimodan a eu pour hôte un
autre don Juan, l'irrésistible Lauzun, le mari de la grande
Demoiselle ; plus près de nous, il eut l'honneur d'abriter la
gloire naissante de Baudelaire et de Gautier. Les vieilles maisons du quai Bourbon ont remplacé les hôtels de l'architecte
Lavau et du duc de Nevers, neveu de Mazarin ; mais Lavau
nous a laissé un monument plus durable dans l'hôtel Lambert,
rue Saint-Louis-en-l'Ile, qu'il construisit pour le président
Lambert de Thorigny ; l'hôtel Lambert est resté debout tout
entier ; il garde encore précieusement les fresques du peintre
Lebrun. Mme du Châtelet y a donné l'hospitalité à Voltaire.
Philippe de Champaigne, le grand peintre, a habité dans cette
même rue Saint-Louis-en-l'Ile. Aucune gloire n'aura manqué
à l'illustration de l'île Saint-Louis.

L'île Saint-Louis communique à la rive gauche par le pont
de la Tournelle ; c'est là que se terminait l'enceinte de Philippe-Auguste. Le pont actuel, qui date de 1656, a remplacé le

vieux pont commencé en 1614 ; il a été complètement restauré
sous le règne de Louis-Philippe. L'île est reliée à la rive
droite par deux autres ponts, le pont Marie et le pont Louis-
Philippe.

Le pont Marie est contemporain des premiers travaux exécutés dans l'île Saint-Louis. Trois entrepreneurs, Marie, Poul-
letier, secrétaire de la Chambre du roi, et Le Regrattier, dont le
nom a remplacé, dans une rue de l'île, celui de la Femme-sans-
Tête, s'associèrent pour construire le pont Marie, des maisons,
des moulins, des étuves, un jeu de paume, et les quais
d'Anjou, d'Orléans, de Bourbon, des Balcons, aujourd'hui
quai de Béthune. Louis XIII et Marie de Médicis posèrent la
première pierre du pont en 1614 ; les travaux, tour à tour
repris et interrompus, ne furent terminés qu'en 1635. La
berge, sur la rive droite, est le rendez-vous des chiffonniers.
C'est là qu'ils opèrent, au retour de leurs excursions, le tri de
leurs hottes. Il faudrait un Callot pour décrire ce spectacle.

Le pont Louis-Philippe est tout récent ; il succède à l'ancien
pont Louis-Philippe, en fil de fer, construit en 1833 et qui
mettait la Cité et l'île en communication avec la rive droite de
la Seine. Les deux îles sont reliées par le pont Saint-Louis, où
se trouve la nouvelle Morgue ; le pont de l'Archevêché, le
pont Saint-Louis et le pont Louis-Philippe forment une ligne
brisée qui unit le quai de la Tournelle au quai de l'Hôtel-de-
Ville.

L'île Saint-Louis se trouve placée entre le quai des Célestins
sur la rive droite et le quai de la Tournelle sur la rive gauche.
Sur le quai des Célestins se trouve l'ancien hôtel de Cam-
bourg, plus tard hôtel de Fieubet, bâti sur l'emplacement du
château Saint-Paul, habitation des rois de France ; Fieubet
fut, en 1671, chancelier de la reine Anne d'Autriche. M. de
Lavalette a essayé de faire revivre le Paris architectural du
XVIIᵉ siècle ; l'hôtel Fieubet a été restauré, orné avec une pro-

fusion excessive ; mais la tentative n'a pas été poussée jusqu'au bout. L'hôtel Lavalette est resté inachevé, et ce n'est pas lui qui ramènera la fortune dans ce quartier qui fut pendant des siècles un des plus riches et des plus brillants de Paris.

Un couvent de Célestins s'installa sur l'invitation de Charles V dans les jardins de l'hôtel Royal ; le duc d'Orléans y fonda une chapelle sous Charles VI, et cette chapelle a subsisté jusqu'à la Révolution. Là ont reposé le duc d'Orléans et sa femme Valentine de Milan ; le cœur du connétable de Montmorency était placé dans une urne ; une colonne s'élevait à la mémoire de François II, et dans une urne que soutenaient les trois Grâces de Germain Pilon étaient le cœur de Henri II et celui de Catherine de Médicis. En 1785 l'abbé de l'Epée s'installait avec ses élèves dans le couvent des Célestins, dont les hôtes avaient été licenciés en 1778. Les sourds-muets y restèrent dix ans environ. Sur l'emplacement de l'ancienne église a été construite une caserne. Le quai des Célestins, aujourd'hui si modeste, a été le centre de la vie à Paris. A l'ombre de la Bastille s'étendaient les jardins de l'hôtel Royal, et les hôtels particuliers, rue de la Cerisaie, rue Beautreillis, rue Saint-Antoine, ont abrité des hôtes illustres jaloux d'un voisinage auguste. Le quai des Célestins n'a rien gardé de sa splendeur passée que cet hôtel Fieubet, défiguré par une restauration trop zélée ; il n'a rien gardé non plus de cette animation que lui donnèrent si longtemps les coches d'eau.

Le quai de la Tournelle a eu aussi ses jours de splendeur ; les ducs de Lorraine y ont habité l'hôtel de Bar, qui passa aux ducs de Montpensier ; ce quai s'est appelé le quai des Miramiones, en souvenir de Mme de Miramion, fondatrice d'une congrégation de femmes : « Mme de Miramion, cette mère de l'Église ! » écrivait en 1696 Mme de Sévigné. La Pharmacie centrale des hôpitaux occupe l'ancien couvent. La fille de la

fondatrice, Mme de Nesmond, a habité l'hôtel de ce nom, sur
le quai. Mais tout cela a disparu comme les moulins de l'île
Saint-Louis, comme les maisons qui garnissaient les ponts.

Devant la Cité, on a sous les yeux un des plus admirables
spectacles de Paris : les deux tours de Notre-Dame se
dressent majestueusement, et la flèche de la Sainte-Chapelle
apparaît étincelante au-dessus des maisons ; la vieille Cité, qui
vit les Celtes, les Romains, les Francs, les Normands, a conservé une physionomie toute particulière ; c'est un petit coin
de terre féodal. Pendant que la Ville se modernise, la Cité
demeure comme le musée vivant des mœurs de la vieille
France. N'allez pas chercher là les manifestations de la vie et
de l'industrie modernes ; mais si vous voulez revivre le passé,
entrez à Notre-Dame qui vous dira la foi des âges disparus ;
l'Hôtel-Dieu est aussi un legs de cette foi ardente qui couvrait
les rives de la Seine d'hôpitaux et surtout d'églises et de couvents. La Sainte-Chapelle, hymne de pierre, disparaît dans le
palais de Justice ; c'est toute la vieille France, la France de
Philippe-Auguste et de saint Louis, où la religion toute-puissante essaye, du haut de ces tours gigantesques, de se rapprocher du ciel. Le palais de Justice rappelle un des privilèges dont fut si longtemps jalouse la royauté française ; ce
vieux palais de nos premiers rois s'est agrandi, augmenté,
étendu ; le chêne de saint Louis est devenu forêt, et la flèche
ailée de la Sainte-Chapelle apparaît seule au-dessus du monument où la loi règne, aujourd'hui, en souveraine maîtresse.
L'église, l'hôpital, la justice, le couvent, toute l'histoire des
premiers âges de Paris tient dans ces mots. Le couvent a
disparu, mais la maison de justice a envahi ce coin de terre
qui semblait réservé au culte d'un Dieu. C'est par là que se
révèle dans la Cité l'esprit moderne.

Sur la rive gauche, la Cité est bordée par le quai de
l'Archevêché, la place du Parvis-Notre-Dame, le quai du

Marché-Neuf, le quai des Orfèvres; sur la rive droite par le quai aux Fleurs, le quai de la Cité et le quai de l'Horloge. Le quai des Orfèvres est resté fidèle à son origine et il continue à vendre des joailleries, des calices, des ostensoirs; c'est sur le quai des Orfèvres qu'habitèrent le lieutenant criminel Tardieu et sa femme, victimes de leur ladrerie; ils furent assassinés en 1655. Le quai de l'Horloge, commencé en 1611 par le président Jeannin, a emprunté son nom à l'horloge du palais de Justice; le public lui en a donné un qui répond mieux encore à son affectation : quai des Lunettes; c'est là, en effet, la spécialité commerciale du quartier.

La Cité communique à la rive droite par le pont d'Arcole, le pont Notre-Dame et le pont au Change. Le pont d'Arcole rappelle le souvenir d'un jeune combattant de 1830, tué dans la journée du 28 juillet; établi en 1828, il a été complètement reconstruit en 1854. Le pont Notre-Dame fut, croit-on, le Grand-Pont de la Cité. Il aura eu alors une destinée bien accidentée. Détruit et reconstruit plusieurs fois, il s'écroule en 1499 avec les maisons qu'il porte. Il est rebâti en pierre, réparé en 1659, en 1786, et, enfin, restauré presque complètement, lors de l'ouverture de la rue de Rivoli. Le pont au Change, nom qu'il prit en 1141 lorsque le roi Louis VII l'assigna pour demeure aux changeurs et aux marchands d'or, incendié en 1621, est reconstruit en pierre en 1647, et remplacé en 1859 par le pont actuel. Si le Pont-Neuf, que nous allons rencontrer tout à l'heure, a été un des endroits les plus fréquentés de Paris par les badauds, les bateliers, les promeneurs et les tire-laine, le pont au Change a été, pendant plusieurs siècles, le centre d'un commerce considérable; c'était une véritable Bourse.

Sur la rive gauche, nous trouvons également trois ponts, le pont au Double, le Petit-Pont et le pont Saint-Michel. Le pont

au Double date de 1843 ; il a remplacé un pont bâti en 1634.
Le Petit-Pont a gardé le nom qu'il avait sous la domination
romaine. Construit en pierre en 1185, reconstruit en 1718,
après un incendie, il a été refait en 1854. Le pont Saint-
Michel remonte à 1387 ; il s'appela d'abord le Pont-Neuf. Il
disparut en 1408, emporté par les glaçons ; une seconde fois
en 1547, il est victime du même accident ; un pont en bois
le remplace jusqu'en 1616, époque à laquelle on construit
un nouveau pont en pierre, qui a été complètement refait
en 1857. A l'extrémité de la Cité est la place Dauphine, sur
laquelle s'ouvre la Préfecture de police ; le Pont-Neuf s'appuie
sur la pointe occidentale de l'île.

Sur la rive droite, les quais qui s'étendent vis-à-vis de la
Cité, du pont Louis-Philippe au Pont-Neuf, sont : le quai
de l'Hôtel-de-Ville, le quai de Gesvres et le quai de la
Mégisserie. Ce fut le port au blé, et les lourds bateaux se
pressaient le long de la Grève. La place de l'Hôtel-de-
Ville s'est appelée longtemps place de Grève. Une partie
du quai de Gesvres s'est appelée quai Pelletier, du nom
d'un des associés de Marie, le constructeur du pont et des
quais de l'île Saint-Louis. En 1642, une ordonnance royale
concédait au marquis de Gesvres, sur sa demande, des
terrains vagues, où s'entassaient des immondices, entre le
pont Notre-Dame et le pont au Change, à la condition d'y
élever un quai sur arcades avec quatre rues. Pendant les
XVIIe et XVIIIe siècles, les quais Pelletier et de Gesvres,
fermés par des grilles, furent occupés par les bijoutiers,
les libraires, les marchandes de dentelles. Le quai de la
Mégisserie s'est longtemps appelé quai de la Ferraille ; des
marchands de ferrailles, d'ustensiles, vivaient côte à côte
avec les marchands d'oiseaux qui sont, pour la plupart,
restés fidèles aux quais.

Sur la rive gauche, du pont de l'Archevêché au Pont-

Neuf, nous trouvons les quais Montebello, Saint-Michel et des Grands-Augustins. Le quai Montebello fut decrété en 1803, comme beaucoup d'autres : car Napoléon I⁰ʳ rêva de compléter l'œuvre commencée sous Philippe le Bel et continuée sous François I⁰ʳ et sous Louis XIII; mais les événements ajournèrent jusqu'en 1840 l'ouverture du quai Montebello. Du quai Saint-Michel on découvre la fontaine Saint-Michel, spécimen bizarre de l'art officiel du second Empire.

. Il n'y a pas de ville où aient existé autant de couvents qu'à Paris : toutes les rues ont eu leur congrégation. Les boulevards n'étaient presque exclusivement bordés, jusqu'au xviii⁰ siècle, que de couvents. Les quais n'avaient pas échappé à l'envahissement. Avant les Grands-Augustins, qui ont donné leur nom au quai qui nous occupe et qui vinrent s'y établir sous Charles V, saint Louis y avait appelé les Sachets, frères de la Pénitence de Jésus-Christ. Le quai des Grands-Augustins conserve encore de nos jours une physionomie archaïque; et si le couvent des Augustins n'a pas laissé de trace, il n'est pas difficile de retrouver le souvenir de quelques vieux hôtels dans ces maisons qui, presque toutes, recèlent un marchand de livres, d'estampes ou d'antiquités. Au coin de la rue Gît-le-Cœur, le roi François I⁰ʳ, pour se rapprocher de sa maîtresse, la duchesse d'Etampes, fit élever un petit hôtel, plus tard hôtel d'O et hôtel de Luynes; le chancelier Séguier y demeura. La rue de Savoie rappelle le souvenir de l'hôtel de Nemours et de Savoie. La Vallée, actuellement occupée par un dépôt de la compagnie des Omnibus, a, pendant longtemps, donné au quai des Grands-Augustins une animation qu'il n'a pas retrouvée. C'était le marché à la volaille, et les poulets, les canards, les oies arrivaient là, chaque matin, de tous les points de la France, enfermés dans ces larges paniers plats qui prennent

maintenant le chemin des Halles centrales. Le calme règne
aujourd'hui sur le quai des Grands-Augustins.

Le quai des Grands-Augustins à gauche, le quai de la
Mégisserie à droite nous amènent au Pont-Neuf. Tous les
ponts de Paris ont aujourd'hui une physionomie semblable ;
ce sont des voies de communication où le promeneur passe,
rapide, sans s'arrêter. Quelquefois un curieux contemple un
instant le magnifique panorama de la Seine, un désespéré
enjambe le parapet, et quelques pauvres diables dorment au
soleil sur les bancs de pierre ; mais la vie n'est plus sur les
ponts, comme au temps où de chaque côté s'étageaient deux
files de maisons, comme au temps où les changeurs, les orfèvres, les marchands d'oiseaux offraient aux passants leurs
monnaies, leurs bijoux, leurs oiseaux et leurs singes, comme
au temps où Jean de Petit-Pont enseignait la philosophie à ses
élèves, à la fin du XIIe siècle, dans une des maisons du Petit-
Pont. Le pont est devenu une voie banale. Comment se fait-il
que le Pont-Neuf conserve, en dépit de tout, sa popularité
et sa gloire ? Il est connu, il est célèbre, et on l'aime. Ce
n'est certainement pas pour sa physionomie actuelle, qui ne
diffère pas de celle des autres ponts. On dirait que l'enthousiasme qu'il provoqua, à sa fondation, a traversé les âges.
Le *Journal de l'Étoile*, chronique du règne de Henri III,
parle du projet en termes chaleureux, et Ronsard l'a chanté.
Le Pont-Neuf a eu une destinée brillante : la première
pierre fut posée par Henri III, le 31 mai 1578. Les travaux
interrompus ne furent repris qu'en 1602, sous Henri IV.
Le Pont-Neuf devint bientôt le rendez-vous à la mode. Ce
fut une foire perpétuelle où les charlatans, les chanteurs
attiraient le public, rivalisant de fantaisie, d'adresse et de
gaieté. A l'extrémité méridionale s'élevait le château
Gaillard, où tout Paris venait applaudir les marionnettes de
Brioché. Près de la place Dauphine, Tabarin et Mondor

jouaient, en plein vent, des comédies improvisées avec une
verve inépuisable. C'était un bruit incessant, une fête
éternelle, où les voleurs et les filles trouvaient une proie
facile.

C'est là qu'est né le vaudeville avec la parade de Tabarin,
et la chanson qui, elle, est née avec le premier homme, s'y
est popularisée. Le peuple reconnaissant la baptisa *Pont
Neuf*. Les grands artistes suscitent toujours des jalousies et
des colères. Le tréteau de Mondor disparut en 1634 : les
voisins se plaignaient de ses chansons scandaleuses. Hélas!
c'est toujours l'éternelle histoire : les marchands avec
pignon chassaient les pauvres diables qui leur faisaient
concurrence.

Le Pont-Neuf perdit son public de bateleurs, de chanteurs
et de charlatans; mais il avait, en lui-même, un élément
de succès ; il avait sa fontaine, comme l'Opéra a son escalier.
C'était la *Samaritaine*, érigée en 1608 et destinée à alimenter,
par des canaux, le Louvre et les Tuileries. Elle était
placée sous la seconde arche, du côté de la rive droite, et
le mécanisme s'élevait au-dessus du pont; sur la façade un
groupe en bronze doré représentait Jésus-Christ et la
Samaritaine, et devant le cadran d'une horloge à carillon,
les curieux attendaient le moment où un petit bonhomme
venait sonner les heures. La fontaine a subsisté en partie
jusqu'en 1813.

·La statue de Henri IV est-elle, comme Tabarin, comme
la Samaritaine, pour quelque chose dans la célébrité du
Pont-Neuf? Peut-être bien. Le souvenir de Henri IV est
resté populaire ; les crimes et la dépravation des Valois
ont fait oublier que c'est par trahison que le Béarnais
entra dans Paris, qu'il acheta la Ville au prévôt des marchands, Lhuillier, et au gouverneur, le comte de Brissac.
La statue actuelle est l'œuvre de Lemot; elle date de 1817;

elle a une aînée, dont l'histoire est fort curieuse. Le duc
de Toscane fit cadeau, en 1613, à Marie de Médicis, alors
régente de France, d'un cheval de bronze que Jean de
Bologne, élève de Michel-Ange, avait fait pour une statue
équestre de Ferdinand, le prédécesseur de Côme II. Le
cheval, en arrivant en France, fit naufrage sur la côte de
Normandie ; il fut repêché en 1614, amené à Paris et placé
sur un piédestal. C'est seulement en 1635 que Henri IV
enfourcha le cheval de bronze. Le cavalier et l'animal ser-
virent en 1772, comme bien d'autres statues, comme les
cloches, à fondre des canons.

Restauré en 1825, en 1836 et en 1852, le pont édifié sous
Henri III et sous Henri IV continue, après près de trois
siècles d'existence, à s'appeler le Pont-Neuf. D'autres ponts
se sont élevés, d'autres viendront, et ce sera toujours le
Pont-Neuf. On a changé les noms des rues, des quais ; les
autres ponts de Paris ont reçu plusieurs baptêmes ; mais le
Pont-Neuf reste immuable et inviolé, dans sa tradition trois
fois séculaire, protégé par l'éclat de son passé.

Le quai du Louvre, qui va, sur la rive droite, du Pont-Neuf
au pont du Carrousel, est relié également à la rive gauche
par un pont intermédiaire, le pont des Arts. Le quai du
Louvre s'est appelé longtemps quai de l'École, de la rue de
la Monnaie à la rue du Louvre. Ledru-Rollin, jeune encore,
a habité une des premières maisons du quai ; une des
dernières fut un établissement de bains, les bains de la
Reine-Mère, construits sur l'ordre de Catherine de Médicis.

Un souvenir en passant à la mère Moreau, qui date du
Directoire et où ont passé toutes les générations d'étudiants
qui se sont succédé depuis le commencement du siècle.
La mère Moreau est encore une des stations obligées du
fameux monôme des polytechiniciens.

Voici le Louvre, découpant sur le ciel ses lignes harmonieuses : c'est le vieux palais des rois de France, où les grands maîtres de l'art ont trouvé une hospitalité moins aléatoire que leurs prédécesseurs.

Sur la place du Louvre, l'église Saint-Germain-l'Auxerrois a donné le signal de la Saint-Barthélemy.

Le 24 août 1572, le quai du Louvre vit un spectacle terrible : les protestants, tués, assommés ou simplement blessés, étaient précipités dans la Seine. Le fleuve rejeta dix-huit çents cadavres qui furent ensevelis à la hâte sur les quais. Passons vite, l'eau de la Seine nous semble toujours couler rouge à cette place maudite.

Parallèlement au quai du Louvre s'étendent, sur la rive gauche, le quai Conti, du Pont-Neuf au pont des Arts, et le quai Malaquais, du pont des Arts au pont du Carrousel. Le quai Conti s'est appelé tour à tour quai de Nesles, quai Guénégaud, du nom de ses hôtes. C'est là que s'élevait l'hôtel de Nesle que le mélodrame a rendu célèbre. Le quai est occupé presque tout entier par la Monnaie qui a remplacé, sur la fin du règne de Louis XV, l'hôtel Conti. Napoléon Ier, au sortir de l'École de Brienne, a habité une modeste chambre sous les combles d'une des maisons du quai.

Le quai Conti, le quai Malaquais et le quai Voltaire, qui fait suite, sont la patrie du bouquin.

Les boutiques, étroites et obscures, sont pleines de livres, et les parapets des quais sont garnis de ces boîtes uniformes où tous les passants s'obstinent encore à chercher quelque Elzévir, quelque Cazin, quelque Aldé Manuce. Recherches vaines : ces bouquinistes sont des bibliophiles qui connaissent mieux que personne le prix des livres rares, et qui savent à qui les vendre. L'*Oracle des dames et des demoiselles*, la *Clef des Songes* sont le fonds de ces bibliothèques en plein vent, avec quelques volumes dépareillés et beaucoup de livres modernes. C'est là que viennent échouer la plupart des romans

qui apparaissent au jour, pleins de fierté, flambants neufs,
avec cette inscription hautaine : « vient de paraître », à la
devanture des librairies à la mode. Le commerce des vieux
bouquins est surtout maintenant le commerce des livres neufs ;
il semble qu'on ne publie tant de romans que pour alimenter
l'industrie des quais. Les livres anciens, précieux à un titre
quelconque, se cachent soigneusement ; le marchand sait leur
valeur et ne s'en défait qu'à bon escient. Et pourtant on ne
passe pas devant ces étalages sans y jeter un coup d'œil, sans
fouiller de la main ces amas de brochures. Le fureteur se dit,
non sans un certain orgueil, qu'il y a peut-être, au milieu de
ces banalités, une perle qui a échappé aux recherches, et qu'il
saura découvrir. Si cela arrivait, ce n'est pas lui qui serait le
plus surpris, ce serait le marchand ; mais il n'y a rien à
craindre.

L'Institut est l'ancien collège des Quatre-Nations, construit
en 1663 par Levau, en exécution d'une disposition testamen-
taire du cardinal Mazarin. Les académiciens en ont pris
possession en 1806. Le calme de la place convient bien à la
destination du monument. Les cours de l'Institut, presque
toujours désertes, ont un vague aspect de cloître. Le voisinage
de l'École des beaux-arts ne donne pas beaucoup plus d'animation au quai Malaquais dont les maisons occupent l'emplacement de l'hôtel de la reine Marguerite, première femme
de Henri IV. La salle Melpomène, annexe de l'École des
beaux-arts, ouvre ses portes à des expositions intermittentes.

Le pont des Arts a été construit de 1802 à 1804 ; ce fut un
pont à péage et les vieux vaudevilles conserveront le souvenir de l'impôt que la compagnie concessionnaire a longtemps
prélevé sur le public. Le pont des Arts, auquel on accède par
un escalier, est un des rares endroits de Paris où l'on soit à
peu près certain de ne pas se faire écraser. Le pont des Arts
est surtout célèbre par l'aveugle qui, pendant de longues

années, y joua de la clarinette ; il semblait vraiment qu'il n'y eût pas d'autre aveugle que celui-là, et beaucoup de gens en parlent encore aujourd'hui, alors qu'il a depuis longtemps disparu, comme s'il partageait l'immortalité de ses confrères de l'Institut.

Le pont du Carrousel s'appelle couramment le pont des Saints-Pères ; il a été construit de 1832 à 1834 ; il est d'une grande hardiesse, avec ses trois arches en fer de 48 mètres d'ouverture. A chaque extrémité, sur des piédestaux, s'élèvent deux statues : l'*Abondance* et l'*Industrie*, sur la rive droite ; la *Seine* et la *Ville de Paris* sur la rive gauche.

Le quai des Tuileries, du pont du Carrousel au pont de la Concorde, longe le jardin des Tuileries, où ne subsiste plus que le souvenir du palais commencé par Catherine de Médicis. Vis-à-vis est le quai Voltaire, où mourut, le 30 mai 1778, le grand philosophe.

Le quai, qui s'appelait quai des Théatins, à cause d'une congrégation religieuse qu'y avait installée Mazarin, prit, le 4 mai 1791, le nom qu'il a gardé.

A la suite du quai Voltaire, le quai d'Orsay, qui s'allonge jusqu'au Champ-de-Mars. C'est le Paris officiel, un Paris qui a, ma foi, grand air, avec ses hôtels, ses ambassades, ses monuments : la Caisse des dépôts et consignations, la caserne d'Orsay, la Cour des comptes, en ruines, envahie par une flore étrange, et qui sera demain le musée des Arts décoratifs ; le palais de la Légion d'honneur, le Corps législatif, le ministère des affaires étrangères, l'esplanade des Invalides, la manufacture des Tabacs, le Magasin central des hôpitaux militaires, le Garde-Meuble et le Dépôt des marbres.

Vis-à-vis du quai d'Orsay, le quai de la Conférence succède au quai des Tuileries. C'est le cours la Reine, créé, en 1616, par Marie de Médicis pour son usage particulier et qui fut la première promenade de Paris. Le quai d'Orsay est relié à la rive droite par cinq ponts : pont Royal, pont Solférino, pont de la Concorde, pont des Invalides et pont de l'Alma.

Le pont Royal date de 1685; les communications entre le Pré-aux-Clercs et les Tuileries, qui, à l'origine, avaient lieu au moyen d'un bac (d'où, rue du Bac), avaient été facilitées par l'établissement d'un pont de bois, construit par un nommé Barbier; ce pont, qui a subsisté jusqu'en 1684, s'est appelé tour à tour pont Sainte-Anne, en l'honneur d'Anne d'Autriche, pont des Tuileries et pont Rouge, à cause de la couleur dont il fut peint. Le pont Royal a été élevé un peu au-dessus de l'endroit où se trouvait le pont Barbier.

Le pont Solférino date de 1858; il a conservé l'N enguirlandé, sculpté sur les parements. Le pont de la Concorde a été commencé en 1787; il a été terminé en 1790 avec des pierres provenant de la démolition de la Bastille. A l'origine pont Louis XVI, pont de la Révolution, de 1792 à 1795, puis pont de la Concorde, il reprit son nom primitif sous la Restauration. La révolution de 1830 lui rendit le nom qu'il porte.

Pendant longtemps, sur le parapet, s'élevaient douze statues de grands hommes, qu'on a reléguées au palais de Versailles, pour ne pas humilier les députés, appelés par les devoirs de leur profession à traverser chaque jour le pont de la Concorde.

Le pont des Invalides a été construit en 1854; il remplace le pont suspendu établi en 1828; la pile du milieu supporte deux statues : *la Victoire terrestre* et *la Victoire maritime.*

Le pont de l'Alma date également de 1854; il est populaire par ses quatre statues de soldats : *le Chasseur à pied, l'Artilleur, le Zouave* et *le Grenadier.* Le peuple de Paris aime l'art sous cette forme; les allégories le touchent peu, mais le pont de l'Alma lui parle de choses qu'il connaît et qu'il aime.

Le quai de Billy, le quai de Passy et le quai d'Auteuil terminent la ligne des quais de la rive droite.

Le quai de Billy remonte à 1572 ; il s'appelait alors le quai des Bons-Hommes, et c'est sur ses rives paisibles que la Seine rejeta dix-huit cents cadavres, le lendemain de la Saint-Barthélemy. C'était d'abord le chemin de Nijon, du nom d'une bourgade qui se créa, au VIe siècle, sur la lisière du bois de Boulogne ; il s'est appelé aussi quai de Chaillot, car c'est là le Chaillot qui semblait au bout du monde et où les Parisiens envoyaient les gêneurs ; ce fut aussi le quai de la Savonnerie, du nom de la manufacture de tapis, créée par Henri IV, et qui a été réunie aux Gobelins.

L'établissement des subsistances militaires occupe la place de la Savonnerie. Les vieilles maisons de Chaillot ont disparu. A peine reste-t-il quelques traces de ces jardins où Mme de Pompadour, où Sophie Arnoult tinrent leur cour ; du couvent de Chaillot il ne reste que le souvenir de Mlle de La Vallière qui y expia longuement son amour pour Louis XIV.

La pompe à feu qui alimente les lacs du bois de Boulogne répandait à l'origine l'eau de la Seine dans les quartiers nord-ouest de Paris ; elle a été établie en 1778. Les hôtels que décora la fantaisie du XVIIe et du XVIIIe siècle ont disparu, mais la pompe à feu est restée debout. Signe des temps : on a respecté le seul établissement qui présentât un caractère d'intérêt général.

Les deux rives de la Seine ont, à partir du quai de Billy, une physionomie bien différente :

Sur la rive droite, le Trocadéro, véritable palais de féerie, vous prépare à ces enchantements que vous rencontrez à chaque pas ; là les maisons sont des hôtels, et tous ont leur jardin ; c'est le coin le plus vert et le plus parfumé de Paris ; à l'extrémité, les vieillards de Sainte-Périne s'éteignent dans un nid de verdure.

De l'autre côté, au contraire, c'est le travail, actif et inces-

sant. Les usines sont nombreuses sur le quai de Grenelle et
sur le quai de Javel qui a donné son nom à une eau chère aux
blanchisseuses ; les bateaux amènent dans le port de Grenelle
les bois, les pierres, les marchandises de toute sorte ; les
grues à vapeur fonctionnent, les hautes cheminées fument,
pendant que, séparées par la Seine, les maisons de la rive
droite s'endorment dans le loisir et dans le bien-être.

Tout concourt à donner au quai de la rive gauche un aspect
un peu triste : le Trocadéro, avec sa rivière riante, son portique, ses tours, ses bassins, son peuple de dieux et d'animaux, a pour vis-à-vis, sur la rive gauche, la plaine immense
et désolée du Champ-de-Mars. Ce désert commence à se peupler, quelques maisons se sont élevées, et peut-être un jour, à
son tour, le Champ-de-Mars sortira-t-il de son long sommeil.

Le pont d'Iéna relie le Trocadéro au Champ-de-Mars ; il a
été construit de 1806 à 1813 ; il rappelle la bataille gagnée sur
l'armée prussienne, comme le quai de Billy éternise le souvenir d'un général tué dans cette journée du 14 octobre 1806 ;
des aigles sont sculptées au-dessus des piles et, à chaque extrémité des parapets, des piédestaux supportent des écuyers
fantastiques.

Entre le quai de Grenelle et le quai de Passy s'élève, au
milieu de la Seine, une étroite chaussée, dernier vestige d'une
île ancienne ; c'est l'île des Cygnes ; elle est reliée aux deux
rives par le pont de Passy, passerelle en fer établie en 1878,
et par le pont de Grenelle construit en 1875.

Le dernier pont de Paris est le viaduc d'Auteuil, qui a été
commencé en 1865. Ce pont splendide termine bien l'admirable panorama qui pendant onze kilomètres se déroule sous
les yeux du voyageur. Par malheur ce magnifique paysage est
gâté par le public qui le fréquente. Le cas est assez fréquent,
et plus d'un touriste a rapporté d'un voyage plus lointain des
impressions analogues. C'est le fondateur du *Figaro*, M. de

Villemessant, je crois, qui au retour d'une excursion dans un pays voisin disait : « C'est charmant! quel dommage qu'il y ait des habitants ! »

La population du Point-du-Jour est fort mêlée, ou plutôt elle n'est pas mêlée du tout: les bonneteurs y ont établi leur quartier général. Pendant l'été, c'est une fête perpétuelle et les cafés-concerts commencent leurs représentations dans l'après-midi.

Il semble que la Seine rejette, à sa sortie de Paris, les impuretés dont elle s'est chargée au cours de son voyage,- et les dépose au seuil de la Grande Ville, pour poursuivre, purifiée, sa marche à travers les campagnes de la Normandie.

Le fleuve est la parfaite image de Paris; il nous a montré le commerce et le travail, la science et l'art; il a fait surgir devant nos yeux le spectre grandiose du passé; il nous dévoile le présent dans toute son activité, dans toute sa gloire et aussi dans toute son horreur. Dans notre siècle de travail, la véritable plaie c'est la paresse; si le travail apparaît sur les rives de la Seine, de Bercy à Grenelle, comme le dieu de la Cité, devant lequel tous s'inclinent, la paresse, la fainéantise, le vice se dressent, idoles menaçantes, aux confins de Paris, au pied de ce viaduc gigantesque dont la hardiesse semble rapprocher l'horizon lointain de la mer.

Heureusement que la Seine nous présente des spectacles plus réconfortants et plus sains, et il faut pousser jusqu'au bout pour découvrir cette armée du mal qui existe dans toutes les grandes villes, dans toutes les grandes agglomérations; c'est là qu'elle se manifeste au grand jour, avide de lumière et de bruit, après les durs mois d'hiver, pendant lesquels elle a vécu dans l'ombre des cabarets et des garnis; est-ce le sentiment de son indignité qui la rejette ainsi, aux portes de Paris, loin de la Ville travailleuse? En vertu de

quelle loi naturelle la Seine accomplit-elle cette œuvre de
purification, œuvre que la législation complétera?

Sans avoir les caprices de la Loire ni les colères du Rhône,
la Seine a cependant ses dangers et ses surprises.

Dans les jours de sécheresse, on voit quelquefois apparaître
le fond, au-dessous de l'étiage du pont Royal et du pont de la
Tournelle, marqué, le premier à quatre-vingt-cinq centimètres, et le second à quarante-cinq centimètres du lit de la
Seine. Le fleuve atteint parfois jusqu'à six mètres de hauteur;
alors c'est l'inondation qui envahit les villages riverains.

De grands travaux ont été accomplis en amont de Paris,
pour donner à la Seine, du Havre à Rouen, un cours plus
régulier et une profondeur uniforme; leur influence s'est fait
sentir jusqu'à Paris. Verrons-nous, comme on nous le promet,
la Seine accessible jusqu'à Paris aux navires de quinze cents
et deux mille tonneaux, apportant, sans transbordement, leur
cargaison jusque sur nos quais?

C'est le secret de l'avenir. On peut se contenter du présent,
et cette traversée de la Seine, avec ses aspects multiples,
avec ses physionomies diverses, avec ses monuments : Notre-
Dame, la Sainte-Chapelle, le Louvre, les Invalides, qui sont
pour le voyageur des points de repère en même temps que le
sujet de hautes réflexions, n'est-elle pas vraiment une des
promenades les plus pittoresques et les plus intéressantes de
notre cher Paris?

Tout est là! Rien ne manque à ce panorama mouvementé,
ni les leçons du passé, ni celles du présent. Le vieux serpent
roule dans ses flots toutes nos grandeurs, toutes nos faiblesses, les souvenirs de nos premières batailles et les horreurs de nos guerres civiles. Il a vu les Romains, il a vu la
Saint-Barthélemy; il reflète l'Institut, où la vertu triomphe,
une fois par an; mais il reflète aussi la Morgue, où viennent
échouer, dans l'éternel repos, les ambitions inassouvies, et

les amours trompés, les désespoirs et les rêves. Il a son
peuple, dont il faut bien dire un mot: mariniers et déchar-
geurs, canotiers, pêcheurs et baigneurs. Tout le monde connaît ces longs bateaux où un roufle à volets verts abrite toute
une famille. Lentement ils ont descendu ou remonté la Seine,
chargés de barriques, de pierres, de bois, de charbon :
l'homme, appuyé paresseusement sur la barre, pendant que
le chien, hôte, indispensable, aboie furieusement aux bœufs
mélancoliques, aux poulains affolés et aux moutons peureux.
Le long et pénible voyage s'achève dans une fièvre d'activité;
les débardeurs au torse nu, aux pectoraux saillants, roulent
les barriques, déchargent le bois, le sable ou le charbon; en
cinq minutes, Paris aura dévoré toute la cargaison, et bien
d'autres avec.

Débardeurs et mariniers sont le vrai peuple de la Seine,
les autres ne sont que des hôtes de passage; le canotier est
rare, dans Paris même, où la circulation des bateaux à vapeur
est un danger constant pour les youyous et les yoles à équi-
libre instable.

Quant au pêcheur à la ligne, il est là, sur la berge, sur les
trains de bois, sur les culées des ponts, sur les escaliers,
comme il est partout où l'eau coule. C'est le soldat du devoir;
il est là, à son poste, esclave d'une vocation irrésistible. Plaignons ce martyr. On a raconté bien des histoires sur le
pêcheur à la ligne, sur sa ténacité, sur son obstination. L'auteur de ces lignes a annoncé à un pêcheur à la ligne, sur le
quai des Augustins, l'envahissement du Corps législatif et la
déchéance de l'empire, le 4 Septembre. L'homme ne parut que
fort peu sensible à la nouvelle; il était en train de décrocher
une minuscule ablette.

La population de la Seine a aussi ses irréguliers, assez
rares aujourd'hui; le temps n'est plus où ils trouvaient sous
les arches des ponts le gîte assuré; on dort encore sous les

ponts et sur les berges, mais la police réveille souvent les
dormeurs; ces fantaisistes ont trouvé mieux que cela d'ailleurs, et je sais un singulier garçon à qui on ne connaît pas
de domicile et qui prétend habiter à l'Alcazar, l'été, et aux
Ambassadeurs, l'hiver.

Dans les grands hivers, lorsque la Seine est prise, le Parisien se précipite vers les quais, heureux de ce spectacle inat-
tendu. Il y a quelques années, le froid fut si vif qu'on vit des
goélands et des canards sauvages s'aventurer jusqu'en plein
cœur de Paris. Le fait est rare, et les oiseaux du Nord n'ont
pas souvent perché sur les tours de Notre-Dame. Mais le
fleuve en a vu de toutes les couleurs, depuis le jour où une
tribu celte vint se reposer sur sa rive; c'est le plus vieux
témoin de notre histoire; c'est l'aïeul vénéré, et la reconnaissance de ses fils lui a élevé une statue à l'endroit sacré où il
prend sa source.

CHAPITRE VII

Les promenades de Paris. — Les Champs-Élysées. — Le bois
de Boulogne. — Le bois de Vincennes.

Des rues étroites, fangeuses, obscures, où le soleil ne
pénétrait pas; des maisons dont les toits semblaient se
rejoindre, se penchant sur leur voisine de droite ou de
gauche d'un air alangui, s'arrondissant comme le ventre
d'une femme enceinte, voilà, pendant de longs siècles, la
physionomie de Paris; et l'ouvrier, le bourgeois, après une
journée de labeur, n'avaient pour se promener que des
ruelles infectes, où ils ne s'aventuraient qu'avec précaution.
Sur les places, sur les carrefours, se dressaient des croix ou
des potences, menace perpétuelle.

Paris, sombre, malsain, mystérieux, était peuplé de tire-
laine, de gueux, de routiers, de basochiens, qui, à distance,
nous apparaissent comme des gnomes malfaisants, s'achar-
nant après le passant naïf et tremblant.

Que de siècles il a fallu au peuple de Paris pour reprendre
possession de lui-même, pour surmonter cette hantise; il a
vécu terrifié, comme le fauve sous l'œil du dompteur, jusqu'au jour où son premier rugissement lui a dévoilé sa
puissance. Le Parisien des premiers âges a mené une vie
claustrale et murée, heureux de se sentir à peu près en repos
derrière la porte verrouillée de sa maison. Plus tard, quand

la Ville a grandi, quand les maisons se sont groupées en quartiers, les habitants se sont coalisés pour assurer la sécurité générale; des chaînes étaient tendues à l'extrémité de chaque rue, fermant le passage aux patrouilles, plus dangeureuses souvent que les voleurs.

La vie ne dépassait pas les limites de la rue. C'est à peine si on osait s'aventurer en plein jour jusqu'à l'église voisine. La promenade était inconnue. La première qui ait existé à Paris remonte au commencement du xiii° siècle, et encore est-elle réservée aux étudiants, aux soldats, à tous ceux qui n'ont rien à redouter des mauvaises rencontres, au contraire. Le bourgeois fuyait soigneusement le *Pré-aux-Clercs*, théâtre de rixes et d'orgies.

Quatre siècles se passent, Paris s'est agrandi, et il n'a pas de promenades. Quand, en 1616, Marie de Médicis crée le cours la Reine, c'est pour son plaisir personnel, et les courtisans seuls ont le droit d'y pénétrer. C'est là qu'apparaît le premier carrosse fermé, dans lequel se prélasse orgueilleusement le comte de Bassompierre.

Le Parisien, qui souffre de plusieurs siècles de claustration, se précipite sur le Pont-Neuf; mais la flânerie n'y est pas non plus sans danger. La rue, embellie par les siècles, devient promenade; le boulevard du Temple et, après lui, le boulevard des Italiens sont le rendez-vous des flâneurs.

Les promenades de Paris sont modernes; elles sont nées de ce besoin d'expansion, qui, le dimanche, les jours de fête, jette hors de son logis le bourgeois et l'ouvrier parisiens. Il n'y a pas de public qui aime autant la verdure, les arbres, les fleurs et la campagne, que le peuple de Paris; il est vrai qu'on lui a fait une campagne pour lui, riante, ingénieuse, égayée par l'eau des lacs et des ruisseaux. Le Parisien, qui ne peut se passer, l'été, des fritures de Nogent ou de Ville-d'Avray, ne goûterait pas aussi vivement la sérénité des prairies du Cotentin ou des plaines de la Beauce, ni la farouche poésie des paysages de la Provence.

Ne nous plaignons pas; le cadre a été aménagé pour le tableau, et quel cadre merveilleux que ces Champs-Élysées qui s'ouvrent sur les Tuileries et que ferme l'Arc de Triomphe! Ils ont été d'abord le prolongement du cours la Reine, mais ils ne datent, à vrai dire, que de 1764, époque à laquelle Marigny, surintendant des bâtiments royaux, fit entreprendre de grands travaux de nivellement et de planta-tions. La Convention nationale fit placer à l'entrée les deux groupes de Coustou, les chevaux de Marly. Mais longtemps après 1830, quoique, depuis Charles X, la Ville se trouvât propriétaire des Champs-Élysées, c'était encore, le soir, un endroit dangereux, et les plus braves, seuls, osaient en affronter la redoutable obscurité. Maintenant les Champs-Élysées sont une des voies les plus sûres et les plus fré-quentées de Paris. Les rues avoisinantes se sont garnies de magnifiques maisons, et Paris entier, dans les grands jours, — illuminations, courses, fêtes au bois de Boulogne, — tra-verse à pied, en voiture, en omnibus, cette voie monumentale.

L'avenue des Champs-Élysées est divisée par le rond-point en deux parties distinctes. Des chevaux de Marly au rond-point, les vastes allées latérales, plantées d'arbres, garnies de bassins, abritent les cafés-concerts, les restaurants, les jeux. L'été, à partir de deux heures de l'après-midi, les flâneurs, assis sur les chaises de fer, voient défiler sous leurs yeux toutes les élégances du Paris mondain. Le soir les bosquets s'allument, les cafés-concerts et les restaurants en plein vent resplendissent, et les chaudes journées de juillet ou d'août s'achèvent délicieusement sous la fraîcheur des arbres. Le dimanche, lorsqu'il y a course à Longchamps, c'est un spectacle unique : les voitures occupent toute la largeur de la chaussée, et, sur les allées, l'armée des promeneurs monte l'avenue, armée immense, compacte, qui semble suivre docilement un tambour-major invisible placé à l'Arc de Triomphe.

Il n'y a pas de promenade dont les Parisiens soient aussi fiers que de celle des Champs-Élysées, et ils n'ont pas tort. La place de la Concorde forme un vestibule grandiose, et l'Arc de Triomphe, une perspective gigantesque ; et puis c'est à deux pas du centre, et chacun y peut promener sa fantaisie, sans craindre de déception. Les gens qui veulent être vus sont certains, de quatre à cinq, d'y échanger de nombreux coups de chapeau. La brise est douce, sous les grands arbres, à deux pas des fontaines jaillissantes, et plus d'une y continue la tapisserie commencée à la lueur de la lampe ; plus d'une y feuillette le roman nouveau. Les enfants ont les chevaux de bois, la voiture aux chèvres et Guignol.

Le dernier chapeau, la robe la plus nouvelle passent au trot de ces deux chevaux à belles actions, dont les têtières sont fleuries de boutons de rose, tout comme la boutonnière du cocher qui les mène. Le spectacle, toujours le même, est toujours nouveau ; il est de ceux dont on ne se lasse pas.

Le Parisien éprouve parfois un véritable sentiment de surprise, quand, au cours de ses excursions, le hasard le met en face d'un coin ignoré qui évoque à ses yeux des mœurs inconnues. Combien de Parisiens ont découvert avec orgueil les carrières d'Amérique, les cités où grouille la misère, et ces quelques rues honteuses qui, comme la rue Sainte-Marguerite et celle des Filles-Dieu, semblent une tache malsaine sur un corps vigoureux.

Mais les bouges et les tapis-francs ont perdu depuis long-temps leur inquiétant mystère ; la curiosité s'émousse, tandis que le temps ne fait que consacrer la majestueuse grandeur et la beauté des Champs-Élysées.

C'est là le privilège de l'art. Les frises du Parthénon défient les âges, et les Champs-Élysées voient chaque jour grandir leur renommée et s'accroître le nombre de leurs admirateurs.

Certes, Paris a subi des transformations importantes; mais il n'est pas un quartier qui ait été aussi profondément remué que celui-là. Il n'est pas besoin de remonter ni à Louis XIII, ni à Philippe-Auguste; il suffit de se souvenir qu'il y a un demi-siècle la forêt de Bondy était plus sûre que cette avenue qui voit chaque jour défiler tout Paris, qui commence par un jardin féerique et qui finit par une apothéose.

Le palais de l'Industrie n'a pas embelli les Champs-Élysées, mais le Cirque d'été, l'ancien théâtre des Folies-Marigny où naquirent les *Deux Aveugles*, ancêtres de l'opérette, et qui s'essaya ensuite à faire concurrence à son grand voisin, le Diorama, ne les déparent pas.

La partie pittoresque de l'avenue finit au Rond-Point, où commence la partie monumentale; les grands hôtels se succèdent jusqu'à l'Arc de Triomphe.

L'avenue d'Antin et l'avenue Matignon à droite mettent le faubourg Saint-Honoré en communication avec le rond-point. De l'autre côté, l'avenue d'Antin se prolonge jusqu'au cours la Reine, ainsi que l'avenue Montaigne, où fut Mabille. Les plantations actuelles datent presque toutes de 1818 et de 1819; elles ont remplacé celles qui furent, en 1814 et en 1815, dévastées par les armées alliées campées dans les Champs-Élysées.

Les Champs-Élysées virent, hélas! une autre armée ennemie entrer victorieuse dans Paris abattu par quatre mois de privations et de misères. Le roi de Prusse, couronné empereur à Versailles, voulut avoir la gloire de passer en triomphateur sous le monument élevé à la gloire de l'armée française. Les troupes prussiennes descendirent l'avenue des Champs-Élysées, mais s'arrêtèrent à la place de la Concorde. Paris, impuissant, la rage au cœur, subit silencieusement ce suprême outrage.

Pourquoi faut-il que, seule, cette promenade, toujours en
fête, nous souffle des paroles de haine et de vengeance? Parce
que c'est la capitulation ; tandis que les souvenirs du bom-
bardement que nous rencontrons ailleurs, c'est la guerre, ce
n'est que la guerre.

De l'Arc de Triomphe au bois de Boulogne, il y a la distance de l'avenue du Bois. La course est longue, et, cependant,
l'avenue des Champs-Élysées est, pour le public, la véritable
entrée du Bois. Il ne sépare pas l'un de l'autre. Et vraiment,
c'est bien là, avec ses arbres, ses fontaines, ses cafés enfouis
dans la verdure, le chemin idéal fait pour mener à ce parc
gigantesque et gracieux, élégamment attifé, plein de surprises
et de curiosités.

La transformation qu'ont subie certains quartiers de Paris
est, pour l'observateur, un profond sujet de surprise et de
réflexion ; mais il n'est pas un coin de notre vieux Paris qui
nous étonne plus que le bois de Boulogne : les maisons se
sont élevées dans les Champs-Élysées sur des terrains plantés
d'arbres, le parc Monceau a remplacé une plaine, le boulevard Poissonnière a fait disparaître un cimetière ; à la place
des vieux remparts, des vieilles promenades, des jardins,
des cultures, des forêts, se dressent de longues files de maisons, somptueuses ou misérables, hôtels ou cités ; mais c'est
là la marche naturelle. A mesure que Paris s'est développé
et a envahi la plaine, la campagne, la butte et la broussaille,
les vastes espaces ont été découverts et déplantés, et les maisons sont venues toutes seules, pour ainsi dire. Rien de plus
simple, n'est-ce pas ? Mais que la forêt de Rouvray ait résisté
au ravage du temps, que le bois mystérieux où les druides
célébrèrent leurs rites sanglants, qui vit le roi Dagobert, Philippe-Auguste, Louis XI chasser la bête fauve, soit devenu ce
bois charmant qu'on dirait créé par la fantaisie d'un poète et
d'un amoureux, cela est plus surprenant. On comprendrait

bien mieux que la forêt eût disparu sans laisser de trace derrière elle et fût devenue, tout entière, une ville comme Auteuil, Passy, Boulogne ou Neuilly.

Ce n'est pas que nous nous plaignions, loin de là : car le bois de Boulogne est notre gloire; c'est la plus intéressante, sans contredit, de nos créations modernes.

Maisons, palais, hôtels sans style propre et sans caractère, voilà, à part quelques exceptions, la caractéristique de notre architecture moderne. Le bois de Boulogne semble avoir épuisé le genre inventif des grands démolisseurs du second Empire; ils ont trouvé le moyen d'en faire un lieu original, cadre charmant approprié à toutes les élégances, décor gigantesque dans lequel se déroulent à l'aise les apothéoses populaires.

Le bois de Boulogne, c'est la féérie éternelle; il change et se transforme suivant les heures, les jours et les saisons : c'est Hyde-Park, le matin avec ses cavaliers et ses amazones, faisant du sport par hygiène autant que par goût; c'est le Prado, avec son tour du lac; c'est Epsom, le jour du Grand Prix; c'est Rome et Venise, dans les jours de Fête nationale, la Rome triomphale et la Venise des doges. Et tous ces spectacles, discrets ou bruyants, s'harmonisent à merveille avec ces fonds de verdure. Les cavaliers qui, le matin, parcourent les allées du Bois, semblent des figures placées à dessein par le peintre pour faire valoir les harmonieuses proportions du paysage; mais le cadre s'élargit, c'est *l'heure du Bois*: les victorias, les coupés, les landaus défilent autour du lac. Quelle mondaine voudrait manquer à ce devoir quotidien? On a cherché, dans ces derniers temps, à établir un méridien commun; les savants n'ont pu se mettre d'accord; le voilà, le vrai méridien !

Voulez-vous un spectacle plus grandiose? Voilà l'Hippodrome, où cent mille personnes acclament le vainqueur du Grand Prix de Paris, à cette place même où la princesse

Isabelle, sœur de saint Louis, éleva l'abbaye de Longchamps.

Voulez-vous plus encore? Ce n'est plus cent mille personnes, c'est trois cent, quatre cent mille qui regardent défiler l'armée de la France; qui, le soir, se précipitent sur les pas de la retraite aux flambeaux, contemplent la fête vénitienne donnée sur les lacs ou s'ébahissent au feu d'artifice. Et le bois de Boulogne s'accommode de tous ces spectacles : mystérieux et discret pour les cavaliers et les promeneurs matineux, il prend, pour les belles promeneuses du tour du lac, des airs coquets. Quand la foule l'envahit, il semble que la vieille forêt de Rouvray étende encore l'ombre de ses chênes séculaires sur Montmartre et sur Saint-Ouen.

Le bois de Boulogne doit son nom au village voisin. Ce village s'appelait d'abord Menus-les-Saint-Cloud. Au début du XIVᵉ siècle, quelques bourgeois, au retour d'un pèlerinage à Boulogne-sur-Mer, construisirent une église qui rappelait celle où ils avaient été faire leurs dévotions, et le village s'appela, par la suite, Boulogne-sur-Seine.

La forêt de Rouvray fut longtemps le repaire de bandits et d'aventuriers, et une croix rappelle encore le souvenir du poète Armand Catelan, assassiné sous Philippe le Bel. Mais, plus heureux que les Champs-Élysées, le bois de Boulogne eut, de bonne heure, des protecteurs puissants : Louis XI d'abord, François Iᵉʳ, qui fit élever une enceinte et qui construisit le château de Madrid à l'image de la prison qu'il avait habitée pendant sa captivité; Diane de Poitiers a foulé ce sol sur lequel s'élève un restaurant, et, pour un peu, on retrouverait son nom sur les glaces des cabinets particuliers; Charles IX construit la *Meute*, qui est devenue la *Muette*, rendez-vous de chasse; le comte d'Artois, depuis Charles X, fait d'un simple pavillon le ravissant château de Bagatelle, construit en deux mois; un trésorier général de la Marine, Baudard, piqué d'émulation, élève Saint-James en moins

de temps encore. C'est le temps des folies et des plaisirs;
il semble qu'on se hâte en prévision de la tourmente qui
s'approche. Le Ranelagh convie à ses fêtes la cour de
Marie-Antoinette; la jeunesse élégante du Paris de Louis XVI,
de la Restauration et de 1830, a dansé sur cette pelouse.

Le bois de Boulogne fut, sous le règne de Louis XVI, l'endroit à la mode. Le château de François 1er avait disparu sous
Louis XIV ; mais le comte d'Artois avait, avec Bagatelle, son
petit Trianon ; quelques villas s'élevèrent, souvenir des *Folies*
des siècles précédents. La Révolution rendit le bois de Boulogne à ses hôtes primitifs, les voleurs et les vagabonds. Pour
continuer la tradition, Napoléon 1er y fit commencer de
grands travaux ; mais l'invasion des armées alliées ravagea
le Bois et sa reconstitution ne date véritablement que de
Louis XVIII. Ce n'était, malgré tout, au début de l'Empire,
qu'un lieu désert, propice aux rendez-vous et aux duels.
Enfin, Haussmann vint... Il lui sera beaucoup pardonné.

Le bois de Boulogne, qui avait, jusque-là, appartenu au
domaine royal, fit retour, en 1852, à la ville de Paris. On sait
ce qu'elle en a fait, avec l'aide de M. Alphand, ingénieur, et
de M. Barillet-Deschamps, architecte.

Si les lacs, les îles, la cascade, la butte Mortemart sont une
création artificielle, M. Alphand et M. Barillet-Deschamps
réussirent à embellir la nature, en utilisant les accidents.
Les mares d'Armenonville, de Saint-James, de Neuilly ont
été respectées, mais arrangées avec un art véritable. Quoi de
plus gracieux que la mare aux Biches? Outre les innombrables avenues qui dessinent les pelouses et contournent les
taillis, le bois de Boulogne a deux grandes voies où le retour
des courses peut jeter impunément des milliers de voitures :
c'est l'allée de la Reine-Marguerite, qui va de la porte de
Boulogne à Neuilly ; c'est l'allée de Longchamps, qui va de
l'Hippodrome à la porte Maillot. La route du lac ou de

Suresnes continue l'avenue du Bois-de-Boulogne et vient rejoindre, au milieu du Bois, la grande allée de Longchamps.

Le Jardin d'acclimatation est un Etat dans l'État; il est devenu une des curiosités du Bois, avec ses chenils, ses écuries, ses cages immenses, son aquarium, sa serre où se rencontrent les échantillons de tous les règnes. Les éléphants s'y promènent, portant des voyageurs conme dans l'Inde. Voici l'Égypte maintenant : le chameau s'agenouille pour permettre au curieux de prendre place sur le siège que la nature lui a donné. Là, une autruche, au cou grêle, est attelée à une voiture légère, comme l'oiseau lui-même; il n'y a guère qu'au bois de Boulogne que l'autruche se plie à cette servitude. Voici des poneys sur lesquels les enfants prennent leur première leçon d'équitation. Toute la création défile sous nos yeux, jusqu'aux divers échantillons de la race humaine. Le Parisien y a vu les Esquimaux, les Touaregs, les Indiens et les Fuegiens, plus près de la bête que de l'homme, qui se montrèrent là au moment même où, dans le palais de l'Industrie, l'électricité affirmait la grandeur de la science moderne.

La ville de Paris n'étale pas tous ses bijoux. Il y en a qu'elle cache soigneusement et qu'elle ne montre que dans les grands jours : ce sont les merveilleuses serres de la Muette, où se trouve la plus admirable collection d'azalées qui existe. Quand l'écrin s'entr'ouvre, c'est une procession continuel de curieux et surtout de curieuses qui viennent là, comme on va dans un musée, rêver, de loin en loin, devant un tableau déjà vu.

Le bois de Boulogne est devenu pacifique; vous y rencontrerez plus de mariées, heureuses de montrer dans un fiacre leur bonheur tout fraîchement enregistré et paraphé, que de duellistes. C'est plus loin, à Ville-d'Avray, à Saint-Germain, dans des bois moins fréquentés, que se signent les procès-verbaux datés de la frontière belge.

La vieille forêt de Rouvray a eu, nous l'avons dit, des protecteurs célèbres ; tous les rois de France lui ont témoigné leur sollicitude, et la ville de Paris, qui a repris la succession, a embelli l'héritage.

LE BOIS DE VINCENNES

Si le Paris mondain a le bois de Boulogne, le Paris travailleur a le bois de Vincennes. Là, aussi, l'art des ingénieurs et des jardiniers a transformé la vieille forêt où le paganisme élevait des autels au dieu Sylvain. Tout comme le bois de Boulogne, le bois de Vincennes a ses pelouses, ses lacs, ses rivières ; son Madrid est la porte Jaune ; il a même son hippodrome, pour que la ressemblance soit complète ; il est un peu plus rustique et un peu plus agreste ; mais demandez aux habitants du faubourg s'ils ne l'aiment pas mieux comme ça, s'ils ne se trouvent plus à l'aise, le dimanche, à l'ombre des arbres, autour du pâté qu'on éventre et des bouteilles qu'on vide.

Le bois de Vincennes est l'endroit de Paris où, le lundi matin, on rencontre le plus de morceaux de papier, gardant encore l'empreinte de la charcuterie qu'ils enveloppaient.

Le bois de Vincennes a deux physionomies bien distinctes : pendant la semaine, c'est une promenade discrète, et les châtelains des villas voisines y trouvent le calme et la fraîcheur ; mais il faut voir les choses dans leur vrai jour : le Midi dans l'été, la Russie l'hiver, et le bois de Vincennes le dimanche. Cette gaieté un peu bruyante est bien à sa place, et Téniers ne choisirait pas d'autre paysage pour une kermesse moderne. La chanson des fillettes, les refrains de l'atelier paraîtraient un peu naïfs, là-bas ; mais ici, les merles applaudissent.

Le bois de Boulogne et le bois de Vincennes sont deux

12

frères jumeaux; le premier a fait une grosse fortune, le
second a gagné une modeste aisance. Un poète latin a dit
que c'est là le bonheur.

Vincennes aussi a ses souvenirs historiques : Louis VII,
Philippe-Auguste, saint Louis, Louis XV l'ont soigné et
embelli; Charles V y éleva le château de Beauté, où il mourut
et où Agnès Sorel régna sur Charles VII. Ailleurs, près de
Créteil, le bois a abrité les amours d'un autre roi, du malheureux Charles VI et d'Odette.

Si le vieux donjon de Vincennes, devenu un arsenal, est
l'orgueil du bois, le bois a payé assez cher l'honneur de pouvoir montrer aux curieux un des plus anciens monuments de
la France militaire : le polygone de l'artillerie semble, dans
cette oasis de verdure, un coin du Sahara.

Le donjon actuel est tout ce qui reste de la citadelle commencée par Philippe de Valois et qui s'élevait sur l'emplacement du château construit par Louis VII et rebâti par Philippe-Auguste. Ce n'est que sous Louis XIV que le château
fort fut terminé; autour du donjon s'alignaient neuf tours
qui ont disparu dans les premières années de ce siècle.
D'abord résidence royale, le château de Vincennes a vu
mourir Louis X, Philippe V, Charles IV, Henri V, roi d'Angleterre, et Charles IX. Saint Louis y demeura, et aussi
Henri III et Louis XV. Mazarin y est mort. Le duc d'Enghien
y a été fusillé, dans les fossés, sur l'ordre de Napoléon Ier.
Le corps du dernier des Condé repose dans la chapelle que
commença Charles V et que termina Henri II.

Le donjon de Vincennes a été, comme la Bastille, prison
d'État. Les ministres de Charles X et, plus tard, Raspail et
Barbès y retrouvèrent les souvenirs d'Enguerrand de
Marigny, du prince de Condé, de Latude, de Fouquet, de
Diderot et de Mirabeau. C'est aujourd'hui un arsenal avec
toutes ses dépendances : parc d'artillerie, casernes, écuries,

polygone. Le public, qui fréquente le bois de Vincennes
accepte avec joie ce voisinage ; la silhouette du vieux donjon,
dont les flancs recèlent des armes innombrables, lui apparaît
comme la promesse de l'avenir.

CHAPITRE VIII

Les squares. — Les jardins. — Les parcs.

Le square est une création toute moderne; il répond à cet amour pour la verdure, les arbres, les fleurs, qui, le dimanche, pousse la population parisienne dans les villages des bords de la Seine et de la Marne.

Le Parisien n'est pas bucolique, mais il aime la campagne, à ses heures et à sa manière. Peut-être se lasserait-il vite des paysages où la nature se montre, dans sa sévérité et dans sa simplicité, sans tonnelles de verdure, sans friture de goujons; aussi lui a-t-on fait des jardins à son goût, bien sablés, avec de belles pelouses, des massifs artistiques, des rochers artificiels, des statues de bronze ou de marbre.

Si nos architectes n'ont produit rien d'original, en revanche, le génie des jardiniers a transformé quelques hectares du vieux Paris en des jardins charmants, où les fleurs semblent plus pimpantes et le gazon plus coquet. On y rêve de bergers Watteau et la belle jardinière de Lancret n'y ferait pas mauvaise figure. Les bergers et les belles jardinières y apparaissent sous la figure d'ouvriers, de bourgeois, de soldats, de nourrices, de bonnes d'enfant et d'ouvrières.

Dans les quartiers populeux, au square du Temple,

par exemple, quand sonne l'heure de midi, le square
s'anime du caquetage des ouvrières, qui se rattrapent de
la contrainte de l'atelier. L'après-midi appartient aux
enfants, aux idylles des pioupious et des nourrices. Le
soir est aux boutiquiers, aux petits bourgeois qui viennent chercher, à l'ombre des vernis du Japon, des acacias
et des tilleuls, l'illusion de la campagne lointaine.

Pour ces braves gens, heureux d'échapper à la boutique
obscure, au logement malsain, le square prend alors des
proportions gigantesques; le bruissement des feuilles est
la grande voix de la Nature, le susurrement du ruisseau
est le grondement de la mer; mais, « il est dix heures,
on ferme »; c'est la voix du gardien qui arrache à leurs
rêves les hôtes du soir. Les portes roulent, et le Cerbère
galonné se hâte de gagner sa cabane, las des arbres, des
ruisseaux et des rochers.

La ville de Paris a placé dans tous ses squares des
statues, des groupes, et cet honneur vaut bien, pour les
sculpteurs, une troisième médaille au Salon. La campagne
vient trouver le Parisien chez lui, le musée est dans la
rue. L'administration municipale y met même une certaine
coquetterie; elle entretient avec soin ses squares et ses
promenades, et elle y place des morceaux de sculpture
d'une très réelle valeur; c'est ainsi que le *Gloria victis*,
de Mercié, avant d'être transporté à l'Hôtel de Ville, a
figuré longtemps au square Montholon, à la place de la
Porteuse de pain, de Coutant, déplacée également aujourd'hui.

Nous n'avons pas la prétention de tenter ici la description
de tous les squares de Paris, ils sont trop nombreux; et
puis, il faudrait un poète, qui fût en même temps jardinier,
pour célébrer, comme il convient, la fantaisie qui a présidé
à ces arrangements. Tous les jardins sont charmants et
aucun ne se ressemble.

Est-ce que le square Saint-Jacques, avec sa vieille tour, où la statue de Descartes rappelle les curieuses expériences sur la pesanteur de l'air; est-ce que le square du Temple, avec sa cascade et son petit lac; est-ce que le square des Arts-et-Métiers, avec ses bassins, ses statues, sa colonne; est-ce que le square de la place Louvois, avec la fontaine de Visconti, ne sont pas, quoique dissemblables, tous également ravissants? Et le square des Innocents, avec la fontaine de Pierre Lescot et de Jean Goujon; et le square Monge, avec la statue de Voltaire, et tous les autres: square de Montrouge, square de Belleville, square Vintimille, toujours désert, square de la Trinité, square Trudaine, square Parmentier, square des Batignolles, etc., etc.? J'en passe, et des meilleurs.

Si la ville de Paris veille précieusement sur ses jardins, il faut convenir qu'elle a affaire à un public fort obéissant. Certes, il serait imprudent de laisser à la disposition des enfants et des promeneurs ces pelouses et ces massifs entretenus à grands frais; mais le public y met de la complaisance, et le sévère règlement est toujours respecté. Les arbres, les fleurs peuvent grandir en liberté sous l'œil du Parisien qui, au besoin, s'en constituerait le gardien farouche. Personne ne se hasarderait à fouler du pied le gazon toujours égal et toujours vert, et les promeneuses traînent, au bout de la laisse, le chien que fascine la verdure.

Pauvres chiens! que tout le monde aime ici et qui n'ont pas même un petit coin où ils puissent courir à leur aise, comme des fous; et pourtant, il y a bien par-ci par-là quelque jardin: la place des Vosges, par exemple, où ils pourraient s'ébattre sans risquer d'abîmer le moindre bout de gazon; mais le règlement barbare est le même pour tous, et la place des Vosges, qui n'a rien à craindre, se protège aussi sévèrement que les quares Montholon.

Les Parisiens malins montent dans l'omnibus pour faire faire à leurs chiens des promenades hygiéniques.

LE JARDIN DES TUILERIES

Le jardin des Tuileries est contemporain du palais lui-même, mais il ne reste pas plus du jardin primitif que du monument commencé par Catherine de Médicis. Si l'aveugle folie d'une insurrection a détruit le palais que n'ont jamais, excepté dans ce siècle, habité les rois de France, Le Nôtre fit disparaître le jardin qui, sous Henri IV et sous Louis XIII séparé du palais par une rue, contenait un étang, un chenil, un théâtre, une volière, une ménagerie ; petit coin privilégié où n'avaient accès que les belles dames et les grands seigneurs.

L'œuvre de Le Nôtre n'a pas résisté à la Révolution et le jardin actuel ne date, à vrai dire, que de 1796. Du parc dessiné par le créateur des jardins de Versailles il ne reste que les grandes lignes et les deux terrasses : la terrasse des Feuillants, la terrasse du bord de l'eau, imaginées pour masquer la déclivité du terrain.

Le jardin de Louis XIV, pompeux et théâtral, a vu les premiers coups portés à la royauté ; le peuple, ivre de liberté, y entra en maître le 20 juin 1792 ; il y revint le 10 août ; désormais il prend possession de ce jardin, décor somptueux qui vit le triomphe de Marat, qui vit la fête de l'Être suprême, où Robespierre proclama la croyance en un Dieu immortel !

Et puis la disette transforme une partie du jardin en une culture maraîchère : la pomme de terre remplace les arbres en habit de gala. Enfin, en 1796, il ne reste plus que bien peu de chose de l'œuvre de Le Nôtre. Mais la Convention répare le mal qu'elle a fait : la terrasse des Feuillants est replantée ; la grande allée, élargie ; les travaux d'embellissement se con-

tinuent sous Napoléon Ier, jusqu'au jour où les chevaux des
Cosaques vinrent ronger l'écorce des arbres. La Restauration,
Louis-Philippe, Napoléon III nous ont donné le jardin tel
qu'il existe aujourd'hui ; c'est la République qui nous a rendu
cette rue qui existait déjà sous Louis XIII et qui évite au
passant un long détour.

Les orangers des Tuileries, qui datent de Napoléon III, sont
célèbres. Célèbres aussi les marronniers dont les plus vieux
disparaissent à tour de rôle ; il y en a un fort connu, le marronnier du 20 Mars, dont la précocité est, aux yeux des bonapartistes, un symbole. Le marronnier célèbre à sa manière,
disent-ils, l'anniversaire de la naissance du roi de Rome.
Espoirs et regrets ! Mais par les années favorisées, comme
en 1884, beaucoup d'autres marronniers commencent, au
mois de mars, à se couvrir de feuilles, et, en d'autres temps,
le marronnier du 20 Mars, comme ses camarades, manque au
rendez-vous.

Le jardin des Tuileries appartient aux statues, aux enfants
et aux vieillards. Balzac n'y placerait plus aujourd'hui le
commencement d'un de ses romans. La jeune fille aux yeux
d'or ne donne plus ses rendez-vous sur la terrasse ; elle préfère le tour du Lac et l'allée des Acacias.

Mais les enfants y sont à leur aise : ils ont les vastes espaces
pour les barres et le chat-coupé, car si tout se transforme,
l'enfance reste fidèle à la tradition et elle s'amuse autant
au Guignol, installé au milieu du jardin, que nous nous y
sommes amusés nous-mêmes ; elle a le grand bassin que
sillonnent les bateaux à voile ; elle a les marchands de sucres
d'orge, de plaisirs et de berlingots.

Les vieillards, eux, ont la petite Provence, un petit coin
que réchauffe le soleil, à l'extrémité de l'allée des Orangers.
C'est seulement pendant l'exposition des chiens, établie
chaque année sur la terrasse du bord de l'eau, que le public

de *hige life* s'aventure dans ce jardin qui vit les splendeurs de la cour du Roi-Soleil et où la Révolution essaya ses premiers pas.

Quant aux statues, c'est tout un peuple : *Énée et Anchise ;* l'*Hippomène*, de Lepautre ; la *Nymphe*, l'*Atalante*, de Coustou ; l'*Enlèvement de Cybèle*, de Regnaudin ; *Ugolin*, de Perrault ; le *Prométhée*, de Pradier ; et les fleuves : le *Tibre*, le *Rhône*, la *Saône*, le *Rhin*, la *Moselle*, le *Nil* avec ses innombrables figures d'enfants, emblème de sa fécondité, et vingt autres.

Le jardin des Tuileries s'ouvre sur une admirable perspective : la place de la Concorde, les Champs-Elysées, l'Arc de Triomphe. Avant l'incendie du palais, la façade de Philibert Delorme et de Ducerceau formait un véritable fond de décor que les baraques de l'administration des postes, installées pendant quatre ans sur la place du Carrousel, n'ont jamais fait oublier.

A cette place doit s'élever le monument de Gambetta, et il serait imprudent de préjuger, dès à présent, l'effet que fera l'œuvre de MM. Aubé et Boileau, en face de la porte triomphale qui se dresse à l'autre extrémité des Champs-Elysées.

LE JARDIN DU LUXEMBOURG

Le jardin du Luxembourg est l'œuvre de Jacques Debrosses qui construisit le palais pour Marie de Médicis. Tel qu'il est, c'est encore une promenade charmante ; mais il est impossible, à ceux qui l'ont vue, d'oublier cette ravissante pépinière, où la rêverie semblait plus douce, et que le second Empire fit disparaître. C'est la Convention qui l'avait créée, ainsi que l'avenue de l'Observatoire, sur le vaste enclos dépendant du couvent des Chartreux. Déjà, à cette époque, le jardin primitif avait perdu les terrains qu'occupe la rue Madame, vendus par le comte de Provence à des spéculateurs. Les remaniements opérés sous le règne de Louis-Philippe ne furent que de peu d'importance ; l'Empire devait porter un coup mortel au jardin de Jacques Debrosses.

13.

La rue de Médicis, percée en 1861, a détruit la plus grande
partie de l'allée des Platanes, qui conduit à la fontaine de
Médicis. La fontaine fut déplacée. Le prolongement de la rue
Bonaparte fit disparaître une autre avenue. L'allée de l'Observatoire est devenue un square et les terrains empruntés au
Luxembourg ont été livrés à la spéculation. Et pourtant il
reste encore assez du jardin pour qu'on puisse juger l'artistique création de Jacques Debrosses. La fontaine est toujours
là, avec son portique gracieux dominant le bassin dont la surface disparaît sous les plantes aquatiques.

C'est un lieu discret où l'ombre des platanes séculaires
caresse doucement la rêverie. On dirait le bois sacré du paganisme et, devant ce portique qui semble un autel, l'esprit
évoque le souvenir des sacrifices mystérieux. Voilà précisément *Pan* et *Diane*, dans les deux niches latérales; mais le
gigantesque *Polyphème* nous rappelle bientôt à la réalité.

De chaque côté du parterre qui s'étend devant le palais
s'élèvent deux terrasses pleines de fleurs et d'arbustes, qui
vont rejoindre l'allée de l'Observatoire. Les statues qui
ornaient ces terrasses ont été remplacées sous Louis-Philippe
par celles des femmes illustres de France ; c'est un musée
rétrospectif où revivent Blanche de Castille, Anne de
Beaujeu, Anne de Bretagne, Anne d'Autriche, Mlle de Montpensier, Clémence Isaure, Marguerite de Valois, Marie de
Médicis, etc. Un peu partout on rencontre d'autres sculptures :
le *Faune dansant sur une outre*, de Lequesac; une *Nymphe*,
de Chrartrousse; un *Rhapsode*, de Bourgeois; le *Discobole*, de
Lemaire; un *Marius*, de Vilain; l'*Hercule*, d'Ottin, qui est
également l'auteur des trois figures qui décorent la fontaine!
les *Lutteurs*, du même; la *Charité*, de Petitot, etc. Le square
qui a été créé sur l'avenue de l'Observatoire est certainement
le mieux décoré de tout Paris, au point de vue artistique.

Outre quatre statues, le *Matin*, le *Midi*, le *Soir* et la *Nuit*,

c'est là que s'élève le groupe de Carpeaux, représentant les
quatre parties du monde, qui se dresse, dans un mouvement
superbe, au centre d'une large vasque où le sculpteur
Fremiet a placé huit chevaux marins regardant les quatre
points cardinaux.

LE JARDIN DU PALAIS-ROYAL

Le jardin du Palais-Royal a partagé les splendeurs et la
décadence du palais; somptueux et magnifique avec son
créateur, Richelieu, galant avec le Régent, il fut, à la Révolution, un club en plein vent et le plus bruyant, le plus agité
des clubs. Alors commence pour le Palais-Royal une ère de vie,
de mouvement, de fièvre, qui durera près d'un demi-siècle.
Sous le Consulat, le Palais-Royal devient le rendez-vous de
tous les plaisirs, de tous les vices, de toutes les débauches.

Les nymphes du Palais-Royal (c'était leur nom), décol-
letées, habillées de costumes de théâtre, envahissent, à la
nuit tombante, les galeries et le jardin, offrant aux officiers,
aux soldats, accourus entre deux batailles, des consolations
qu'elles ne refuseront pas, plus tard, aux alliés. La foule
vient là comme à un spectacle, spectacle malsain dont les
joueurs et les filles sont les acteurs principaux.

Les cafés, les restaurants, les salles de jeu, les spectacles,
les monts-de-piété, les bijoutiers occupent toutes les galeries; c'est une ivresse perpétuelle qui va s'apaisant peu à
peu sous la Restauration jusqu'au jour où la suppression des
jeux porta, en 1836, le dernier coup au Palais-Royal.

Jusqu'en 1871 le jardin du Palais-Royal comprenait tout
l'espace compris entre les rues Beaujolais, de Montpensier,
de Valois. Les trois corps de bâtiments qui l'encadrent
n'existaient pas encore. Ce vaste jardin, coupé par de majes-
tueuses allées de marronniers, prit sous le duc d'Orléans,
Philippe-Égalité, la physionomie qu'il a encore aujour-

d'hui. Un cirque occupa jusqu'en 1798 la place du bassin.

C'est de la transformation opérée en 1781 que date la vogue du Palais-Royal. C'est dans le jardin du Palais-Royal, le 12 juillet 1789, que se joua le prologue de la prise de la Bastille. Camille Desmoulins harangue la foule et cueille, à un des arbres du jardin, la feuille qu'il met à son chapeau en signe de ralliement. Une autre épisode de la Révolution se dénoue le 20 janvier 1793 dans le jardin : après avoir tué d'un coup de sabre, dans un restaurant, le conventionnel Lepelletier de Saint-Fargeau, le garde du corps Pâris se fait sauter la cervelle dans le jardin. Pendant l'occupation de Paris par les alliés, sous les premières années de la Restauration, le jardin est un champ de bataille; chaque jour a ses duels.

Mais ce ne sont là que des incidents dans la vie du Palais-Royal; il doit surtout sa célébrité au public interlope qui pendant trente années a occupé en maître le jardin.

Il ne reste rien de toute cette splendeur, rien que les bijoutiers auxquels la suppression des jeux publics, le 1er janvier 1837, a enlevé leur meilleure clientèle; c'est un jardin désert que les passants traversent en toute hâte, où quelques familles anglaises viennent, par hasard, constater la fragilité des choses et des modes. Les restaurants sont encore nombreux, mais on y fait plus de *noces* que de folies; les cafés ont disparu peu à peu; c'est le boulevard qui a tué le Palais-Royal. C'est un jardin fini, et les statues, le canon même, qui part quelquefois à midi, n'ont plus de visiteurs. Mais de quoi se plaindrait-il? Après une jeunesse aussi orageuse, il a bien droit au repos.

LA PLACE DES VOSGES

Et puis il a de quoi se consoler, ce pauvre jardin du Palais-Royal : il n'a qu'à voir la place des Vosges. Voilà encore un jardin qui a eu ses heures de gloire, alors qu'il

s'étendait de la rue Saint-Antoine à la rue Saint-Louis et
à la porte du Temple, enfermant le palais des Tournelles,
demeure royale. La mort de Henri II, tué le 30 juin 1559,
dans un tournoi, par le comte de Montgoméry, fut l'arrêt de
mort du palais, et les jardins abandonnés devinrent le rendez-
vous des truands et des duellistes. C'est là qu'eut lieu, sous
Henri III, le duel de Caylus, Livarot, Maugiron, contre d'En-
tragues, Riberac et Schomberg.

C'est Henri IV qui commence la place Royale, et l'inauguration eut lieu le 16 mars 1612, sous la régence de Marie
de Médicis, par un carrousel donné en présence d'une foule
innombrable. C'est désormais la promenade à la mode. Un
jour du mois de mai de l'an 1627, le comte de Bouterille et
le comte des Chapelles se battent contre le marquis de
Beuvron et le comte de Bussy, en plein jour, devant les
promeneurs, sous les yeux des belles dames qui, de leur
balcon, suivent avec intérêt les péripéties du combat. Cette
bravade eut un dénouement tragique : Bouterille et des
Chapelles furent décapités sur l'ordre du grand cardinal.
Jusque sous Louis XIV, la place Royale conserve son animation; mais le silence se fait, quand Versailles s'élève.

La place Royale fut débaptisée sous la première République; elle porta jusqu'en 1815 le nom de place des Vosges,
qu'elle a repris. Au milieu des arbres qui garnissent le
centre de la place s'élève la statue en marbre de Louis XIII,
qui date de 1828; elle remplace une autre statue équestre,
en bronze, érigée en 1639 par le cardinal de Richelieu à la
gloire de son maître et qui disparut à la Révolution.

Si la place des Vosges n'a plus les élégantes visiteuses des
siècles passés, elle a cependant conservé une animation que
pourrait lui envier le Palais-Royal. Les enfants sont nombreux, dans ces quartiers travailleurs; le jardin est à eux,
c'est là qu'ils prennent leur récréation. Comme aux Tuile-

ries, ils ont leur théâtre, et Guignol y fait d'excellentes
recettes. C'est un bon jardin, bourgeois et populaire, sans
prétention et sans grande élégance, un peu triste, grâce au
voisinage de ce quadrilatère de maisons uniformes, et il faut
les jeux des gamins de la rue Saint-Antoine pour lui donner
un peu de gaieté.

Le Jardin des plantes est plutôt un lieu d'étude que de promenade, et le lecteur trouvera à un autre chapitre les renseignements sur l'organisation de notre Muséum d'histoire
naturelle.

Le public n'a pas, cependant, abandonné complètement le
Jardin des plantes pour le Jardin d'acclimatation; il aime ce
beau jardin où il trouve les échantillons les plus divers des
fleurs et des plantes de tous les pays, où il salue au passage
les ancêtres des marronniers, des acacias, des araucarias, etc.,
qui poussent, à cette heure, sur la terre de France. Et puis,
il y a le cèdre du Liban, et le labyrinthe, et surtout la
ménagerie.

Parmi tous les animaux qu'elle renferme, il y en a un pour
qui le Parisien a conservé un faible très marqué : c'est l'ours,
qui répond invariablement au nom de Martin, quoique le
vrai Martin soit mort depuis longtemps. Certes, le flâneur
n'est pas insensible aux agaceries des singes, ni aux sollicita-
tions de l'éléphant; il a toujours pour eux des amandes ou
des petits pains de seigle ; mais il retourne toujours à l'ours
Martin, et ce n'est pas seulement des petits pains qu'il lui
donne ; rien de trop bon pour lui ; on lui envoie des cannes,
des parapluies, des mouchoirs, des cigares et même, parfois,
une bonne imprudente, trop pressée par un pioupiou galant,
laisse tomber dans la fosse le poupon qu'elle a sur les bras.
On retire toujours l'enfant sain et sauf. L'ours Martin, à ce
jeu, a perdu un peu de sa vieille réputation de férocité.

Il nous reste, pour terminer notre promenade à travers les

jardins de Paris, à visiter trois parcs : le parc Monceau, le parc des Buttes-Chaumont et le parc de Montsouris.

Le parc Monceau date de 1798 ; Philippe d'Orléans y accumula les accidents et les fantaisies. Il y avait de tout dans ce jardin, même des arbres, mais surtout des temples, des pagodes, des tombeaux, des fontaines, un moulin à vent, une pompe à feu, etc. On a conservé tout ce que le temps avait respecté : la pyramide, la naumachie, la rivière, le bois, le tombeau, et on a ajouté à ces curiosités le pont et la grotte.

Mais le parc Monceau vaut surtout par les habitations princières qui se sont élevées de chaque côté. C'est un quartier absolument moderne, qui date de l'ouverture du boulevard Malesherbes et qui, en peu d'années, a conquis une large place au soleil. La plaine Monceau, longtemps déserte et inhabitée, est aujourd'hui un des coins les plus luxueux, les plus aristocratiques de Paris. Les propriétaires des maisons adjacentes ont à leur disposition un merveilleux jardin traversé par de larges voies carrossables et qui s'annonce fièrement par sa grille dorée et ses gigantesques lanternes.

Le public n'a pas été long à adopter cette promenade où tout semble fait pour le plaisir des yeux. Les artistes qui n'ont pas d'hôtel à eux, et il y en a encore, se plaisent à s'asseoir au bord de la route et regardent passer les équipages de tous ces millionnaires dont les hôtels bordent le parc.

Le parc Monceau est un endroit bien coté, *selected*, comme diraient nos voisins, et où l'on peut se promener et s'asseoir, sans risquer de commettre un crime de lèse-élégance ; je ne jurerais pas, cependant, que les chevaux ne regardent d'un œil dédaigneux les petites bonnes anglaises qui accompagnent les bébés, et qui occupent leurs loisirs à quelque travail de crochet ou de tapisserie. Le travail, il est vrai, détonne un peu dans ce décor, qui semble fait pour les oisivetés élégantes et pour les fêtes somptueuses. C'est un jardin de

millionnaire, mais c'est le seul qu'ils aient à Paris, et il ne
faut pas leur envier l'unique promenade qu'ils possèdent.

Le peuple de Paris en a à revendre des jardins, où la vue
du grand luxe n'attriste pas sa misère et n'irrite pas sa
médiocrité; il a même un parc, tout aussi intéressant que le
parc Monceau, plus mouvementé même et plus décoratif,
c'est le parc des Buttes-Chaumont, avec son lac de deux hectares, où s'élèvent des rochers à pic.

Le parc des Buttes-Chaumont ne date que de 1867; il a été
ouvert le 1er avril, le jour même de l'inauguration de l'Exposition universelle. Pendant un an, un millier d'ouvriers ont
transformé cette butte désolée, aride, creusée par le travail
incessant des carriers, pour en faire ce jardin étonnant. Le
quartier n'y a pas gagné seulement en salubrité, mais aussi
en moralité. Les carrières d'Amérique n'étaient pas seulement
habitées par de modestes travailleurs; elles avaient aussi leur
public de bandits et de repris de justice, oiseaux de nuit,
que la pioche du terrassier a fait envoler.

Les rues de Vera-Cruz, de Mexico, de Crimée, de Puebla,
qui entourent le parc des Buttes-Chaumont, se sont garnies
de maisons confortables, élégantes même, où l'on respire un
air salubre, d'où l'on embrasse un horizon merveilleux : Paris
tout entier, et puis Romainville, Bagnolet, Vincennes, Montmorency, Ecouen, Dammartin.

Outre son lac, ses ponts dont l'un a soixante-trois mètres,
son île, ses chalets, ses restaurants, le parc des Buttes-Chaumont a sa grotte décorée de stalactites et où s'élance, avec
un bruit de tonnerre, un cours d'eau qui alimente le lac.

Belleville est fier de son parc et les habitants ne le change-
raient pas contre le parc Monceau. Les fillettes qui viennent là
se délasser, le dimanche, des longs travaux de l'atelier, regret-
tent bien que M. Haussmann n'ait pas songé à réserver un petit
coin où l'on pût danser à l'aise; mais on ne pense pas à tout.

Le sud de Paris a aussi son parc : c'est Montsouris, commencé en 1867, mais qui ne fut terminé que dix ans plus tard. Le parc de Montsouris, placé entre la rue Reille et l'avenue Jourdan, se compose de deux jardins séparés par le chemin de fer de Sceaux.

Dans le premier s'élève le pavillon du bey de Tunis, qui a figuré à l'exposition de 1867, et qui est devenu un observatoire. Un pont, qui passe sur le chemin de fer de Sceaux, donne accès dans l'autre jardin, où se trouvent des cascades et un lac assez considérable. Le paysage est fort curieux, avec les deux tunnels et la tranchée que suit le chemin de fer.

Outre les jardins, les parcs et les squares, Paris possède encore mille petits coins de verdure. La ville de Paris a semé du gazon sur les places, sur les trottoirs, dans les rues ; vous en trouverez place de Médicis, sur le boulevard Richard-Lenoir, sur le terre-plein du Château-d'Eau ; vous en trouverez partout au nord, au midi, à l'est et à l'ouest.

Là où l'espace le permet, on a planté des arbres. Les anciens boulevards extérieurs sont garnis d'une double rangée d'arbres ; il y en a devant les halles, ils conduisent le promeneur de la Madeleine à la Bastille. C'est un peu du décor, sans doute, mais ces pauvres arbres prennent leur rôle au sérieux et on les voit parfois se couvrir de feuilles, tout comme s'ils poussaient en pleine terre, dans la campagne ouverte, au grand air ; tout comme si leur pied n'était pas emprisonné sous de lourdes grilles de fer, et ils luttent, avec le courage du désespoir, contre les odeurs de la rue et du ruisseau, nous donnant un air plus pur et plus sain. Merci à eux.

CHAPITRE IX

Les places publiques sont nombreuses, mais il y en a relativement très peu qui soient célèbres.

Quelques-unes ont joué un rôle historique, mais ce rôle a été intermittent, et on ne trouverait pas ici un lieu qui rappelât le *forum* antique, qui a tenu une si grande place chez le peuple romain et où la vie publique battait son plein.

Les rues, les places ont pu voir de grandes manifestation populaires ; mais quand au 24 Février 1848 et au 4 Septembre 1870, la foule se pressait aux abords de l'Hôtel de Ville, quand le 12 juillet 1789 Camille Desmoulins haranguait le peuple au Palais-Royal, quand en 1869 les gardiens de la paix chargeaient sur le boulevard les curieux inoffensifs, c'est que l'orage allait emporter un trône, c'est que la population, soulevée tout entière, obéissait à son irrésistible besoin d'expansion, avide de savoir quel gouvernement allait s'élever sur les ruines du régime qui s'écroulait.

La rue, en France, n'a été révolutionnaire que par exception, et il serait bien difficile d'acclimater chez nous ces manifestations qui, périodiquement, se produisent en grand en Angleterre, en Belgique et en Amérique.

Le peuple de Paris, si jaloux de ses libertés, admet volontiers quelque restriction sur ce chapitre. Il obéit avec complaisance au : *Circulez, messieurs*, des gardiens de la paix ; il ne croit pas qu'on entrave l'exercice de sa liberté en assurant la liberté de la circulation ; bien au contraire.

Quelques hommes et même quelques femmes ont essayé de faire prévaloir une théorie nouvelle ; le public n'y mord pas. La manifestation de l'esplanade des Invalides, conduite par Louise Michel, n'est pas pour nous faire regretter notre infériorité, et nous laissons volontiers aux Anglais, aux Belges et aux Américains un privilège qui, même chez eux, n'est pas toujours sans dangers.

C'est par l'Hôtel de Ville que nous commencerons cette revue des places publiques de Paris, car c'est la vraie place populaire, comme l'Hôtel de Ville est la maison du peuple, que le peuple, hélas ! détruisit dans un jour de folie.

La place a conservé longtemps son vieux nom de place de Grève. Nous sommes ici, en effet, sur la grève qui, par une pente douce, menait au fleuve ; mais le fleuve coule maintenant entre deux murailles de granit et la place, surélevée, aplanie, embellie, a perdu depuis longtemps cette sinistre renommée qu'elle a conservé jusqu'en 1830. C'est à cette époque que l'échafaud, qui avait vu tomber les têtes des quatre sergents de la Rochelle, disparut pour toujours de la place de Grève qui avait vu, en d'autres temps, le supplice de la Brinvilliers, de Lally-Tollendal, de Damiens, du marquis de Favras et de tant d'autres.

Pendant longtemps, d'ailleurs, la place de Grève fut, avec ses boutiques du bord de la Seine, où les revendeurs avaient installé leur commerce repoussant, un cadre admirablement approprié à ces tableaux sanglants.

C'était une véritable cour des Miracles, et le jour d'une exécution capitale, le public qui se pressait autour du bourreau était bien chez lui.

La place de l'Hôtel-de-Ville a aujourd'hui un aspect de bonhomie qui s'accorde mal avec ces souvenirs, et pourtant ce n'est pas seulement la hache du bourreau ou le couperet de la guillotine qui ont ensanglanté ce sol; la révolte des Maillotins en 1381, la révolution de 1830, les journées du 31 octobre 1870 et du 22 janvier 1871 ont éclaté sur cette place ou y ont déroulé leurs scènes les plus violentes.

Pendant la Commune elle s'est hérissée de barricades qui formaient, autour de l'Hôtel de Ville, un véritable ensemble de fortifications.

Mais elle a vu aussi des tableaux de paix : la foule s'y est portée pour voir la cour de Napoléon Ier et celle de Napoléon III se rendant aux bals donnés par la ville de Paris; elle y est revenue plus nombreuse, plus impatiente, plus agitée, le 4 Septembre 1870, pour entendre proclamer les noms des membres du gouvernement de la Défense nationale, comme elle y était venue déjà, le 24 février 1848, pour acclamer les membres du Gouvernement provisoire.

Place sombre et place lumineuse, qu'on nous permette cette image; il faudrait hausser le ton pour chanter son histoire qui se confond avec celle de la liberté municipale et de la liberté politique. C'est là qu'Étienne Marcel trouvait dans les applaudissements du peuple des encouragements à la résistance; c'est là que Robespierre est apparu blessé, sanglant, le 9 thermidor (27 juillet 1794); c'est là que, par deux fois, Paris a proclamé la République ; mais la joie qui accueillait la Révolution de 1848 se doublait, en 1870, de patriotiques angoisses.

Et maintenant la place semble se reposer de ses agitations; elle s'étend calme et superbe, ayant oublié qu'elle fut un champ de bataille et un lieu d'exécution. La statue d'Etienne Marcel nous rappellera que là fut le berceau de nos franchises municipales.

La place de Grève a donné naissance à la locution : *faire grève.*

Il n'y a pas besoin d'être bien vieux pour se souvenir de ces assemblées d'ouvriers, — des maçons pour la plupart, — qui se tenaient chaque matin, sous le second Empire, sur la place de l'Hôtel-de-Ville; ouvriers sans ouvrage, attendant l'entrepreneur qui venait recruter là son personnel.

On voit l'analogie.

PLACE DE LA CONCORDE

Une des plus belles places du monde, avec ses fontaines jaillissantes, son pourtour de statues, l'obélisque, et surtout avec la perspective du Corps législatif, des Champs-Élysées et de l'Arc de Triomphe.

Louis XV, malade devant Metz, rentrait à Paris, au milieu des manifestations de l'allégresse générale ; la ville de Paris, ne sachant comment exprimer un enthousiasme qu'elle devait durement expier, demandait au roi, en 1747, l'autorisation de lui élever une statue. Il fallait une place ; on la fit sur un immense terrain en friche, et elle s'appela place Louis XV.

L'architecte Gabriel traça le plan, et le 21 juin 1763, la statue équestre de Louis XV en empereur romain fut inaugurée.

La statue était de Bouchardon; les figures allégoriques supportant le piédestal étaient de Pigalle. Mais le temps avait marché et le Bien-Aimé avait lassé l'affection de ses sujets. On connaît l'inscription qu'on trouva crayonnée un matin sur le monument :

> Oh! la belle statue! Oh! le beau piédestal!
> Les vertus sont à pied, le vice est à cheval.

La statue disparut en 1792 et fut remplacée par une statue de la Liberté; la place s'appela place de la Révolution.

La statue de Louis XV s'élevait sur l'emplacement du bassin le plus rapproché de la Seine; c'est au même endroit que fut dressé l'échafaud sous la Terreur; c'est là que périrent Louis XVI et Philippe-Égalité, duc d'Orléans; c'est là qu'on dressa en 1799 une nouvelle statue de la Liberté.

La place de la Révolution devint la place de la Concorde. La place de la Concorde vit en 1815 les armées alliées assistant à un *Te Deum* chanté en public; elle reprit son nom primitif jusqu'en 1826, époque à laquelle elle devint la place de Louis XVI. Charles X rêvait d'y élever un monument expiatoire à la mémoire de son frère. La révolution de 1830 rendit à la place son nom de la Concorde, et en 1835 l'érection de l'obélisque de Louqsor entraîna des travaux qui lui donnèrent la physionomie qu'elle a conservée depuis lors.

L'architecte Hascloff construisit le piédestal sur lequel l'ingénieur Lebas dressa l'obélisque et construisit également les deux fontaines et les lampadaires. Sur les pavillons de Gabriel, restés inoccupés, on plaça la statue des huit principales villes de France.

Des deux fontaines l'une est dédiée à la navigation fluviale, avec ses statues du Rhône et du Rhin, et ses figures allégoriques de la récolte des fleurs et des fruits, de la moisson, de la vendange, de l'agriculture, de la navigation, de l'industrie; l'autre est dédiée à la navigation maritime, avec l'Océan, la Méditerranée, la pêche du corail, des perles, des poissons, des coquillages, la navigation maritime, l'astronomie, le commerce.

La place Louis XV fut, le 30 mai 1770, le théâtre d'un horrible drame : le dauphin épousait Marie-Antoinette; la foule, venue pour voir le feu d'artifice, s'écrasa; ce fut une mêlée sanglante où, dit Mercier, périrent douze mille personnes. La place de la Concorde évoque à nos yeux un souvenir plus terrible encore et plus récent, celui de la guerre

de 1870, et la statue de Strasbourg, avec ses couronnes mor-
tuaires et ses draperies funèbres, porte le deuil de la patrie
mutilée.

PLACE DU CARROUSEL

On pourrait croire que la place du Carrousel a été créée
pour donner au Louvre et aux Tuileries leur véritable
caractère. C'est une erreur : entre les Tuileries, aujourd'hui
disparues, et le Louvre, s'élevaient des maisons, des jardins
et des hôtels, et la dernière maison n'a disparu qu'en 1850.

Louis XIV commença la place; mais les premiers travaux
qui détruisirent le jardin de Mlle de Montpensier n'avait
d'autre objet que de créer un emplacement assez vaste pour
servir de théâtre à un divertissement grandiose : un carrousel. La place a gardé le souvenir de cette fête; elle s'est
agrandie sous le premier Empire, — c'est Napoléon Ier qui
y fit élever l'Arc de Triomphe, — sous la Restauration, sous la
monarchie de Juillet; elle n'est définitive que depuis le
second Empire; et c'est la Commune qui, par l'incendie des
Tuileries, lui a donné sa physionomie actuelle.

Si on peut déplorer, au point de vue artistique, la destruction de l'œuvre de Philibert Delorme et de Ducerceau,
on ne peut que la regretter également, au point de vue
pittoresque : car les Tuileries et le Louvre formaient à la
place du Carrousel un encadrement grandiose. Le seul mérite
de la place consiste d'ailleurs dans les monuments qui
l'entourent. Nous ne parlons pas des petites baraques du
ministère des postes, qui ont encombré pendant si longtemps
un des côtés de la place.

PLACE DES VICTOIRES

La place du Carrousel est née du caprice du Roi-Soleil; la
place des Victoires, de l'adulation d'un courtisan. Le duc de

la Feuillade a créé cette place pour y élever un monument
à Louis XIV, le tout à ses frais. Elle a encore grand air,
malgré la mutilation qu'elle a subie pour l'ouverture de
la rue Étienne-Marcel; mais le commerce a envahi les
hôtels des grands seigneurs du xviie et du xviiie siècles. On
retrouverait encore quelques panneaux, quelques moulures,
sous les boiseries qui garnissent les murailles, sous les
casiers où s'alignent les pièces de drap et de soierie.

Dans un des hôtels qui fait le coin de la rue Croix-des-
Petits-Champs existe encore une vaste pièce circulaire,
décorée de fresques d'une fantaisie charmante : oiseaux
bizarres, fleurs fantastiques, personnages de l'Extrême-
Orient; les locataires ont respecté cette décoration, mais le
temps fait son œuvre : entre cette salle et les murs existaient
de petits réduits garnis de glaces, où a dû rêver plus d'une
belle dame du siècle dernier. M. Thiers a habité cet hôtel
sous la monarchie de Juillet, et on pourrait retrouver dans
l'hôtel de la place Saint-Georges la copie des moulures qui
garnissaient le cabinet de travail du ministre de Louis-
Philippe.

PLACE VENDOME

C'est Mansard qui a construit cette place comme la précédente. Le roi trouvait-il que l'hommage du courtisan n'était
pas à la hauteur de sa gloire? Toujours est-il que la place
Vendôme, qui devait s'appeler plus tard place des Conquêtes
et place des Piques, est plus vaste que la place des Victoires;
les hôtels, plus grandioses, et l'ensemble, plus solennel. C'est
César de Vendôme, fils de Henri IV et de la belle Gabrielle,
qui a donné son nom à cette place; il avait là une maison
que le plan de Mansard a fait disparaître. A la place où se
dresse la colonne de la Grande-Armée s'élevait tout natu-

rellement une statue de Louis XIV, comme sur la porte
Saint-Martin et la porte Saint-Denis se détachait la figure
du Roi-Soleil. La photographie a, depuis, popularisé cette
manie de reproduction.

PLACE DE LA BASTILLE

La place de la Bastille est venue au monde le 14 juillet 1789. C'est là que la Révolution est née. Une ligne de
dalles blanches indique sur le sol la configuration de l'ancienne Bastille, sur l'emplacement de laquelle la Liberté,
tout à la joie de se sentir vivre, avait écrit ces mots : « Ici
l'on danse. »

Hélas ! on y a aussi entendu une autre musique, et les balles
des insurgés de Juin 1848 ont tué, sur cette place, le général
Négrier et l'archevêque Affre.

Napoléon Iᵉʳ avait eu l'idée bizarre de faire établir un
gigantesque éléphant de bronze qui eût servi de fontaine ; la
maquette en plâtre a subsisté pendant longtemps. La colonne
élevée à la mémoire des combattants de Juillet a été inaugurée
en 1840.

Laplace de la Bastille est très vivante, grâce au voisinage
de la rue de Rivoli et du faubourg Saint-Antoine ; elle est
aussi très calme, malgré son origine révolutionnaire, et elle
ne s'est pas prêtée aux fantaisies archaïques de ceux qui, dans
ces dernières années, ont essayé d'y évoquer l'esprit de
révolte. Il semble pourtant qu'aucun lieu ne soit mieux choisi
pour une manifestation populaire ; mais les révolutionnaires
du quartier savent bien qu'ils n'ont plus rien à démolir, et le
souvenir de la Bastille ne leur inspire plus qu'une colère
rétrospective.

Les autres places de Paris n'ont pas d'histoire, pour la plupart. Laplace de l'Opéra est d'hier, et la place Malesherbes où

15

s'élève la statue d'Alexandre Dumas, par G. Doré, et d'autres encore; les autres n'ont pas conquis de célébrité, comme la place Saint-Georges avec sa modeste fontaine, comme la place du Châtelet avec sa colonne prétentieuse, comme la place Louvois malgré sa fontaine de Visconti, et la place des Pyramides malgré la statue de Jeanne Darc par Frémiet. Seule, la place du Château-d'Eau, qu'on s'est donné beaucoup de mal à enlaidir, a sa petite réputation : car elle est en plein centre. Quant à la place de l'Étoile, le monde entier la connaît.

Mais nous ne pouvons que signaler la place Wagram, la place Courcelles, la place de la Bourse, la place Voltaire, la place Walhubert, la place du Trocadéro, et c'est déjà beaucoup d'honneur que nous leur faisons.

D'autres places doivent leur existence aux églises; telles : la place du Parvis, Saint-Sulpice, du Panthéon ; mais le monument est leur excuse. Il n'y a qu'une seule place à Paris qui ait son utilité incontestable et qui ait un caractère bien moderne, c'est la place de l'Europe, formée presque tout entière du pont des chemins de fer de l'Ouest. L'industrie moderne apparaît là dans toute sa puissance, avec ce pont gigantesque d'où l'on embrasse le mouvement incessant de la gare.

Il y a beaucoup de places, à l'heure qu'il est, qui n'ont pas encore leur statue : il ne faut décourager personne.

CHAPITRE IX.

Après les rues, les boulevards, les quais, les promenades,
les squares, les jardins, les parcs, le Parisien a encore un
autre lieu de réunion, c'est le passage.

Il y a passage et passage. Quelques-uns, fidèles à leur nom,
servent tout simplement à abréger les communications; mais
il y en a d'autres où l'on flâne, où l'on se promène, tout
comme sur les boulevards.

Parmi ces derniers, viennent au premier rang le passage
des Panoramas et le passage Jouffroy, où le voisinage du
boulevard amène chaque jour une véritable foule de curieux
foule qui se grossit, les jours de pluie, de tous ceux qui
aiment à voir le spectacle de la rue.

Le pavé en bois a fait disparaître le macadam odieux et il
n'y a plus, devant le passage des Panoramas et le passage
Jouffroy, ces flaques liquides que les plus hardis franchis-
saient comme des obstacles, et où la Parisienne ne s'aventu-
rait qu'avec des mines de chatte effarouchée. Tant que le
macadam a subsisté à cet endroit, il semblait que les
femmes eussent fait la gageure de traverser le boulevard en
évitant de souiller, de la plus légère tache de boue, la blan-
cheur éburnénne de leurs bas immaculés. Et presque tou-

jours. elles la. gagnaient, cette gageure, sous l'œil satisfait du passant attendant que la pluie eût pris fin.

Certes, ce n'était pas sans peine, sans efforts, et sans de ravissantes gaucheries, ni sans avoir montré de la jambe un peu plus que ne le permet le Code de la bienséance.

Et les impériales des omnibus où les voyageurs surpris par l'orage ouvrent avec ensemble leurs parapluies, se gênanl mutuellement, laissant écouler l'eau dans le cou de leurs voisins, plus mouillés par les parapluies des autres que par 'orage.

Suave mari magno! Il est doux, à l'abri d'un passage, de contempler les malheureux que l'heure appelle, et qui s'en vont, mouillés jusqu'aux os, maladroits et gauches. C'est ce sentiment mauvais qu'éprouvent tous ceux qui s'offrent gratis, du passage Jouffroy ou du passage des Panoramas, le spectacle que leur donne la pluie, dans les grands jours, alors que l'eau du ciel semble vouloir réparer les gaspillages de M. Alphand.

Mais ce n'est là qu'un épisode dans la vie des passages, et même par beau temps, ils ont toujours leur public.

Le passage Jouffroy a eu une certaine vogue parmi les provinciaux à cause de la multiplicité des restaurants ; ceci est pour le jour ; le soir, c'est presque une résurrection des galeries du Palais-Royal, alors que les galéries étaient le rendez-vous ordinaire du monde galant.

Le provincial ne dédaigne pas cette promiscuité ; non pas que nous voulions, ô Province, attenter à votre antique réputation de moralité et de sagesse ; mais il ne vous déplaît pas, n'est-ce pas, de mêler votre vertu à ces tentations ; vous en sortez plus satisfaite de vous-même.

Et puis il y a autre chose à voir, dans le passage, à l'heure où le gaz illumine les vitrines : il y a les bijoux, vrais ou faux, les chapeaux, les jouets, les fleurs, les livres, et jusqu'au

musée Grévin, moins gai que le vieux café de *Mulhouse*,
qu'il a remplacé, et où il y a vingt ans toute la littérature
a joué aux dominos.

Le passage des Panoramas est moins promenade que le
passage Jouffroy. Cela tient au motif que nous avons indiqué
ailleurs : le côté gauche du boulevard est moins fréquenté que
le côté droit. La circulation y est aussi active, cependant,
grâce au voisinage de la Bourse ; mais on y passe plus qu'on
n'y séjourne. Il faut faire exception pour quelques bibliophiles qui doivent se contenter d'admirer aux étalages des
deux libraires les livres fantastiques, les reliures merveilleuses ; pauvres diables qui rappellent le malheureux qui
mange son pain sec devant l'étalage de Chevet.

Le commerce du passage des Panoramas est plus varié
et plus brillant que celui du passage Jouffroy. Quel Parisien a acheté jamais au passage Jouffroy autre chose qu'un
chapeau ou un jouet, une cravate, ou bien dépensé trois
sous dans un de ces réduits mystérieux et égalitaires où,
devant la loi naturelle, disparaissent toutes les distinctions
sociales ?

Le passage des Panoramas, au contraire, a des acheteurs
sérieux et fidèles ; c'est un petit caravansérail. Les différentes
galeries de ce passage ont chacune une physionomie bien
différente.

Le commerce élégant occupe presque toute l'allée centrale,
mais l'extrémité qui confine à la rue Saint-Marc est presque
déserte, et les jeunes personnes infatigables, qui continuent
pendant le jour leur petit commerce de nuit, s'aventurent
jusque-là, en quête d'un provincial à qui un déjeuner copieux
a inspiré des idées galantes.

La galerie transversale, qui relie l'allée centrale à celle qui
rejoint la rue Montmartre, est presque toujours déserte et les
marchands peuvent, sans inconvénient, la considérer comme

un prolongement de leur boutique ; c'est ce qu'ils font, et les
meubles s'étalent en plein dans cette galerie.

A l'exception d'un boulanger et d'un marchand de vins,
tous les corps d'état sont représentés dans le passage des
Panoramas : l'industrie de luxe y apparaît sous toutes ses
formes ; libraires, bijoutiers, marchands d'antiquités, éventail-
listes, confiseurs, graveurs, et, dans les boutiques plus modestes, la papeterie, l'épicerie, la parfumerie, les marchands
de jouets, d'articles de voyage, vivent côte à côte. Il y a des
restaurants ; il y a même un café, bien connu des amateurs de
billard.

Le passage des Panoramas doit son nom, nous l'avons dit
déjà, à un spectacle, devenu fréquent depuis, et qu'y installa
Fulton. C'est là aussi, à l'amorce du boulevard, que fut faite
la première expérience d'éclairage au gaz.

Le passage Verdeau est le prolongement du passage
Jouffroy ; mais il a une physionomie plus modeste ; c'est bien
le passage, dans la stricte acception du mot, où l'on passe en
jetant un coup d'œil rapide sur les étalages ; sa seule utilité
est de mener le promeneur du faubourg Montmartre au
passage Jouffroy. Il disparaîtrait, que la flânerie parisienne
ne s'en inquiéterait pas autrement ; mais elle se révolterait si
on touchait au passage Jouffroy.

Le passage des Princes, lui aussi, est un lieu modeste et
qui ne fait pas beaucoup parler de lui. Sa vogue du début est
depuis longtemps oubliée. Ah ! s'il était de l'autre côté du
boulevard, à la place de cet atroce passage de l'Opéra, d'un
aspect vulgaire et commun, qui détonne comme une fausse
note dans ce milieu des élégances et des fantaisies parisiennes.

Un des passaaes les plus curieux est sans contredit le passage du Saumon. Au milieu des transformations parisiennes,
cette longue rue vitrée qui va de la rue Montorgueil à la rue

Montmartre a conservé sa physionomie primitive. La province y règne en souveraine maîtresse ; c'est elle qui habite les différents hôtels qui s'y trouvent ; c'est elle qui achète les chapeaux qui s'étalent aux vitrines des boutiques de modistes.

C'est le grand centre de la fabrication des chapeaux de femme ; des champignons de bois supportent toutes les formes que la fantaisie des grands faiseurs met en circulation à chaque saison ; mais un petit écriteau placé dans la montre vous annonce qu'il y a encore un musée secret: «Les modèles nouveaux sont exposés à l'intérieur, » dit l'inscription. C'est là que la province vient chercher ses modes, et encore ne les a-t-elle que de seconde main.

Les deux ou trois grandes maisons de modes qui existent à Paris vendent très cher. Seules les millionnaires ou les artistes peuvent se payer des chapeaux qui sortent de ces maisons. Les modistes, elles, y vont, à l'entrée de chaque saison, acheter un modèle, et c'est sur ce modèle qu'elles confectionnent les modes de la province.

Et voilà comment une élégante peut porter, les jours de fête, sur les promenades d'un chef-lieu d'arrondissement, un chapeau qui est éclos dans la cervelle de la première de la grande maison X, Y, Z, qui aurait coûté quinze louis au moins et qui ne vaut peut-être pas plus de quinze francs. Une Parisienne reconnaîtrait bien la supercherie, mais la province admire, sans réflexion, ces fils dégénérés d'un père inconnu. Et voilà à quoi sert le passage du Saumon : à dénaturer les modes élégantes, à remplacer par des chapeaux prétentieux les coiffures originales de nos vieilles provinces. La coiffe de la Normande, énorme, gigantesque, montée sur une armature de laiton, avec ses vieilles dentelles ; la coiffe plus gracieuse de la Bretonne, et bien d'autres encore ont disparu : le chapeau les a tuées ; ou bien le bonnet qui affecte, lui aussi, avec ses rubans et ses fleurs, des allures de chapeau.

Moral, par exemple, le passage du Saumon; très moral. Ce n'est pas là qu'on trouve des théories de jeunes personnes plâtrées, au sourire engageant, qui sont la gloire du passage Jouffroy. Les ouvrières qu'on aperçoit derrière les rideaux de soie verte n'ont pas l'allure dégagée et provocante de celles qui travaillent dans les boutiques du boulevard, de la rue Vivienne ou de la rue de la Paix; gentilles aussi, — toutes les modistes sont gentilles, — mais simples et presque modestes. Ce sont des chrysalides; patience! vous les retrouverez, montées en grade et en graine, dans les magasins élégants, et elles seront bientôt à l'unisson.

Parmi les rares qualités de la Parisienne, il en est une qui est bien à elle : c'est sa faculté d'assimilation et de transformation. Les petits trottins du passage du Saumon gardent leur air ingénu qui va bien avec la physionomie paisible du milieu; elles sentent bien qu'une allure plus dégagée détonnerait un peu dans ce patriarcal endroit; elles refrènent leurs convoitises, éteignent leurs sourires, mais elles se rattraperont, le jour où elles se trouveront transplantées dans un milieu favorable, dans les quartiers élégants, dans les magasins somptueux. Ces jeunes filles sont de vieux diplomates.

Les autres passages ne méritent qu'une mention rapide.

Tel le passage Vivienne; tel le passage Colbert. Le premier présente quelque animation parce que, par le passage des Petits-Pères, il met la rue Neuve-des-Petits-Champs en communication avec la rue de la Banque, et puis il a pour voisins un charcutier et un pâtissier célèbres; mais sa principale attraction est un marchand de jouets, dont l'étalage retient sans cesse une foule de curieux et de bébés. Le passage Colbert, bâti sur l'emplacement de l'hôtel Colbert, est le désert. Une horloge monumentale marque l'heure... Pour qui? Mystère.

Le passage Choiseul est presque une rue ; il met la rue
Neuve-des-Petits-Champs en communication avec le boulevard ; les Bouffes lui ont donné, à certain moment, une animation particulière ; mais il n'aura sa véritable destination que le
jour où on permettra aux voitures et aux omnibus d'y passer.

Il y a des gens qui croient qu'il n'y a dans le passage Véro-
Dodat qu'une seule boutique et que cette boutique est une charcuterie. C'est une erreur ; mais, pour s'en convaincre, il faut
y aller voir. Nous l'avons fait ; nous affirmons qu'il y a des
chapeliers, des coiffeurs, des gantiers, des marchands d'articles de voyage, des libraires et d'autres industriels encore.

On nous permettra de ne pas indiquer les autres. Il y a, à
Paris, environ quatre-vingts passages ; mais c'est comme pour
les membres de l'Académie, c'est déjà beau que d'en con-
uaître une dizaine.

LES MONUMENTS PUBLICS

LES ÉGLISES : NOTRE-DAME, LA SAINTE-CHAPELLE, ETC.

C'est presque malgré nous qu'au-dessous de ces trois
mots : les monuments publics, nous avons écrit ces autres :
les églises, Notre-Dame.

C'est instinctivement que notre plume a tracé le nom de la
vieille église qui se dresse, fière et superbe, au milieu de la
Seine. Il est impossible, quand la pensée s'arrête sur les
monuments qui existent à Paris, de ne pas évoquer aussitôt,
malgré soi, le nom et le souvenir de la cathédrale. Depuis des
siècles son histoire se confond avec la nôtre ; elle a vu Paris
s'étendre autour d'elle ; elle a vu s'élever les monuments les
plus superbes ; elle verra bientôt une tour gigantesque
humilier sa vieille renommée. Le bronze, les marbres, les
tors, rien n'est trop beau pour donner à Paris un lustre nouveau. Les maisons elles-mêmes sont devenues grandioses et

16

somptueuses; et pourtant, dans ce Paris de marbre, de bronze, au milieu des arcs de triomphe, des colonnes, des statues, des monuments, la cathédrale est restée un objet d'admiration et de vénération pour tous. Nous n'avons plus, sans doute, la foi ardente qui agenouille les croyants sur tes dalles de pierre, ô vieille Église, et la foule n'emplit ta vaste nef que dans ces après-midi où le sermon du prédicateur à la mode fait une concurrence déloyale aux matinées dominicales de nos théâtres.

Ce n'est pas parce que tu es l'asile de la prière que nous te vénérons, c'est parce que tu es l'aïeule, parce que tu es le témoin le plus ancien de notre histoire, parce que ton nom nous parle du passé.

Sur l'emplacement de la cathédrale actuelle s'élevèrent à l'origine deux églises : la plus ancienne, bâtie dans la seconde moitié du ive siècle, sur l'emplacement d'un temple païen, était dédiée à sainte Marie, ou Notre-Dame. Le parrain de la seconde, élevée par Childebert vers 1550, fut saint Etienne.

Les deux églises subsistèrent jusqu'au xiie siècle, non sans avoir subi, à plusieurs reprises, d'importantes restaurations.

Maurice de Sully, 73e évêque de Paris, voulut, sur l'emplacement des deux églises, en élever une plus vaste et qui pût répondre aux besoins de la population parisienne. Commencée en 1163, la cathédrale était achevée en 1235, et en mourant, en 1196, Maurice de Sully put voir son œuvre très avancée : le chœur était achevé jusqu'au transept. En 1223, à la mort de Philippe-Auguste, le grand constructeur, l'église était presque terminée; la partie supérieure du portail restait inachevée. Le travail, repris en 1230, était fini en 1235, sauf les flèches en pierre, qui figuraient dans le plan primitif et que les deux tours attendent encore.

Mais à partir de cette époque commence pour Notre-Dame une ère de transformations qui ne doit pas s'arrêter et qui va en modifier de fond en comble la physionomie primitive.

La cathédrale, terminée, moins les deux flèches, présente cet admirable caractère d'unité qu'affectent tous les monuments religieux achevés dans la première moitié du XIIIᵉ siècle. Pas de chapelles. L'immense église apparaît, dans toute sa grandeur, avec son autel unique, sa triple rangée de fenêtres, ses galeries latérales au rez-de-chaussée et au premier étage.

Les modifications commencent dès 1245, époque où furent construits un jubé et les premières chapelles. La clôture du chœur fut commencée à la fin du XIIIᵉ siècle ; ce qui restait de cette clôture et du jubé disparut en 1699 ; les derniers vestiges subsistent encore derrière les stalles.

Les modifications les plus importantes apportées à Notre-Dame datent de Louis XIV. En exécution du vœu de son père, Louis XIII, le Roi-Soleil, épris de décoration, peupla Notre-Dame de statues de marbre et de bronze, qui ont presque toutes disparu en 1792 ; le *Christ descendu de la croix*, les statues de Louis XIII et de Louis XIV, les stalles, la mosaïque sont de cette époque.

L'autel, du XIIIᵉ siècle, céda la place à un autel fort riche. Les derniers travaux de restauration ont été accomplis, avec un goût infini, par Viollet-le-Duc qui nous a restitué la flèche en bois, détruite avant la Révolution, qui a édifié la sacristie et qui a fixé la physionomie définitive du monument.

La façade de Notre-Dame se divise en trois parties qui forment, malgré leur diversité, un ensemble d'une merveilleuse harmonie.

Le triple portail, la grande rose, la galerie aux élégantes colonnettes, voilà les grandes lignes de cette admirable chef-d'œuvre ; mais si l'œil embrasse d'un regard cet imposant ensemble, il s'arrête ébloui et charmé sur les mille détails de sculpture, chefs-d'œuvre innombrables qui décorent un chef-d'œuvre unique.

Au-dessus de la porte centrale se déroule le Jugement dernier avec sa théorie de seigneurs, de nobles dames, d'évêques, de princes et de rois; puis c'est le pèsement des âmes. L'archange saint Michel tient la balance : à sa droite les élus voient le ciel s'ouvrir; à gauche, les démons entraînent une longue file de réprouvés. Au sommet du tympan, le Christ, assis, montre ses plaies; deux anges tiennent les instruments de la Passion; la Vierge et saint Jean, agenouillés, prient pour les pécheurs.

Sur le trumeau de la porte centrale, le Christ apparaît, entouré des douze apôtres; dans les voussures, le Paradis et l'Enfer nous montrent leurs tourments et leurs jouissances: d'un côté les anges amènent au ciel les bienheureux qu'Abraham reçoit dans son sein; de l'autre, les réprouvés sont soumis à mille tortures; les vierges sages et les vierges folles sont représentées des deux côtés de l'embrasure de la porte

La porte de gauche, dite porte de la Vierge, représente l'histoire de la mère du Christ; sur le trumeau, la Vierge foule aux pieds le dragon; les bas-reliefs nous racontent sa généalogie, sa vie et sa mort.

Les statues des précurseurs et des premiers chrétiens forment cortège à la Vierge-mère; la Terre, la Mer, le Ciel, la Nature entière, dans les trente-sept bas-reliefs qui figurent les signes du Zodiaque et les divers travaux de l'année, assistent à son apothéose.

La porte de droite, dite de Sainte-Anne, serait, u après Viollet-le-Duc, composée en grande partie des fragments de l'église Saint-Etienne, que fit disparaître Maurice de Sully. Sur le linteau se déroulent les principaux événements de la vie de la Vierge : son mariage avec saint Joseph, sa séparation avec ses parents; la Vierge priant; puis l'Annonciation, la Nativité, les Mages.

Entre les trois portes s'élèvent quatre statues : *Saint Étienne*, *l'Église*, *la Synagogue*, *Saint Denis*. Au-dessus du portail se déroule la file des vingt-huit rois de Juda. Cette galerie supporte encore cinq autres figures colossales : d'un côté la Vierge entourée de deux anges ; de l'autre, Adam et Eve.

Les deux autres portes de Notre-Dame sont tout aussi remarquables ; elles sont conçues dans le même esprit. Le portail méridional porte une inscription précieuse pour l'histoire d'un monument ; c'est le nom du maître des œuvres, Jean de Chelles, sous la direction duquel cette façade fut commencée en 1257.

La porte, à deux baies, est surmontée de deux étages d'arcature à jour, d'une grande rose et de deux clochetons. Le trumeau est orné d'une statue de saint Etienne ; dans les voussures, des anges, des martyrs, des docteurs. Sur le trumeau de la porte du Nord nous retrouvons une statue de la Vierge-mère tenant l'enfant Jésus. Le linteau raconte la naissance du Christ, le massacre des Innocents, la fuite en Egypte ; au-dessus, l'histoire du diacre Théophile qui sut par son repentir racheter le pacte qu'il avait fait avec le démon ; dans les voussures, des anges, des saintes femmes et des docteurs.

La porte Rouge, à proximité de la porte du Nord, est un chef-d'œuvre d'élégance et de grâce artistiques. A côté du couronnement de la Vierge se voit l'histoire de saint Marcel.

La sacristie, qui est très belle, est moderne ; elle a été construite par Viollet-le-Duc, qui a attaché son nom à la restauration de tant de monuments historiques

Tout est à admirer dans cet admirable monument, et les grandes roses des portails, et les boiseries du chœur, et les statues de Louis XIII et de Louis XIV, œuvres de Coustou et de Coysevox, et la chaire exécutée sur les dessins de Viollet-le-Duc, et les bas-reliefs qui ornent la clôture du chœur, et qui sont d'une naïveté charmante.

Le trésor de Notre-Dame est un des plus précieux de ceux qui existent. C'est là que se trouvent la sainte Couronne d'épines, le saint Clou, la crosse de l'évêque Eudes de Sully, le crucifix que saint Vincent de Paul présenta au roi Louis XIII à ses derniers moments, la discipline de saint Louis, le manteau du sacre de Napoléon Ier, des orfèvreries du XIIIe siècle, etc.

La flèche, en bois, a été rétablie en 1860 par Viollet-le-Duc. Elle s'élève à 96 mètres au-dessus du sol.

L'église a 127 mètres de longueur, 48 de largeur, et 33 de hauteur ; les tours ont 68 mètres. Les ferrures des portes sont célèbres ; celles de la porte Sainte-Anne et de la porte de la Vierge datent du XIIIe siècle ; celles de la porte centrale, modernes, sont l'œuvre de Boulanger.

Les travaux entrepris sous Louis XIV ont fait disparaître un certain nombre de tombeaux : celui d'Isabelle de Hainaut, première femme de Philippe-Auguste, celui de Geoffroy, duc de Bretagne, entre autres. Des chapelles renferment des monuments élevés à la mémoire des archevêques de Belloy, de Juigné et Affre.

A signaler aussi le tombeau de Claude d'Harcourt, mort en 1769, lieutenant-général des armées du roi, œuvre prétentieuse du sculpteur Pigalle.

La tour du Sud renferme le bourdon qui pèse 13,000 kilos. On nous pardonnera cette esquisse rapide et incomplète ; mais il faudrait un volume pour décrire les merveilles de Notre-Dame. Victor Hugo l'a écrit ce livre, à la gloire de notre vieille église, et tout le monde l'a lu ; tout le monde a pénétré, avec le poète, dans les mystérieux dédales de cette forêt gigantesque qu'habite un peuple de dieux, de saints, de rois et de seigneurs·

Et, quand on gravit ces tours obscures, on voit resplendir sur le mur, au milieu des inscriptions les plus bizarres, des noms, des dates, des emblêmes, le nom éclatant du poète ;

son souvenir ne vous quitte plus, quand on pénètre dans notre cathédrale ; il vous accompagne, éclairant les mystères et les profondeurs, évoquant tout le passé disparu.

Un dernier détail : c'est Notre-Dame qui est la borne milliaire d'où partent toute les routes ; c'est le point de départ idéal d'où sont comptées les distances.

Le fameux parvis a disparu. Le temps a nivelé le sol ; les treize marches qui conduisaient à l'église n'existent plus.

Y a-t-il encore des Parisiens qui croient que Notre-Dame est bâtie sur pilotis? Ce n'est pas probable. La vieille église repose sur de solides assises de pierre qui, pendant de longs siècles encore, peuvent défier le temps.

LA SAINTE-CHAPELLE

La Sainte-Chapelle est le monument le plus complet que nous possédions du xiii° siècle. C'est un morceau d'architecture unique, qui vous saisit par un caractère particulier de charme et d'élégance ; c'est la page la plus exquise qu'aient écrite sur la pierre les architectes et les sculpteurs.

Pierre de Montereau a élevé la Sainte-Chapelle en trois ans, de 1245 à 1248, pour y déposer la Couronne d'épines, le Clou et le morceau de la vraie Croix, acquis, en 1241, par saint Louis, de Baudouin II, empereur de Constantinople.

L'église est divisée en deux chapelles superposées : dans la chapelle haute se trouvent deux niches où les rois de France venaient entendre la messe ; le roi Louis XI fit installer pour son usage particulier une niche grillée qui apparaît encore à la hauteur de la quatrième fenêtre. La rose du portail date de Charles VIII ; un incendie considérable détruisit en 1630 les combles et la flèche qui, remplacée sous Louis XIII, fut détruite également sous la Révolution.

Les travaux de restauration de la Sainte-Chapelle, commencés en 1837, n'ont été terminés qu'en 1867 ; la flèche a été reconstruite sur le modèle de celle de Charles VIII.

Que faut-il admirer le plus dans cette église, la hardiesse de l'ensemble, ou l'élégance des détails? Les verrières
sont merveilleuses, et la voûte elle-même, rehaussée de peintures et de dorures, prolonge l'éblouissement. Derrière l'autel,
très simple, s'élève une arcature ajourée qui supporte une
plate-forme : c'est là qu'étaient placées autrefois les saintes
reliques qui appartiennent aujourd'hui au trésor de Notre-
Dame.

Les statues des douze apôtres, dont quelques-unes ont
resisté au temps, aux incendies, aux révolutions, décorent la
chapelle haute ; elles aussi sont peintes, dorées et émaillées Ce
luxe de décor ne s'arrête pas, on le sait, à l'intérieur. Tout le
monde connaît le toit et la flèche de la Sainte-Chapelle, dont
les arêtes dorées attirent les yeux, et c'est une véritable
déception pour l'étranger de ne pouvoir trouver l'entrée du
monument, qui disparaît derrière un rideau de pierre.

On ne peut que regretter que l'envahissement du palais de
Justice ne permette pas de dégager la Sainte-Chapelle, qui
apparaîtrait alors dans toute sa beauté et dans toute sa gloire.
C'est encore le palais de Justice qui a absorbé, en 1776, une
petite construction appelée le *Trésor des Chartes* et qui
remontait également à saint Louis. C'est sur les marches d'un
escalier attenant au flanc sud de l'église, et qui aurait été,
dit-on, construit pour permettre au roi Louis XII, goutteux,
d'arriver à la chapelle haute, que Boileau a placé la scène du
Lutrin. La chapelle basse est presque entièrement dallée de
pierres tombales.

C'est dans la Sainte-Chapelle que se célèbre la messe du
Saint-Esprit pour la rentrée des tribunaux, après les
vacances.

L'église Saint-Ambroise est moderne ; elle a été bâtie de
1863 à 1869 sur le boulevard Voltaire (ancien boulevard du

Prince Eugène), et où l'architecte Ballu a encadré dans un monument roman les différents aspects du style ogival; tentative fort curieuse et qui dénote un véritable sentiment artistique. Si nous réclamons une architecture moderne, c'est pour nos maisons, nos monuments publics; mais pour les églises, on ne fera pas mieux que nos pères; et puis, si la vie s'est modifiée, si les exigences de notre société imposent aux architectes des lois nouvelles, il n'en va pas ainsi de l'église, immuable dans ses tendances, dans ses dogmes, dans ses cérémonies et dans sa représentation extérieure.

La foi des premiers siècles a trouvé du premier coup le cadre qui convient aux solennités du culte catholique; notre scepticisme ne pourrait que gâter ces admirables monuments.

Cela est arrivé déjà.

Saint-Augustin est encore une église moderne, mais là l'architecte, M. Baltard, le constructeur des Halles, a voulu faire neuf, au moins dans le gros œuvre; c'est l'époque, 1860 à 1868, où le fer détrône le bois et la pierre, et pour la première fois il entre dans la construction d'une église; l'esprit de réforme de l'architecte n'a pas été au delà, car la physionomie extérieure de l'église lui a été imposée par la configuration du terrain qui affecte la forme d'un triangle. L'église Saint-Augustin est moins élégante que certaines maisons du boulevard Malesherbes, et les arcades en fer du plafond n'ont vraiment rien de décoratif; combien nous préférons ces piliers, ces arcatures de pierre, où s'exerça la fantaisie des tailleurs d'images et des ornemanistes.

Ici, rien de pareil, et les découpures des charpentes de fer rappellent vraiment trop les perfectionnements de la mécanique, comme les portes, le triomphe de la galvanoplastie.

L'église contient des fresques de Signol, de Bouguereau, de Brissot; la façade est décorée de sculptures de Jacquemart, de Jouffroy, de Cavelier, etc. Mais fresques et sculptures ne

nous réconcilient pas avec ce monument sans caractère et
sans style, et nous préférons de beaucoup les Halles centrales.

Sainte-Clotilde s'élève rue Las-Caze; commencée en 1846,
elle n'a été terminée qu'en 1857 par l'architecte Ballu qui
succédait à Grau. Toutes les églises modernes accusent une
même préoccupation : celle de faire revivre tout un style,
d'en fondre toutes les époques, toutes les manifestations.
Avec Sainte-Clotilde on a voulu faire du gothique, mais au
lieu de s'en tenir aux admirables spécimens que nous possédons à Paris même, on nous a donné un gothique de fantaisie
qui, précisément, par la préoccupation de résumer toute
une époque, manque d'unité et de grandeur.

On a accumulé au dehors les statues, mais il manque aussi
à cette décoration cette unité qui éclate dans ces pages de
pierre que déroulent les façades de nos vieux monuments
gothiques.

Ce n'est plus une histoire dont l'œil peut suivre tous les
chapitres, c'est un musée; tous les saints sont là, sans suite et
sans méthode. Il y a dans l'église deux bas-reliefs qui représentent la vie de sainte Clotilde, mais deux autres nous
racontent celle de sainte Valère, et des fresques nous disent
encore sa conversion, son baptème et sa mort. Sainte Clotilde
est un peu négligée dans son église; il est vrai qu'elle a
usurpé la place de sainte Valère, car l'église actuelle est bâtie
sur l'emplacement d'une chapelle dédiée à cette martyre. Il
faut rendre à César.... Le peintre Lenepveu et le sculpteur
Guillaume se sont chargés de la restitution.

L'église Sainte-Elisabeth, rue du Temple, date du
xviie siècle; elle fut construite de 1620 à 1660; elle est un peu
à l'étroit, entre les maisons qui la bordent, et peut-être aurait-
elle plus grand air, si elle était dégagée.

L'architecte ne s'est pas mis en grands frais d'imagination,
il faut bien le reconnaître.

La façade est d'une simplicité primitive. La partie décorative est médiocre, à part trois tableaux de Lafon, de Roger et de Hesse, dans une chapelle.

Les vitraux datent de 1826. Depuis, la peinture sur verre a fait quelques progrès.

L'église contient une suite de boiseries du xvi° siècle, fort curieuses.

L'église Saint-Etienne-du-Mont, place Sainte-Geneviève, a été commencée en 1517 sur l'emplacement d'une vieille église qui portait le même nom ; elle n'a été terminée qu'en 1626, par le portail. C'était, comme aspect, un monument fort original et très gracieux; il semble qu'on ait voulu précisément accentuer ce caractère par les mille détails vraiment charmants de la façade.

Cette façade a été restaurée de 1861 à 1868 par M. Baltard. A l'intérieur, l'église présente aussi quelques dispositions curieuses ; c'est surtout la galerie qui relie les trois côtés et qui n'existe dans aucune autre église, si ce n'est dans la cathédrale de Rouen ; c'est surtout le jubé, le seul aussi qui nous reste ; mais il eût été dommage que celui-là disparût ; car il est charmant avec ses sculptures de Biard le père, avec ses escaliers à jour, ses colonnettes, ses frises, ses archivoltes et ses rinceaux. C'est un des plus beaux morceaux, le plus complet sans doute de cet art aujourd'hui disparu, la sculpture sur bois, qui n'est plus qu'aux mains de quelques fabricants de meubles sans conviction et que Jean Goujon, qui fouilla les portes de Saint-Maclou à Rouen, n'a pas dédaigné. Le buffet d'orgue est aussi un très beau morceau de l'époque et les verrières sont des plus grands artistes du xvi° et du xvii° siècle.

Une chapelle contient des inscriptions commémoratives rappelant les noms des personnages célèbres qui furent inhumés dans les églises que Saint-Etienne a remplacées :

Sainte-Geneviève, Sainte-Clotilde, Clovis, Pascal, Racine, Rollin, etc. Dans une autre chapelle se voit le sarcophage de sainte Geneviève. Il y a à Saint-Etienne des toiles remarquables de Lenain, de Largillière, de Jouvenet, de Philippe de Champaigne, une fresque du xvi⁰ siècle, restaurée en 1861, et quelques autres tableaux des xvi⁰ et xvii⁰ siècles, tous très remarquables. — Un souvenir sanglant sa rattache à cette église. — C'est là que le prêtre Verger assassina au pied de l'autel, le 3 janvier 1856, l'archevêque Sibour.

L'église Saint-Eustache date du xvi⁰ siècle; elle a été élevée sur l'emplacement d'une chapelle dédiée au commencement du xiii⁰ siècle à saint Eustache.

Le monument n'a ni l'élégance ni la grandeur des églises des xii⁰ et xiii⁰ siècles, mais il présente un intérêt tout spécial pour ceux qui aiment à suivre à travers les âges l'évolution de l'esprit humain.

L'architecte David, dont le nom est resté attaché à ce seul monument, semble avoir voulu réaliser le rêve de transformer l'art gothique, de le rajeunir; le plan en effet est gothique, mais on sent, dans les détails, la volonté bien arrêtée de fonder sur les ruines de cet art disparu un art nouveau, plus jeune et plus puissant. La tentative est plus louable qu'heureuse.

Faut-il croire aussi — car toutes les suppositions peuvent se donner libre carrière, — que l'architecte n'avait voulu faire qu'un cadre gigantesque destiné à faire valoir les décorations et les fresques : « Qu'on imagine, dit Viollet-le-Duc, tout un système de coloration, commençant dans les parties infé-, rieures par des tons solides et chauds, et devenant de plus en plus délicats et légers, à mesure que l'on s'élèverait, avec quelques éclats d'or sur les points saillants; que l'on voile, par la pensée, les jours des fenêtres par des vitraux d'une transparence nacrée, l'effet général serait merveilleux. »

C'est, sans doute, le rêve d'un artiste, mais l'architecte
David n'avait pas dû imaginer cette décoration ingénieuse. Il
y a bien eu des fresques à Saint-Eustache et on en a découvert en 1849 les vestiges cachés sous un épais badigeon, mais
nous doutons que ces compositions eussent été conçues pour
former une gamme décroissante de tons harmonieux.

En tous cas l'idée n'est venue que trop tard et les peintures
murales exécutées depuis cette époque à Saint-Eustache n'ont
pas modifié la physionomie de l'église. Elle a sa grandeur tout
de même, malgré l'accumulation de ses piliers, cette vaste
nef; mais ce que le public y vient chercher surtout, ce sont
les souvenirs qu'évoquent les tombeaux qui la peuplent. Il y a
là Colbert, Vaugelas, Voiture, Benserade, le maréchal de
Feuillade, l'amiral de Tourville, Chevert, et des plaques
commémoratives rappellent la mémoire d'autres personnages
célèbres, dont les restes, déposés aussi dans l'église, ont
disparu, à diverses époques. Le tombeau de Colbert est très
remarquable; il porte trois statues en marbre blanc : sur le
mausolée, le grand ministre agenouillé, et à la base, les statues
de l'Abondance et de la Religion; cette dernière est de Tuby;
les deux autres sont de Coysevox.

L'église contient d'autres œuvres d'un grand mérite : en
sculpture, deux groupes, le *Mariage de la Vierge* et *Ecce
Homo;* six statues d'apôtres par Debay ; deux autres statues,
à l'entrée de la chapelle : *l'Ange Gabriel* et *Saint Michel* et, au-
dessus de l'autel, une belle statue de la Vierge par Pigalle; en
peinture, il faut signaler une *Adoration des Bergers*, une
Guérison des Lépreux, par Vanloo; *Saint Jean dans le Désert, Moïse,* les *Disciples d'Emmaüs,* par Lagrenée jeune
les fresques de Signol, de Lazerges, de Pils, de Pichon, de
Glaize.

Le grand orgue de Saint-Eustache est célèbre, comme
aussi les grandes messes en musique où, à l'occasion de la

Sainte-Cécile, les chanteurs les plus illustres se font entendre, accompagnés par un véritable orchestre.

Les braves femmes de la Halle ont pour leur église une véritable vénération, non pas qu'elles soient bien dévotes, mais l'église est à elles ; elle leur appartient, si bien que, tous les matins, le péristyle est obstrué par les paniers des maraîchers ; la crypte, dont l'entrée donne sur la rue Montmartre, est occupée par un marchand d'oranges et de citrons. La Commune a détruit le campanile élevé sur la chapelle de la Vierge, au chevet de l'édifice ; il a été rétabli en 1875.

L'église Saint-Eustache se trouve enfermée de deux côtés, entre deux rues étroites ; les travaux qui se feront pour dégager les abords de la Halle au blé donneront quelque jour au monument, au moins dans la partie Nord.

Saint-Germain-des-Prés, boulevard Saint-Germain et rue Bonaparte, a remplacé une vieille église qui fut le SaintDenis des rois mérovingiens. A cette place même Childebert Ier fit élever une église pour y déposer la tunique de sain Vincent et d'autres reliques ; l'évêque de Paris, saint Germain, qui consacra l'église en 558 et qui y fut enterré, lui donna son nom ; c'est là que reposèrent pendant des siècles les dépouilles de Childebert, de Caribert, de Chilpéric Ier, de Clotaire II, de Childéric II et de Frédégonde. L'église actuelle, commencée à l'origine du xie siècle, ne fut achevée qu'au milieu du xiie.

En même temps que l'église, Childebert avait fait construire un monastère qui eut son enceinte fortifiee Église et monastère se trouvaient en dehors de Paris, en plein Pré-aux-Clercs.

L'église Saint-Germain a subi des modifications importantes. Si le chœur est du xiie siècle, la nef ne daté que du xviie, époque à laquelle elle fut complètement transformée ; de nos jours, elle a été remaniée de nouveau. De l'église de

Childebert, il reste quelques fûts de colonne en marbre.

Les travaux exécutés à notre époque ont porté presque exclusivement sur la décoration intérieure; c'est là que Flandrin a laissé ses plus belles œuvres; il a couvert les murs de vastes fresques, d'un ton discret et d'un coloris distingué, qui jurent un peu avec les ors et les couleurs trop voyantes dont on a peint les colonnes, les pilastres et les chapiteaux. Flandrin règne en maître dans cette église; il y a son monument, en marbre blanc, par Oudiné, mais il a laissé un monument plus durable dans ses compositions dont quelques-unes sont des chefs-d'œuvre.

Saint-Germain s'est appelée longtemps l'église aux trois cloches; elle avait en effet trois tours, disposition peu fréquente; il n'en reste qu'une.

Les cendres de Boileau ont été transportées en 1879 à Saint-Germain-des-Prés; une pierre tombale porte le nom du poète. D'autres dalles rappellent les noms de Descartes et de Mabillon.

L'église renferme de jolis morceaux de sculpture, de Marsy, de Coustou le Jeune; une statue en marbre de Notre-Dame, du XIVe siècle, le tombeau d'Olivier et de Louis de Castellan, œuvre de Girardon.

Saint-Germain-l'Auxerrois, sur la place du Louvre, est bien connue par ses peintures extérieures. Mais cette jolie église a d'autres mérites que cette originalité : quoique d'un ordre composite, car les XIIe, XIVe et XVe siècles y ont laissé leur empreinte, elle présente un ensemble harmonieux avec les cinq arcades de sa façade, la balustrade qui la surmonte et les deux tourelles qui flanquent le pignon.

La peinture n'a pas fait tort à la sculpture, car les voussures et les piliers sont garnis de nombreuses statues.

L'architecte Bacarit, qui a restauré au siècle dernier l'église Saint-Germain, a détruit un jubé dessiné par Pierre Lescot et sculpté par Jean Goujon ; c'est certainement le dernier mot de la restauration. Le Louvre a recueilli quelques-unes des figures du célèbre sculpteur. M. Lassus commença en 1838 des travaux de réparation rendus nécessaires par la fermeture de l'église pendant sept années ; c'est de cette époque que datent les peintures extérieures qui sont de Mottez et beaucoup de peintures intérieures de Guichard, de Couder, de G. Gigoux, d'Amaury Duval. Viollet-le-Duc a composé l'autel gothique.

D'autres œuvres plus anciennes méritent une mention spéciale : les statues de deux marquis de Rostang, une toile de Sébastien Bourdon, un retable flamand, et le banc d'œuvre de François Mercier, et la grille du chœur. Saint-Germain-l'Auxerrois est une nécropole vide. En 1617 le corps du maréchal d'Ancre y reposa pendant une nuit ; le lendemain il fut exhumé, promené par les rues, pendu et brûlé ; quelques forcenés se partagèrent le cœur qu'ils mangèrent.

Là aussi ont reposé le poète Malherbe, le peintre Coypel, les sculpteurs Coysevox et Sarrazin, l'architecte Levau.

Le 14 février 1831, on célébrait à Saint-Germain-l'Auxerrois un service pour l'anniversaire de la mort du duc de Berry ; le peuple pénétra dans l'église qui fut mise au pillage.

L'église fut fermée, servit de mairie et ne fut rendue au culte qu'en 1838.

De nos jours ces cérémonies commémoratives n'excitent plus les haines populaires ; tout se passe très tranquillement, et personne ne songe à piller les églises où viennent, au jour des anniversaires, s'agenouiller les derniers fidèles.

Un autre souvenir, plus sanglant, plus terrible, se rattache à Saint-Germain-l'Auxerrois ; c'est la cloche de l'église qui, le 24 août 1572, donna le signal de la Saint-Barthélemy.

L'église Saint-Gervais-Saint-Protais se dissimule modestement derrière l'Hôtel de Ville, et pourtant ce portail du xviiª siècle, où revit l'art grec, est d'une jolie ordonnance.

L'église est antérieure ; certaines parties sont du xvª siècle et la clef de la chapelle de la Vierge est du xivª. De très beaux vitraux de Pinaigrier, de J. Cousin ont été restaurés, les premiers en 1868, les seconds en 1846. A remarquer aussi les six chandeliers et la croix de bronze de l'autel, qui sont une très belle chose du xviiiª siècle. C'est là qu'est le *Christ en croix* de Préault, une des rares œuvres religieuses du célèbre artiste, et le monument du chancelier Le Tellier, composition très remarquable de Mazeline et de Hurtrelle.

Les caveaux de Saint-Gervais ont abrité aussi le corps de l'archevêque Le Tellier, le fils du chancelier, de Ducange, de Crébillon, de Philippe de Champaigne. Ces monuments ont disparu pendant la Révolution. Le tombeau de Michel Le Tellier conservé pendant cette époque au musée des Petits-Augustins, échappa seul à la destruction.

Le boulevard Sébastopol a fait perdre à Saint-Leu-Saint-Gilles, sa physionomie primitive, de même que le boulevard de Strasbourg a dénaturé Saint-Laurent. Saint-Laurent date du xvª siècle, mais sa façade est toute moderne; elle date de 1867; peu de chose à en dire d'ailleurs, non plus que de l'église Saint-Leu qui, élevée au xivª siècle, fut presque complètement restaurée au commencement du xviiiª. A signaler une disposition originale mais peu heureuse: l'autel est si élevé qu'on a pu construire au-dessous une chapelle basse où se trouve une statue du Christ couché du xvªsiècle. Les peintures sont en partie modernes à part un beau portrait de saint François de Sales, par Philippe de Champaigne. L'église possède un bas-relief en marbre blanc, du xvª siècle, qui reproduit diverses scènes de la vie de Jésus-Christ.

Il ne reste pas grand chose, intérieurement, de l'église Saint-Médard, rue Mouffetard, attenante à ce cimetière, où le diacre Pâris fit, après sa mort, des miracles qui contraignirent

l'autorité à fermer le cimetière. Là où l'hystérie fit sa première apparition publique, existe un square; c'est à cet
endroit que les convulsionnaires et les épileptiques se sont
roulés sur le cercueil du diacre Pâris. La Salpêtrière n'existait pas encore, du moins en tant qu'hôpital.

Saint-Merri, rue Saint-Martin, avec sa tour carrée, son
pignon aigu et son campanile, manque un peu de style; mais
le détail est charmant, surtout dans la façade. Les architectes
de Louis-Philippe y ont placé des statuettes faites d'après
des moulages pris à Notre-Dame. A voir quelques beaux
tableaux de Coypel, de Vanloo, de Simon Vouet. Pendant la
Révolution, les théophilantropes célébrèrent à Saint Merri
leurs innocents mystères; l'insurrection de Juin 1832 ensan-
glanta les marches de l'église; c'est là que fut le siège de la
résistance.

L'église Saint-Nicolas du Chardonnet, rue Saint-Victor,
date de la seconde moitié du XVIIᵉ siècle; elle vaut surtout par
ses tableaux qui composent une collection très intéressante
et par le tombeau de Lebrun, le peintre de Louis XIV, et de
sa mère. C'est Lebrun, d'ailleurs qui a fait les plans de
l'église; nous préférons le peintre à l'architecte.

Les peintures de la voûte sont de Lebrun ainsi que quel-
ques tableaux; d'autres toiles célèbres sont signées Coypel,
Natoire, Giordano; Desgoffe y a : Jésus guérissant l'aveugle de
Jéricho, et Corot, un baptême du Christ.

Le peintre des natures mortes et le grand paysagiste sont
représentés par deux toiles qui sortent un peu, on le voit, de
leur manière ordinaire. Le tombeau de la mère de Lebrun est
un véritable chef-d'œuvre; il a été dessiné par le célèbre
peintre, et son amour filial a trouvé une inspiration charmante en même temps que sa conception a rencontré des
interprètes d'un grand talent dans les sculpteurs Collignon
et Tuby. Au-dessus du tombeau se dresse un ange dont la

main levée indique le ciel ; à ce geste la mère de Lebrun sort
de son tombeau prête à suivre celui qui lui montre le chemin.
Le tombeau de Lebrun porte le buste de l'artiste ; la face
antérieure du cénotaphe est décorée de deux grandes figures
allégoriques ; à voir encore un autre tombeau par Girardon,
dans une des chapelles du chœur.

Saint-Paul, rue Saint-Antoine, est l'ancienne église des
jésuites ; c'est là, sur cet emplacement, que fut le siège de
l'ordre de Paris ; Louis XIII fit construire l'église pour les
jésuites qui habitaient les bâtiments occupés aujourd'hui par,
le collège Charlemagne. Les architectes furent deux pères
jésuites ; on reconnaît d'ailleurs, à première vue, ce style
compliqué qui apparaît dans Saint-Gervais avec plus d'élégance et dans Sainte-Élisabeth avec moins de grandeur.
L'église, grâce à sa coupole, a, à l'intérieur, un certain
caractère, et les ornements dont elle est chargée lui donne
un petit air profane qui contraste un peu avec son origine.

Dans ce quartier populeux, elle a un ton assez élégant et la
banderolle qui, pendant le mois de mai, convie les fidèles à
venir glorifier le culte de la Vierge, a les allures d'une carte
d'invitation pour une fête de high-life ; *Venite adoremus !* ces
mots qui se déroulent au-dessus de la grande porte, sur un
fond rose, pendant le mois de Marie, n'inspirent pas aux passants de profondes idées de recueillement, mais la méditation
y est aimable, à ce moment, au milieu des fleurs, des chants
et de l'encens. En temps ordinaire, l'église est loin d'avoir un
aspect rébarbatif. Si la façade était moins solennelle et moins
prétentieuse, ce serait l'église la mieux faite pour y marier
les amoureux. Mais l'église catholique ne connaît pas les
spécialités, et c'est dommage ; il y a là peut-être l'idée d'une
réforme architecturale qui pourrait n'être pas sans intérêt.
Eglises pour banquiers, églises pour militaires, églises pour

gens du monde, etc; est-ce que vraiment il n'y pas quelque chose à faire, dans ce sens?

Il y a des églises riches ou pauvres, nous le savons, mais rien ne trahit à première vue leur opulence ni leur misère; elles sont pauvres ou riches, suivant le quartier, faute de ressources ou grâce à leur budget; nous voudrions qu'elles eussent chacune un caractère particulier, approprié à leur destination, et puisque l'architecture n'est plus qu'un art d'imitation, puisqu'elle en est réduite à copier, sans se préoccuper des conditions d'existence de la société moderne, les œuvres passées, voilà l'idée qui lui a fait défaut jusqu'ici, et sans laquelle l'artiste ne fait rien de durable ni d'original.

Qu'on nous pardonne cette petite digression; nous n'espérons pas hélas, convertir les architectes et nous n'aurons jamais d'église moderne, par plus que de palais modernes ou de maisons modernes. Nous n'aurons probablement jamais l'occasion de dire d'une œuvre d'architecture : c'est mauvais, mais c'est neuf.

Parmi les tableaux que possède l'église Saint-Paul, il faut signaler l'abbaye de Longchamps attribuée à Philippe de Champaigne et qui évoque le souvenir de ces concerts spirituels qui ont fait la renommée de la célèbre promenade, souvenir plus mondain que religieux et qui est bien à sa place ici; le Christ au jardin des oliviers est une des œuvres de jeunesse de Delacroix et on peut deviner déjà dans l'harmonie des tons le maître célèbre qui a attaché son nom à une révolution artistique.

Saint-Paul a possédé de précieuses reliques historiques qui ont disparu depuis longtemps; les monuments de Condé, Biron, de Rabelais, de l'homme au masque de fer, elle a eu le cœur de Louis XIII, celui de Louis XIV, enfermés dans des boîtes sculptées par Sarazin et par Coustou; tout a

disparu, ainsi que des objets d'une grande valeur, un taber-
nacle en vermeil, par exemple.

Les deux coquilles qui servent de bénitiers ont été données
à l'église par Victor Hugo qui habitait alors la place Royale.
C'est ainsi que le nom du poète qui, resté fidèle au culte de
Dieu, était séparé depuis longtemps de l'église catholique,
reste attaché à la chapelle des pères jésuites.

Saint-Philippe-du-Roule a vraiment du bonheur d'habiter
un quartier aristocratique où la religion est à la mode ; c'est
à sa situation que l'église doit de voir de belles cérémonies
et de beaux mariages, car, par elle-même, elle ne mérite
guère l'empressement qu'on lui témoigne ; à voir quelques peintures de Chasseriau et de Degeorge, mais c'est
tout.

Saint-Pierre-de-Montrouge est moderne ; c'est du roman
de convention ; moderne aussi Saint-Pierre-du-Gros-Caillou
qui date de la restauration ; la première est de la fin du
second empire. Saint-Pierre a de vagues prétentions de
temple antique qui lui vont fort mal.

Saint-Roch ; autre église jésuitique, par son style ; Saint-
Paul s'est payé trois ordres superposés, Saint-Roch se
contente de deux, dorique au rez-de-chaussée, corinthien au
premier étage.

Commencée sous Louis XIV, l'église n'a été terminée qu'au
milieu du règne de Louis XV ; autre église aristocratique
où les messes en musique ont la tournure d'un concert ; la
voix de plus d'une artiste du monde s'est mêlée aux chants
des orgues dans quelque cérémonie solennelle ; beaucoup
de statues, de médaillons et de bustes de Coysevox, de
Coustou, de Falconnet, de Duseigneur, de Lemoine, des
tableaux ou des fresques d'Ary Scheffer, de Boulanger,
d'Abel de Pujol, de Schnetz ; c'est presque un musée.

Un médaillon de Corneille et une inscription rappellent

le souvenir du grand poète, mort le 1er octobre 1684, rue
d'Argenteuil, et enterré dans l'église.

C'est des marches de l'église Saint-Roch que le général
Bonaparte mitrailla les sections insurgées contre la convention.

Il nous faut signaler, parmi les curiosités de l'église, une
chaire gigantesque, tourmentée, décorée de figures allégoriques d'un goût médiocre; on dirait un ballet de l'Eden
traduit par un artiste maladroit.

L'église Saint-Séverin, sur la rive gauche, à quelques pas
de la Seine, qui date des xive et xve siècles a un portail de la
première moitié du xiiie. Cela tient à une circonstance toute
spéciale; ce portail est celui de la vieille église Saint-Pierre-
aux-Bœufs démolie en 1839 et qui a été reconstitué pierre
par pierre.

L'église a été restaurée a diverses époques; c'est ainsi que
les parties supérieures de la façade sont du xvie siècle et la
décoration intérieure du xviie.

Saint-Séverin possède des peintures de Flandrin, les
premières compositions de l'artiste, de Schnetz, de Signol,
de Biennoury, de Murat, de Hesse, de Gérôme, de Jobbé-
Duval, de Richomme. Tout le monde connaît l'élégante tour
de Saint-Séverin dont la silhouette apparaît au loin, entre
les tours de Notre-Dame et la flèche de la Sainte-Chapelle.

L'église Saint-Sulpice a eu des débuts très tourmentés; le
plan primitif, dont on commença l'exécution en 1646, fut
bientôt abandonné; l'architecte Levau reprit l'édifice sur
un plan nouveau; il eut trois successeurs, dont le dernier
fut Servandoni.

Les travaux tour à tour repris et interrompus ne furent
terminés qu'en 1749, et les différents curés qui se succédèrent
jusqu'à cette époque firent des miracles d'habileté pour
réunir la somme nécessaire à la construction de l'église; un
d'eux eut l'idée de surexciter le zèle des fidèles au moyen

d'une loterie; le procédé réussit; il a été appliqué depuis lors à d'autres objets avec non moins de succès.

La façade de Saint-Sulpice accuse encore cette préoccupation des architectes de vouloir rajeunir les styles précédents; au lieu des colonnes fuselées, des piliers élancés de l'art gothique, nous avons des fûts gigantesques, massifs et lourds qui ne suffisent pas à donner un caractère religieux au monument. Deux étages de piliers encadrant de grandes baies, et à chaque angle de la façade, deux tours, voilà l'ordonnance de Saint-Sulpice. Les deux tours sont dissemblables; celle de droite date de 1749, celle de gauche de 1777; mais nous la préférons de beaucoup à l'autre qui paraît lourde et massive comme les piliers de la façade; cette tour incomplète, dont les ouvertures béantes laissent circuler la lumière, a, à côté de sa voisine, un air de légèreté qui repose la vue.

Et dire que toute cette architecture du xviii° siècle a le même aspect indigeste; on dirait vraiment que les architectes de cette époque ont voulu réagir contre la grâce un peu maniérée, mais d'un charme si pénétrant, des peintres et des sculpteurs du même temps. L'architecture a voulu se tailler sa part de gloire, à côté; elle a pris ce qu'on lui laissait, la grandeur et la force; mais elle est tombée dans l'excès, et sa grandeur est de la lourdeur, sa force est de la brutalité.

Delacroix a peint une des chapelles de Saint-Sulpice, et ces peintures murales n'auraient pas déparé l'exposition des œuvres du grand maître qui a eu lieu au commencement de l'année 1885. Dans la lutte de Jacob et de l'ange se retrouvent toutes les qualités du peintre.

Les autres chapelles sont également couvertes de peintures, de Heim, Abel de Pujol, de Jobbé Duval, de Lenepveu, de Hesse, de Landelle, de Glaize et d'autres encore, parmi lesquels il faut citer au premier rang, Drolling et Vanloo; il n'y a pas moins de dix-huit chapelles en effet à Saint-Sulpice;

les autres parties de l'église sont également décorées de fresques; celles des croisillons ont douze mètres de hauteur.

Le curé Languet, l'organisateur de la loterie qui permit de terminer l'église, a un mausolée très remarquable sculpté par un des frères Slodtz.

Les tours de Saint-Sulpice s'élèvent à soixante-dix mètres du sol, soit à deux mètres de plus que les tours Notre-Dame; l'orgue est l'instrument le plus gigantesque qui existe. Saint-Sulpice a son canon, comme le Palais-Royal; c'est un obélisque en marbre blanc sur lequel le soleil vient marquer l'heure de midi.

L'église Saint-Sulpice s'appela sous la Révolution, temple de la Victoire, et on y donna au général Bonaparte, à son retour d'Égypte, un banquet par souscription, le 15 novembre 1799.

LA MADELEINE

Sur l'emplacement d'une chapelle dédiée à sainte Madeleine, Louis XVI fit jeter les fondements d'une église qui, d'après le projet primitif, devait être exécutée sur le même plan que Sainte-Geneviève. Les travaux interrompus pendant la Révolution, ne furent repris qu'en 1806, alors que l'empereur Napoléon voulut élever un temple à la gloire. Cette église devait être tout simplement une immense salle de fêtes où, dans des cérémonies publiques, aurait été glorifiée la mémoire des soldats morts sur les champs de bataille. Napoléon Ier se donnait un Capitole.

L'architecte Vignon, fut chargé des travaux que les événements de 1814 interrompirent de nouveau; la Restauration rendit la Madeleine à sa destination première; rien ne fut changé cependant aux plans, si ce n'est pour l'aménagement intérieur et après Vignon, Huvé termina l'église qui ne fut achevée qu'en 1832.

C'est l'église à la mode par excellence et le public élégant qui y vient est bien dans son cadre, au milieu de ces ors, de ces enluminures, de ces statues dont quelques-unes ont vraiment une tournure un peu profane.

Par un beau jour d'été, alors que ces colonnes de pierre faites pour baigner dans la tiédeur d'un ciel éternellement bleu se détachent sur un fond clair, alors que les Parisiennes, lavées de leurs péchés et prêtes à de nouvelles fautes, descendent l'escalier monumental, quand les fleurs du marché voisin chantent la gamme de leur encens, le temple apparaît avec sa physionomie ; c'est l'Autel d'un Dieu païen qu'il abrite et l'on s'étonne de voir au fronton le colossal *Jugement dernier* de Lemaire au lieu des théories des jeunes filles, des éphèbes, des sylvains, des satyres et des nymphes.

Par malheur, il pleut souvent dans notre cher Paris, et ces vastes colonnades s'harmonisent mal avec les tons gris, avec les ciels bas, avec les pluies et les brumes ; les portiques immenses s'écrasent, les colonnes de quinze mètres se rapetissent et on se prend à redouter que, sous ce climat qui ne lui convient pas, la Madeleine ne devienne phtisique.

Les statues des niches extérieures sont au nombre de trente-quatre ; ce sont des œuvres honorables mais il y a, à l'intérieur, quelques figures d'un grand mérite, c'est le *baptême de Jésus-Christ*, par Rude, *le mariage de la Vierge*, par Pradier, une *assomption* de Marchetti, puis des peintures de Schnetz, de Cogniet, d'Abel de Pujol, de Signol ; aux voûtes, des sculptures de Foyatier et de Pradier.

Le souvenir de l'abbé Deguerry est pour toujours lié au nom de la Madeleine ; on sait sa mort en 1871 ; le tombeau de cette innocente victime de la commune est dans le crypte de l'église.

La fabrique de la Madeleine est une des plus riches de Paris ; elle a un budget que n'ont pas beaucoup d'évêchés. Un regard en passant aux portes en bronze qui sont de H. de Triqueti et aux bénitiers de Moyne.

19

Depuis que les processions ont disparu, l'église de la Madeleine a seule conservé ce privilège, grâce à son enceinte fermée
de grilles. La procession se déroule autour de l'église, avec sa
liturgie, ses ostensoirs d'or, ses chasubles brodées, ses costumes pittoresques, et quelques femmes, au dehors, plient
pieusement le genou sur le trottoir. Et le peuple, qui aime
tous les spectacles, se presse autour des grilles, indifférent
souvent, mais séduit toujours par la grandeur avec laquelle
l'église romaine sait ordonner les cérémonies.

L'église de la Trinité fait face à la chaussée d'Antin. C'est là
que fut Ramponneau, alors que la chaussée d'Antin n'était
qu'un chemin menant dans la campagne.

Tout ce quartier est moderne, et l'église de la Trinité, plus
moderne encore : car elle n'a pas vingt ans; commencée en
1861, elle fut terminée, en 1867, par l'architecte Ballu.

L'aspect est coquet et s'accorde bien avec ce quartier
mondain. Ce qui contribue à donner à l'église un air d'élégance, c'est le jardin très gracieux qu'encadrent les deux
rampes qui mènent à l'église et où le voisinage du monument explique seul les trois statues, la *Foi*, l'*Espérance* et la
Charité, qui se dressent au milieu de la verdure.

Beaucoup de statues et de peintures : à l'intérieur, les
premières de Carpeaux, Lequesne, Cavelier, Dantan jeune,
Bosio, Truphème, etc; les secondes de Jobbé-Duval, Emile
Lévy, Laugée, Barrias, Lecomte du Nouy, etc.

Une association d'idées amène sous notre plume le nom de
Saint-Vincent-de-Paul, non pas qu'il y ait entre les deux
monuments une ressemblance quelconque, mais parce qu'ils
sont placés, tous les deux, dans des conditions à peu près
identiques; tous deux sur une large place, à l'entre-croise-
ment de plusieurs rues, avec un décor extérieur qui a
quelques points d'analogie. Si le square n'existe pas à
Saint-Vincent-de-Paul, il y a de la place pour en faire; les

rampes y sont en revanche et elles ont un développement qu'elles n'ont pas à la Trinité.

Voilà où s'arrête la ressemblance, par exemple : car il n'y à rien de plus différent que cette façade renaissance de la Trinité et la façade latine de Saint-Vincent-de-Paul.

C'est la vieille basilique des premiers âges du christianisme qui s'élève place de Lafayette, à deux pas de la gare du Nord, en plein quartier industriel. L'église, commencée en 1824, était terminée en 1844. C'est une restitution intéressante, à l'intérieur surtout, car la façade manque un peu de grandeur : les deux tours sont trop maigres pour leur piédestal de pierre.

La nef est fort curieuse et l'industrie moderne a fourni une décoration qui ne va pas trop mal à ce cadre ; ce sont des grilles, des fonts baptismaux, des stalles, etc. L'architecte a aussi rencontré un peintre qui a bien traduit la foi sincère et sereine qui est la marque distinctive de ces basiliques latines. Ce sont des autels élevés à la divinité, autels gigantesques et démesurés qui attestent une conviction profonde, où les œuvres d'art ne sont que des accessoires, comme les ex-voto pendus aux voûtes des temples.

Ce peintre, c'est Flandrin qui, dans une frise, qui est ce qu'il a produit de plus parfait, a déroulé deux longues théories de fidèles, gentils convertis, suivant gravement le chemin qui conduit au Ciel.

L'église contient un autre chef-d'œuvre moderne : ce sont les verrières exécutées par Maréchal et Guyon. A côté de ces œuvres d'art, les autres, malgré leur réelle valeur, disparaissent un peu .

Nous n'avons pas besoin de transition pour passer de Saint-Vincent-de-Paul à Notre-Dame-de-Lorette. C'est la même basilique latine ; elle a, d'ailleurs, été commencée presque en même temps, en 1823.

On voit que la mode a duré au moins deux années, puisque
Saint-Vincent-de-Paul date de la fin de 1824.

La même pensée a présidé à la décoration intérieure et les
peintres, les premiers du moins, se sont appliqués à mettre
leurs compositions en harmonie avec la sévère ordonnance
du monument. Orsel, Perrin et Roger ont laissé là des œuvres
sérieuses, mais dont l'archaïsme un peu voulu est loin d'avoir
la majestueuse sérénité de Flandrin. Est-il besoin de rappeler
que Notre-Dame-de-Lorette est devenue, par le bon plaisir
d'un homme d'esprit, la patronne d'une catégorie de personnes
qui auraient pu trouver dans le nouveau testament une
protectrice plus zélée : la Madeleine.

La lorette a régné en souveraine sur ce quartier. C'est
l'*horizontale* aujourd'hui qui la remplace, mais la trouvaille
nous paraît médiocre, et nous aimons mieux le mot leste et
pimpant de Roqueplan.

L'église des Petits-Pères est plus connue sous le nom de
Notre-Dame-des-Victoires. C'est encore une église du
xviiie siècle, de style jésuitique; sa longue nef qui s'ouvre de
plain-pied sur la place a un réel air de grandeur.

L'église est à la mode; sa chapelle de la Vierge est presque
un lieu de pèlerinage; elle est entièrement décorée d'ex-
voto. Ce qui donne un intérêt à l'église, c'est la place où elle
s'élève et qui permet aux voitures de se ranger, face au
monument, sans entraver la circulation.

C'est un véritable spectacle, les jours de fête, alors que les
attelages décrivent une courbe savante pour se placer à
l'endroit réservé. L'église possède sept tableaux de Carle
Vanloo et le tombeau de Lulli, le compositeur.

Le Val-de-Grâce est bien déchu de sa splendeur; il a été
construit par Anne d'Autriche à l'occasion de la naissance de
Louis XIV. Nous avons déjà rencontré cette façade composite, à Sainte-Élisabeth, à Saint-Gervais, à Saint-Paul;

nous la retrouverons à la Sorbonne. Ici, elle s'embellit, et ce n'est pas du luxe, d'une coupole hardie et gracieuse, de proportions harmonieuses, et qui est, à l'intérieur comme au dehors, le *clou* du monument; c'est P. Mignard qui l'a décorée d'un peuple de figures où apparaissent tous les personnages des Écritures.

L'abbaye du Val-de-Grâce est devenue l'hôpital militaire. L'église, elle-même, a pendant longtemps été désaffectée; fermée pendant la Révolution, elle ne fut rendue au culte qu'en 1826.

P. et J.-B. de Champaigne ont décoré la chapelle du Saint-Sacrement; Michel Auguier, le sculpteur de la porte Saint-Denis, a décoré les pendentifs et les arcades des chapelles.

L'église renferme les restes de Henriette de France, fille de Henri IV et femme de Charles Ier roi d'Angleterre.

L'église de la Sorbonne n'est à signaler que par l'admirable tombeau du cardinal de Richelieu, sculpté en 1694 par Girardon d'après les dessins du peintre Lebrun. C'est une vaste composition qui fait le plus grand honneur à celui qui l'a conçue et à celui qui l'a exécutée et même à l'homme de génie qui l'a inspirée.

L'église Sainte-Geneviève a été bâtie par Louis XV, à l'occasion de la maladie qu'il fit à Metz. Cette maladie nous a valu déjà la place de la Concorde. C'est à elle que nous devons un des monuments religieux les plus intéressants que nous ait légués le siècle précédent.

L'architecte Soufflot a réussi à faire neuf: ce n'est pas tout à fait une église qu'il nous a donnée, et la Convention comprit bien mieux la destination du monument en le baptisant du nom de Panthéon. Mais c'est une tentative dont il faut savoir gré à l'architecte, malgré certaines défectuosités qui ne sont pas toutes, d'ailleurs, de son fait, malgré ce portique gigantesque qui, comme la Madeleine et la Bourse, est une hérésie climatérique.

Le Panthéon ne date vraiment que de la Convention. Le public y a toujours vu le tombeau élevé aux grands hommes par la patrie reconnaissante. La frise de David d'Angers est toujours là d'ailleurs, dans son immortelle majesté, pour nous rappeler que ce fut Mirabeau qui inaugura ce monument, que Lagrange, que Bougainville, que Lannes y reposent, que Rousseau et Voltaire y ont dormi côte à côte de l'éternel sommeil, jusqu'au jour où une main inconnue profana leur tombe, sous la Restauration. Les restes de Marat n'y firent qu'un court séjour; l'égout de la rue Montmartre les recueillit.

L'ordonnance du monument est simple : c'est une croix grecque avec un portique et une coupole, — trois coupoles plutôt, et ce sont précisément les proportions démesurées données à ces coupoles qui ont altéré, après la mort de Soufflot, le plan primitif. Les colonnes qui devaient supporter le comble durent être renforcées, après coup, au grand dommage de la physionomie générale.

David d'Angers a écrit au fronton du Panthéon une des plus admirables pages de la sculpture moderne. La lecture en est facile : au centre la Patrie, debout sur un socle, distribue des palmes aux hommes illustres; à ses pieds la Liberté lui passe les couronnes ; l'Histoire inscrit les noms des lauréats. Du côté de la Liberté se presse la foule des hommes qui dans les sciences, dans les lettres, dans les arts ont illustré le pays : c'est la gloire civile, personnifiée par Malesherbes, Mirabeau, Fénelon, Monge, Carnot, Manuel, Berthollet, Laplace, L. David, le peintre ; Cuvier, Lafayette, Voltaire, Rousseau, Bichat et un groupe de jeunes étudiants se pressant devant l'Histoire. Voici les héros de nos armées, à la tête desquels se présente Bonaparte, et derrière, les soldats, les éléves des écoles militaires. Le sculpteur, dans cette statue de vieux soldat qui, impassible, appuyé sur un fusil, regarde passer les triomphateurs, a-t-il voulu symboliser l'héroïsme obscur et ignoré ? Peut-être ; mais ce n'en est pas moins une belle figure, d'un sentiment très pénétrant.

Si la première République a beaucoup fait pour le Panthéon, la troisième est en train de le compléter par une admirable décoration. Parmi les peintures antérieures il n'y a guère à signaler que les fresques de la seconde coupole, qui sont du baron Gros. Mais toutes les grandes compositions modernes, ont été exécutées par nos artistes les plus célèbres.

Puvis de Chavannes y a tracé un épisode de la vie de sainte Geneviève ; Cabanel, un épisode de la vie de saint Louis ; J.-P. Laurens, les derniers instants de sainte Geneviève ; Hébert, le Christ entouré de quatre personnages ; E. Blanc, le vœu de Clovis à la bataille de Tolbiac, où les figures sont des portraits de personnages modernes ; Baudry, un épisode de la vie de Jeanne d'Arc ; H. Lévy, épisode du règne de Charlemagne ; E. Delaunay, Attila et sainte Geneviève ; Maillot, un autre épisode de la vie de la sainte ; Humbert, la Charité, la Foi, le Christianisme, la Civilisation, le Patriotisme ; Bonnat, le martyre de saint Denis. Chacune de ces compositions a été payée 50,000 francs ; celle de M. Bonnat, 20,000 ; on avait rêvé d'associer à ces noms célèbres celui de M. Meissonier qui aurait peint également un épisode de la vie de sainte Geneviève. Il eût été curieux de voir comment le grand peintre qui a fait de si petits tableaux, comment l'artiste si précis, se serait comporté vis-à-vis de la liberté et de la grandeur de la fresque ; M. Meissonier ne s'est pas encore décidé, et c'est dommage.

Le décret de la Convention a pesé éternellement sur le monument de Soufflot et le public ne s'habitua jamais à n'y voir qu'une église.

Le plan de l'édifice lui-même, et l'admirable frise de David d'Angers, tout contribuait à perpétuer dans l'esprit du peuple le souvenir de ce décret qui donna aux hommes célébres une sépulture grandiose. Aussi la désaffectation de l'église Sainte-Geneviève, à l'occasion de la mort de Victor Hugo, n'a-t-elle causé aucune surprise et n'a-t-elle rencontré aucune résistance.

Il convient de remarquer d'ailleurs que de 1830 à 1851 le Panthéon avait repris la destination que lui avait assignée la Convention. On n'y enterra pas de grands homme, c'est vrai, mais à qui la faute. La troisième république a repris le Panthéon pour y mettre Victor Hugo. Le mort suffit à remplir le monument.

Nous avons commencé par Notre-Dame cette monographie des églises de Paris ; nous la terminons par le Panthéon. Notre-Dame c'est le passé, le Panthéon c'est le présent et c'est aussi l'avenir.

Il y a d'autres églises encore, et nombreuses, qui mériteraient aussi mieux qu'une mention rapide : les églises de la Visitation, des Carmes, du Jésus, Notre-Dame d'Auteuil, de Clignancourt, Bonne-Nouvelle, des Blancs-Manteaux, Saint-Jacques-du-Haut-Pas, Saint-Jean-Baptiste, Saint-François, Saint-Pierre-de-Chaillot, de Montmartre, du Gros-Caillou, etc, etc. Mais il faut savoir se borner ; aussi bien nous reste-t-il à dire un mot des églises des différents cultes et de quelques chapelles commémoratives.

Les églises du culte protestant sont en assez grand nombre. La principale est le temple de l'Oratoire qui occupe, rue Saint-Honoré, 147, une église bâtie au commencement du xviiᵉ siècle sur l'emplacement d'un hôtel appartenant à Gabrielle d'Estrées.

Un autre temple a pris, rue Saint-Antoine, 216, la place de l'église de la Visitation, qui date également de la première moitié du xviiᵉ siècle.

Le temple de Pantemont, rue de Grenelle-Saint-Germain 106; le temple de l'Étoile, avenue de la Grande-Armée, 45; le temple du Saint-Esprit, rue Roquépine, 5, appartiennent, comme les précédents, au rite calviniste. Le rite luthérien possède deux églises : l'église des Carmes, rue des Billettes, 18 ; l'église évangélique de la Rédemption, rue Chauchat, 16.

Le culte anglican a aussi un certain nombre de temples; le plus important est l'église épiscopale, 5, rue d'Aguesseau, qui possède quelques toiles précieuses d'Annibal Carrache.

Beaucoup d'autres sectes ont leur chapelle : chapelle Taitbout, du Luxembourg, Wesleyenne, Baptiste, etc., etc. On sait que le culte anglican se subdivise en une infinité de sectes; il y en a pour tous les goûts.

Le culte israélite a quatre synagogues : rue Notre-Dame-de-Nazareth, rue de la Victoire, rue des Tournelles, rue Buffault, toutes modernes. La plus ancienne, celle de la rue Notre-Dame-de-Nazareth, ne remonte qu'à 1852. Rien de particulier à signaler dans ces monuments où, comme dans les temples protestants, les iconoclastes ne trouveraient rien à briser.

Il nous faut parler un peu plus longuement de l'église russe, de la rue Daru, dont tous les Parisiens ont admiré les élégantes pyramides et les dômes elliptiques.

C'est un morceau complet d'architecture et de décoration russes. C'est un architecte russe qui a construit cette jolie église; ce sont des peintres russes qui ont tracé des scènes du nouveau testament et les portraits de quelques saints célèbres, devenus populaires en Russie : saint Michel, saint Étienne, saint Nicolas, saint Alexandre.

Il est facile de saisir, d'un coup d'œil, l'ordonnance de cette église : elle affecte la forme d'une croix grecque; au centre s'élève une pyramide surmontée d'un dôme portant

20

une croix; à chaque angle, se répète le même motif, dans des proportions moindres.

Le parvis est protégé par une coupole en pierre, d'un dessin très élégant; le sanctuaire est séparé de la nef par une cloison en bois que décorent les saintes images, ces images qu'on retrouve dans la chaumière du dernier paysan russe, à côté du portrait du Souverain.

Paris possède aussi une église pour les catholiques arméniens, une chapelle roumaine; mais à côté de ces temples qui ont presque un caractère officiel, il en est vingt, cinquante, cent autres où se sont réfugiés les religions les plus bizarres, les cultes les plus nouveaux.

On connaît l'église de l'ancien prédicateur de Notre-Dame, le Père Loyson, qui a rêvé de ramener le culte catholique aux temps primitifs et qui, prêchant d'exemple, a essayé de faire disparaître le célibat des prêtres. La tentative n'a pas été heureuse; l'Église nouvelle se débat contre des difficultés incessantes, dont les tribunaux nous ont parfois apporté l'écho, et elle a déjà vu se produire un schisme dans son sein.

Et combien d'autres petites chapelles encore qui n'ont que quelques adeptes, où les mystères sacrés se célèbrent dans une petite chambre du quatrième étage, où les officiants sont à la fois papes et prophètes.

Tout le monde a vu, sur les boulevards, ces jeunes filles distribuant des prospectus et des journaux; c'est l'*armée du Salut*, qui poursuit son infatigable propagande, sous les yeux du public indifférent. Il y a d'autres armées du Salut; elles ont leur siège un peu partout, dans les boutiques inoccupées; le service est simple; que si vous y entrez sur la foi du prospectus qu'un honorable monsieur déguisé en clergyman vous distribue à la porte, vous entendrez un prédicateur vous parler, pendant une heure, des vertus, des mérites et de l'amour de Jésus. On chante quelques cantiques, et c'est tout.

C'est l'œuvre des missions et des prédications évangéliques.
A qui n'est-il pas arrivé de voir un gentleman vous fourrer
prestement dans la poche un petit opuscule? C'est l'évangile
selon saint Mathieu, selon saint Luc; c'est une petite Bible
portative; on peut se monter une bibliothèque à bon marché.

Ces braves Anglais sont de terribles propagandistes; mais
nous croyons bien que la France n'est pas pour eux un terrain
bien productif; il faut aller les chercher dans les recoins où
ils opèrent, et le public n'y met pas grand empressement.
A l'étranger ils ont la ressource de la voie publique : j'ai vu,
à Jersey, deux messieurs fort distingués, soutenant sous les
bras un ivrogne qui faisait sa confession publique. A quelles
suggestions obéissait le pauvre diable? Peut-être lui avait-
on promis un dernier petit verre? Une femme se détacha de
la foule et vint à son tour, à la face du ciel, raconter une
abominable histoire qui se termina par une invocation à
Jésus.

En France, le prosélytisme des évangélistes anglicans n'a
pas la ressource de cette mise en scène; c'est peut-être ce
qui explique leur insuccès. Mais ce n'est pas tout encore;
est-ce qu'il n'y a pas à Paris un temple swedenborgien? Il y
a peut-être bien aussi, quelque part, un vieux brahmane qui
opère mystérieusement?

Et combien d'autres religions inconnues, qui ont leur
temple et leurs prêtres. Vous coudoyez dans la rue des gens à
l'apparence bien pacifique et bien honnête. Saluez : ce sont
des apôtres, ce sont des précurseurs; en d'autres temps, on les
aurait vus, cimeterre au poing, entrant à cheval dans
Sainte-Sophie; mais notre siècle indifférent n'est plus fait
pour de tels héroïsmes.

La foi religieuse est éteinte et il sera bien difficile de la
rallumer.

Les libres-penseurs eux-mêmes n'ont pas réussi à fonder

une église : car, ô miracle, et celui-là est peut-être le plus
étonnant, il s'est trouvé des hommes qui, au nom de la libre-
pensée, ont voulu fonder un culte nouveau, qui ont voulu
donner à la libre-pensée les cérémonies du baptême, du
mariage et de la mort. Nous avons vu, dans des banquets, de
jeunes enfants, décorés de ceintures tricolores, à qui des
hommes graves adressaient des discours civiques que les
jeunes néophytes écoutaient, en tétant leur pouce; et derrière
les corbillards, nous voyons chaque jour se presser une foule
de gens, dont la boutonnière est ornée d'un bouquet d'immor-
telles.

Les vrais libres-penseurs laissent faire, mais ne peuvent
s'empêcher de hausser les épaules, à de tels spectacles. S'ils
réclament pour eux la liberté de croire ou de ne pas croire, à
leur gré, ils ne peuvent s'empêcher de penser qu'en fait de
religion on ne trouvera encore rien de mieux que la religion
catholique. Si vous voulez fonder un culte nouveau, avec ses
pratiques extérieures, ses cérémonies et son rituel, alors
rendez-nous les cathédrales dentelées, aux nefs immenses, où
la religion du Christ apparaît dans toute sa gloire, au chant
des orgues, dans un cadre de merveilles de sculpture, de
peinture et d'orfèvrerie.

La libre-pensée est devenue, pour quelques-uns, une
religion comme les autres. Religion pour religion, nous
aimons mieux l'autre, qui nous apporte des satisfactions
artistiques.

Mais il y a une masse de braves gens qui se figurent qu'ils
sont quelque chose, quand ils peuvent porter un signe extérieur qui les distingue de la foule; le jour où l'inventeur
d'une religion nouvelle obtiendra de la préfecture de police
l'autorisation de s'habiller en mousquetaire, nous lui prédi-
sons un joli succès.

Ce qu'il y a de plus remarquable, c'est que toutes les

religions, toutes les sectes, plus étonnantes les unes que les autres, ont des fidèles; pas beaucoup, mais elles en ont. Il y a à Paris un millier de prophètes qui ont leur clientèle, et dont quelques-uns se figurent vraiment qu'ils ont une mission.

Pauvres gens, bien inoffensifs, au fond, mais dont l'exemple n'est cependant pas sans quelque danger.

Il nous souvient qu'il y a quelques années, dans un journal de province, le courrier du samedi soir apportait, chaque semaine, quatre grandes pages d' élucubrations fantastiques signées X. Ce manège dura dix où douze ans; c'était de la pure folie, des prédictions, des conseils, des citations de l'Écriture, tout cela écrit gravement; l'auteur ne s'étonnait pas que sa prose ne figurât pas dans le journal; jamais il ne se fit connaître.

Un beau jour, autre lettre d'un nouveau venu, conçue dans le même esprit, écrite dans le même style. Le signataire, cette fois, vint au journal. Le rédacteur en chef fit des compliments à l'auteur et, au cours de la conversation, s'avisa de dire : « Vous êtes de l'école de M. X. ? — Pas du tout! s'écria l'autre indigné, M. X. a sa philosophie, j'ai la mienne. » Ces deux fous se connaissaient.

Et c'est comme cela que, chaque jour, un culte nouveau se greffe sur les autres, et il y a quelques milliers de braves toqués qui se regardent comme les véritables représentants de Dieu sur la terre.

Laissons les à leur rêve : Charenton est là, s'ils devenaient trop dangereux.

Un mot des chapelles commémoratives qui existent à Paris. La chapelle expiatoire du boulevard Haussmann a été élevée par Louis XVIII à la mémoire de Louis XVI et de Marie-Antoinette, qui furent inhumés à cette place.

La chapelle Saint-Ferdinand, à Neuilly, à quelques pas de

la porte Maillot, rappelle le souvenir du duc d'Orléans. Le
fils aîné de Louis-Philippe, après l'accident de voiture dont
il fut victime sur la route de la Révolte, a été transporté dans
la maison qu'occupait l'emplacement où s'élève la chapelle;
il y est mort.

Depuis quelque temps, Paris a une troisième chapelle, un
monument plutôt, car il n'est guère probable qu'on y célèbre
jamais aucun service religieux: c'est le monument du prince
impérial, qui s'élève avenue de la Bourdonnais, n° 4, en
bordure sur le Champ de Mars. La chose s'est faite si discrè-
tement qu'on n'a su, dans le public, la destination du monument, que lorsqu'il a été terminé.

L'édifice est petit et sans intérêt; il a 7 mètres de large
sur 11 de long et 14 de hauteur; il a la forme d'une rotonde
flanquée de douze colonnes, avec acrotères surmontés d'un
vase funéraire avec flammes et draperie.

L'intérieur n'est pas aménagé encore ; on doit y placer une
statue du prince impérial et un autel pour les messes futures.
Les souscripteurs attendent, sachant bien qu'ils n'obtien-
draient pas de la préfecture de police l'autorisation de
célébrer un service religieux; ils peuvent attendre.

Pour terminer cette notice, il nous reste à dire quelques
mots d'une église en voie de construction et qui sera, si on la
termine, une des plus gigantesques qui existent, et par son
développement, et par sa situation.

C'est l'église du Sacré-Cœur, dont on commence à apercevoir
le squelette, au sommet de la butte Montmartre.

Sur la proposition d'un de ses membres, qui fut député de
Paris, l'Assemblée nationale dédia la ville de Paris au Sacré-
Cœur. Le député Brunet pastichait le vœu de Louis XIII.

Le Sacré-Cœur affecte la forme d'une basilique byzantine ;
il a été commencé sur les plans de l'architecte Abadie. Les
travaux gigantesques entrepris pour asseoir dans le tuf

mobile de la butte Montmartre les fondations de l'église ont absorbé des sommes considérables, provenant de souscriptions.

Depuis le 16 juin 1875, date de la pose de la première pierre, l'église du Sacré-Cœur a absorbé seize millions environ ; il en faudra encore une dizaine pour parachever l'édifice dont on nous annonce l'inauguration pour l'année 1889.

L'Église catholique veut célébrer, à sa manière, le centenaire de la Révolution.

Mais nous ignorons ce que nous réservent ces quatre années, et si une autre Assemblée ne défera pas ce qu'a fait l'Assemblée de 1874.

La Révolution a pris les biens des églises ; la République pourrait bien, en échange d'une indemnité, prendre le Sacré-Cœur, pour en faire un admirable observatoire.

L'idée est dans l'air et il est possible que la coïncidence de l'anniversaire de 1789 et de l'inauguration de l'église du Sacré-Cœur ait pour effet de donner à la basilique de Montmartre une autre destination.

Sera-t-il dieu, table ou cuvette? On peut se poser cette question.

L'avenir la résoudra.

LES PALAIS

LE LOUVRE

Le nom du Louvre s'inscrit tout naturellement en tête de cette monographie des palais : car c'est le palais par excellence, surtout depuis que la Commune a détruit le monument qui lui faisait concurrence, *les Tuileries*.

Il y a à Paris deux édifices dont le nom est intimement lié à notre histoire : Notre-Dame et le Louvre.

La vie de Paris a tenu tout entière pendant des siècles dans l'immense nef de Notre-Dame et dans le vieux Louvre.

C'est surtout vrai pour le Louvre, alors que l'existence de la nation dépendait du bon plaisir et des fantaisies du monarque. Le roi, souverain absolu, tenait entre ses mains le sort du pays, et tous les regards convergeaient vers le monument où rayonnait, dans sa gloire, la majesté royale.

Le Louvre a pris naissance avec Philippe-Auguste, dont la fièvre de construction couvrit la France de monuments. Mais la tour du Louvre, qui succédait, comme demeure royale, à la tour du palais de Justice, était une forteresse plutôt qu'un palais, et Charles V ne tardait pas à s'installer à l'hôtel Saint-Paul.

A côté de la tour primitive s'étaient élevés d'autres donjons, — douze ou treize, — qui occupaient à peu près le quart de l'emplacement actuel.

Des fouilles ont permis de reconstituer la silhouette du premier Louvre; des lignes tracées sur le pavé de la cour en délimitent la configuration.

Les rois de France continuèrent à déserter le Louvre. Des travaux de réparation furent entrepris par François 1er, lors du passage à Paris de Charles-Quint; mais ce n'est qu'en 1541 que le projet de substituer un château à la forteresse fut mis à exécution sous la direction de Pierre Lescot : le donjon central, qui menaçait ruine, avait été démoli en 1527.

L'œuvre de Pierre Lescot est le point de départ du Louvre actuel. Avec la collaboration de Jean Goujon, l'architecte édifia l'aile qui se présente en façade au sud-ouest sur la grande cour carrée, et qui va du pavillon de l'Horloge au Musée.

Les travaux furent poursuivis sous Henri II, et, à sa mort, Catherine de Médicis, qui avait pris en horreur le palais des Tournelles, vint habiter le Louvre.

Catherine de Médicis modifia de fond en comble le projet de Pierre Lescot à qui fut retirée la direction des travaux.

Le plan fut considérablement étendu : les bâtiments qui font retour sur le quai datent de cette époque. Conception bizarre qui a défiguré un des plus beaux monuments que nous possédions.

Il fallait à la fantaisie de Catherine de Médicis un terrain vierge où elle pût se livrer à son aise à sa fièvre de bâtisse; elle fit les Tuileries. La royauté continuait à habiter le Louvre, au milieu des maçons, des architectes et des sculpteurs. Après Henri II, ses frères Charles IX et Henri III continuèrent les travaux, sans grande hâte. Le passant regarde encore avec une secrète terreur la fenêtre au balcon de fer d'où Charles IX aurait tiré sur les Huguenots dans la nuit de la Saint-Barthélemy. Le roi assistait bien à cet épouvantable drame, mais d'une fenêtre de l'hôtel voisin, l'hôtel Bourbon, attenant au Louvre.

Les constructions élevées sous les Valois ne comprenaient qu'un étage avec le toit en terrasse; elles furent exhaussées sous Henri IV pour être raccordées à la galerie que construisit Ducerceau pour relier le Louvre aux Tuileries et qui aboutissait au pavillon de Flore.

Ce pavillon était loin d'avoir la physionomie actuelle; c'était un bâtiment à deux étages, avec un seul ordre de pilastres gigantesques.

Marie de Médicis, elle aussi, voulut faire neuf; elle édifia le Luxembourg.

Le Louvre n'occupait à ce moment qu'une superficie égale à peu près au quart de la grande cour carrée. Des vestiges des anciennes constructions subsistaient encore. C'était, on le comprend, un monument hybride, sans unité de caractère. Louis XIII eut l'idée de lui donner un gigantesque développement et l'architecte Lemercier, étendant le projet de

Pierre Lescot, se contenta de répéter la façade du premier architecte en séparant les deux constructions par un pavillon central.

L'architecte Levau succéda à Lemercier. C'est lui qui, sur les dessins du peintre Lebrun, reconstruisit la première galerie élevée sous Henri IV, et qui fut détruite, en 1661, par un incendie. C'est la galerie d'Apollon.

La colonnade du Louvre, dont tout le monde admire les harmonieuses proportions, termina le palais. On mit le projet au concours. C'est le médecin Claude Perrault qui l'emporta, même sur un illustre concurrent, le Bernin, que le roi avait appelé d'Italie.

Le Louvre était achevé et le roi Louis XIV s'empressa de le déserter; il créa Versailles. En attendant qu'il devînt le sanctuaire de l'Art, le Louvre, abandonné par la royauté, ouvrit ses portes aux artistes et aux savants.

L'Académie française s'y installa. Les peintres Coypel, Rigaud, Desportes, Bain ; les sculpteurs Coustou, Girardon, Legros, des orfèvres, des horlogers, des graveurs, l'ébéniste Boulle, y demeurèrent.

Jamais M. Antonin Proust ne pourra trouver un tel personnel pour son Académie des Arts décoratifs.

C'est la Révolution qui fit du Louvre un musée. La galerie de la rue de Rivoli fut commencée sous le premier Empire; elle ne devait être terminée que sous le second.

Jusqu'en 1848, la cour intérieure du Louvre était couverte de maisons, d'hôtels, de boutiques, d'échoppes. De vieux Parisiens peuvent se souvenir encore de ce spectacle étrange; les autres retrouveront le tableau pittoresque de ce coin de Paris dans les premières pages d'un des plus admirables romans de Balzac, *la Cousine Bette.*

Un décret de la Constituante frappa d'expropriation tous les immeubles qui s'élevaient dans la cour du Louvre, et les derniers travaux qui devaient consommer la réunion du Louvre et des Tuileries furent commencés en 1852, sous la direction de l'architecte Visconti ; à sa mort, survenue en 1853, ils furent continués par Lefuel et terminés en 1857.

La façade de Perrault ne vous prépare pas à l'éblouissement qui vous prend quand de la cour du Louvre on embrasse cet ensemble de constructions élégantes où le sculpteur s'est fait le véritable collaborateur de l'architecte.

Certes, la colonnade est une belle chose, mais c'est surtout une grande chose, solennelle et théâtrale, tandis que la Renaissance a prodigué son charme, sa gracilité et son élégance sur ces frontons de pierre qui s'étendent autour de la grande cour carrée.

Chaque pavillon est une merveille. Les plus grands artistes, depuis Jean Goujon jusqu'à Bosio, Cavelier, Barye, Jouffroy, Guillaume, ont décoré ces élégantes façades d'œuvres admirables.

Les Tuileries n'existent plus. L'armée de la Commune les incendia le 23 mai 1871. Il ne reste rien du monument principal. Le Pavillon de Flore et la galerie qui s'ouvre sur le quai par trois baies immenses sont les derniers vestiges des Tuileries.

Tout cela est moderne. Les flammes de l'incendie allumé par la Commune ont léché les sculptures du fronton du pavillon de Flore, qui sont de Carpeaux ; mais le mal, au moins sur ce point, était réparable.

Tout Paris a passé par les trois guichets des Saints-Pères dont les piles supportent deux statues : la *Marine militaire* et la *Marine marchande*, de Jouffroy.

Sur le tympan de la façade est placé un bas relief en bronze, de Mercié, représentant le *Génie des arts* et qui a remplacé depuis 1870 une statue équestre de Napoléon III, mauvaise, quoiqu'elle fût de Barye ; mais le modèle n'était pas très décoratif.

La grande cour du Louvre a perdu sa physionomie primitive, depuis la destruction des Tuileries. Le palais construit
par Catherine de Médicis complétait bien cet ensemble
harmonieux et élégant. Avec cet horizon immense que borne
la perspective de l'Arc de Triomphe, les monuments apparaissent un peu maigres, un peu bas; on peut se rendre
compte de cette impression en regardant l'Arc de Triomphe
du Carrousel; il était bien placé pour servir d'entrée aux
Tuileries; il n'avait pas d'autre prétention que celle d'une
simple marquise devant un hôtel particulier. Maintenant il
paraît mesquin, grêle, étriqué et nous avons bien peur que
tous les monuments détachés qu'on élèvera dans la cour du
Louvre n'aient également ce caractère. C'est pour le monument de Gambetta, auquel on travaille en ce moment, que
nous disons cela.

L'histoire du Louvre est celle de la royauté depuis Henri II.
Chaque roi y a laissé sa signature; Henri II et Henri IV y
ont même gravé le souvenir de leurs amours.

Les croissants de la façade de Pierre Lescot rappellent
avec les H le souvenir de Diane de Poitiers et de Henri II;
le G et l'H entrelacés évoquent les amours de Gabrielle
d'Estrées et de Henri IV; le double K est le monogramme de
Charles IX; les L sont celui de Louis XIII, de Louis XIV,
de Louis XVIII, qui fit disparaître les N sculptés sous
Napoléon Ier; LB, c'est encore Louis XIV; le second Empire
a prodigué sur tous les murs sa marque de fabrique, l'N, et on
trouve des aigles partout, jusque sous les voussures des
arcades.

La place du Carrousel, nous l'avons dit ailleurs, doit son
nom à un carrousel organisé pendant les premières années
du règne de Louis XIV, pour lequel on supprima des jardins.
On a construit dans la cour deux petits squares; ce sont les
seuls où nous ayons vu des flâneurs couchés tranquillement

sur le gazon. Était-ce un hasard? ou bien échappaient-ils à la loi sévère qui régit les autres jardins de Paris? Nous l'ignorons

Ces salles du Louvre sont pleines de souvenirs historiques. Que de fêtes, que de joies, que de crimes et de désastres! C'est là que fut décidée la Saint-Barthélemy; c'est là, dans la salle des Cariatides, que furent pendus trois ligueurs qui avaient offert la couronne de France au roi d'Epagne; c'est là qu'Henri IV s'est marié avec la sœur de Charles IX, c'est là que son corps a été rapporté le 14 mai 1610, après l'attentat de Ravaillac. Louis XIII a habité le Louvre, et après lui la femme du roi Charles Ier, fille de Henri IV. Molière a joué au Louvre devant Louis XIV.

Mais la royauté n'était plus à Paris; Louis XIV donna le Louvre aux artistes, la révolution, le donna aux arts qui l'ont gardé; c'est là une souveraineté qui n'a rien à craindre des révolutions.

Quant aux Tuileries, qu'on représente comme la vieille demeure des rois de France, elles n'ont servi qu'aux souverains qui ont régné depuis le commencement de ce siècle.

Louis XV y passa quelques années de sa minorité et Louis XVI y fut amené le 6 octobre 1789 par la Révolution triomphante. Les Tuileries n'ont été habitées que du Ier février 1800 jusqu'au 4 septembre 1870; c'est de là que partit l'impératrice Eugénie le jour où le peuple de Paris, exaspéré par le désastre de Sedan renversa le trône impérial.

LE PALAIS DU LUXEMBOURG

Catherine de Médicis avait fait les Tuileries; Marie de Médicis fit le Luxembourg; elle eut le bonheur de rencontrer un architecte de génie; Jacques ou Salomon de Brosse, on n'est pas fixé sur le prénom, qui, en cinq années, édifia de

fond en comble le monument. C'est à cette rapidité d'exécution qu'il faut attribuer le caractère d'unité du palais; le
plan en est simple et grandiose.

Le corps principal est flanqué de quatre pavillons; sur le
jardin, un avant corps reliant deux terrasses; sur la rue de
Tournon, un pavillon central surmonté d'une coupole et se
reliant par des galeries aux pavillons des angles.

Le monument est resté le même, ou à peu près; car la
restauration entreprise en 1835 par l'architecte, M. de Gisors,
a peut-être alourdi le monument; elle n'a pu en détruire l'imposant ensemble.

L'œuvre de M. Gisors comprend la partie de l'édifice qui
est actuellement occupée par la bibliothèque du Sénat.
L'intérieur, en revanche, a subi des modifications nombreuses: le palais d'une reine est devenu depuis longtemps
le siège d'un des pouvoirs publics, et dans les admirables
salles où les sénateurs promènent leurs électeurs émerveillés
on retrouverait bien peu de vestiges du séjour de Marie de
Médicis.

A côté de la chapelle se trouve une petite salle qui a été
décorée de panneaux et de boiseries provenant des anciens
appartements de la régente.

Mais la grande galerie de Rubens au rez-de-chaussée, du
côté de la rue de Tournon, a disparu depuis longtemps; les
vingt-quatre tableaux dans lesquels le grand artiste a
retracé la vie de Marie de Médicis sont, à cette heure, un des
joyaux les plus précieux de notre collection du Louvre.

Les salles du rez-de-chaussée occupent l'emplacement des
anciens appartements de la reine Marie de Médécis; au premier
se trouve le magnifique salon qui sert de salle de Pas-Perdus
aux sénateurs; il a un aspect grandiose; les peintures du plafond représentent l'apothéose de Napoléon Ier, mais cette décoration n'ajoute rien à l'élégance et à la grandeur de la salle.

La salle des séances est également très élégante ; le bureau se trouve installé dans un petit hémicycle décoré de colonnes en stuc, entre lesquelles sont placées les statues de Turgot, d'Aguesseau, L'Hôpital, Colbert, Molé, Malesherbes et Portalis. Le grand hémicycle qui forme la salle des séances est occupé au rez-de-chaussée par les sièges des sénateurs qui, plus heureux que leurs collègues de la Chambre, ont d'excellents et très confortables fauteuils.

Il y a deux étages de tribunes très ingénieusement disposées entre de grandes colonnes de stuc.

Le spectacle entre les séances du Sénat et celles de la Chambre offre un contraste curieux, et ce contraste s'étend jusqu'aux objets eux-mêmes. L'aspect général du Luxembourg, à l'intérieur au moins, à un air de grandeur et de discrétion que n'a pas le Palais-Bourbon; tout dans la salle des séances est ordonné, tout est à sa place et il est bien rare que les abords de la tribune soient envahis comme à la Chambre par une foule de personnages qui stationnent et conversent ; la maison est mieux tenue et cela tient surtout aux habitudes de ceux qui la fréquentent.

Pour se faire une idée de la différence qui existe entre les mœurs des sénateurs et celle des députés, il suffit de jeter, à la fin de la séance, un coup d'œil sur l'espace qui s'étend entre la tribune et le banc des ministres.

A la Chambre c'est un amoncellement de petits papiers, lettres déchirées dont les députés jettent les morceaux au passage; il y a là la journée d'un chiffonnier. Au Sénat, rien de pareil; il est probable que les sénateurs mettent dans leurs poches les lettres qu'ils reçoivent, et peut-être vont-ils les déchirer dans la Chambre des députés.

La salle des Pas-Perdus du Sénat a le même ton de discrétion. A la Chambre, c'est une cohue incessante, des gestes, des éclats de voix.

Faut-il en faire un mérite à l'âge de nos sénateurs ou à leur éducation?

C'est le ton général de la maison et chacun en y entrant se plie aux habitudes qui y règnent. Le vrai c'est que les sénateurs sont plus âgés, partant plus calmes, qu'ils sont nommés pour plus longtemps et que beaucoup appartiennent depuis de longues années aux assemblées parlementaires; ils accomplissent leur besogne tranquillement et sans affectation, en hommes un peu blasés et qui se soucient médiocrement de l'effet que leur désinvolture peut produire sur les tribunes.

Peu de poses, et si un sénateur et surtout le président (c'est son faible,) lorgne quelque joli visage, c'est moins par concupiscence que par reconnaissance.

La bibliothèque est célèbre par les peintures de Delacroix qui a traduit en des pages magnifiques l'*Enfer* du Dante.

Marie de Médicis n'habita que peu d'années le Luxembourg; chassée de France par le cardinal de Richelieu qui avait été son hôte, au Petit-Luxembourg, elle quitta, en 1631, le palais qu'elle avait construit.

Le Luxembourg devint la propriété de Gaston d'Orléans, son second fils; il passa ensuite entre les mains de Mlle de Montpensier. C'est presque un apanage de femmes : à Mlle de Montpensier succède Élisabeth d'Orléans, duchesse de Guise, qui fit don du palais à Louis XIV. Le régent, à qui il fait retour, à la mort du roi, le donne à sa fille, la duchesse de Berry; une autre de ses filles, Louise-Élisabeth, reine d'Espagne, y meurt en 1742.

Louis XVI en fait cadeau au comte de Provence, qui quitta le château, en 1791, pour revenir en France sous le nom de Louis XVIII.

Sous la Révolution, c'est une prison qui abrite le vicomte de Beauharnais et la future impératrice, Danton, Camille

Desmoulins, Fabre d'Eglantine, Hébert, David le peintre.

Le Directoire s'installe au Luxembourg et Barras y donne des fêtes historiques. Bonaparte, retour de la campagne d'Italie, fut l'objet d'une réception éclatante qui eut lieu dans la cour du palais.

L'Empire fixa ses destinées; il y mit le Sénat. Pairie ou Sénat, la Chambre haute a pris depuis le commencement du siècle possession du Luxembourg. Il n'y a eu que deux interrègnes.

La commission de l'organisation du travail, sous la présidence de Louis Blanc, s'y installa en 1848, et après la Commune, la préfecture de la Seine y demeura jusqu'en 1879.

La Chambre des pairs, constituée en cour de justice, a jugé sous la Restauration et sous la monarchie de Juillet quelques accusés célèbres dont le plus illustre est le maréchal Ney, condamné à mort le 21 novembre 1815, puis Louvel, les ministres de Charles X et ceux de Louis-Philippe; le duc de Praslin, Fieschi et ses complices, et celui qui devait être Napoléon III, après l'échauffourée de Boulogne.

Le Petit-Luxembourg touche au palais; c'est le logement du président du Sénat; il n'a de remarquable que sa chapelle, admirablement restaurée par M. A. de Gisors.

Quant au jardin du Luxembourg, qui est aussi l'œuvre de de Brosse, nous en avons parlé à un autre endroit.

LE PALAIS-BOURBON

Le Corps législatif a conservé le nom de son premier propriétaire. C'est la duchesse de Bourbon qui le fit construire en 1722; il rappelle le souvenir des princes de Condé, dont le dernier mourut à Chantilly d'une façon si tragique et si obscure.

En 1790 le Palais-Bourbon devint bien national; il fut

restitué en 1814 au prince de Bourbon. L'État racheta le
palais au duc d'Aumale, héritier du prince. Le Palais-
Bourbon est depuis le premier Empire le siège de la Chambre
des députés; quand le prince de Bourbon en redevint propriétaire, en 1814, la Chambre fut la locataire de l'immeuble.

Tout le monde connaît la façade du Corps législatif du
côté de la Seine, et le large perron, et la grille toujours
fermée.

Sur le perron sont placées les statues de *Thémis* par
Houdon, et de *Minerve*, par Rolland; en bas Sully, Colbert,
d'Aguesseau, L'Hopital.

Le salon de la Paix précéde la salle des Séances; c'est
une grande salle où se rencontrent députés, journalistes, électeurs; elle est décorée de deux groupes en bronze, une copie
du *Laocoon*, *Aria* et *Pœtus*, et d'une *Minerve* également en
bronze. Le plafond, d'Horace Vernet, représente la Paix.

La salle des Séances est un vaste hémicycle orné de
colonnes. Au-dessus du bureau du président qui surplombe
la tribune sont deux étages de niches qui contiennent les
statues de la *Liberté* et de l'*Ordre public*, de la *Raison*, de la
Justice, de la *Prudence*, de l'*Éloquence*, les deux premières
par Pradier.

La salle du Trône a un plafond de Delacroix, représentant
la *Justice*, la *Guerre*, l'*Industrie*, l'*Agriculture*. La Bibliothèque contient aussi plusieurs grandes compositions du
même artiste, qui ont eu récemment besoin d'une réparation.

Le principal intérêt du Palais-Bourbon est la salle des
séances : les curieux viennent devant cette simple tribune
d'acajou évoquer les souvenirs de notre histoire parlementaire.

On revoit par la pensée les grandes figures qui ont illustré
la tribune française : Foy, Manuel, Casimir Périer, Guizot,
Thiers, Lamartine, Berryer, Jules Favre, Gambetta, et plus

d'un électeur, tombé sur une séance insignifiante, s'en va
déçu.

Excepté dans les grandes circonstances, les séances de la
Chambre ne trahissent que la banalité du travail quotidien,
et les députés apparaissent comme des écoliers s'ingéniant à
rompre la monotonie d'une classe obligatoire.

Nous défions bien qui que ce soit d'entendre, au milieu
des conversations particulières, un seul mot des discours qui
n'ont. qu'un intérêt local. Si l'orateur parvient à se faire
entendre, c'est que ses collègues sont, pour la plupart, dans
les couloirs, à la buvette, et ceux qui restent dans la salle font,
avec une louable assiduité, leur correspondance. Nous nous
souvenons, dans un débat important, mais un peu aride,
d'avoir entendu M. Brisson dire à ses collègues : « Voyons,
messieurs, ne parlez pas si haut. » L'honorable président
comprenait qu'il était impossible d'exiger de la Chambre un
silence complet; il faisait la part du feu. Le plus souvent
d'ailleurs ce bruit de conversations ne contrarie pas l'orateur
qui est à la tribune : car il n'est là que pour ses électeurs et
pour que son discours soit publié à l'*Officiel*. Que lui importe
qu'on ne l'écoute pas; cela lui permet d'écouler, sans protes-
tations, sans interruptions, son discours, et c'est ce qu'il fait
d'un ton monotone, sans gestes et sans intonation. Il a fini
que personne ne s'est aperçu de sa disparition.

C'est là le type le plus commun. Les quelques rares orateurs qui ont l'oreille de la Chambre sont connus et cata-
logués; on les écoute surtout quand la question touche, par
un point quelconque, à la politique, quand elle met en jeu les
passions et les rancunes.

Les députés sont silencieux alors; ils sont là comme au
spectacle, attentifs et intéressés, prêts à applaudir où à
siffler. Le sifflet s'obtient au moyen du roulement du couteau
à papier sur les pupitres; dans les moments critiques, les

pupitres s'élèvent et s'abaissent, avec un bruit infernal.

Mais c'est là l'exception, et, le plus souvent, la séance se déroule dans une monotonie désespérante. S'il y a des orateurs qui sont écoutés toujours, il y en a d'autres dont l'apparition à la tribune fait immédiatement le vide dans la salle, et ils sont légion.

Nous avons indiqué le contraste qui existe entre la physionomie du Sénat et celle de la Chambre : autant celle-ci est bruyante et indisciplinée, autant le Sénat se montre discret et réservé; et ce contraste apparaît partout, non seulement dans la salle, mais dans la salle de la Paix, toujours bruyante et animée, où les colloques ont lieu à haute voix, au milieu de la fumée des cigarettes et des cigares.

Les députés sont assis sur de simples banquettes, et c'est ce qui explique sans doute pourquoi un aussi grand nombre d'entre eux ont préféré, depuis quelques années, le Sénat où l'on a d'excellents fauteuils.

Au Sénat, rien ne distingue les sénateurs qui ont passé par la Chambre des anciens, inamovibles ou autres : c'est la même tenue. Le plus ardent des députés serait désarmé en entrant dans le sanctuaire placide, dans l'atmosphère reposante du Luxembourg. Il y a évidemment, dans les deux maisons, des traditions différentes que se transmettent les locataires. L'expérience est facile à faire : qu'on fasse siéger le Sénat au Palais-Bourbon et la chambre au Luxembourg, et nous sommes certains que les députés seront aussi sages que les sénateurs, et ceux-ci, aussi bruyants que les députés.

Il y a peut-être là la solution du problème si longtemps cherché : assagir la Chambre et rajeunir le Sénat. Qu'on essaye !

Ce sont les Cinq Cents qui ont inauguré le Palais-Bourbon. La salle des Séances occupait l'emplacement du grand appartement de réception.

La salle actuelle ne date que de 1832 ; de 1829 à 1832, les députés siégèrent dans une salle en bois élevée dans le jardin ; en 1848, la salle des Séances étant insuffisante, on éleva dans la cour une autre salle en bois et en toile peinte, qui fut envahie le 15 mai 1848 et qui disparut en 1851.

Le Corps législatif a vu la chute de la royauté de Juillet et celle de l'Empire. La duchesse d'Orléans se présenta aux députés avec ses deux jeunes enfants pour réclamer la régence ; mais Paris n'entendait pas avoir fait une révolution pour substituer le petit-fils au grand-père.

Le 4 Septembre 1870, ces grilles toujours fermées s'ouvrirent devant le peuple soulevé par la nouvelle du désastre de Sedan. La Chambre fut envahie et la foule se précipita de là à l'Hôtel de Ville où la République fut proclamée. Quant au Sénat, on ne s'en occupait guère ; il tomba tout seul, sans qu'il fût besoin de le pousser.

La Chambre des députés joue un rôle prépondérant dans notre organisation ; elle a, au point de vue politique, une supériorité évidente sur le Sénat ; nous ne parlons pas de son initiative en matière budgétaire, mais c'est elle qui fait et défait les ministères. C'est là une simple convention parlementaire : car il n'existe pas d'article de loi qui reconnaisse cette prérogative, mais elle existe ; elle a été acceptée, reconnue par les ministres eux-mêmes. On comprend que cette situation diminue singulièrement la besogne du Sénat, la grande occupation d'un parlement étant de renverser les ministères.

Au Palais-Bourbon comme au Luxembourg il existe des appartements qui sont occupés par les questeurs et par différents chefs de service, et, comme au Luxembourg aussi, le président de la Chambre a son logement, dans un bâtiment indépendant.

L'hôtel de la présidence est l'ancien hôtel de Larsey absorbé à l'origine par le Palais-Bourbon.

C'est un vaste hôtel, avec un beau jardin, une installation
très luxueuse, une très belle galerie de tableaux, salle de
Fêtes, etc. Les fêtes de la présidence étaient célèbres sous
le duc de Morny ; Gambetta fit revivre la tradition.

La République loge confortablement ses présidents : l'Élysée, le Luxembourg et le Palais-Bourbon sont trois demeures
princières, où la vie est aimable, autant que luxueuse ; mais
où le public regrette de ne pénétrer que trop rarement.

Le public du Sénat et de la Chambre est à peu près le
même : quelques électeurs curieux de voir leurs représentants
dans l'exercice de leurs fonctions, et le personnel ordinaire
des séances, femmes, filles de députés ou de sénateurs, qui
étalent au premier rang des tribunes des gants clairs et des
chapeaux neufs ; puis quelques jeunes hommes qui viennent
chaque jour étudier les secrets de la politique. Gambetta
fut pendant longtemps un des spectateurs assidus des séances
du Corps législatif ; il est le plus célèbre de ces auditeurs
bénévoles. Il y a aussi les députations des villes de province,
qui viennent relancer leur député pour obtenir d'un ministre
une faveur quelconque. Il y a toujours un prêtre, un au
moins, dans les tribunes du Sénat ou du Palais-Bourbon. Ce
mystère n'a pas encore été éclairci, mais il est sans exemple
qu'une séance n'ait pas été honorée de la présence d'un
ministre catholique.

Le Sénat et la Chambre des députés ont un budget propre,
très honnête : car en dehors de l'indemnité accordée aux
sénateurs et aux députés, les deux Chambres occupent un
personnel considérable de sténographes, de rédacteurs du
compte rendu analytique, d'huissiers, de bibliothécaires, de
secrétaires de commissions, etc. Chacune des Chambres est
un petit État qui a son président, son budget, sa constitution
qui est le règlement, son pouvoir exécutif (les questeurs), sa
force armée, etc., etc.

Le titre de député et de sénateur exerce une véritable
fascination. Les représentants du pays ont grand tort de laisser
pénétrer le public chez eux, s'ils veulent maintenir le prestige dont ils jouissent encore : il n'est pas de grand homme
pour son valet de chambre. Sénateurs et députés n'ont rien
à gagner à se montrer dans la familiarité de leurs attitudes :
car il en est beaucoup qui sont vraiment peu décoratifs.

Il faut dire un mot des journalistes qui vivent autour du
Parlement. Dans les grands jours on voit arriver les ténors,
mais l'armée des reporters suffit à la besogne quotidienne. Le
contraste qui existe entre le Sénat et la Chambre se retrouve
dans la tribune des journalistes : elle est calme et somno-
lente au Sénat, bruyante et agitée à la Chambre. Au Palais-
Bourbon, elle est placée assez haut pour que les conversations puissent se tenir à haute voix, et les auditeurs ne se
font pas faute de ponctuer d'interruptions un peu vives les
discours des orateurs. Si la sténographie pouvait les recueillir, la physionomie des séances serait beaucoup plus mouve-
mentée.

Quand la séance menace de se prolonger, les cris : aux voix !
tombés de la tribune des journalistes, viennent rappeler aux
députés qu'il est bientôt six heures ; l'écho se propage sur
quelques bancs, et souvent l'impatience et la lassitude des
journalistes ont réussi à hâter la clôture de la séance.

La sortie des députés et des sénateurs s'effectue sans solennité ; mais qui nous dira pourquoi tant d'entre eux, dont
le public ne sait même pas le nom, ont toujours sous le bras
un portefeuille bourré de papiers, de dossiers, de lettres, de
rapports ?

Peut-être veulent-ils faire croire aux quelques curieux que
le hasard amène à la grille du Palais-Bourbon ou à la porte
de la rue de Tournon que ce portefeuille est un portefeuille
ministériel ? car le rêve de tout député ou de tout sénateur

est de devenir ministre. Les plus malins se font nommer
trésoriers généraux, magistrats, percepteurs même ; mais
alors ils ne sont plus députés. C'est le jeu : à qui perd gagne.

L'ELYSÉE

On dirait la retraite du sage, que ce charmant hôtel enfoui
dans la verdure, et on rêverait d'y vivre, dans un *farniente*
luxueux, avec un peuple de valets discrets et quelques amis,
fidèles. Il y en a qui ont pu réaliser ce rêve et qui y ont vécu
heureux et ignorés; troublés, pendant quelques instants
seulement, par les soubresauts de la politique, par les crises
ministérielles, et par les quelques milliers de visiteurs qu'y
amènent les quatre grands bals annuels.

Ce joli monument date du commencement du xviii° siècle ;
il a été construit par le duc d'Evreux en 1718. Mme de Pompadour l'habita, puis le financier Beaujon qui l'embellit; puis
ce fut la duchesse de Bourbon-Condé, d'ou le nom Elysée-
Bourbon.

En 1793 l'hôtel, devenu propriété nationale, fut loué à des
entrepreneurs de fêtes publiques. Ce devait être un peu mieux
que l'Elysée-Montmartre. Murat en devint propriétaire en 1803
et y habita jusqu'en 1808; Napoléon Iᵉʳ y a signé son abdi-
cation, après Waterloo.

L'Elysée eut alors des hôtes étrangers, comme plus tard en
1867. C'est, avec Wellington, Alexandre Iᵉʳ, en 1814 et 1815.
Puis c'est le duc de Berry qui y habita jusqu'à sa mort et, en
1849, le prince Louis-Napoléon s'y installe. C'est dans cette
maison qu'a été préparé le coup d'Etat. En 1867, le tsar
Alexandre II et le sultan y demeurèrent tour à tour. C'est
aujourd'hui la demeure du Président de la République, et il
a vu, depuis 1871, se succéder Thiers, Mac-Mahon et Grévy.

Ce n'est que depuis 1855, époque a laquelle fut percée la rue de l'Élysée que le palais a pris sa physionomie définitive.

Le jardin est un des plus charmants qui existent à Paris. Cette royale demeure suffirait à vous donner envie de devenir président de la République. Le mieux serait encore d'avoir la maison sans la charge; mais on ne peut pas tout avoir.

LE PALAIS-ROYAL

Le Palais-Royal s'est appelé le Palais-Cardinal jusqu'à la mort de Richelieu. C'est en effet le grand cardinal qui fit élever, sur l'emplacement de l'hôtel d'Armagnac et du fameux hôtel Rambouillet, le magnifique palais dont le jardin fit disparaître les derniers vestiges de l'enceinte de Charles V. Le cardinal avait fait de son hôtel une demeure royale; il contenait une salle de spectacle où fut jouée *Mirame* et une galerie des hommes illustres, qui disparurent dans un incendie.

Le cardinal légua le palais à Louis XIII et la reine Anne d'Autriche y demeura pendant quelque temps après la mort du roi. Louis XIV le donna à Philippe d'Orléans, et, jusqu'en 1793, il resta aux mains de la branche cadette.

L'époque de sa splendeur date du Régent; l'histoire nous a conservé le souvenir des fameux soupers du Palais-Royal, donnés par le Régent à ses maîtresses, à ses filles et à ses courtisans; l'or du Mississipi alimentait ces petites fêtes de famille. Le Palais-Royal est muet sous le fils du Régent, qui y introduit des mœurs nouvelles; l'austère et dévot Louis d'Orléans termine sa vie dans l'abbaye de Sainte-Geneviève.

Sous Philippe-Égalité, le Palais-Royal reprend sa vie de plaisirs et de fièvre. Harcelé par ses créanciers, le prince a une idée de génie : il élève les galeries du jardin, et le Palais-Royal, loué à des marchands, devient une foire perpétuelle. C'est à ce moment que commence sa fortune qui doit durer près d'un demi-siècle.

23

Après la mort de Philippe-Égalité, les jeux et les monts-de-piété, les restaurants et les cafés envahissent le Palais-Royal ; l'or roule au premier étage et la débauche occupe les étages supérieurs ; précédant les marchandes à la toilette, les industriels installent dans les galeries des filles à qui ils louent des costumes et des bijoux. Ce sont les nymphes du Palais-Royal, qu'un historien pudibond a appelé les *chauves-souris*.

En 1814 le palais fait retour à la famille d'Orléans, entre les mains de laquelle il est resté jusqu'en 1848.

C'est là que Lafayette vint offrir la couronne à Louis-Philippe.

En 1848 le peuple saccage le palais qui devient, en 1851, la demeure du prince Jérome et de son fils ; celui-ci a continué à l'habiter jusqu'au 4 septembre 1870. Une partie des bâtiments fut brûlée sous la Commune ; la restauration en a été terminée en 1876.

Le palais a été occupé depuis par le ministère des Beaux-Arts, par le Conseil d'État et par la Cour des comptes.

Les galeries du jardin ne datent que de 1786. Jusque-là le palais ne comprenait que le corps de bâtiment de la place, que précède un mur percé de portiques reliant deux pavillons : le pavillon de Valois et le pavillon de Montpensier.

Les galeries de Valois, de Montpensier et de Beaujolais qui encadrent le jardin, construites de 1781 à 1786, firent disparaître une partie de ce jardin qui occupait une superficie bien plus considérable. Les rues de Valois et de Montpensier étaient plantées d'allées de marronniers. Le jardin lui-même n'avait pas sa physionomie actuelle : c'était un véritable nid de verdure ; les arbres plantés par Richelieu avaient grandi ; l'allée des Ormes était célèbre comme l'allée des Platanes du Luxembourg. On voit quelle admirable habitation était le Palais-Royal avec cet immense parc, en plein cœur de Paris.

Nous avons parlé ailleurs du jardin; c'est là que fut la vie de Paris pendant un demi-siècle.

L'intérieur du Palais-Royal mérite une visite, quand ce ne serait que pour admirer le gigantesque escalier de Coutant d'Ivry et sa rampe fameuse, due au serrurier Corbin, et la salle des Assemblées générales, décorée de peintures par Delaunay en 1875.

LE PALAIS DE LA LÉGION D'HONNEUR

Le monument primitif, construit en 1786 par le prince de Salm, a été brûlé par la Commune comme son voisin, le palais de la Cour des comptes, dont les ruines ont trop longtemps affligé ceux qui voudraient effacer de notre histoire jusqu'au souvenir de l'effroyable insurrection de 1871.

En 1803, la Légion d'honneur, qui venait d'être fondée, s'installa dans le palais du prince de Salm, qui, en quelques années, avait eu des fortunes bien différentes. Le prince de Salm périt sur l'échafaud et son hôtel, mis en loterie, échut à un garçon coiffeur.

Le palais actuel n'est que la reproduction du monument primitif; il renferme une suite d'œuvres d'art très remarquables: peintures de Maillot et de Bin, sculptures de Caïn, de Cavelier, de Cabet et de Dumont.

LE PALAIS DE L'INSTITUT

Parisiens, qui avez pris la douce habitude de vous moquer de l'Académie, avec tous ceux qui enragent de ne pas en être, car le dépit est une des formes de l'amour, tremblez! A cet endroit s'est élevé l'hôtel de Nesle; l'Institut occupe la place de la tour fameuse, dont les portes s'ouvraient, la nuit, pour donner passage aux amants de Marguerite.

Là où on célèbre la vertu ont régné la débauche et le crime. Le philanthrope Montyon, qui a trouvé le moyen de s'imposer à la postérité, a sanctifié ce repaire.

L'Institut a été construit, grâce aux libéralités posthumes de Mazarin, pour servir de maison d'éducation à de jeunes gentilshommes d'Alsace, de Flandre, du Roussillon et des États de l'Église. L'établissement s'appela au début Collége des Quatre-Nations; le 26 octobre 1795, l'Institut en prit possession. La salle des Séances occupe l'ancienne chapelle, dont le dôme est d'un dessin un peu maigre.

Quatre lions caducs gardent l'entrée du monument. Barye, Caïn et Delacroix nous ont montré de vrais lions; mais il est peut-être bon que cette espèce disparue soit conservée pour la justification de Delille et de Baour-Lormian.

Toutes les salles de l'Institut sont remplies de buste d'académiciens; le nombre s'en accroît tellement qu'on est obligé de temps à autre d'en reléguer quelques-uns au grenier, pour faire de la place aux nouveaux.

L'Institut possède un chef-d'œuvre de sculpture : c'est une statue de Voltaire entièrement nu, par Pigalle, que les académiciens, par pudeur, ont placé dans la bibliothèque où le public n'est pas admis à pénétrer. Il serait plus agréable cependant de regarder un Voltaire, même nu, que telle figure d'académicien vivant.

Le tombeau de Mazarin, qui était jadis dans la chapelle du collége, est au Louvre : auteur, Coysevox. Les restes du cardinal ont été déposés au centre de la salle des Séances.

L'entrée, par la rue de Seine, donne accès dans une cour octogonale sur laquelle s'ouvrent la salle des Séances et la bibliothèque Mazarine. La salle des séances ordinaires est dans une seconde cour.

Nous n'avons voulu parler ici que du monument; on trouvera plus loin quelques détails sur la composition des cinq sections de l'Institut. Le lieu est calme et paisible, et les cours, avec leurs pavés moussus, ont un aspect claustral.

Dans les grands jours, ce désert s'anime : les voitures amènent les curieuses les plus élégantes qui viennent entendre un discours d'académicien, comme elles vont à un sermon à Notre-Dame ou au vernissage du Salon.

Les séances de réception à l'Académie tiennent la première place dans les devoirs du high-life. Il est de haut goût de s'y montrer; ce sont des premières plus haut cotées que les autres, plus haut même qu'une répétition générale à l'Opéra ou à l'Eden. Les académiciens peuvent être fiers.

LE PALAIS DE JUSTICE

Les belges qui ont construit un extraordinaire Palais de Justice doivent regarder avec commisération ce bizarre assemblage de monuments de tous styles et de toutes époques qui constituent notre Palais de Justice. Et pourtant presque tout est moderne ou peu s'en faut, et les tours elles-mêmes qui dressent sur le quai leurs poivrières menaçantes ne sont que des reproductions.

Ce sont précisément ces tours, la tour de l'Horloge, la tour de César, construite sur l'emplacement d'un fort romain, la tour d'Argent, coffre-fort du trésor du roi Saint-Louis, qui ont résisté le plus longtemps; mais elles ont disparu à leur tour pour faire place à celles qui existent actuellement.

Du monument primitif, qui date de la domination romaine, où le comte Eudes soutint son siège contre les Normands, où résidèrent les rois de la première et de la seconde race, où la monarchie française eut, jusqu'à François Ier, un pied à terre, il ne reste que bien peu de chose. On a cru découvrir, sur l'emplacement de la rue du Harlay, les vestiges de cette fameuse tour du Palais qu'habitèrent les premiers rois de France; une seule pièce a été conservée, c'est celle qu'on désigne sous le nom de cuisine de Saint-Louis, vaste crypte placée au-dessous de la salle des Pas-Perdus, qui servit longtemps de prison et ensuite de garde-meuble.

L'horloge elle-même, construite sous Charles V, restaurée par Germain Pilon n'est qu'une habile et ingénieuse restitution.

Le Palais, d'ailleurs, a souffert et du temps et surtout de l'incendie: les plus célèbres sont, avec celui de 1871, celui de 1622 qui détruisit de fond en comble la salle des Pas-Perdus et celui de 1776.

Pendant longtemps la royauté habita côte à côte avec la Justice, à deux pas de l'Église, qui régnait à Notre-Dame; quand la monarchie eut Saint-Paul, les Tournelles, le Louvre, le Parlement prit possession du Palais de Justice, étendant chaque jour son empire, ajoutant une salle, un pavillon, absorbant la rue du Harlay, la rue de Jérusalem, à tout jamais disparue.

Le Palais de Justice a atteint les limites de ses conquêtes; si irrégulier, si composite qu'il apparaissse, il lui est interdit aujourd'hui de sortir de l'enceinte où il se meut; on aurait encore la ressource pour ouvrir une nouvelle chambre de démolir la Sainte-Chapelle, mais il vaudrait beaucoup mieux démolir le Palais-de-Justice.

L'entrée du Palais sur le quai, qui a remplacé la rue de la Barrillerie succédant elle-même à une voie romaine, ne manque pas d'une certaine majesté, grâce à sa cour immense et à la très belle grille de la fin du xviiie siècle.

C'est une des plus belles grilles de Paris, elle relie deux pavillons et commande la cour au bout de laquelle s'élève la façade du Palais, formée de colonnes supportant un entablement et surmontée d'un dôme quadrangulaire. Tout le monde connaît l'horloge du Palais de Justice, qui flamboie dans la nuit. C'est au-dessous de cette horloge qu'est placé l'entablement sur lequel s'élèvent quatre statues allégoriques.

La façade, qui s'é tend du pavillon de droite à la tour de l'horloge, cache la salle des Pas-Perdus ; c'est là qu'ont passé toutes les illustrations de la France; car la France, on le sait, a depuis longtemps un goût très vif pour les avocats, et la plupart de nos hommes politiques ont fait leur entrée dans la vie sous la robe du stagiaire.

La salle des Pas-Perdus a existé de 1622 à 1871 dans son état primitif; un premier incendie en 1618 avait détruit la salle précédente ; elle fut rétablie par l'architecte Desbrosses et échappa à l'incendie de 1776.

La Commune se montra impitoyable; elle ne laissa que les murs; mais les plaideurs et les curieux ont encore sous les yeux la salle des Pas-Perdus de Desbrosses, car c'est la même ou à peu près.

Tout le monde la connaît cette salle immense, car qui n'a pas eu un procès, un tout petit procès? C'est une double nef voûtée séparée par des piliers d'ordre dorique, très claire, et qui de onze heures à quatre heures est la place publique la plus fréquentée qui soit à Paris.

Dans cette salle s'élèvent deux monuments élevés à la mémoire de deux avocats célèbres, Malesherbes et Berryer. La statue du défenseur de Louis XVI est de Bosio ; celle de l'ardent légitimiste, dont l'éloquente parole a gagné tant de causes, excepté celle de la monarchie, est de Chapu. A voir ces deux figures on se figure que la grande salle des Pas-Perdus est le tombeau de la royauté française ; une longue galerie, la galerie des Merciers, occupée jadis par des marchands de toute espèce, conduit de la vieille salle des Pas-Perdus à la nouvelle salle; une autre galerie parallèle mène à la bibliothèque.

La nouvelle salle des Pas-Perdus fait le plus grand honneur

à M. Duc, qui a d'ailleurs la plus grosse part dans la réparation du monument.

Au milieu de la salle s'ouvre l'escalier qui mène aux assises.
Il y a deux salles d'assises; elles ont vécu de 1868 à 1871
une d'elles n'est encore qu'incomplètement restaurée. La
salle a un grand caractère avec ses boiseries de chêne, son
plafond à caisson; mais le jour qui entre à flots par sept grandes
fenêtres égaye un peu cette sévérité; le Christ de Bonnat qui
est placé derrière le tribunal a soulevé, à son apparition, de
violentes critiques; ce n'est plus le crucifié idéal, qui a pu
vider jusqu'au bout la coupe des douleurs, sans qu'un muscle
tressaillît, sans qu'un éclair vînt attrister son regard plein de
mansuétude. C'est l'homme tordu par la souffrance, et peut-
être, sous cette espèce, l'holocauste paraît-il plus grand
encore.

La façade de la Cour de Cassation se dresse sur le quai;
elle est d'une simplicité voulue; mais l'architecte s'est dédom-
magé à l'intérieur où les salles ont très grand air.

La façade de la place Dauphine a valu à son auteur, M. Duc,
le prix de 100 000 francs fondé par l'empereur Napoléon III;
c'est une galerie de colonnes supportant un entablement, et
posant sur un soubassement auquel on accède par trois escaliers.

C'est l'entrée de la nouvelle salle des Pas-Perdus.

Le Palais de Justice a été, à l'origine, le palais d'hiver des
rois francs, comme les Thermes furent leur palais d'été;
Eudes s'y fixa, et la tour du palais, dont on a cru retrouver la
trace sur l'emplacement de la rue du Harlay, eut, après lui,
pour habitants, Robert le Pieux qui commença les embellissements; Louis le Gros, Louis le Jeune y sont morts; Philippe-
Auguste, qui voyait s'élever sous ses yeux la cathédrale de
Paris, s'y est marié; mais c'est de Saint-Louis surtout que
datent les grand travaux d'agrandissement, qui furent conti-

nués sous Philippe le Bel, Louis XI, Charles VIII et Louis XII. François Ier est le dernier roi qui y ait demeuré, à intervalles.

Le Palais de Justice a aussi ses premières comme son voisin le Palais de l'Institut; chaque grande cause judiciaire attire le public, et on a vu parfois la foule envahir le prétoire et jusqu'à l'estrade de la cour. Certains présidents ont poussé la complaisance jusqu'à la faiblesse, en prodiguant sans compter les cartes d'invitation, et un des derniers assassins qui aient été exécutés a pu, sans fanfaronnade, se vanter d'avoir eu une belle salle.

On commence par y mettre un peu plus de sévérité et ce n'est pas regrettable, car les séances solennelles de la cour d'assises ont été trop souvent troublées par des scènes qui ne sont pas faites pour rehausser la majesté de la justice.

Dans les grandes affaires, une partie du public se conduit comme aux troisièmes galeries d'un théâtre du boulevard, échangeant des lazzis et égayant les entr'actes par un lunch que les plus délicats apportent dans du papier, les autres dans leurs casquettes.

Les belles dames elles-mêmes, que la faveur du président met en bonne place, ne dédaignent pas de grignoter une sandwich entre deux dépositions et de coqueter avec les avocats pendant les suspensions d'audience.

C'est d'un goût parfait, comme on voit, et il faut savoir gré aux malheureux qui comparaissent devant le jury de ne pas poser pour la galerie; l'occasion est belle.

Dire qu'on a interdit en France les courses de taureaux, sous le prétexte que la vue du sang est un spectacle immoral, et les Parisiennes féroces épient curieusement sur la figure du condamné, que frappe une condamnation capitale, les impressions secrètes de cette âme criminelle, et elles

21

achètent cette jouissance au prix d'une immonde promiscuité de quelques heures.

La curiosité qui, comme une auréole, entoure le nom des assassins n'est peut-être pas étrangère à certains crimes. On a commencé à suprimer la publicité des exécutions capitales; quand on aura restreint, dans des limites convenables, la publicité des séances des cours d'assises, et quand les journaux voudront bien ne pas traiter messieurs les assassins avec autant de générosité, on aura plus fait peut-être pour prévenir les crimes qu'en inventant de nouvelles lois de coercition et de répression.

LE PALAIS DU TRIBUNAL DE COMMERCE

La justice consulaire a son palais aussi, mais il est d'hier; il ne date que de 1866.

Il contient des œuvres intéressantes des sculpteurs Chevalier, Cabet, Maindron, Chapu, Carrier-Belleuse, mais il se rappelle surtout à notre souvenir par son dôme octogonal qui, par une disposition peu heureuse, a été placé sur un des côtés de l'édifice. L'institution du Tribunal de commerce, qui, remonte à 1563 sous Charles IX, siégea jusqu'en 1826 dans la rue du Cloître-Saint-Merri; en 1826 elle s'installa à la Bourse et en 1860 on commença pour elle le monument actuel, qui s'élève sur l'emplacement du Prado, un bal célèbre du vieux quartier latin.

L'histoire du Tribunal de commerce est inscrite, dans le palais, dans quatre grandes compositions de Robert-Fleury. Ce sont : l'installation des juges-consuls par Michel de l'Hopital en 1563; Louis XIV signant l'ordonnance de commerce proposée par Colbert en 1673; Napoléon Iᵉʳ recevant à Saint-Cloud les magistrats chargés de réviser le Code de commerce, et l'inauguration du nouveau palais par Napoléon III,

L'idée, on le voit, est ingénieuse; le public peut suivre.

grâce à cette décoration, l'histoire même du Tribunal de commerce, et le visiteur emporte une leçon qui vaut mieux que toutes les conférences des cicerones et que toutes les notices des guides.

LE PALAIS DE L'INDUSTRIE

Comme palais, c'est médiocre; ce hall immense, qui depuis 1855 abrite chaque année des nuées de tableaux et de statues, est bien le moins artistique des monuments. L'art français mériterait une autre demeure.

Il est vrai que le Palais de l'Industrie n'avait pas, à l'origine, cette destination. Il a été construit de 1852 à 1855 pour l'exposition universelle et il devait disparaître. On l'a conservé et on l'utilise tant bien que mal pour le Salon annuel, pour le concours hippique, pour les expositions de toute sorte; les bœufs du concours agricole y sont à l'aise, les moutons s'y plaisent, les cochons prospèrent.

En fait d'œuvres d'art, le monument possède le groupe du fronton de Regnault, la France offrant des couronnes à l'Art et à l'Industrie et les deux verrières de Maréchal, à chaque extrémité de la nef, verrières gigantesques, mais c'est-là à vrai dire leur principal mérite. Elles représentent : la France conviant toutes les nations à l'exposition universelle de 1855, et la Bonne Foi présidant au commerce international. Parions que beaucoup des visiteurs du palais, et c'est par milliers qu'ils se comptent, n'ont pas encore compris ce logogriphe.

Par exemple la salle est d'une belle dimension; 252 mètres de long sur 108 de large; la façade est percée de 408 fenêtres; l'édifice a deux étages, et il serait à désirer que l'architecte ne se fût pas montré aussi avare d'escaliers.

Malgré toutes ses imperfections, le palais de l'Industrie a conquis droit de cité; le public est aussi assidu aux exposi-

tions agricoles qu'au salon annuel et au concours hippique,
et du 1er mai au 20 juin, dates ordinaires de l'ouverture et de
la fin du salon, le palais est envahi dans l'après-midi du
dimanche (jour gratuit) par une foule innombrable. Trente
mille personnes et plus peuvent circuler dans ce hall én rme,
sans trop se bousculer. Ceci est un avantage qu'il convient
de ne pas dédaigner, dans une ville comme Paris.

En dehors de la grande salle et du jardin, le palais contient
quelques petits coins où l'on serait surpris de rencontrer des
œuvres d'art qui ont figuré aux salons précédents ; ce sont des
tableaux oubliés ou sous séquestre, des groupes en plâtre
qui n'ont pas été réclamés, malgré les invitations réitérées,
parce que le transport en serait coûteux.

Chaque année au premier étage et dans le jardin les
tableaux succèdent aux tableaux, les statues aux statues, et le
flot va toujours grossissant pendant que, dans les oubliettes,
dorment les déceptions amères et les misères ignorées.

L'HOTEL DE VILLE

Il y a à Paris quelques monuments qui sont à eux seuls
toute la synthèse de notre histoire : l'Hôtel de Ville est de
ceux-là, avec Notre-Dame, le Louvre et le Palais de justice.

L'Hôtel de Ville, c'est l'histoire du peuple de Paris, de ses
aspirations, de ses violences, de ses héroïsmes et de ses
défaillances.

Le monument qui s'élève aujourd'hui sur la place de Grève,
quoiqu'il nous rende à peu près l'ancien, a au moins ce
mérite qui est la principale vertu des monuments : l'unité.
On a respecté le plan primitif, mais les architectes, MM. Ballu et Deperthes ont réussi à donner à l'Hôtel de Ville, qui
n'était antérieurement qu'une agglomération d'édifices de plusieurs époques une physionomie d'ensemble. A la place de notre
nouvel Hôtel de Ville s'éleva d'abord la maison aux piliers

ou la maison au Dauphin acquise, par Étienne Marcel en 1357, au nom de la corporation des bourgeois de Paris; la maison subsista jusqu'au XVI° siècle.

En 1529 elle disparut; elle était devenue insuffisante et les bourgeois de Paris résolurent de se construire une demeure conforme à leur importance et à leur richesse. Le 15 juillet 1533 le prévôt Pierre de Viole posa la première pierre de la maison communale.

En 1549, alors que l'édifice était monté jusqu'au deuxième étage, l'italien Bocador fit adopter de nouveaux plans; l'édifice ne fut terminé qu'en 1605 par l'architecte Ducerceau et grâce à la libéralité du prévôt des marchands, Francois Miron, dont le nom a remplacé celui de la Vieille-rue-Saint-Antoine. La maison municipale était encadrée entre l'hospice et la chapelle du Saint-Esprit et l'église Saint-Jean en Grève, qu'elle absorba sous la Révolution.

En 1835 commencèrent de grands travaux de réparation et d'agrandissement, qui nous donnèrent l'Hôtel de Ville tel qu'il a subsisté jusqu'en 1871.

Le 24 mai 1871, l'Hôtel de Ville incendié par des mains criminelles, était entièrement détruit, et pendant de longues années un immense échafaudage de bois, véritable forêt, a perpétué le souvenir de ce forfait sans excuse. Il était réservé à des hommes qui prétendaient combattre pour la République de détruire le vieil édifice où avaient pris naissance les franchises municipales, où, à deux reprises, la royauté s'était inclinée devant le peuple, avec le dauphin sous Étienne Marcel, avec le roi Louis XVI sous le premier maire de Paris.

Le plan de MM. Ballu et Deperthes l'emporta sur les soixante-dix projets qui prirent part au concours ouvert en 1872. Le monument est beaucoup plus grand que le précédent; la façade principale a été avancée sur la place de l'Hôtel-de-Ville et allongée du côté de la rue de Rivoli et du quai; on avait

songé d'abord à utiliser les ruines, mais l'idée fut abandonnée ;
MM. Ballu et Deperthes se contentèrent d'une ingénieuse
restitution de la façade du Bocador. Cette façade est encadrée
entre deux tourelles qui donnent accès dans les cours latérales ; un perron de quelques marches mène à la porte centrale.

La façade du Bocador a été surélevée de trois mètres ; elle
forme, à elle seule, le principal motif de décoration ; les
fenêtres du rez-de-chaussée, séparées par des colonnes, sont
cintrées ; les fenêtres renaissance du premier étage sont séparées par des statues d'hommes célèbres, nés à Paris ; le
fronton supporte deux figures de femmes soutenant l'écusson
de la ville de Paris ; auteur, M. Gautier ; ce fronton surmonte la statue de la ville de Paris de M. Gautherin. Au-dessus
se dresse le campanile ; deux groupes, l'Étude et le Travail,
de M. Hiolle, flanquent l'horloge ; sur le sommet du faitage,
se dressent, dans une fière allure, six statues d'hommes
d'armes en bronze doré, de Frémiet.

Devant la façade s'étend une balustrade ornée de statues.
Les autres côtés de l'édifice sont séparés de la place par un
saut de loup.

La façade postérieure de l'Hôtel de Ville ressemble peu à
celle de l'ancien monument ; elle a été fort soigneusement
étudiée et elle se trouve aujourd'hui en harmonie avec l'ensemble. Au-dessous des huit fontons richement décorés s'ouvrent des œils de bœuf portant les écussons des principales
villes de France ; c'est là que se trouve, au premier étage, la
galerie des Fêtes.

On y parvient par l'escalier, un monumental escalier, qui
s'élève dans la cour centrale.

La façade sur la rue de Rivoli est plus industrielle qu'artistique ; elle se compose d'un hall extérieur qui évoque l'idée
d'une grande administration financière ; c'est là en effet que
sont installés les services financiers de la ville.

L'Hôtel de Ville affecte la forme d'un parallélogramme; le grand côté, sur la place de l'Hôtel de Ville, s'étend sur une longueur de 150 mètres; l'autre en a 90; le monument occupe une superficie de 13 000 mètres. Il n'est pas un sculpteur qui n'ait contribué à la décoration de l'Hôtel de Ville; les statues y sont nombreuses, hommes célèbres, villes, figures allégoriques, et la sculpture, pendant quelques années, a vécu largement des finances municipales.

Tout n'est pas bon également parmi ces quelques centaines de statues; tel artiste, fort heureux d'avoir reçu une commande de la ville, a livré une figure n'ayant qu'une très vague ressemblance avec le personnage qu'il était chargé de représenter; mais ce sont des défectuosités de détail qui disparaissent dans l'harmonie de l'ensemble.

L'Hôtel de Ville aura coûté vingt-deux à vingt-trois milions, quand la décoration intérieure sera terminée complètement; car beaucoup de salles sont vides encore, et quelques-unes peuvent-être vides longtemps.

L'intérieur de l'Hôtel de Ville a été aménagé avec une rare habileté, et tout Paris, dans la fête qui a été donnée à l'Hôtel de Ville pour les blessés du Tonkin et pour les pauvres de Paris, a pu se rendre compte des facilités de dégagement et de communication que présente l'édifice dans toutes ses parties.

La salle Saint-Jean qui ne sert guère d'ordinaire qu'aux opérations du conseil de révision est un gigantesque vestibule qui donne accès par trois baies au double escalier de la salle des fêtes.

La salle des fêtes, où dix mille personnes ont dansé à l'aise, communique avec la grande galerie des bureaux par laquelle on arrive aux trois salons de réception en façade sur le quai.

Une autre galerie dite du Conseil municipal mène à la

salle du conseil, à la bibliothèque, à la salle de la commission du budget, aux cabinets des présidents du conseil général et du conseil municipal.

Le monument est vaste, élégant, gai et confortable, et pourtant il suffit tout juste aux exigences d'une grande administration comme celle de la ville de Paris ; il y a long-temps que l'assistance publique a installé ses bureaux en face de l'Hôtel de Ville.

Le nouvel Hôtel de Ville a été inauguré en 1882 ; m,ais à ce moment, l'installation était fort rudimentaire : pour la fête de 1884, il a fallu emprunter au garde-meuble ses tapis-series et ses meubles ; même quand l'aménagement de la salle des fêtes sera complet, une partie du monument est-elle destinée à attendre longtemps encore ; c'est celle qui est réservée aux appartements du Préfet. Le conseil municipal refuse de donner l'hospitalité au Préfet de la Seine ; il entend réserver pour le futur maire de Paris l'aile destinée primiti-vement au préfet. Les choses peuvent rester longtemps en l'état.

Aucune administration publique n'est installée comme la ville de Paris et plus d'un ministère, réfugié dans les vieux hôtels de la rue de Grenelle-Saint-Germain, doit envier cette installation pratique et luxueuse tout à la fois.

Il est certain que le président du conseil municipal de Paris, s'il était appelé en tant que maire à habiter l'Hôtel de Ville, aurait quelque droit d'être fier et de se figurer qu'il joue, dans notre organisation, un rôle aussi important que le président de la Chambre ou du Sénat ; si l'Hôtel de Ville était resté la maison aux piliers, la mairie centrale ne serait pas devenue le prétexte d'un conflit permanent entre le conseil municipal et les représentants du pouvoir central. Mais voilà, ce beau logement doit tenter plus d'un brave homme qui se trouve un peu à l'étroit dans son troisième étage. Et quelles jolies fêtes, avec les huissiers de la ville et les gardes municipaux à la porte ; ma foi, c'est tentant.

L'histoire de l'Hôtel de Ville est celle de Paris même ; tous les événements qui ont agité la capitale et la France ont éclaté dans la maison commune.

C'est là que pour la première fois apparut avec Étienne Marcel l'esprit de liberté, et les franchises municipales, aujourd'hui encore contestées, ont pris naissance dans la maison aux piliers. C'est Philippe-Auguste qui, le premier, donna à la ville de Paris une administration personnelle et une existence autonome, et même l'emblème qui, depuis cette époque, est resté la personnification de la ville. Le vaisseau aux voiles déployées rappelle le souvenir de la corporation la plus importante qui ait existé à Paris : celle des bateliers, qu'on retrouve à l'origine de notre histoire.

Les armoiries sont restées, mais la batellerie parisienne est loin d'avoir conservé son influence, et pour être moderne la ville de Paris aurait dû prendre pour emblème une locomotive actionnée par l'électricité. Ce sera pour plus tard. Ces bateliers ne ressemblaient guère aux nôtres ; c'étaient des soldats et des marchands ; eux seuls approvisionnaient Paris ; mais, pour arriver jusqu'à la cité, ils avaient souvent à combattre les Normands qui exerçaient la même industrie que les Pavillons Noirs dans le Delta du Tonkin.

Le premier Hôtel de Ville fut le parloir aux bourgeois, situé sur le quai de la Mégisserie ; il émigra de là rue des Francs-Bourgeois, près de la place Saint-Michel, puis au Grand Châtelet ; c'est en 1357 qu'Étienne Marcel achète la maison aux piliers, sur la place de Grève, et la ville de Paris prit possession en souveraine de son hôtel. La royauté vint plus d'une fois, fuyant devant la jacquerie triomphante, chercher asile auprès de la municipalité parisienne ; mais l'histoire est éternelle ; le prévôt des marchands fut impuissant à arrêter les désordres qu'il avait peut-être encouragés au début et qu'il devait désavouer par la suite.

Dans les temps troublés il n'est peut-être pas facile de distinguer toujours son devoir; le premier fondateur des libertés municipales de Paris, qui avait réussi un instant à dominer la monarchie, chercha un appui auprès de l'étranger, et ce premier essai de la Commune de Paris sombra avec l'inventeur; il devait être repris plus tard avec plus de succès.

L'Hôtel de Ville préludait avec Étienne Marcel au rôle qu'il devait jouer dans toutes nos révolutions; les tendances autonomistes, qui se manifestent aujourd'hui par une opposition systématique contre les représentants du pouvoir central. éclatent sous la Ligue et sous la Fronde.

Sous la Ligue, Paris veut son roi à lui et adopte le duc de Guise; après l'assassinat de ce dernier, il proclame le cardinal de Bourbon roi sous le nom de Charles X, car ce Paris, si sceptique aujourd'hui, était fanatique à ce moment, et le mouvement qui devait aboutir à la Saint-Barthélemy avait pris naissance à l'Hôtel de Ville qui, déjà sous François Ier, se révoltait contre la propagande des protestants.

L'avénement d'Henri IV ramena une ère de paix; l'Hôtel de Ville semble se réveiller avec la Fronde, mais c'est là une révolution pour rire.

Ce n'est qu'avec la révolution que commence le véritable rôle historique de l'Hôtel de Ville.

Paris a, avec les trois cents électeurs nommés par les districts, une assemblée qui sous la constituante se contente d'être exécutive, mais qui, sous la législative, se dresse en rivale à côté de la nouvelle chambre.

Le premier maire de Paris, Bailly, reçoit à l'Hôtel de Ville le roi Louis XVI et lui dit, en lui présentant les clefs de la ville : Sire, ce sont les mêmes qui ont été présentées à Henri IV; il avait reconquis son peuple; ici le peuple a

reconquis son roi. Voilà le ton; la commune de Paris encourage et soutient la constituante, mais le temps marche et elle
va bientôt, au nom d'une minorité insolente, dicter des lois à
la législative et imposer à la convention les mesures les plus
sanglantes. A Bailly succède Pétion; les trois cents électeurs
des dictricts sont remplacées par cent-soixante-douze commis-
saires désignés par les sections, et ce nouveau pouvoir cherche à
absorber et à annihiler l'assemblée législative et la convention.

C'est la doctrine de la suprématie de Paris dans toute sa
beauté, et Paris troublé, agité, en proie aux luttes de chaque
jour, s'est laissé gagner par les plus violents.

Ce sont eux qui le représentent à l'Hôtel de Ville, c'est en
son nom, ô horreur qu'ont lieu les massacres de septembre;
c'est en son nom que la Convention avilie décrète l'arrestation
des Girondins.

La Commune de Paris continue sa lutte contre le pouvoir
en essayant de résister au Comité de salut public; cette fois
elle trouve à qui parler; elle fut vaincue et dut se soumettre
après l'exécution de ses meneurs les plus hardis, Hébert,
Chaumette, etc.

Robespierre devait être victime de son triomphe; il avait
abaissé la commune; le jour où il entra à son tour en lutte
avec le Comité de salut public, il voulut s'appuyer sur la
commune, mais la commune n'était plus qu'un corps sans
âme, qu'un instrument inerte; elle succomba le 9 thermidor
an II (27 juillet 1794) avec Robespierre, Lebas, Saint-Just,
Couthon, Henriot.

Surpris par les soldats de la Convention, Robespierre est
blessé d'un coup de pistolet à l'Hôtel de Ville, qu'il ne
quitte que pour aller à l'échafaud. C'était la fin; le rôle
politique de l'Hôtel de Ville était terminé pour longtemps.

Après les scènes sanglantes dont il fut le théâtre, voici
venir une période de fêtes et de plaisirs et un temps d'effa-

cement. Le Conseil municipal de Paris n'est plus qu'une commission que dirige le préfet, mais on danse à l'Hôtel de Ville
pour le mariage de Napoléon Ier, et de Marie-Louise, pour la
naissance du roi de Rome; Napoléon Ier tout en maintenant
sous sa main de fer la Ville de Paris, aimait à se faire voir au
peuple assemblé d'une fenêtre de l'Hôtel de Ville; il y revint
souvent entre deux victoires; il sentait bien que, malgré la
modestie de son rôle, l'Hôtel de Ville restait pour le peuple
de Paris la maison commune dont les souvenirs sanglants ne
pouvaient effacer les services glorieux rendus à la cause de
la liberté politique et municipale, avec les premiers prévôts et
à l'aurore de la révolution.

Mais la commission municipale prend son rôle au sérieux;
elle se contente d'enregistrer les ordres du maître quels qu'ils
soient; toute velléité d'indépendance a disparu. C'est le calme
profond, c'est la lassitude qui suit les grandes convulsions.

On danse à l'Hôtel de Ville pour Napoléon Ier, on y danse
pour Louis XVIII, pour le duc de Berry, pour le duc de
Bordeaux, pour Charles X, pour le duc d'Orléans.

Et il en sera de même pour Napoléon III.

Il y a bien un intervalle où la vieille maison semble se
réveiller, c'est en 1848; le gouvernement provisoire y est
proclamé; c'est spontanément que les membres du gouvernement ont été chercher à l'Hôtel de Ville la consécration
de leur pouvoir; la République apparaît, et on sent bien
que c'est dans la maison du peuple qu'elle doit faire entendre son premier bégaiement; le gouvernement populaire
va se faire sacrer à l'Hôtel de Ville; c'est sa cathédrale de
Reims, et, le 4 septembre 1870, la République y retournera
une seconde fois, tout naturellement.

Et, tout naturellement aussi, le parti de la violence,
le jour où il essaiera de s'emparer du pouvoir, aura pour
premier objectif la possession de l'Hôtel de Ville; le 15 mai

s'y installe, Barbès et Blanqui y sont arrêtés. Le 31 octobre
1870, l'Hôtel de Ville tombe, par un coup de surprise, aux
mains de l'insurrection, mais la tentative avorte ; elle va se
renouveler quelques mois plus tard, avec plein succès, et la
commune va s'installer à l'Hôtel de Ville, terrifiant la France
par ses sanglants exploits.

Sous l'empire, l'Hôtel-de-Ville sommeille ; il a quelques
réveils bruyants : la fête donnée en 1854 à la reine d'Angleterre,
celle à laquelle assistent en 1867 les souverains étrangers et
le prince de Bismarck. Le dernier bal, donné en 1869 à la
haute bourgeoisie parisienne, fut splendide ; ceux qui dan-
saient dans cette admirable salle des fêtes ne se doutaient
pas que la catastrophe fût si prochaine. Le nouvel Hôtel de
Ville a repris ses traditions ; on y a dansé, alors qu'il était à
peine terminé, pour les pauvres de Paris et pour les blessés
du Tonkin ; on y dansera encore, nous l'espérons, car le
cadre est merveilleux, avec ces innombrables œuvres d'art
qu'y ont entassées les artistes contemporains.

L'Hôtel de Ville est l'emblème du pouvoir populaire, comme
les Tuileries furent celui de la royauté. Les deux fractions
de l'opinion républicaine se sont depuis la première révolution disputé ce champ de bataille ; chassée en 1848, en 1870,
la Commune l'emporta en 1871. Elle a été vaincue, mais elle
n'a pas renoncé à la lutte, et le conseil municipal de Paris
supporte malaisément le joug du pouvoir central.

Il est des gens, à cette heure encore, qui rêvent de faire de
l'Hôtel de Ville le siége d'un quatrième pouvoir, marchant
sur un pied d'égalité avec la présidence de la République,
le Sénat et la Chambre.

C'est la lutte éternelle des violents contre les modérés.
Mais les premiers seraient probablement fort embarrassés de
leurs succès.

Depuis 1870 la province a fait son éducation et elle n'est

pas d'humeur à supporter la dictature politique du conseil municipal de Paris.

Le vieil Hôtel de Ville a vu bien des jours sombres, qui jettent comme un voile de deuil sur l'histoire du monument; il fut la personnification de la liberté, mais il rappelle aussi d'odieux souvenirs de violence et d'insurrection.

Quand, le 4 septembre 1870, le flot populaire, après avoir traversé le corps législatif et la préfecture de police, pénétra à l'Hôtel de Ville, on vit se dresser en face de la République le parti de la Commune; ce ne fut qu'un épisode, mais ceux qui en furent témoins pouvaient déjà prévoir l'orage qui devait éclater, furieux et terrible, quelques mois plus tard.

Nous avons assisté à ce spectacle et nous ne l'oublierons jamais. Le grand escalier à double rampe, qui menait à la salle des fêtes, était plein d'une foule agitée et ardente, et au sommet, devant la rampe formant tribune, un inconnu faisait embrasser presque de force à un turco un morceau d'étamine rouge.

N'est-ce pas là toute la Commune, préparée dans l'ombre par quelques êtres obscurs, dont l'audace et la violence ont entraîné des milliers de malheureux, ignorants et naïfs. Peu de personnes firent attention à cet incident, mais la Commune était en germe dans cette petite scène.

Le nouvel Hôtel de Ville se dresse brillant, neuf, fait pour les fêtes, pour les bals, pour les cérémonies de la paix; nous ne lui souhaitons pas d'autre gloire que celle-là.

Puissent les générations qui s'élèvent y danser à leur tour, sans être attristées par les douloureux souvenirs qui s'attachent à la mémoire du vieux monument.

L'HOTEL DES INVALIDES

Une inscription en latin, placée sur le socle de la statue de Louis XIV que Coustou a sculptée au-dessus de l'entrée principale, rappelle que le grand roi, dans sa royale munificence, a fondé cet hôtel en 1675 pour assurer à jamais le sort des vieux soldats.

L'hôtel est resté ce qu'il était à cette époque ; les travaux de réparation accomplis sous Napoléon Ier et sous Napoléon III n'en ont pas sensiblement modifié la physionomie.

C'est un des rares monuments, en dehors des églises, qui aient conservé et leur caractère et leur destination. Pas pour longtemps, cependant, car bientôt il n'y aura plus de vieux soldats dans l'hôtel ; la conception de Louis XIV aura survécu plus de deux siècles aux révolutions, aux progrès, et c'est déjà beau.

L'idée d'un hôtel destiné à recueillir les vieux militaires appartient à Henri IV ; elle fut reprise par Louis XIII ; sous le premier, quelques soldats de Coutras, d'Arques, d'Ivry, d'Amiens trouvèrent un asile dans une maison hospitalière de la rue de Lourcine ; sous le second, les combattants de la Rochelle, les vainqueurs des autrichiens, des espagnols, des italiens allèrent habiter le château de Bicêtre.

La fière architecture de Louis XIV ne pouvait trouver un meilleur prétexte ; le grand roi se chargeait d'ailleurs de peupler l'hôtel avec les blessés des campagnes de Flandre, de la Franche-Comté, du Palatinat, avec ceux de Fleurus, de Steinkerque, de Nerwinde et de vingt autres batailles.

L'hôtel des Invalides a un péristyle gigantesque, l'esplanade, longue de 500 mètres et large de 250, qui permet d'embrasser d'un coup d'œil le développement du monument. La façade principale, de 210 mètres de longueur, est précédée d'un jardin formé de centaines de petits coins de verdure et de feuillage que cultivent les Invalides ; devant le jardin s'ouvre la cour.

La façade est décorée d'un Louis XIV à cheval, flanquée de figures mythologiques ; des deux côtés, deux pavillons

ornés de statues représentant les nations vaincues. Derrière
la façade s'étend la cour d'honneur et de chaque côté, séparées
par des bâtiments d'habitation, deux autres cours plus
petites.

C'est dans la cour d'honneur, sous les arcades, que Bénédict Masson a retracé l'histoire de nos fastes militaires dans
des fresques qui n'ajoutent rien à la gloire du monument.

L'aile droite du monument contient les dortoirs; le rez-de-
chaussée de gauche, les réfectoires et les cuisines; celui de
droite le musée d'artillerie; dans le pavillon central a été
installée la bibliothèque, qui garde précieusement le boulet
qui tua Turenne.

Les marmites des Invalides ont une célébrité européenne;
il y en a deux qui peuvent contenir chacune 600 kilogrammes
de viande: alors que l'hôtel des Invalides était l'objet de
fréquentes visites, le cuisinier était sans contre-dit le personnage important de la maison, et il fallait voir avec quelle
fierté il découvrait ce gigantesque pot-au-feu, et avec quelle
complaisance il maniait l'énorme cuiller pour montrer aux
curieux les yeux multiples du bouillon.

L'hôtel des Invalides est un peu délaissé aujourd'hui, et
cela tient à ce qu'on y allait surtout pour surprendre, dans
leur intimité, la vie de ces braves dont quelques uns avaient
fait toutes les batailles de l'empire.

Jamais un document, quel qu'il soit, œuvre d'art ou monument, ne vaudra pour le public ce monument humain qui
s'appelle l'homme, et les fresques de Bénédict Masson nous
laissent plus froids que la vue d'un pauvre diable qui a perdu
un membre sur les champs de bataille.

Voilà l'histoire, l'histoire anecdotique peut-être, mais plus
vivante que n'importe quel récit de bataille; c'était cette impression surtout qu'on allait chercher aux Invalides; on
aimait à se mêler à ces hommes qui semblaient emprunter un

reflet à la gloire militaire de Napoléon Ier. On les voyait vivre, travailler leur petit jardin et ce n'est pas seulement par pure complaisance que le curieux se laissait conter un récit de bataille, un épisode des grandes guerres du début de ce siècle; on cherchait dans ces bavardages la note personnelle, et le monument n'avait qu'un intérêt restreint à côté de ces témoins vivants de combats homériques. Sans invalides, l'hôtel ne présente qu'un médiocre attrait; il est grand et solennel, comme toutes les constructions de Louis XIV et comme Louis XIV lui même; mais, sans sa population de héros, il est désert et sépulcral.

Ce qu'on va y voir surtout maintenant, c'est le tombeau où dort Napoléon Ier sous le dôme étincelant de dorure qui est une des merveilles architecturales du commencement du XVIIIe siècle.

Le dôme des Invalides est un monument distinct qui se relie à l'église des Iuvalides, église Saint-Louis. L'église Saint-Louis, décorée de drapeaux pris à l'ennemi, est toute une nécropole; c'est là que reposent Turenne, Jourdan, Moncey, Oudinot, les maréchaux Bessières, Mortier, Sérurier, Grouchy, Bugeaud, Exelmans, Saint-Arnaud, Baraguey d'Hilliers; l'église conserve les cœurs de Vauban, de Kléber, du général Négrier et de Mlle de Sombreuil. Au dessous du dôme, dans une crypte à jour, repose Napoléon Ier; on a admis, à droite et à gauche de l'entrée, les maréchaux Duroc et Bertrand qui semblent aujourd'hui encore veiller sur celui dont ils furent les serviteurs les plus dévoués.

Turenne et Vauban dorment à côté de celui qui fut un des plus illustres soldats de l'histoire. Le tombeau de Turenne, exécuté par Tuby sur les dessins du peintre Lebrun, est un très beau morceau de sculpture.

A l'extérieur, le dôme repose sur une colonnade formée de quarante colonnes corinthiennes; sa flèche s'élève à 105 mètres du sol. Les travaux d'aménagement intérieur nécessaires pour recevoir les cendres de Napóléon Ier ont été entrepris, en 1840, par Visconti. Le roi Louis-Philippe, on le sait, avide de popularité, qui chantait en 1830 la Marseillaise au Panthéon, crut gagner les bonnes grâces des bonapartistes en faisant revenir de Sainte-Hélène les cendres de l'empereur.

Il fit bien les choses, mais il n'avait pas sans doute prévu les conséquences de cette cérémonie, car le retour de la Belle-Poule ne fit que réveiller le souvenir des gloires militaires du premier empire, et ce n'est pas la monarchie de juillet qui devait profiter du mouvement d'opinion qu'elle avait provoqué.

Une porte en bronze donne accès dans la crypte; des deux côtés de la porte se dressent des statues colossales, la Force civile et la Force militaire de Duret.

Le sarcophage en granit rouge, présent de l'empereur Nicolas, est long de 4 mètres, large de 2, haut de 4, 50; il est placé sur un socle en granit vert des Vosges; tout autour court une galerie circulaire décorée de douze grandes figures représentant les douze principales victoires de l'empereur. Elles sont l'œuvre de Pradier.

Dans un caveau fermé on voit une statue en marbre blanc de Napoléon Ier en costume du sacre, l'épée d'Austerlitz, les décorations. Sur la porte en bronze de l'entrée se lit cette inscription :

« Je désire que mes cendres reposent sur les bords de la » Seine, au milieu de ce peuple français que j'ai tant aimé. »

Le grand capitaine qui nous a donné tant de gloire, mais qui a fait verser tant de sang et tant de larmes, a une tombe digne de son grand nom; il ne pouvait prévoir alors qu'il mourrait à Sainte-Hélène, seul, abandonné de tous, qu'il reposerait un jour, sur les bords de la Seine, dans ce monument grandiose élevé par Louis XIV, à côté de Turenne et de Vauban.

Deux autres Napoléon dorment dans une des chapelles du
dôme : ce sont le prince Jérôme et son fils aîné; le second ne
paraît pas devoir reposer jamais à côté de son père. Tout est
merveille dans ce dôme, la décoration, les statues, les
mosaïques du pavé ; mais tout disparaît devant le souvenir
qu'évoque le nom du mort. Le vrai tombeau de l'empereur
Napoléon Iᵉʳ, celui où il a été enterré à Sainte-Hélène est à
Cherbourg, dans une salle ignorée de l'arsenal maritime.

Il ne faut pas s'étonner outre mesure que l'hôtel des Invalides soit destiné prochainement à perdre ses derniers hôtes;
les vieux soldats, les blessés, les infirmes étaient heureux de
trouver un abri, alors que les pensions militaires n'existaient
pas ou n'atteignaient qu'un chiffre dérisoire. Depuis que les
braves gens, qui ont servi la France pendant vingt-cinq ans ou
qui ont été blessés à son service, reçoivent des pensions,
modestes encore, mais à peu près suffisantes, il n'y a plus de
raison pour maintenir à l'hôtel des Invalides sa destination
primitive. Il sera bientôt désert, et il perdra, avec ses pen-
sionnaires sa principale attraction. Mais on ne supprimera
jamais, même après que le dernier invalide aura disparu, cette
batterie triomphale que le Parisien entend tonner avec joie
et émotion, car elle annonce les grandes victoires ou les grands
deuils, et, il y a peu de temps, elle accompagnait de sa voix
puissante les solennelles funérailles de Victor Hugo.

Le canon des Invalides a un écho dans le cœur de chaque
Parisien et alors que les Invalides n'existeront plus, la batterie restera là, servie par d'autres mains ; c'est une tradition
qui est chère à la population parisienne, et à laquelle elle
espère bien qu'on ne touchera pas.

LE TROCADÉRO

Le palais du Trocadéro est le dernier vestige de l'exposition de 1878. L'exposition de 1855 nous a laissé le palais de

l'Industrie; l'exposition de 1867 plus discrète, le pavillon du
bey de Tunis installé à Montsouris; l'exposition de 1878 nous
a donné cette construction immense, d'un archaïsme bizarre,
dont le principal agrément, en dehors des groupes de Falguière, des animaux de Caïn, des statues de Mercié, est un
parc charmant qui est une des plus jolies promenades de
Paris. Avec son vaste hémicycle et ses arcades en plein
cintre, avec le dôme de la salle des fêtes et les deux minarets
hauts de 70 mètres, le palais du Trocadéro est un véritable
décor de féerie, fait pour les chaudes journées, pour les ciels
bleus, pour les soleils brûlants. Il semble que, de la galerie
extérieure, un muezzin au visage bronzé va surgir tout à
coup, dans ses blancs vêtements, pour appeler les fidèles à la
prière, et, à défaut d'ibis, on aimerait à voir une cigogne se
tenir droite, sur une patte, le bec dans l'aile, sur le haut des
tours.

L'exposition de 1889 nous laissera probablement aussi,
comme ses devancières, une trace de son passage; que sera-ce
cette fois? peut-être la tour gigantesque de 300 mètres qu'un
constructeur hardi se charge d'édifier, et qui doit être un
immense phare électrique.

En attendant, il faut bien dire qu'aucun des monuments,
héritage des expositions antérieures, ne donne une idée des
merveilles de 1855, de 1867, de 1878. Le palais de l'Industrie
est banal; le pavillon du bey est aussi tunisien que possible
et le Trocadéro est d'un orientalisme de convention. Sans
ses statues, sans sa merveilleuse situation, il n'aurait aucune
excuse.

Il y a la salle des fêtes où peuvent tenir 5 000 personnes,
avec son orgue énorme mu par la vapeur, mais ce n'est
qu'une circonstance atténuante; on a voulu simplement
utiliser le Trocadéro, c'est là aussi l'explication du musée
d'ethnographie et du musée de sculpture comparée.

Et pourtant il y avait là une belle occasion de doter Paris d'un musée dans le genre de celui de Kinsington, à Londres, qui contient les moulages de toutes les œuvres célèbres de sculpture.

On y pensera peut-être un jour quand notre budget trouvera, dans ses trois milliards, quelques reliefs pour nos musées.

LA BANQUE DE FRANCE

La Banque de France! saluez! c'est le Dieu! c'est son temple! c'est là, dans des caves mystérieuses et bien gardées, que dort, invisible comme certaines divinités indoues, le métal féerique, doux et blond comme des cheveux de femme, aux reflets farouches comme le couteau de l'assassin, terrible comme Moloch, tendre comme Saint-Vincent-de-Paul. C'est la source de toute joie et de toute misère; c'est la rançon du vice, de la calomnie, du crime; c'est le sourire de la misère et de la charité.

La Banque de France est l'ancien hôtel de la Vrillière, bâti par Mansart en 1620, alors que le fétichisme des courtisans élevait un autel à Louis XIV sur la place des Victoires, et qu'autour de la statue du roi Soleil venaient se grouper quelques admirateurs fanatiques. Il est vrai qu'ils avaient fait dorer leurs cellules, et la Banque de France a conservé la galerie dorée, où se réunissent aujourd'hui les actionnaires et où vécurent, dansèrent, aimèrent les plus grands seigneurs et les plus grandes dames du xvii⁰ siècle.

L'ancien hôtel de la Vrillière devint ensuite l'hôtel de Toulouse avec son nouveau propriétaire, le fils de Louis XIV et de Mme de Montespan; c'est, surtout sous ce nom qu'il conserva jusqu'à la révolution, qu'il est connu; la princesse de Lamballe l'habitait, avec son père le duc de Penthièvre, au moment où éclata la révolution. L'imprimerie nationale en prit possession jusqu'en 1808; ce n'est qu'en 1811 que la Banque de France s'y installa.

L'établissement a grandi avec sa fortune; l'ancien hôtel de
Toulouse n'occupe plus qu'une petite place dans ces vastes
bâtiments; la façade sur la rue Croix-des-Petits-Champs, où
se trouve aujourd'hui l'entrée principale, est vieille d'une
dizaine d'années à peine.

Le monument a sur la rue Croix-des-Petits-Champs et sur
la rue Bailli, où se trouvent les cuisines et le poste de
sapeurs pompiers, un aspect industriel; le Crédit Lyonnais
est plus pompeux. Il est vrai que la Banque de France n'a
pas besoin de réclame; elle peut se dispenser de jeter de la
poudre aux yeux; le public sait que son vrai luxe est ailleurs,
dans ses caves pleines de numéraire.

La Banque de France a des ancêtres éloignés, les changeurs
qui opéraient en plein vent et qui ont laissé leur nom au
Pont-au-Change, les prêteurs qui, plus généreux que nos
banquiers modernes, prêtaient non-seulement sur des bijoux,
sur des titres de propriété, mais aussi sur les papiers de
famille; les banquiers de Gênes ont eu longtemps, en dépôt
les parchemins de quelques vieilles familles dont les ancêtres
avaient pu, grâce à ce moyen, se procurer l'argent nécessaire pour un voyage en Terre-Sainte; à Constantinople, les
croisés trouvèrent les mêmes facilités; on sait la légende de
ce juif qui accepta comme garantie, contre une grosse somme,
une moitié de la moustache du Cid. Nos changeurs, nos
banquiers sont moins chevaleresques.

Louis XIV fit grand, en ce genre, comme en toutes choses;
après avoir fait commerce de toutes les charges publiques et
plutôt deux fois qu'une, il créa du papier monnaie pour une
somme considérable. Puis vint Law dont on sait l'histoire; les
actions du Mississipi atteignirent des taux inouis; ce fut un
engouement, une fièvre, une maladie; un grand seigneur tue
un manant pour lui dérober ses titres; la rue Quincampoix
nous apparaît à distance comme un décor fantastique dans

lequel s'agitent tous les vices, toutes les horreurs, toutes les
passions. Puis c'est la débâcle, c'est un krach gigantesque
dans lequel sombrent les fortunes et les existences. Une
caisse d'escompte se fonde en 1778 et vit jusqu'en 1793, sans
faire beaucoup parler d'elle; c'est un mérite; de même, une
caisse de comptes-courants qui lui succède et qui disparaît
quand le premier consul accorda aux fondateurs de la Banque
leur premier privilége.

Les statuts de la banque fondée par les banquiers Perrégaux,
le Coulteux-Canteleu, Mallet aîné, Récamier, Robillard, datent
de 1800; le capital de la société était de 30 millions; trois ans
après une loi donnait à la Banque une investiture officielle; en
1805 la constitution de la Banque devient définitive; c'est de
cette époque que date son organisation; les actionnaires élisent
les censeurs et les régents, mais le gouvernement se réserve
la nomination du gouverneur et des sous-gouverneurs.

Les coupures des billets sont fixées à 1000 et à 500 francs;
cet état de choses dure longtemps et ce n'est que vers 1847
qu'apparaissent les billets de 200 francs; les billets de
100 francs ne viennent au monde qu'un an plus tard.

Aujourd'hui les billets de 200 francs ont disparu; il ne reste
que des billets de 1000, de 500, de 100, de 50; nous avons eu
longtemps le billet de 20 francs et même celui de 5 francs,
pendant la guerre.

La Banque de France a traversé des temps difficiles, en
1814 et notamment en 1848; elle a rendu de grands services à
la République en 1848 et en 1871 en lui avançant de grosses
sommes, mais c'est la République qui a fait sa fortune en
décrétant, le 12 mars 1848, le cours forcé. La mesure rencontra
peu de résistance et, depuis ce jour, malgré les plus dures
épreuves, le billet de banque français a conservé toute sa
valeur, tout son prestige. Le temps est loin où il était
difficile de trouver la monnaie d'un billet de banque; en

1870, au plus fort de la guerre, les billets français faisaient prime en Allemagne.

La progression des opérations de la Banque a déterminé une augmentation constante de son capital. Il était de 30 millions en 1800, de 45 en 1803, de 90 en 1805 ; il se compose aujourd'hui de 180 mille actions qui valent plus de 5,000 francs.

Ce qui a fait la fortune de la banque, c'est, en dehors du concours de l'État, l'obligation impérieuse de ne pas étendre les limites de ses opérations, qui consistent : à escompter des effets de commerce à ordre, timbrés, à trois signatures au moins, ayant au maximum trois mois d'échéance ; à faire des avances sur lingots et effets publics ; à prendre en compte-courant, mais sans intérêt, les sommes dont on lui fait le dépôt, à charge d'effectuer gratis les paiements et les recouvrements pour le compte des déposants ; à délivrer des billets à ordre payables dans les villes où elle a des succursales ; à garder les titres, objets précieux, moyennant un droit de 1/8 0/0 pour six mois.

Cette unité de direction, qui s'est maintenue depuis l'origine, a conquis à la Banque de France la confiance générale ; c'est là un élément de prospérité qui ne figure pas dans le compte-rendu annuel, mais c'est là, avec l'appui qu'elle a rencontré auprès des pouvoirs publics, le secret de sa fortune inouïe.

La grosse affaire de la Banque est la fabrication des billets ; on devine quels soins elle doit prendre pour maintenir secrets ses procédés de fabrication et pour dérouter les contrefaçons. Le papier, l'encre d'impression, tout est l'objet d'une étude minutieuse et attentive ; le billet arrive, au public, classé, catalogué, ayant son compte spécial sur les livres de la Banque ; il porte des lettres, des chiffres qui sont autant de points de repères, et trois signature, celles du secrétaire général, du contrôleur, du caissier principal.

Le dessin du dernier billet de cent francs est de Baudry, le
peintre de l'Opéra; la planche sert à faire des clichés, qui eux-
mêmes servent aux tirages; les chiffres, les numéros, les
signatures sont apposés après coup.

Les billets annulés sont gardés trois ans; au bout de ce
temps on les brûle dans une cour intérieure; c'est une véritable crémation.

Il y a beau jour que le billet de banque a conquis ses
grandes lettres de naturalisation; il est d'un emploi aussi
courant qne l'or, plus même; les Fuégiens eux-mêmes l'accep-
teraient sans hésiter; le public n'y prête plus aucune attention,
or, argent ou billet, il ne fait pas de différence. Pourtant, il a
conservé un certain respect pour le billet de mille, et dans
son langage imagé il l'appelle : l'Hercule. Le mot est
heureux; c'est bien l'emblème de la force dans ce siècle où
l'argent est Dieu.

Qui connaît autrement que de nom les caves mystérieuses
de la Banque? Personne n'y pénètre, en dehors du personnel,
pas plus que dans l'atelier de fabrication des billets. La
Banque garde soigneusement son secret; mais tout se sait;
dans ces caves aux murs épais, où l'on accède par quatre
portes munies chacune de trois serrures et que seuls peuvent
ouvrir ensemble le caissier principal et le contrôleur général,
reposent l'or, l'argent, les lingots; l'or dans des tonneaux,
l'argent dans des sacs de 1000 francs chacun rangés dans des
caisses en plomb.

L'escalier très étroit ne donne passage qu'a une personne à
la fois. Ce sont les précautions pour les temps ordinaires;
comment la Banque défendrait-elle son trésor, en cas d'accident, de surprise? Elle peut noyer les caves, ensabler l'escalier, mais elle n'a rien à craindre, car la surveillance est très
attentive et constante.

La Banque de France est l'institution pour laquelle le

27

Parisien éprouve le plus de respect, et il faut bien dire qu'elle
le mérite et par son admirable organisation et par son
personnel, très actif, très dévoué, et par le bon renom qu'elle
su conquérir. Notre papier monnaie est partout accueilli
avec une extrême faveur et nous souhaitons à nos lecteurs
beaucoup de ces vignettes bleues que le peintre Baudry a
illustrées d'élégantes figures. Si ça ne fait pas le bonheur,
comme dit un proverbe populaire, ça y contribue joliment, et
les billets de banque représentent bien des joies, bien des
sourires, bien des plaisirs. La Banque est aussi le gigantesque coffre-fort où, pendant la saison des « déplacements et
villégiatures », reposent en paix les bijoux, l'argenterie, les
titres de plus d'un touriste. Nous avions un ami que l'exiguïté
de son logement contraignait chaque année à mettre alterna-
tivement au mont-de-piété ses vêtements d'hiver et ses vêtements d'été. Les gens riches en font de même pour leurs
valeurs et pour leurs bijoux ; la Banque est là, gardien fidèle
et sévère. Ce n'est pas toujours une garantie de richesse que
d'aller y chercher de l'argent, c'en est une que d'en déposer,
et c'est là un luxe rare.

LA MONNAIE

Voici maintenant l'endroit où l'on frappe les pièces d'or et
d'argent qui sont destinées presque infailliblement à passer
par la Banque de France, d'où elles s'écoulent s'éparpillant de
tous côtés comme le ruisseau qui se brise et s'émiette sur un
rocher. Le Pactole qui prend sa source à la monnaie est capté
par la Banque de France, d'où il s'échappe en minces filets,
et il n'y en a pas pour tout le monde.

Jusqu'à Henri II la monnaie française a vingt empreintes
différentes ; c'est lui qui décide que dorénavant les pièces de
monnaie porteront le buste du roi et le millésime ; mais la
monnaie, malgré cette garantie nouvelle, est soumise encore

à bien des fluctuations; le public n'est jamais sûr de ne pas voir apparaître inopinément un édit qui en modifie la valeur; c'est la Révolution qui arrête définitivement la série de nos pièces de monnaie, en adoptant le système décimal.

Notre échelle monétaire va de 1 centime à 100 francs; le titre, pour les monnaies d'or, est de 900 millièmes de métal pur et de 100 millièmes d'alliage; pour les monnaies divisionnaires d'argent, de 835 millièmes seulement de métal.

Après avoir passé par le creuset, les lingots d'or et d'argent sont coulés en forme de lames; ces lames sont tour à tour laminées et recuites à plusieurs reprises, et enfin étirées, de façon à présenter une épaisseur égale.

Lorsque ces opérations sont terminées, la bande de métal passe au découpoir; un emporte-pièce découpe les flans qui sont soigneusement pesés. Dans cet état le flan n'est qu'un jeton malpropre, on le décape et il est tout prêt pour la frappe qui s'obtient automatiquement par des presses; la pièce est en un instant frappée sur les deux faces et sur la hanche.

Là ne s'arrêtent pas les opérations; les pièces sont encore essayées et pesées par les procédés les plus rigoureux, et, si le titre n'est pas mathématique, elles retournent à la fonte; on les fait sonner et si par hasard vous avez rencontré une pièce d'or ayant une paille, c'est qu'elle avait échappé à l'observation des essayeurs.

La Monnaie fabrique aussi les timbres-poste, elle frappe des médailles, des monnaies étrangères, elle poinçonne les bijoux.

La monnaie moderne a suivi le mouvement général; d'artistique elle est devenue industrielle. Les procédés mécaniques donnent à toutes nos pièces le même caractère; la part du graveur est presque nulle; où sont ces belles médailles des Césars que la mode dispute aujourd'hui à la

numismatique? Elles n'ont pas la régularité de nos louis d'or,
mais ce sont de véritables œuvres d'art.

Il reste pourtant de ce siècle quelques très beaux échantillons, les pièces d'or à l'effigie de Napoléon Ier roi d'Italie, par
exemple, et celles de son frère Joseph roi de Naples, qui sont
de véritables médailles antiques; c'est à peu près tout; les
napoléons du second empire n'ont aucun intérêt artistique;
le troisième Napoléon n'a rien de décoratif. Quant aux pièces
d'or frappées depuis 1870, elles ne sont non plus bien intéressantes; mais c'est là un regret superflu, et le public ne
demande aux louis d'or que de valoir 20 francs.

Le droit de frapper monnaie appartenait jadis à chaque
seigneur, à chaque ville en même temps qu'au souverain; les
rois de France fabriquaient leur monnaie chez eux; à mesure
que la féodalité disparaît, la monnaie s'unifie, la fabrication
royale augmente. Les premiers ateliers sont rue Sainte-Croix-
de-la-Bretonnerie; Henri II les installe dans les anciens jardins de Philippe le Bel, sur l'emplacement de la place Dauphine; en 1771 fut posée la première pierre de l'hôtel actuel,
qui a remplacé l'hôtel Conti que la ville de Paris avait acheté
en 1750 pour en faire un Hôtel de Ville; c'est l'architecte
Antoine qui termina en 1778 le monument tel qu'il existe
aujourd'hui sur le quai Conti et sur la rue Guénégaud.

La Monnaie possède un musée monétaire très intéressant,
comprenant des monnaies, des médailles, des timbres-poste et
toute la série des modèles nécessaires à la fabrication. C'est
là, dans cet élégant édifice du xviiie siècle, que se fabriquent,
avec les soins les plus méticuleux, les pièces d'or et d'argent
qui circulent en France et dans d'autres pays encore; car
notre monnaie frappe aussi pour le compte de l'étranger, la
Grèce, et quelques états de l'Amérique du Sud. C'est là que
viennent de tous les points du monde les lingots d'argent qui
ont l'apparence de lamelles de plomb, les lingots d'or qui

semblent des briques mal cuites, et qui sortent, sous les
espèces de pièces sonnantes et trébuchantes, battant
clair.

Elles s'en vont ensuite, par le monde, portant la joie ou la
douleur, pour revenir un jour au creuset qui fut leur berceau
et qui sera leur tombe. Combien tient-il de plaisirs et de
déceptions entre ces deux étapes?

LE TIMBRE.

C'est ce vaste monument qui occupe presque tout un côté
de la rue de la Banque; il a été construit par M. B al tard; c'est
de là que sortent les papiers timbrés, qui s o nt pour le trésor
ne source considé rable de richesse; c'est là que vont les
valeurs mobilières, actions ou obligations sur lesquelles
l'administration appose sa griffe; c'est là aussi où le public
acquitte divers impôts, ceux sur les revenus des titres, ceux
sur les sociétés. Et, à ce propos, un journal faisait récemment
une singulière découverte.

Le bureau où on acquitte l'impôt sur les sociétés est situé
au Timbre, dans les combles, à 125 marches au-dessus du
niveau du sol et l'ensemble des perceptions opérées chaque
année dans ce grenier s'élève environ à 75 millions.

Le public n'est-il pas admirable? On lui demande son
argent et on lui fait monter 125 marches; on le reçoit dans
une pièce surchauffée ou glaciale, selon la saison, et il ne dit
rien ; s'il se plaint, c'est d'un ton si discret, qu'il faut un
hasard pour révéler une des plus étonnantes excentricités de
l'administration que l'Europe continue sans doute à nous
envier. Ma foi, on comprend presque les gogos qui vont
porter leur épargne dans les sociétés industrielles ; ils trouvent
des bureaux très confortables, des sièges moelleux et un accueil empressé. Cela les change un peu.

LA MANUFACTURE DES TABACS

Un des fondateurs de la Banque de France fut Robillard, qui gagna une fortune considérable dans la fabrication du tabac; l'empereur Napoléon Ier trouva que la spéculation était bonne, et décréta le monopole; en 1811 Robillard céda à l'État son établissement qui fut reconstruit, en 1827, tel qu'il existe encore aujourd'hui.

Le tabac est certainement avec l'eau-de-vie un des produits les plus considérables pour les caisses de l'État, et c'est encore l'impôt que le public accepte le plus volontiers. On lésine moins sur le superflu que sur le nécessaire, et tel qui n'arrive pas à payer sa pension, dans un hôtel, trouve toujours le louis nécessaire pour mener sa maîtresse déjeuner au bord de la Marne, d'une friture de goujons et d'un poulet sauté.

Il y a des gens qui déjeunent fort mal et qui ne dînent pas mieux, et qui ont toujours à la bouche une cigarette ou un cigare, qui ont toujours deux sous ou dix sous pour s'offrir un verre de *fine* ou un verre de tord-boyaux.

La Manufacture des tabacs comprend une école d'application où se forment, pendant deux ans, les élèves de l'école polytechnique destinés à devenir ingénieurs des tabacs; cette école est simplement le laboratoire où les élèves piochent les mystères des dosages, des mélanges, de la fermentation etc. La manufacture fabrique les tabacs à priser, à fumer, à chiquer, les cigares, des cigarettes. Le tabac à priser exige une suite d'opérations qui ne demandent pas moins de trois ans et demi; les feuilles mouillées sont découpées en lanières dont on fait des meules qui restent six mois en fermentation; le tabac rapé séjourne ensuite dans des cases, dans une immense salle où s'opèrent les mélanges et dans des tonneaux, d'où il sort pour aller enfin dans les tabatières.

Le tabac à fumer est d'une fabrication moins compliquée;

quand il a été haché on le chauffe et on laisse sécher; il peut
entrer dans la consommation au bout de deux mois environ;
le tabac à chiquer se fabrique comme la ficelle; il paraît que la
consommation s'accroît chaque année; il se passera longtemps, nous l'espérons, avant que le menu filé ou le gros
filé, c'est son nom administratif, pénètre dans nos habitudes, comme en Amérique.

La manufacture du Gros-Caillou fabrique les cigares à
bon marché; ce sont des femmes qui ont le monopole de cette
fabrication; les feuilles sont placées dans un moule en bois
et enroulées dans une feuille spéciale, aussi parfaite que
possible. Chaque cigare est calibré ensuite, et on lui donne
une longueur uniforme.

Les cigares de choix se fabriquent à Reuilly.

La fabrication des cigarettes a pris, depuis quelques années,
une extension considérable, mais ce n'est pas parce qu'elles
sont bonnes, non plus que les cigares d'ailleurs qui ne valent
pas grand chose. La manufacture fait du tabac excellent,
mais elle abuse du monopole pour faire, avec du mauvais
papier et des poussières de tabac, des cigarettes détestables.

Il y a bien quelques cigares de choix, mais ils viennent
de la Havane; si vous en rencontrez jamais, presque noirs,
n'ayant pas une forme régulière, mais au contraire fort
mal faits, n'hésitez pas, et vous aurez fumé une fois dans
votre vie un bon cigare, venant en droite ligne de ce pays
béni où le soleil met des flammes dans les yeux des femmes,
des couleurs sur les plumes des oiseaux et des parfums dans
les feuilles des arbres.

L'HOTEL DES POSTES

Un monument moderne, celui-là, et un des rares qu'on
puisse louer; admirablement approprié à sa destination,
d'un aspect élégant, où l'architecte a réussi à réunir dans

un espace relativement restreint les services multi ples d'une
des administrations les plus encombrantes.

C'est M. Julien Guadet, ancien prix de Rome, petit-neveu
du Girondin, qui a construit ce monument, qui est presque
tout entier édifié en brique et en fer. Le nouvel hôtel des
postes occu pe une superficie moins considérable que l'ancien,
et cela tient à une disposition fort ingénieuse imaginée par
M. Guadet.

Les services ont été installés dans trois étages et la mani-
pulation se fait au moyen de monte-charges. Le rez-de-
chaussée est occupé par le transbordement; c'est là qu'arrivent les sacs que transportent les petites voitures qui vont
toujours au grand trot de leur unique cheval; c'est de là que
repartent d'autres sa cs.

Le premier étage est réservé à Paris; le second à la province. L'hôtel a la forme d'un grand quadrilatère; sa façade
principale sur la rue du Louvre mesure 76 mètres; sur la
rue Étienne-Marcel, la façade a 119 mètres, 77 mètres sur la
rue Gutenberg, prise sur l'emplacement de l'ancien hôtel,
et 84 mètres sur la rue Jean-Jacques-Rousseau.

La superficie totale des salles des trois étages est de
25 000 mètres environ, et la Poste, malgré l'extension
qu'elle prend chaque jour, est à l'aise dans ce vaste emplacement. Le sous-sol de l'hôtel, en dehors d'une vaste salle
réservée à la réception des journaux et imprimés, est occupé
par les machines qui font mouvoir le monte-charge, par les
machines pneumatiques destinées au service télégraphique
de Paris, par une écurie, une sellerie, les vestiaires des
cochers etc; l'administration des postes n'a pas de chevaux à
elle; c'est un adjudicataire qui les lui fournit, mais elle a
toujours dans son écurie quelques relais, pour parer à toute
éventualité.

L'ancien hôtel des postes était l'hôtel d'Armenonville;

l'administration l'a occupé jusqu'en 1880 ; à ce moment les
postes emigrèrent au Carrousel ; c'est M. Cochery qui leur a
fait bâtir cette admirable installation. Inutile de dire que le
nouvel établissement est pourvu de tous les appareils nécessaires en cas d'incendie ; les matériaux employés dans la construction écartent d'ailleurs toute crainte d'accident de ce genre.

A part les halles centrales, qui sont un chef-d'œuvre dans
leur genre, nous ne voyons guère à Paris un monument
moderne aussi complet, aussi parfait que le nouvel hôtel
des postes. L'architecture moderne, puisqu'elle a définitivement rompu avec toutes les traditions artistiques, doit
avoir au moins ce caractère : répondre à sa destination.

C'est son seul mérite et nous sommes loin de le dédaigner,
mais on ne le trouverait guère que dans quelques monuments ;
hallés, marchés ou gares. L'hôtel des postes l'a, ce mérite, au
premier chef, et nous en louons très volontiers M. Julien
Guadet.

LES MINISTÈRES

Rue de Grenelle-Saint-Germain, boulevard Saint-Germain,
rue Saint-Dominique, c'est le quartier des ministères ;
les hôtels ont la tournure de ces vieux édifices du xviie et
du xviiie siècle qui ont existé en très grand nombre, dans ce
coin de Paris, avant l'ouverture du boulevard Saint-Germain.
Le ministère de l'Instruction publique, le ministère des Travaux publics, le ministère des Postes ne sont que de vastes
hôtels sans grand intérêt artistique.

Le ministère de la Marine est un peu mieux logé dans une
des maisons de la place de la Concorde bâties par l'architecte
Gabriel ; le ministère de l'Intérieur a un petit hôtel charmant
sur la place Beauvau ; le nom indique l'origine ; le premier
propriétaire fut le maréchal Beauvau ; l'hôtel a été longtemps
une propriété particulière, ce n'est que depuis 1861 que le

ministre de l'Intérieur habite au bout de cette cour immense qui est un luxe inconnu à Paris.

Les Affaires étrangères demeurent à côté du Palais Bourbon; c'est le quartier des Ambassades; l'hôtel ne date que de 1845; il est très beau; il a été réparé après la Commune. Le ministère de la Justice a une solennelle habitation, place Vendôme, correcte, froide, altière, comme la Justice elle-même.

Combien de personnages ont passé dans ces cabinets depuis quelques années; la liste en est longue, et plus difficile à dresser que celle des membres de l'Académie; pour ne citer qu'un exemple, il y a eu, depuis 1870, vingt-cinq ministres de l'Intérieur au moins, le reste à l'avenant.

Les ministres passent, les bureaux restent, dit un proverbe connu; il vaut mieux avoir l'amitié d'un huissier que celle du ministre, car il y a tels huissiers qui sont là depuis 25 et 30 ans et qui ont vu défiler un demi-cent d'Excellences.

Nous n'avons pas l'intention de faire l'histoire des ministères; il faudrait plusieurs volumes, et un huissier seul pourrait l'écrire; mais ces braves gens ont le respect du secret professionnel. C'est tant pis. Combien d'anecdotes fameuses, depuis celle où une actrice connue demandait à genoux à un ministre de l'Empire un engagement pour une scène subventionnée jusqu'à ces petites histoires d'employés, pour lesquelles il faudrait l'esprit d'analyse, la minutieuse investigation de Balzac.

Beaucoup d'écrivains connus ont passé par les bureaux de nos grandes administrations publiques, et bien des vaudevilles, bien des articles ont été écrits sur du papier à entête d'un ministère ou de l'Hôtel de Ville.

La profession de ministre n'a pas toujours beaucoup d'agrément, elle a une haute compensation. On peut envoyer à ses amis des loges de théâtre qui ne coûtent rien par l'entremise d'un garde de Paris à cheval. Vous avez rencontré

souvent un de ces braves cavaliers, courant de toutes les
jambes de son cheval et portant en bandoulière la petite
sacoche de cuir jaune. Vous avez cru qu'il allait porter un
ordre de service, un brevet, pas du tout; c'est une loge
pour le Vaudeville, pour les Français, pour tel autre théâtre,
donnée au ministre de l'Intérieur ou au ministre des Beaux-
Arts et obligeamment transmise à une amie ou à un camarade.

LES MAIRIES

Un grand nombre de mairies ont été construites sous
l'Empire; elle sont facilement reconnaissables; le campanile
qui les surmonte leur donne un petit parfum archaïque qui
n'est pas sans agrément; il y en a de bien, d'ailleurs, grandes,
aérées, avec de belles salles de fêtes, de mariage, telles la
mairie de Passy, la mairie du XIᵉ arrondissement, place
Voltaire, etc. D'autres occupent de vieux hôtels, la mairie
du VIIᵉ arrondissement, Palais Bourbon, installée dans
l'ancien hôtel de Bussac bâti au xviiiᵉ siècle, la mairie du
VIIIᵉ, rue d'Anjou-Saint-Honoré (ancien hôtel de Contades);
la mairie du IXᵉ, rue Drouot (hôtel Aguado), etc.

En somme, les monuments modernes sont plus conformes à
leur destination; notre siècle aura la gloire d'avoir inventé
l'architecture administrative et l'art administratif. Nous
sommes à l'aise pour féliciter les architectes, car nous n'avons
pas eu l'occasion jusqu'ici de leur faire beaucoup de compliments. Nous nous rattrapons avec les mairies. On s'est aperçu,
depuis quelques années, que le mariage civil, qui est le seul
que la loi reconnaisse, se passait un peu trop en famille. On a
voulu donner quelque solennité à cet acte le plus important
de la vie, nous sommes poli; on a fait les salles de mariage,
gaies, vastes, décorées de larges panneaux où des peintres ont
retracé le mariage biblique ou le mariage moderne; et il y a des
mairies qui sont appelées à devenir de véritables musées. On

y rencontre, à côté d'un tableau representant les justes noces, d'autres où sont retracés le vote, l'école du soir, l'inscription du nouveau-né sur les registres de l'état civil.

Malheureusement la cérémonie elle-même manque de solennité; excepté ou les mariages entre gens connus où le maire croit devoir revètir l'habit et la cravate blanche, ceindre une écharpe neuve et adresser un speech aux époux, les choses se passent au galop.

On aura beau mettre des tableaux sur les murs, la jeune épouse, le plus souvent, ne se considèrera comme bien et dùment mariée que lorsqu'elle sortira de l'église, entre deux haies d'amis et de curieux, au bruit des orgues et des harpes qui chantent le cantique des cantiques. Nous ne demandons pas qu'on crée une liturgie spéciale et que l'officier de l'état civil soit tenu de moduler les articles 212, 213, 214 du code Napoléon; mais ne pourrait-il être astreint à l'habit noir, qui n'est qu'une exception? pourquoi le fleuriste de la ville n'entretiendrait-il pas dans chaque salle de mariage quelques plantes? pourquoi le petit speech ne serait-il pas obligatoire? Il y a des gens qui ont été mariés sans s'en être aperçus.

LES HOTELS ET LES MAISONS HISTORIQUES

Il n'existe, à vrai dire, a Paris, que bien peu d'hôtels et bien peu de maisons des siècles précédents ayant conservé leur physionomie intégrale. Presque tous ont subi des mutilations par suite des grands travaux de Paris; ailleurs le temps a nécessité des réparations qui ont dénaturé le caractère primitif, ailleurs encore le goût des propriétaires a transformé l'immeuble, car l'architecture a sa mode ou plutôt elle l'a eue; car, sur ce point, notre siècle est d'un éclectisme inouï.

On bâtit avenue de Villiers des hôtels Louis XIII; il y a sur le boulevard Malesherbes des hôtels Louis XVI; il y en a de la Renaissance, dans la rue Tronchet. Ce qui manque à

toutes ces résurrections, c'est le détail de la décoration extérieure. Nous ne croyons pas que nos grands sculpteurs
dédaigneraient de sculpter dans la pierre quelques rinceaux,
quelques fleurs, quelques figures, mais on ne s'adresse pas à
eux; on laisse ce soin à des ornemanistes qui savent leur
métier, mais à qui il manque le souffle qui fait l'artiste; ils se
contentent de copier quelques motifs connus, quelques mascarons déjà entrevus. On se réserve pour l'intérieur, pour les
meubles, pour les tentures, mais là encore on se prend à
regretter l'absence de l'artiste.

Quel beau rêve cependant pourrait réaliser un amateur
éclairé et millionnaire s'il voulait confier à un architecte le soin
de lui édifier un hôtel moderne, décoré uniquement par des
sculpteurs et des artistes auxquels on laisserait le champ libre.

On s'est pris d'une folle passion pour les vieilles tapisseries,
et ce n'est pas nous qui en médirons; mais, sous prétexte
d'antiquité, on accroche le long des escaliers des verdures dou-
teuses, des tapisseries à personnages dont le seul mérite est la
naïveté et la gaucherie. Oui, il existe de belles tapisseries,
mais elles sont placées depuis longtemps; elles sont au garde-
meuble, elles sont au Louvre, qui s'est enrichi de celles de la
collection Davilliers, de pures merveilles.

Celles qu'on achète sont modernes, et le plus souvent volon-
tairement naïves.

Allez donc voir si les personnages des tapiseries du xvıᵉ
et du xvııᵉ siècle sont maladroitement posés comme ceux que
vous admirez de confiance.

Eh bien, au lieu de morceaux d'étoffe rajoutés, au lieu de
contrefaçons, est-ce que une grande toile moderne, dans une
note gaie, ne ferait pas mieux dans le hall ou le long de l'escalier? il y a vingt peintres qui ont le don de la décoration.

Et au lieu de ces cheminées gothiques, chefs-d'œuvre de
truquage, pensez-vous qu'on n'aurait pas une admirable chose

si l'on demandait une maquette à Falguière, à Dubois, à Mercié, à tant d'autres. Ces grands artistes ne se croiraient pas déshonorés pour sculpter dans le bois une cariatide ; Goujon a fait les portes de Saint-Maclou à Rouen.

Ce qu'il faudrait reconstituer c'est tous les arts diparus, *arts décoratifs*, c'est la sculpture sur bois, c'est la ferronnerie, c'est la broderie, et c'est possible. Mais veut-on savoir pourquoi les millionnaires se contentent d'acheter des bibelots anciens ; affaire d'économie, voilà. Ils se ruineraient à vouloir faire neuf. Quand on se sera pénétré de cette vérité, nous verrons se produire une réaction en faveur de l'art moderne, question d'amour-propre.

Et puis il faut compter avec les architectes, qui éloignent volontiers les sculpteurs et les peintres dont ils redoutent la concurrence ; vous rencontrez à chaque pas des maisons horriblement vulgaires portant un nom et un millésime. Un tel *fecit*. Il faut avoir une dose de suffisance pour signer de semblables choses, et ces messieurs redoutent un peu le voisinage d'œuvres d'art qui éclipseraient leur gloire.

Mais ce sont là des regrets superflus ; nous mourrons avant d'avoir vu s'élever dans Paris un hôtel moderne, confortable et artistique, avec des meubles dessinés par des peintres et exécutés, sous leur direction, par les plus habiles ouvriers, avec des toiles peintes tapissant les escaliers et signées des plus grands noms, avec des torchères moulées sur un modèle de Saint-Marceau, avec des cheminées de Delaplanche ou de Falguière, avec des argenteries modernes, qui seraient aussi belles que les plus belles de Louis XV ; nous en avons vu.

A cette heure les plus célèbres orfèvres en sont réduits à copier minutieusement des modèles Louis XV qui portent le poinçon royal ; cela flatte la vanité du propriétaire d'avoir un légumier ou une cafetière qu'on peut prendre pour du vrai. Au même prix il aurait eu une œuvre franchement originale.

Qu'on nous pardonne cette digression et revenons à nos moutons.

C'est surtout au Marais que les vieux hôtels sont fréquents ; la royauté a habité l'hôtel Saint-Pol, l'hôtel des Tournelles et naturellement elle a groupé autour d'elle tous les grands seigneurs, tous les courtisans. On peut impunément demeurer à la barrière du Trône ou aux Champs-Élysées, par ce temps de tramways, de fiacres, de voitures de maître et de bateaux-mouche qui ont rapproché les distances. Combien de souvenirs évoque ce coin de Paris, aujourd'hui si paisible. Le Marais est devenu une appellation méprisante ; bourgeois du Marais, il y avait là de quoi tuer son homme. Et pourtant c'est là qu'a vécu la plus spirituelle des marquises ; elle est née rue de Birague, 11 bis, dans une de ces vieilles maisons de la place Royale, et, de 1674 à 1696, elle a embelli de sa présence l'hôtel Carnavalet, ce bijou délicieusement sculpté par Jean Goujon et par ses élèves. L'hôtel est du xvi° siècle, il a été construit par Pierre Lescot et il prit en 1578 le nom du second propriétaire, Françoise de Kernevenoy, qui changea son nom breton en celui de Carnavalet.

Le successeur de Carnavalet fut un magistrat, d'Agaurry, qui fit construire par Ducerceau l'aile droite de l'hôtel.

Après lui vient Mme de Sevigné, toujours en quête d'un logement, qui a tour à tour habité tous les hôtels des environs, éternelle déménageuse que fixa l'œuvre charmante de Pierre Lescot et de Jean Goujon.

Après Mme de Sévigné, ce sont des inconnus qui se succèdent dans l'hôtel ; sous la révolution la direction de la librairie s'y installe ; Napoléon y place l'école des Ponts et Chaussées. Une pension a longtemps occupé l'immeuble, pension célèbre disparue, comme toutes celles du Marais ; la pension Verdot.

Enfin M. Haussmann acheta l'immeuble pour en faire le

musée municipal. Les Lamoignon ont donné leur nom au vieil hôtel de la rue Pavée; 1655 dit une inscription; l'immeuble remonte à plus loin; les D des fenêtres rappellent le souvenir de Diane de Poitiers qui y succéda à Robert de Beauvais; le duc d'Angoulême, fils bâtard de Charles IX et de Marie Touchet y habitait dès 1581, et voici une petite anecdote qui donnera une idée des mœurs des grands seigneurs et de la sécurité de Paris. Quand ses domestiques lui demandaient des gages, le dernier des Valois leur répondait : « C'est à vous de vous pourvoir; quatre rues aboutissent à l'hôtel; vous êtes en beau lieu, profitez en ! »

Il faudrait prendre maison par maison de ce coin si pittoresque du vieux Marais; on marche sur les souvenirs; rue des Tournelles, 28, c'est Ninon de Lenclos, restée jeune jusque dans la plus extrême vieillesse, et qui a ressuscité la race des grandes courtisanes de la Grèce; place Royale, 6, c'est Marion Delorme qu'un autre locataire, Victor Hugo, devait chanter plus tard dans un admirable chef-d'œuvre; tous les grands seigneurs de Henri IV et de Louis XIII, les d'Effiat, les d'Albret, les Sully, dont l'hôtel existe encore presque tout entier, dans la rue Saint-Antoine, les Mayenne demeurent là.

A deux pas, rue des Francs-Bourgeois, Gabrielle d'Estrées a habité au numéro 30; la maison a conservé sa façade et son ravissant balcon en fer forgé; si le promeneur ne devine pas toujours, sous les replâtrages, les vieilles maisons historiques, le passant le moins curieux, le moins lettré s'est arrêté, une fois au moins, devant la tourelle qui est à l'angle de la rue des Francs-Bourgeois et de la rue Vieille-du-Temple. C'est le seul vestige de l'hôtel Barbette, qui occupait presque tout ce côté de la rue. C'est une autre tour de Nesle, qui a retenti des orgies d'Isabeau de Bavière et de son beau-frère le duc d'Orléans.

Le duc d'Orléans quittait le 23 novembre 1407 l'hôtel Bar-

bette et tombait, à quelques pas de là, assassiné par les gens
du duc de Bourgogne, son cousin germain, et, quelques
années après, la reine de France faisait une rentrée triomphale à Paris aux côtés de l'assassin de son amant.

Un siècle après environ, une autre femme qui, elle aussi,
devait être reine de France, reine de la main gauche, Diane
de Poitiers, habita l'hôtel Barbette ; il fut démoli en grande
partie à sa mort.

A quelques pas voici l'hôtel Soubise, encore complet celui-
là, avec ses deux tourelles et la devise du connétable de
Clisson, sur la vieille porte du xive siècle. L'hôtel Soubise
englobe les vieux hôtels de Clisson, de la Roche-Guyon et de
Laval. L'hôtel Clisson avait été commencé en 1371 sur un
vaste enclos appelé le Grand-Chantier et qui était la propriété
des Templiers.

Comme l'hôtel Barbette, l'hôtel de Clisson a un souvenir
sanglant ; le connétable revenant de l'hôtel Saint-Pol le
13 juin 1392 fut assailli et laissé pour mort sur la place ;
l'assassin était Pierre de Craon. Clisson en réchappa, plus
heureux que le duc d'Orléans.

C'est [aux Guise qu'on doit l'hôtel actuel ; François de
Lorraine mourut avant qu'il fût achevé, frappé à Orléans par
Poltrot de Méré ; cette mort violente fut l'origine de la
Ligue qui prit naissance dans cet hôtel même ; on sait
comment Henri le Balafré réussit à venger sur Coligny le
meurtre de son père.

La princesse de Soubise devint propriétaire de l'hôtel en
1700 ; elle en fit une résidence royale grâce à l'architecte
Lemaire, grâce aux artistes comme Coustou, Vanloo, Boucher, Le Lorrain ; le roi Louis XIV payait ; c'est de cette
époque que date la cour intérieure avec la galerie couverte.

L'hôtel Soubise, comme tous les biens des émigrés, devint,
à la Révolution, propriété nationale ; depuis 1810 il est

devenu le dépôt de nos archives nationales. Tout à côté se trouve l'école des Chartes.

L'hôtel de Sens, rue du Figuier, est un des spécimens les plus complets de l'architecture des xv° et xvi° siècles.

Les archevêques de Sens étaient métropolitains de l'évêché de Paris; l'un d'eux Tristan de Salazar fit construire cet hôtel de 1475 à 1519; en 1622, l'évêché de Paris fut érigé en archevêché et la résidence fut supprimée. La reine Marguerite de Valois, la première femme de Henri IV, fut un des hôtes de cette jolie demeure; en 1606, l'assassin d'un de ses pages eut la tête tranchée devant la porte même de l'hôtel; histoire d'amour, dit la légende.

L'hôtel de Sens a conservé les grandes lignes de sa physionomie première avec ses portes en ogive, ses tourelles, son porche et son donjon carré. Il est à cette heure une propriété particulière. Mais il faut savoir se borner; nous n'écrivons pas ici une monographie des vieilles maisons de Paris, et plusieurs volumes n'y suffiraient pas; nous voulons simplement signaler au passage quelques-uns des vestiges les plus intéressants des temps disparus; on s'attarderait longtemps dans ce quartier du Marais où chaque pierre évoque un souvenir.

La tour carrée de Jean Sans-Peur, que l'édilité parisienne a sauvée de la destruction, est tout ce qui reste de l'hôtel de Bourgogne, dans la rue Tiquetonne, près de la rue Turbigo.

L'hôtel fut construit par le frère de saint Louis, le comte d'Artois; Jean Sans-Peur lui donna son nom, et c'est là que le duc de Bourgogne cacha les assassins du duc d'Orléans. François I°° vendit l'hôtel aux frères de la Passion, les ancêtres de nos comédiens. L'hôtel de Bourgogne est en effet le premier théâtre connu; aux comédiens de la Passion succédèrent les Enfants sans souci, puis les comédiens français et les comédiens italiens.

De 1658 à 1680, l'hôtel de Bourgogne traverse une période de splendeur ; le théâtre attire la cour et la ville ; c'est l'époque de Quinault, de Lambert, de Boursault, de Pradon, de Montfleury, d'Hauteroche, de Poisson, et pour finir par les plus célèbres, de Corneille et de Racine. En 1680, la troupe de l'hôtel de Bourgogne se réunit à celle de Molière, et les comédiens italiens s'installèrent à l'hôtel de Bourgogne.

De 1680 à 1697, Arlequin, Colombine, Pierrot, Polichinelle, Isabelle, le Scaramouche, le Mezzetin, Pasquin, Marforio, tous ces personnages charmants et fantaisistes remplacent les reines, les rois, les confidents, les seigneurs et les dieux. Le 4 mai 1697, un ordre du roi ferme le théâtre. Les comédiens avaient affiché pour le soir même une pièce nouvelle : la *Fausse prude*. Madame de Maintenon crut se reconnaître, et elle n'attendit pas la représentation pour savoir si vraiment l'audace des comédiens avait osé s'attaquer à la maîtresse toute-puissante de Louis XIV.

Le théâtre ne rouvrit ses portes qu'en 1716 avec une autre troupe venue d'Italie, sur l'invitation du régent. En 1720, s'opère une véritable révolution. Marivaux y fait jouer sa première comédie, *Arlequin poli par l'amour*, à laquelle succèdent la *Surprise de l'amour*, le *Jeu de l'amour et du hasard* et tant d'autres œuvres charmantes.

Le succès de la comédie italienne ne fit que grandir avec madame Favart ; la salle fut reconstruite, et l'inauguration eut lieu en 1760 ; la troupe du théâtre de la foire et des boulevards fusionne avec la troupe italienne, et la musique fait son entrée sur le théâtre de l'hôtel de Bourgogne, avec Monsigni, Philidor, Grétry. En 1783, la salle en ruines fut abandonnée ; sur son emplacement fut construite la halle aux cuirs.

La tour de Jean Sans-Peur reste seule debout pour nous rappeler et les temps troublés où les grands seigneurs assas-

sinaient en pleine rue un frère de roi et cette période de plus
d'un siècle pendant laquelle Paris entier a défilé à cette place,
pleurant aux infortunes des héroïnes de tragédie, s'égayant
des saillies de Scaramouche ou d'Isabelle, ému par Racine et
par Corneille, charmé par Favart et par Marivaux.

Une des plus anciennes maisons historiques de Paris est
la maison de François I⁰ʳ, sur le Cours-la-Reine, à l'angle de
la rue Bayard. François I⁰ʳ la fit construire en 1523 à Moret,
près Fontainebleau ; elle fut vendue en 1826 ; le propriétaire
la fit apporter à Paris pierre à pierre. Cette fantaisie de millionnaire nous vaut, en plein Paris, une merveille d'architecture et de sculpture ; que deviendront dans trois ou quatre
siècles les maisons de nos architectes modernes ? il ne viendra
en tous cas, à aucun millionnaire de l'avenir, l'idée de les transporter précieusement pour les conserver à l'admiration de la
postérité. Toutes les sculptures sont attribuées à Jean Goujon.

La Halle au blé rappelle le souvenir de l'hôtel de Soissons,
construit par la reine Catherine de Médicis sur l'emplacement du vieil hôtel de Nesle qu'habita Blanche de Castille,
mère de saint Louis. Le comte de Soissons acheta l'hôtel en
1606 ; un de ses descendants y fit entrer la belle Olympe de
Mancini qui dut s'enfuir de France pour éviter de compa-
raître devant la *Chambre des Poisons*.

Un des neveux de la comtesse de Soissons, le prince de
Savoie-Carignan hérita de l'hôtel qui fut le principal centre
de l'agiotage à l'époque de la fameuse banque du Mississipi.

Le prince, qui s'était enrichi par la spéculation, fut ruiné
par la spéculation ; il sombra avec Law et l'hôtel, vendu aux
enchères, fut démoli. C'est là qu'en 1762 fut élevée la Halle au
blé. La colonne adossée à la Halle au blé est tout ce qui reste
de l'hôtel de Soissons ; la légende veut y voir l'observatoire du
haut duquel l'astrologue de la reine, Ruggieri, faisait ses
observations.

Nous avons parlé de l'hôtel de Toulouse à propos de la Banque de France; nous n'y reviendrons pas; à signaler rue Vieille-du-Temple le vieil hôtel de Hollande, ancien hôtel de l'ambassadeur de ce pays sous Louis XIV; rue de Thorigny, l'hôtel Sallé, construit en 1656, et où l'École centrale a pris naissance en 1829; elle a quitté le vieil hôtel pour se mettre dans ses meubles à la fin de l'année 1884.

Nous avons signalé, dans notre promenade à travers la cité, l'hôtel Lambert qui a été restauré avec beaucoup d'habileté. Voltaire y a demeuré chez ou plutôt avec Mme du Châtelet· L'hôtel Pimodan est l'ancien hôtel de Lauzun.

L'hôtel La Valette, sur le quai des Célestins, est l'ancien hôtel Fieubet; M. de la Valette, qui le racheta en 1857, y a accumulé les sculptures; pendant longtemps le public a vu les fenêtres béantes, l'immeuble en ruines. Il est occupé, à cette heure, par une école.

L'architecte Pierre Lemuet a bâti deux hôtels qui subsistent encore, l'hôtel de Luynes, que l'ouverture du boulevard Saint-Germain a mutilé, et l'hôtel Saint-Aignan, rue du Temple 71, qui n'a conservé intactes que sa porte et sa cour garnie d'arcades.

Le faubourg Saint-Honoré, les Champs-Élysées, sont garnis d'hôtels dont quelques-uns, quoique modernes, présentent un intérêt historique ou artistique, telle l'ambassade d'Angleterre qui occupe l'hôtel Borghèse, telle la maison pompéïenne de l'avenue Montaigne bâtie par M. Normand pour le prince Napoléon. C'est une curieuse reconstitution d'une maison de Pompéï.

Nous avons aussi des maisons modernes qui, dès à présent, appartiennent à l'histoire.

De ce nombre est l'hôtel Thiers brûlé par la commune et rebâti aux frais de l'État; la maison qu'a habitée Victor Hugo et où il est mort, 50, avenue Victor-Hugo, va devenir un

musée de souvenirs du grand poète. Peut-être en sera-t-il de
même pour le châlet où est mort Lamartine, 161, avenue du
Trocadéro. C'est là que le poète a écrit l'Histoire de la Révolution, Rafaëla, les Confidences, Geneviève, Graziella, etc.
La ville de Paris est assez riche pour payer sa gloire et elle
réjouirait tous les amis des lettres en créant ces deux musées
consacrés à entretenir le souvenir des deux hommes qui se
sont partagé la première place dans la littérature moderne.

L'État a acquis en 1885 un des vieux hôtels de Paris qui
est devenu une annexe de l'école des Beaux-Arts; c'est
l'hôtel Chimay acheté en 1823 par le banquier Pellaprat, et
qui a appartenu au marquis d'Étampes, à Fouché, le policier
célèbre, au duc de Bouillon qui aima Adrienne Lecouvreur.
Dans un pavillon de ce bel hôtel a été écrite une des
comédies modernes qui ont eu le plus de succès : *Le Monde
où l'on s'ennuie.*

Nous terminerons là notre nomenclature, bien incomplète
nous le savons, car il y aurait encore bien des hôtels et des
maisons célèbres à citer, mais nous n'avons voulu signaler
que quelques-uns des souvenirs historiques qui se rattachent
aux maisons les plus connues, aux rues les plus fréquentées.
Le passant est heureux d'accrocher au passage un nom, une
date, une anecdote, à un balcon, à une porte, à une façade;
ce n'est pas un cours d'histoire ou d'archéologie que nous
faisons ici, c'est une simple promenade à laquelle nous
essayons de donner de l'intérêt sans la surcharger de renseignements trop minutieux ou trop précis.

CHAPITRE XI

L'empereur Napoléon Ier avait rêvé d'immortaliser par la pierre, par le marbre et par le bronze le souvenir de ses batailles et de son armée. Il voulait faire de la Madeleine le temple de la Victoire; il voulut élever, à la gloire de la grande armée, quatre arcs de triomphe et une colonne. Il n'eut pas le temps de réaliser ces projets grandioses; l'arc du Carrousel était bien terminé en 1815, mais l'Arc de triomphe ne s'élevait en 1814 que jusqu'à la hauteur de l'imposte du grand arc.

Les travaux furent suspendus jusqu'en 1823; la Restauration n'éprouvait pas grande hâte à achever ce monument élevé à la gloire de la grande armée. La campagne d'Espagne vint à point; Le gouvernement ordonna la reprise des travaux en changeant la dédicace; l'Arc de triomphe devait servir à immortaliser l'armée d'Espagne et le duc d'Angoulême.

Le gouvernement du roi Louis-Philippe termina l'Arc de triomphe et le consacra à la gloire de toutes les armées françaises depuis 1792.

Cinq architectes se succédèrent dans la direction des travaux : Chalgrin, Raymond, Goust, Huyot et Blouet, qui put voir l'inauguration de cette porte triomphale à laquelle trois gouvernements s'étaient employés.

Les fondations de l'édifice présentèrent de grandes difficultés. Les couches calcaires du sol n'offrant point assez de solidité pour la masse volumineuse qu'elles étaient appelées à recevoir, il fallut former, à une profondeur de 20 mètres environ, un sol factice sur lequel l'énorme poids pût s'appuyer.

Des quatres groupes colossaux, appelés trophées, celui de Rude est le plus populaire. Son titre réel est le « Départ », mais il est généralement indiqué sous la dénomination de : Aux armes, citoyens, refrain de la *Marseillaise*.

Les *Renommées* qui décorent la voûte sont dues au ciseau de Pradier.

La première date gravée sur les murs est le 20 septembre 1792, jour de la bataille de Valmy; la dernière, le 16 juin 1815, jour où se livra le combat de Ligny, préface de Waterloo : en ces vingt-trois années, il n'y a pas moins de 158 batailles, sièges, prises de villes inscrits sur le monument, et, dans le nombre, trente victoires décisives.

A côté des noms de batailles, il y a les noms de héros : six cent cinquante-deux noms de généraux en chef, de maréchaux, de commandants de corps d'armée, et de généraux de division.

Les noms soulignés sont ceux des généraux qui ont été tués à l'ennemi, dans cette mêlée formidable d'un quart de siècle : les batailles en ont moissonné 126.

Sur les murs de la grande salle supérieure de l'Arc de triomphe, côté de Neuilly, on lit l'inscription suivante :

Ce monument
Commencé en 1806 en l'honneur
De la Grande-Armée
Longtemps interrompu
Continué en 1823 avec dédicace nouvelle
A été achevé en 1836
A la gloire des armées françaises

L'Arc de Triomphe est le plus grand monument de ce
genre; il mesure en hauteur 49 mètres 546, en largeur,
44 mètres 820; en épaisseur, 22 mètres 710.

Le plus considérable avant lui était l'Arc de Constantin, à
Rome, d'une hauteur de 24 mètres 725.

L'Arc de Triomphe a coûté 9,309,507 fr.

Depuis 1881 se dresse, sur la plate-forme de l'Arc de
Triomphe, le groupe colossal de Falguière, qui représente la
République assise sur un char que tirent quatre chevaux
tenus en main par deux Victoires; des figures accessoires
complètent la décoration.

La tentative de M. Falguière a soulevé une ardente polé-
mique; on a prétendu que cette vaste composition dénaturait
le monument; si le groupe peut prêter, sur certains points,
à la critique, quoiqu'il soit d'un fier mouvement, il faut dire
que, dans la pensée des architectes, la plate-forme de l'Arc de
Triomphe était destinée à supporter une décoration. L'Arc de
Triomphe, sans fronton, est incomplet.

En 1828, l'architecte Huyot présenta un projet de décoration; Rude aussi eut le sien et Barye aussi, sous Louis-
Philippe. L'idée, on le voit, n'est pas nouvelle et on ne peut
s'expliquer la résistance qu'a rencontrée le projet que par
ce respect que le public professe pour les traditions les moins
respectables. Ne touchez pas à l'Arc de Triomphe! Il y a cinquante ans qu'il est comme çà et le Parisien y est habitué.
Voilà toute l'explication.

L'Arc de Triomphe a vu bien des cérémonies; l'entrée de
l'impératrice Marie-Louise en 1810, celle du duc d'Angou-
lème en 1824, le retour des cendres de Napoléon Ier en 1842;
il a vu, hélas, les Prussiens qui n'ont pu effacer la date sanglante de Iéna, il a vu l'apothéose de Victor Hugo et cette
grandiose cérémonie a donné au monument une gloire
nouvelle.

L'arc de triomphe du Carrousel fut construit en 1806 en souvenir de la campagne de 1805 que venait de terminer la victoire d'Austerlitz. Les architectes, MM. Percier et Fontaine, ont imité visiblement l'Arc de Septime Sévère à Rome; c'est un monument charmant, gracieux, décoré d'une façon somptueuse de statues et de bas-reliefs, mais dont les proportions exiguës ne sont pas en rapport avec la place du Carrousel; ce défaut apparaît plus sensible encore depuis la disparition des Tuileries. Six bas-reliefs représentent les différents épisodes de la campagne de 1805; la Restauration, qui voulait faire disparaître jusqu'au souvenir de l'empire, avait substitué à ces bas-reliefs d'autres sculptures racontant les hauts faits du duc d'Angoulême en Espagne.

Le gouvernement de Juillet vengea l'empire; il rendit à l'arc de triomphe les bas-reliefs primitifs.

L'arc de triomphe du Carrousel était surmonté, sous le premier empire, d'un char monumental en plomb doré attelé de quatre chevaux de bronze; ces chevaux venaient de Venise, en passant par Corinthe et par Constantinople où les avait fait transporter Théodose. Les chevaux sont retournés à Venise en 1815, et en 1828 le char actuel, œuvre du sculpteur Bosco, prit place sur la plate forme de l'arc du Carrousel. La statue de femme qui conduit le quadrige s'appela la Restauration, puis la Charte; depuis 1848, c'est la Renommée.

L'arc du Carrousel a 15 mètres de hauteur, 17^m,60 de largeur et 10 mètres de profondeur; il a coûté un million.

La Porte Saint-Denis et la Porte Saint-Martin ont été élevées par la ville de Paris à la gloire de Louis XIV; la première rappelle les conquêtes d'Allemagne; la seconde, celles de la Franche-Comté. L'architecte de la Porte Saint-Denis est le français Blondel; celui de la Porte Saint-Martin est son élève, Pierre Bellet.

Louis XIV apparaît sous toutes les formes; à la Porte Saint-

Denis, il est en grec, avec une perruque, se dressant au milieu d'une foule de combattants acharnés; à la Porte Saint-
Martin, il est en Hercule, entièrement nu, et brandissant une
massue.

Malgré ce costume ou plutôt cette absence de costume, les
figures qui décorent les portes sont très belles, les ornements
d'un très grand style; les deux monuments eux-mêmes ont une
véritable élégance et si les deux faubourgs avaient seulement
la largeur du boulevard, les portes auraient un grand caractère.

La Porte Saint-Denis, dont les sculptures tombaient en
ruines, a été réparée tout récemment. La Porte Saint-Denis
a 23 mètres de hauteur et autant de largeur; la Porte Saint-
Martin n'a que 18 mètres en hauteur et en largeur; elles repré-
tent un carré parfait. Il y a des gens qui préfèrent la Porte
Saint-Martin à la Porte Saint-Denis et réciproquement;
nous avouons être fort embarrassé pour faire un choix.

. On prétend que Napoléon Ier, au retour d'une campagne,
choqué de l'inscription *Ludovico Magno* qui s'étalait en
lettres dorées, fit placer sur la façade de la Porte Saint-Denis
son monogramme N. La Restauration s'empressa de donner
l'ordre de le faire disparaître; les ouvriers, pleins de zèle,
grattèrent l'N de *Magno*; *si non è vero...*

LES STATUES

Voilà un chapitre qui sera forcément incomplet, car il en
est des statues comme des plaques commémoratives et il n'y
aura bientôt si petite place qui n'ait son grand homme de
bronze. Pendant longtemps Paris n'a possédé qu'un nombre
très restreint de statues, quatre et pas plus, Henri IV,
Louis XIII, Louis XIV et le maréchal Ney.

La statue d'Henri IV ne date que de 1818, elle est l'œuvre
du sculpteur Lemot; elle remplace une statue élevée en 1635
et fondue en 1792 pour faire des canons.

La statue de Louis XIII, sur la place Royale, est une des rares statues en marbre qui existent à Paris; celle de l'impératrice Joséphine, en marbre aussi, élevée sous le second empire, sur l'avenue de ce nom, a disparu après le 4 septembre; c'est encore la Restauration qui a élevé la statue de Louis XIII, comme celle de Henri IV, comme celle de Louis XIV sur la place des Victoires.

Charles X soignait la gloire de la famille; on a vu qu'il avait projeté de désaffecter l'Arc de triomphe de l'Étoile et celui du Carrousel. En 1639, Richelieu fit ériger sur la place Royale une statue équestre en bronze de Louis XIII qui servit également en 1792 à faire des canons.

Ce fut aussi le sort du Louis XIV de la place des Victoires, qui y a subsisté de 1686 à 1792. La statue actuelle est l'œuvre de Bosio; c'est un beau morceau de sculpture, mais cet empereur romain coiffé d'une énorme perruque dérange un peu notre esthétique.

La statue du maréchal Ney, au carrefour de l'Observatoire, a été élevée en 1853 à l'endroit même où le 7 décembre 1815 fut fusillé le maréchal.

Voilà à peu près toutes les statues qui existaient à Paris; depuis cette époque le nombre s'est accru considérablement. C'est d'abord la statue de Jeanne d'Arc du sculpteur Fremiet, érigée en 1874, sur la place des Pyramides, œuvre énigmatique comme l'héroïne elle-même; c'est, sans contredit une des meilleures statues de Jeanne d'Arc; il est douteux qu'on réussisse à en faire jamais une parfaite; cette mystérieuse figure échappe à la traduction; c'est un symbole plus encore qu'une figure humaine, et l'art est impuissant à nous rendre les secrets de cette âme qui, la première, s'éveilla à la voix balbutiante du patriotisme.

Symbole aussi la République, et c'est pour ça qu'aucune de ses statues ne peut nous satisfaire, ni celle de Soitoux, en

marbre blanc, placée en 1880 sur le quai devant le palais de
l'Institut, ni celle de Morice, élevée en 1883 par l'administration municipale sur la place de la République. La première est bien supérieure en tous cas à cette figure colossale
de bronze qui, d'un geste lassé, élève une branche d'olivier ; et
puis le monument est surchargé de figures : la liberté,
l'égalité, la fraternité, le lion de l'urne, les bas-reliefs dont
quelques-uns sont très bien.

Sur le parvis de Notre-Dame s'élève, depuis 1882, la
colossale statue équestre de Charlemagne, groupe en fonte de
MM. Rochet frères qui ont placé leur statue sans attendre
qu'elle fût acquise par la ville ; la statue d'Alexandre Dumas
père, plus ingénieuse qu'artistique, décore la place Malesherbes ; square Saint-Germain-des-Prés se dresse la statue de
Claude-Bernard par Guillaume ; au square Monge on a transporté la statue de Voltaire, reproduction de la célèbre statue
de Houdon, qui jadis était place Voltaire ; le piédestal de la
place Voltaire supporte aujourd'hui la statue de Ledru-Rollin ;
Voltaire a encore une autre statue qui s'élève quai Malaquais. Devant le collège de France est la statue du Dante ;
place Clichy, le maréchal Moncey ; le beau groupe de Doublemard rappelle la défense de la barrière Clichy le 30 mars
1814.

Au square du Temple est le Béranger de Doublemard ; sur
la place de la Salpétrière, Pinel, le bienfaiteur des aliénés,
l'illustre docteur qui eut la gloire de réformer le régime odieux
auquel étaient soumis les fous. On raconte, à propos de la
statue, une amusante anecdote. Elle était depuis six mois sur
son socle, dans sa gaîne de serge, attendant l'heure de l'inauguration officielle ; un beau matin, M. Ludovic Durand, le
sculpteur, impatienté arriva sur la place de la Salpétrière
muni d'une échelle ; il la dressa contre la statue, siffla la
Marseillaise, enleva le voile et redescendit en disant à un

gardien de la paix, qui le regardait stupéfait : « Voilà comment on inaugure une statue. »

A côté des statues qui existent à cette heure, il faut signaler celles qui s'élèveront demain, car il est plus d'un artiste qui, en ce moment, met la dernière main à son œuvre ; et, quand paraîtra ce livre, il est probable que la liste que nous publions se sera accrue de quelques noms nouveaux.

D'abord c'est l'Etienne Marcel, d'Idrac, la dernière œuvre du grand artiste, qui s'élèvera place de l'Hôtel-de-Ville ; c'est le Diderot, dont on a pu voir la maquette place Saint-Germain-des-Prés ; c'est l'Étienne Dolet de la place Maubert; c'est Broca ; c'est Raspail ; c'est le triomphe de la République de Dalou, place de la Nation ; c'est le monument de Gambetta, place du Carrousel, ce sera Victor Hugo et d'autres encore. Il y en a quelques-uns que nous aimerions à voir à Paris, ce sont les vieux : Racine, Corneille, La Fontaine ; Molière, lui, a une fontaine ; mais les autres. Que le respect des gloires contemporaines ne nous fasse pas oublier les ancêtres.

Paris possède, grâce à la générosité de la colonie américaine, qui a voulu reconnaître le cadeau que la France faisait aux États-Unis, une réduction de la statue colossale de Bartholdi : La liberté éclairant le monde. Notre petite liberté a encore 11 mètres, ce qui pour une statue n'est déjà pas si mal; elle s'élève place des États-Unis.

Il y a à Paris d'autres monuments, plus modestes, qui rappellent des héroïsmes obscurs et des dévouements sans emphase. Dans les hopitaux, une plaque de marbre porte les noms des internes, morts victimes de leur devoir; à l'école normale supérieure, le buste de Thuillier perpétue le souvenir de ce brave garçon, mort à Alexandrie, en combattant le choléra; une plaque porte le nom de Georges Lemoine, un ancien élève de l'école aussi, tué à Petit-Bry en 1870.

Il ne faut pas trop se plaindre, comme on voit et si Paris

abuse un peu des statues, il n'oublie pas non plus ceux qui sont morts, jeunes, pour la patrie et pour la science. Il y a de la gloire pour tous.

Paris possède quelques monuments qui n'ont qu'un mérite purement artistique, qui, le plus souvent, ne rappellent aucun souvenir politique ou littéraire, et qui à leur valeur joignent une incontestable utilité; c'est le conseil du poète traduit en pierre ou en bronze; ce sont les fontaines. Elles ont l'inappréciable avantage de servir à quelque chose, donner de l'eau, rafraîchir l'atmosphère, égayer la vue; quelques-unes sont aussi des œuvres d'un grand mérite; telle, la fontaine de l'observatoire, où les figures de Carpeaux, dominant les chevaux marins de Frémiet, semblent entraîner le globe dans un mouvement de rotation; telles, la fontaine de l'Arbre-sec construite en 1775 par Soufflot, la fontaine Gaillon, la fontaine Louvois, la fontaine Molière, toutes trois de Visconti, la fontaine de la rue de Grenelle, de Bouchardon, la fontaine des Innocents, restaurée en 1858 et qui a conservé les délicates sculptures de Jean Goujon, véritable chef-d'œuvre de la Renaissance; tout le monde connaît les belles fontaines de la place de la Concorde et la fontaine Saint-Michel qui n'a d'autre titre à figurer, dans cette nomenclature, que son aspect monumental; elle fait assez piètre figure à côté de celles que nous signalons, à côté d'autres encore, la fontaine Saint-Sulpice, de Visconti (toujours) et même à côté des deux petites fontaines de la place du Théâtre-Français, toutes deux fort élégantes, à côté de la fontaine Cuvier.

Toutes ces fontaines, à part quelques exceptions, sont simplement décoratives; mais il en est d'autres où, par les jours de chaleur, le Parisien altéré peut se rafraîchir, grâce à la générosité de M. Richard Wallace; on peut même y faire un bout de toilette et plus d'une petite ouvrière, au sortir de l'atelier, regrette que le donateur n'ait pas eu l'attention de faire installer une petite glace.

CHAPITRE XII

Les rues de Paris se sont garnies depuis quelques années d'un certain nombre de plaques commémoratives qui constituent pour le passant, pour le jeune homme, un véritable enseignement. On a peut-être péché par excès de complaisance en ressuscitant certains noms qui ne méritaient pas un pareil honneur, mais l'idée est bonne. C'est le meilleur moyen d'apprendre l'histoire, et les moindres faits se fixent profondément dans la mémoire quand on peut les rattacher à un objet matériel. C'est une leçon de choses.

Le conseil municipal de Paris avait décidé, en 1877, de perpétuer par une inscription le souvenir du parloir aux bourgeois; le 14 mai 1878, le conseil décidait également qu'une inscription, placée sur la maison 151 du faubourg Saint-Antoine, rappellerait la mort de Baudin.

L'année suivante, par un arrêté du 10 mars 1879, le préfet de la Seine, M. Hérold, instituait une commission chargée de toutes les études et recherches ayant pour but de fixer le souvenir des faits et des hommes dont l'histoire se lie à celle de la ville de Paris. Cette commission n'a cessé de fonctionner; c'est la commission des inscriptions parisiennes, qui a doté Paris d'un musée d'un nouveau genre, qui s'enrichit et se complète chaque jour. Voici quelques-unes de ces inscriptions :

151, Faubourg Saint-Antoine. — Devant cette maison —

est tombé glorieusement — Jean-Baptiste-Alphonse-Victor Baudin — représentant du peuple pour le département de l'Ain — tué le 4 décembre 1851 en défendant — la loi et la République.

3, Place de la Bastille. — Plan de la Bastille — commencée en 1370 — prise par le peuple — le 14 juillet 1789 — et rasée la même année.

(PLAN)

Le périmètre de la forteresse — est tracé sur le sol de cette place — 14 juillet 1880.

232, Rue Saint-Antoine. — Ici était l'entrée de l'avant-cour — de la Bastille — par laquelle les assaillants pénétrèrent — dans la forteresse — le 14 juillet 1789.

2, Boulevard Beaumarchais. — Beaumarchais — né à Paris — le 24 janvier 1732 — avait ici son hôtel — où il mourut — le 18 mai 1799.

29, Rue d'Anjou. — Benjamin Constant — écrivain et député — né le 25 octobre 1767 — à Lauzanne (Suisse) — est mort dans cette maison — le 8 décembre 1830.

5, Rue Béranger. — Le chansonnier — Pierre-Jean de Béranger — né à Paris le 19 août 1780 — est mort dans cette maison — le 16 juillet 1857.

97, Rue de Cléry. — Ici — habitait — en 1793 — le poète — André-Chénier.

15, Rue Servandoni. — En 1793 et en 1794 — Condorcet — proscrit — trouva un asile dans cette maison — où il composa sa dernière œuvre — l'Esquisse — des progrès de l'esprit humain.

6, Rue d'Argenteuil. — Sur cet emplacement — était la maison où — Pierre Corneille — né à Rouen le 6 juin 1606 — est mort — le 1er octobre 1684.

1, Place de l'Odéon. — Camille Desmoulins — habitait cette maison en 1792.

31

6, Rue d'Anjou. — La Fayette —, défenseur de la liberté — en Amérique — l'un des fondateurs de la liberté — en France — né le 6 septembre 1757 — au château de Chavagnac en Auvergne — est mort dans cette maison — le 20 mai 1834.

10, Rue de Birague. — Joseph Lakanal — membre de la convention nationale — réorganisateur — de l'instruction publique — né à Serres (comté de Foix) — le 14 juillet 1762 — est mort dans cette maison — le 14 juin 1845.

218, Rue Saint-Jacques. — Ici — était la maison — où Jean de Meung — composa le Roman de la Rose — 1270-1305.

Cour du Mont-de-piété. — L'enceinte de Paris — commencée — par — Philippe-Auguste — vers 1190 — traversait l'emplacement — de cette cour — suivant le tracé — exécuté sur le sol.

6, Rue du Mont-Thabor. — Alfred de Musset — né à Paris le 11 décembre 1810 — est mort dans cette maison — le 2 mai 1857.

Angle des rues Soufflot et Victor-Cousin. — Ici était anciennement situé — le parloir aux bourgeois.

Le préfet de la Seine — déférant au vœu des conseillers municipaux de la ville de Paris — a fait poser en M DCCC LXXVII — cette inscription.—sur l'emplacement de l'édifice — où siégèrent — leurs prédécesseurs — jusqu'au milieu du xive siècle.

68, Rue du Chemin-Vert. — Antoine-Augustin-Parmentier — agronome — né le 17 août 1737 — à Montdidier en Picardie — est mort dans cette maison — le 17 décembre 1813. .

2, Rue Rollin. — Ici — s'élevait la maison — où — Blaise Pascal — est mort le 19 août 1692.

Angle de la rue des Jardins-Saint-Paul. — François Rabelais — né à Chinon — est mort — dans une maison — de la rue — des Jardins-Saint-Paul — le 9 avril 1553.

Rue de Rivoli (sur un des pilastres de la grille du jardin des Tuileries). — Sur cet emplacement — avant l'ouverture de la rue de Rivoli — s'élevait la salle du manège — où siégèrent successivement — l'assemblée constituante — du 1er novembre 1789 au 30 septembre 1791 — l'assemblée. législative — du 1er octobre 1791 au 20 septembre 1792 — la convention nationale — du 21 septembre 1792 au 9 mai 1793 — et où fut instituée la République — le 21 septembre 1792.

11 *bis, Rue de Birague*. — Dans cet hôtel — est née — le 6 février 1626 — Marie de Rabutin-Chantal — Marquise de Sévigné.

Hôtel Carnavalet. — Marie de Rabutin-Chantal — marquise de Sévigné — habita cet hôtel — de 1674 à 1696.

50, *Rue Descartes*. — Enceinte de Paris — élevée par Pilippe-Auguste vers l'an 1200. — Emplacement de la porte Saint-Marcel — dite porte Bordet.

Hôtel de Bourgogne, 7, 9, rue Française. — Emplacement du théâtre — de l'hôtel de Bourgogne, — ancien hôtel d'Artois. — Les confrères de la Passion, — les enfants Sans-Souci, — les comédiens de la troupe — dite de l'hôtel de Bourgogne, — la Comédie Italienne — et l'Opéra-Comique — donnèrent ici — leurs représentations — de 1548 à 1783.

6, 8, *Quai du Marché-neuf*. — Théophraste Renaudot — fonda en 1631 — le premier journal imprimé à Paris — *La Gazette* — dans la maison du Grand-Coq qui s'élevait ici — ouvrant rue de la Calandre — et sortant au Marché-Neuf.

15, *Rue de Bellechasse*. — Bernardin de Saint-Pierre — auteur — de *Paul et Virginie*, — né au Havre — le 19 janvier 1737, — mort le 21 janvier 1814, — a demeuré — dans cette maison — de 1806 à 1813.

Rue de Furstenberg. — Le peintre Eugène Delacroix — né à Charenton-Saint-Maurice — le 26 avril 1798 — est mort dans cette maison — le 13 août 1868.

39, *Rue de Richelieu*. — Diderot — philosophe et littérateur — principal auteur de l'Encyclopédie — né à Langres — le 5 octobre 1713 — est mort dans cette maison — le 31 juillet 1784.

62, *Rue de la Chaussée-d'Antin.* — Le général Foy — le grand orateur libéral — né à Ham — le 3 février 1775 — est mort — dans cette maison — le 28 novembre — 1825.

110-112, *Rue de Richelieu.* — Ici — habitait en 1793 — le chimiste — Lavoisier.

49, *Rue des Martyrs.* — Ici a demeuré — Manuel — l'orateur libéral — expulsé de la Chambre des députés — dans la séance du 3 mars 1823 — né à Barcelonnette — le 10 décembre 1775 — mort à Maisons-sur-Seine — le 20 août 1827.

38, *Rue Vital.* — L'historien — Henri Martin — né à Saint-Quentin — le 20 février 1810 — est mort — dans cette maison — le 14 décembre 1883.

2, *Rue d'Aumale.* — François Mignet — historien — né à Aix en Provence — le 8 mai 1796 — est mort — dans cette maison — le 24 mars 1884.

42, *Rue de la Chaussée-d'Antin.* — Mirabeau — est mort — dans cette maison — le 2 avril 1791.

11, *Rue du Montparnasse.* — Ch. Augustin Sainte-Beuve — poète et critique — né à Boulogne-sur-Mer — le 23 décembre 1804 — est mort — dans cette maison — le 13 octobre 1868.

D'autres inscriptions rappellent que Méhul le compositeur du *Chant du Départ* est mort le 18 octobre 1817 au numéro 28 de la rue Montholon; que Chateaubriand est mort dans l'hôtel portant le numéro 12 *bis* de la rue du Bac, 4 juillet 1848.

Deux plaques, rue Mazarine, 42 et même rue, 12 et 14, nous indiquent l'emplacement du jeu de paume de la Boutelle et du jeu de paume des Messagers.

C'est dans celui-ci que Molière ouvrit en 1643 l'illustre théâtre; l'opéra a occupé le premier de 1671 à 1672; de 1673 à 1680, les troupes de Molière et du Marais réunies succédèrent à l'opéra. En 1680, la troupe prit le nom de Comédie-française et ce n'est qu'en 1689 qu'elle abandonna, pour la salle de la rue de l'Ancienne-Comédie, le jeu de paume de la Boutelle ou du Bel-air.

Une plaque posée sur le mur du Conseil d'État à l'angle des rues de Valois et Saint-Honoré permet de suivre les pérégrinations de la troupe de Molière. Elle porte ces mots : « Ici s'élevait la salle de spectacle du Palais-Cardinal inaugurée en 1641 et occupée par la troupe Molière de 1661 à 1673 et par l'Académie royale de musique depuis 1673 jusqu'à l'incendie en 1763. »

Une seconde plaque jumelle rappelle que sur le même emplacement s'éleva la nouvelle salle de l'opéra ouverte en 1770 et détruite également par l'incendie le 8 juin 1780.

On nous permettra de borner là nos citations; notre intention est simplement d'appeler l'attention du lecteur sur ces inscriptions qui sont autant de témoignages de notre histoire; comme nous le disons plus haut, rien ne fixe mieux un fait ou un nom qu'un objet matériel. L'œil aussi a sa mémoire et plus durable parfois que celle du cerveau. Combien en est-il qui reconnaissent des figures entrevues sans pouvoir y mettre un nom?

La génération qui s'élève, plus heureuse que ses devancières, apprendra vite et mieux. D'ailleurs l'œuvre des inscriptions parisiennes est, à cette heure, encore fort incomplète. Combien d'autres maisons qui évoquent un souvenir funèbre ou gracieux? Les démolitions du quartier du Caire, qui ont eu lieu en 1885, ont mis à découvert, pour quelques jours, la maison qui portait le numéro 3 de l'impasse de la Grosse-Tête; c'est là qu'a débuté sur le théâtre Saint-Spire, traduction populaire de Saint-Esprit, la plus grande tragédienne moderne, Rachel.

Le café Procope, rue de l'Ancienne-Comédie, fermé il y a peu de temps, était non seulement le plus vieux café, et c'est un titre, à une époque où le café joue un si grand rôle dans nos mœurs, il avait encore d'autres droits à la célébrité. Là ont passé Diderot, Freron, Piron, d'Alembert, Jean-Jacques Rousseau, et la table où s'asseyait. Voltaire avait survécu aux révolutions et au temps.

A ces hôtes illustres succédèrent tous les hommes de la Révolution, Mirabeau, Danton, Camille Desmoulins, Marie-Joseph Chénier, et plus tard, sous le second empire, la jeune génération républicaine y vit naître le talent de Gambetta.

Il est bon de rappeler la date de la naissance du café Procope; c'est en 1675 que l'italien Procopio créa l'établis-sement devenu le père d'une souche innombrable. Vis-à-vis du café Procope était l'ancienne salle de la Comédie-française; c'est là que fut jouée *Phèdre*. C'est dans cette maison que le peintre Gros se suicida en 1835. Au numéro 1 de la rue Bonaparte est mort Vicq-d'Azir, le fondateur de l'Académie de médecine; au numéro 7 de la même rue demeura la Clairon, et mourut, en 1818, Monge.

Les filatures de Richard-Lenoir, dont un boulevard a popula-risé le nom et qui a créé en France une industrie dont ont vécu des milliers de familles, occupaient les numéros 97, 99 et 101 de la rue de Charonne. Le brasseur Santerre était établi en 1790 au numéro 210 actuel du faubourg Saint-Antoine.

C'est sur le toit de la maison portant le numéro 14 de la rue de Provence que fut précipitée, le 6 juillet 1819, Mme Blan-chard, l'intrépide aéronaute, qui s'y brisa la colonne vertébrale.

Le premier amphithéâtre de médecine a été retrouvé tout récemment; il date du xv° siècle; il est situé rue de la Bû-cherie; l'emplacement est occupé par un lavoir et par une maison borgne.

Nous pourrions continuer longtemps encore, car chaque rue, chaque maison, chaque pierre rappellent un souvenir du passé. Paris a été un théâtre où se sont déroulées depuis plus de vingt siècles les tragédies, les comédies, et les apothéoses; s'il n'a pas vu naître tous les hommes illustres, tous sont

venus, dans ce siècle surtout, lui apporter l'hommage de leur
admiration ou de leur curiosité. Il n'est pas une maison, si
l'on y tient, qui n'aura un jour sa plaque commémora-
tive. Il faut y mettre un peu de discrétion et ne pas compro-
mettre cette distinction, comme cela est arrivé pour tant
d'autres.

On connaît l'histoire de ce jeune auteur dramatique qui, au
sortir d'une représentation où il a eu la joie de voir son
premier vaudeville acceilli sans trop de murmures, emmène,
vers minuit, un ami fidèle, confident de ses luttes et de ses
espérances : « Viens voir, lui dit-il, la maison où je suis né. »
Et le triomphateur contemple, attendri, la demeure qui
vit ses premiers ébats, qui entendit ses premiers cris. L'histoire a une suite. « Mais il y a une plaque, dit l'ami! » —
« Déjà, répond l'autre. » Il y avait bien une plaque en effet,
avec ces lettres : M. A. C. L.

CHAPITRE XIII

Le vrai nom de la Bastille est Colonne de juillet ; elle a été édifiée en effet, sous le règne de Louis-Philippe, en l'honneur des combattants des 28, 29 et 30 juillet 1830.

C'est à cette place que devait s'élever le gigantesque éléphant de bronze, fantaisie de Napoléon Ier ; le massif en pierre sur lequel repose la Bastille est le seul vestige de cette conception bizarre. Au dessous du massif, une crypte contient les tombeaux des citoyens morts en 1830, dont les noms, au nombre de 615, sont gravés en lettres d'or, sur la colonne.

La colonne, œuvre des architectes Alavoine et Duc, a 50 mètres de hauteur ; elle est en bronze et un escalier intérieur conduit à une lanterne que surmonte une figure nue, en bronze doré, du sculpteur Dumont. Cette figure représente le génie de la Liberté tenant d'une main des chaînes brisées et de l'autre le flambeau de la civilisation.

Le piédestal en marbre blanc de la colonne s'appuie sur un soubassement carré qui porte vingt-quatre médaillons de bronze : à chaque angle est placé un coq en bronze du sculpteur Barye ; sur un des côtés du piédestal se trouve le lion de juillet, admirable bas-relief du même artiste ; de l'autre côté sont les armes de la ville de Paris.

La colonne pèse 180 000 kilogrammes. On a dit que le Parisien connaissait mal les monuments auprès desquels il vit; c'est vrai; mais, s'il ne s'offre pas, comme le font les étrangers, l'ascension de l'Arc de Triomphe, de la colonne Vendôme ou du Panthéon, il fait une exception pour la colonne de la Bastille. On ne se donne pas rendez-vous sur la plate-forme, mais l'endroit n'en est pas moins très fréquenté. Quelques pauvres gens las de la vie s'offrent parfois le plaisir de jeter un dernier coup d'œil sur la grande ville où ils n'ont trouvé que des déceptions. Le moyen est sûr.

La colonne Vendôme, œuvre des architectes Denon, Gondouin et Lepère, rappelle le souvenir de la campagne de 1805 que termina, le 2 décembre, la victoire d'Austerlitz; quatre cent vingt-cinq plaques de bronze s'enroulent autour de a colonne de pierre dans laquelle circule un étroit escalier et retracent les scènes de cette mémorable campagne de deux mois et demi.

La statue fut inaugurée en 1810; au sommet s'élevait la statue de Napoléon Ier en empereur romain; en 1814, les royalistes essayèrent, sans y parvenir, de renverser cette statue; la Restauration s'y prit mieux, paraît-il, car la statue disparut et jusqu'en 1830, au-dessus de cette colonne élevée à la gloire de la grande armée, flotta un drapeau blanc.

Le gouvernement de Louis-Philippe replaça la statue de Napoléon Ier sur son socle gigantesque; mais l'empereur romain fut remplacé par le petit caporal; l'empereur Napoléon Ier était représenté avec le costume sous lequel il est resté populaire : la longue redingote et le lampion.

Le second empire trouva que c'était trop peu; l'empereur romain avait un air d'apothéose qui plaisait au neveu de Napoléon Ier; on redescendit le petit caporal et on replaça, en 1863, un empereur romain; la statue du gouvernement de Juillet fut reléguée à Courbevoie, sur un piédestal, d'où l'irri-

32

tation de la foule la précipita, le 4 septembre 1870, dans la Seine.

En 1871, la commune renversa la colonne; elle a été réédifiée en 1874, telle qu'elle existait depuis 1863.

La colonne Vendôme a 44 mètres de hauteur; elle pèse 250 mille kilogrammes; elle représente une dépense de près de 2 millions.

Il existe une autre colonne qui rappelle le souvenir des victoires du premier empire, c'est la fontaine de la Victoire sur la place du Châtelet. Elle fut élevée en 1806; chaque année apportait son contingent de gloire.

La colonne en pierre a l'aspect d'un gigantesque palmier, au sommet duquel se dresse une statue de la Victoire.

En 1858, la colonne fut transportée sur le piédestal décoré des sphinx sur lequel elle repose aujourd'hui, et qui se trouve à 12 mètres de l'emplacement primitif. Le bloc de pierre qui pèse 24.000 kilos fut placé horizontalement sur des rails et amené jusqu'au piédestal. L'opération fut très rapide.

On avait d'ailleurs un précédent; le 25 octobre 1836, l'ingénieur Lebas avait dressé en moins de trois heures, sous les yeux d'une foule immense, l'obélisque de Louqsor sur son piédestal de granit.

Le monument dont les hiéroglyphes célèbrent la vie de Rhamsès et de Sésostris avait été donné à la France par Mehemet Ali. On construisit un bateau spécial pour transporter ce monolithe de 23 mètres de haut et du poids de 250 000 kilogrammes.

« Du haut de cette pyramide quarante siècles vous contemplent! » Napoléon Ier n'aurait plus besoin de mener ses soldats en Egypte pour placer ce mot célèbre; il lui suffirait de passer une revue sur la place de la Concorde.

Il y a à Paris deux autres colonnes; ce sont celles qui

s'élèvent place de la Nation et qui portent les statues de
Philippe-Auguste et de Louis-Philippe, œuvres sans intérêt
d'ailleurs et qui semblent des cheminées d'usine préten-
tieuses.

L'ARCHITECTURE MODERNE — LES HALLES
LES MARCHÉS — LES GARES — LES ENTREPOTS
LES ABATTOIRS — LES CASERNES

Ce chapitre est, pour ainsi dire, l'épilogue de cette promenade que nous venons de faire à travers tous les souvenirs du
passé. Tous les vieux monuments, Notre-Dame, la Sainte-
Chapelle, le Louvre, les hôtels et les maisons, bijoux artistiques, que nous ont légués les siècles précédents, tout cela
aboutit à un type unique, halle ou caserne.

Nous avons, plus d'une fois, au cours de ce livre, exprimé
notre sentiment sur la conception de l'architecture moderne;
elle a proscrit l'art avec une impitoyable rigueur; elle est
devenue utilitaire et pratique.

Encore si elle avait toujours réalisé son idéal; mais elle ne
l'a atteint que par exception; les Halles centrales sont le type
le plus parfait de l'art moderne, et nous n'avons qu'à nous
incliner devant elles.

Oui c'est bien là le temple qui convient à ce marché permanent où s'alimente tout un peuple; de larges allées, des
caves immenses, une toiture élevée sous laquelle l'air circule
en tous temps; l'édifice, malgré l'emploi presque exclusif de
la fonte, a un aspect monumental.

Les Halles centrales sont l'œuvre de M. Baltard; c'est une
véritable trouvaille, et depuis 1851, époque à laquelle elles
furent commencées, tous les marchés qui se sont élevés à
Paris ont emprunté le plan de l'architecte.

Nous n'apportons aucun parti-pris dans cette étude et

nous n'avons que des éloges à accorder à l'invention de
M. Baltard; beaucoup d'autres monuments encore, les abattoirs, les entrepôts, les casernes, obéissent à cette règle qui
est la loi de notre architecture. Tous ces monuments ont la
physionomie qui convient à leur destination et nous ne leur
demandons pas davantage.

Si l'art y est absent, du moins rachètent-ils ce défaut par
des qualités très appréciables. Ils possèdent le jour et l'air, si
nécessaires aux grandes agglomérations d'individus, et à tous
les produits de la nature, morts ou vivants.

Le marché aux bestiaux de la rue d'Allemagne contient
trois pavillons en fer où 40 000 animaux, bœufs, moutons,
porcs et veaux peuvent trouver place; les abattoirs enferment
trente deux cours avec tous les appareils nécessaires ; mais plus
nous admirons cette intelligente organisation, plus nous regret-
tons que nos architectes se soient plus préoccupés des bœufs et
des légumes que des malheureux habitants.

Il semble que leur objectif soit d'enfermer le plus grand
nombre de Parisiens dans le plus petit espace possible; voilà
le problème ; le luxe c'est l'ascenseur, les sonnettes élec-
triques, les tubes acoustiques communiquant à la loge du con-
cierge, c'est l'escalier chauffé, et puis, rien.

Et encore est-ce l'exception. Les architectes modernes ont
rêvé une gloire toute personnelle; l'association des sculpteurs
et des architectes nous a donné les admirables monuments qui
se sont élevés en France du XIIe au XVIIe siècle, mais les
artistes de notre temps prétendent ne partager avec personne ;
l'art du XVIIIe siècle se ressent déjà de cette préoccupation ;
la statuaire qui, dans les siècles précédents, fait partie intégrante de l'architecture, n'est déjà plus qu'un accessoire. Jadis
l'architecte livrait au sculpteur son monument comme un
canevas sur lequel l'artiste brodait ses étincelantes fantaisies;

on peut suivre, depuis la Renaissance, la disparition pro-
gressive de la sculpture décorative; nos architectes à nous
vengent leurs prédécesseurs de l'outrage que leur firent subir
les Jean Goujon, les Paul Ponce, les Sarrazin.

Nous reconnaissons très volontiers que nous avons un art
très original, c'est celui des halles et des gares; c'est parfait,
mais ne pourrions-nous en avoir un autre, pour notre usage
personnel? A cette heure le moindre architecte estime que la
collaboration du sculpteur dérangerait l'harmonie de sa composition; ils ont tous perfectionné la ligne droite; il ne faut
pas y toucher.

M. Baltard a inventé les Halles, mais ceux qui sont venus
après lui se sont contentés de le copier; ne se trouvera-t-il
personne pour nous donner la maison moderne, confortable et
élégante tout à la fois, qui tranche un peu avec la banalité de
nos rues? On a fait des hôtels Renaissance, des hôtels
Louis XIII, des hôtels Louis XIV et des maisons pom-
péiennes; du diable si jamais, dans les expositions rétrospec-
tives de l'avenir, nos descendants auront la curiosité de faire
figurer la maison du XIXe siècle, quadrilatère immense, dé-
coupé en petites cages, où l'air respirable est mesuré avec une
parcimonie inouïe, où l'art n'apparaît que sous l'espèce d'un
ornement en carton-pâte d'où pend une suspension prétentieuse. — Oui il faut admirer les halles, les abattoirs, les
entrepôts; il faut les voir, car la ligne droite implacable, le fer
rigide n'a pas tué tout pittoresque.

Les natures mortes de la Halle sont des tableaux vivants,
et les marchandes n'ont pas encore perdu les traditions de la
corporation; les scènes y sont moins fréquentes et Mme Angot trouverait que ses descendantes se sont un peu humani-
sées; mais allez le matin sur la place couverte de légumes, de
fleurs et de fruits, et vous verrez qu'elles ont toujours bec et

ongle, les commères. Vadé trouverait encore à qui parler, mais on ne s'y risque guère; voilà la seule explication de leur réserve.

Si vous voulez voir un tableau digne de Callot, poussez jusqu'aux abattoirs et pénétrez dans l'endroit où l'on saigne les moutons.

Dans une petite cour couverte de larges dalles de pierre est un chariot roulant; un boucher apporte dans ses bras un mouton qui se défend; il le place sur le chariot et d'un coup de couteau le tueur ouvre la gorge à l'animal; le manège est incessant; en deux minutes douze moutons égorgés s'agitent désespérément sur le charriot, et quelquefois le tueur sacrifie le douzième quand le premier se débat encore dans les convulsions suprêmes. Calme et muet, un vieillard fantastique promène devant le charriot une petite brouette dans laquelle s'écoule le sang des moutons égorgés, et il remue incessamment le sanglant liquide. Ce comparse est effrayant; les pantalons effrangés s'arrêtent au-dessous du genou, et les jambes nues sont du plus éclatant vermillon; ses loques sont couvertes de sang, sang noir, brun, rouge, coagulé ou frais, et il va toujours, continuant sa lugubre cuisine.

Ailleurs, c'est le bœuf qu'on immole; mais là le spectacle est plus haut; c'est presque une lutte entre l'homme et la bête; une corde passant à travers un anneau s'enroule autour des cornes de l'animal qui s'agenouille devant celui qui va le frapper.

C'est dans de vastes espaces baignés par l'eau et la lumière que se passent ces scènes de carnage; nous ne nous en plaignons pas, bien au contraire, notre alimentation y gagne en sécurité, mais le Parisien bien portant aimerait assez à ce qu'on le traitât aussi généreusement, et les architectes modernes lui ont parcimonieusement mesuré sa part de soleil, sans lui donner la moindre compensation artistique.

CHAPITRE XIV

Les Musées — Le Louvre — Le Luxembourg —
Le Musée de Cluny — L'hôtel Carnavalet

Le Louvre! c'est ici le sanctuaire de l'art; tous les âges ont apporté leur tribut à cette apothéose du Beau sous toutes ses formes; là rayonne dans toute sa gloire la beauté triomphante et sereine de la statutaire antique, là l'école française du xviii° siècle étale toutes ses séductions et tous ses charmes; on va de la Vénus de Milo à la Joconde de Léonard, des portraits de Rubens aux vierges de Raphaël, des Grâces de Boucher aux splendeurs de Velasquez, surpris, ému et charmé, tour à tour.

. C'est une féerie et comme toutes les fêtes paraissent pâles à côté de celles qu'un surintendant des beaux-arts pouvait y donner, sous le second empire, à ses invités. Le soir, alors que les salles étaient désertes, les amis qui avaient dîné à la table de M. de Niewerkerke venaient, pendant quelques instants, contempler les adorables nudités de la Vénus de Milo. Dessert divin que le gouvernement français offrit au Shah de Perse, ne trouvant rien à opposer à son luxe barbare de pierreries.

Nous ne pouvons donner ici un catalogue raisonné de toutes les richesses du Louvre; nous devons borner notre choix; mais tout en restreignant cette rapide notice, nous n'avons pas la prétention d'indiquer à nos lecteurs l'objet préféré, la toile hors de pair; si l'on nous demandait de faire un choix, nous serions bien embarrassés. Nous connaissons,

dans un coin, une ravissante tête de femme sur deux épaules
nues venue de Milan, à la suite du grand Léonard de Vinci,
et ailleurs une esquisse de Rubens où ce capitaine de l'art,
qui commandait à une légion de grands artistes, a mis toutes
ses qualités, et qui nous semble une pure merveille.

Chacun a ses tendances, et puis, il est peu d'esprits exclusifs,
en matière d'art; l'âme a quelquefois des paresses, des
langueurs qui la prédisposent à des impressions douces et
aimables, et elle peut se laisser captiver alors, plus étroitement, par un de ces adorables petits maîtres comme Fragonard, Boucher, Watteau, Lancret, Pater, Chardin, que par
les maîtres héroïques et impeccables. Et que ceux que ravit
cette école aimable ne se condamnent pas; il est plus d'un
esprit supérieur qui est resté insensible devant les génies les
plus incontestables, tel Fromentin, qui avait un joli brin de
plume au bout de son crayon, et qui, dans ses promenades à
travers les musées hollandais, n'a pas été touché par Rembrandt. Toute son admiration est pour les petits maîtres de
la Hollande, Metzu, Mieris, Van Ostade, Terburg, Maës,
Doruz; plus le genre s'élève, moins il est enthousiaste; il
commence à être amer avec Albert Cuyp, ce coloriste qui
dorait sa vision. Quand à Rembrandt, il lui échappe, et peut-
être plus d'un encore, à cette heure, ne comprend-il pas bien
ce génie tourmenté, sans avoir la franchise de le reconnaître;
à ceux-là nous recommandons la sainte famille du grand
salon carré, une petite toile de six qui est l'égale des noces de
Cana du grand vénitien. Rembrandt, Boucher, Velasquez,
Chardin, Léonard, Watteau, Delacroix, Géricault, Ingres,
toutes ces gloires nous paraissent égales et le grand Michel-
Ange, bon juge en la matière, admirait Andrea del Sarto, un
petit maître florentin, à l'égal du divin Raphaël.

Nous avons cherché souvent, dans nos promenades à

travers le Louvre à préciser nos préférences. Nous nous sommes demandé ce que nous prendrions si l'on nous permettait de faire un choix dans ces trésors. A cette heure, si nous avi on s pu emporter toutes les toiles que nous avons convoitées, nous posséderions une collection bien supérieure à celle qui existerait au Louvre.

Faites l'expérience! c'est d'ailleurs un bon moyen pour voir le Musée.. Quelle toile prendrais-je? l'on va de l'une à l'autre, laissant Rembrandt pour Velasquez et Lancret pour Rubens; au bout d'une heure, ce n'est pas une toile, mais vingt, cent que l'on souhaite, comme la femme qui, entrée au Louvre ou au Bon Marché sans intention d'acheter quoi que ce soit, s'en va chargée de paquets. Heureuses celles qui peuvent ainsi satisfaire leurs fantaisies d'un mo ment. Donc, qu'on ne nous demande pas un cours d'esth étique ni une nomen-clature compl ète; nous allons traverser les salles suivant le caprice de notre inspiration, nous arrêtant devant quelques-uns, sans pour cela dédaigner les autres.

La première salle où pénètre le visiteur est la galerie La Caze; c'est un legs du généreux collectionneur qui, le pre-mier, aima cet adorable XVIIIᵉ siècle d'un amour que tant d'autres ont partagé depuis.

Voilà le Gilles de Watteau, u ne rareté, le seul tableau du maître ayant des figures aussi grandes, puis une étude de femme nue, la petite joueuse de mandoline et le joli petit cavalier en satin bleu et blanc. Il est bien regrettable que l'on ne sache pas de qui est ce joli portrait de vieille dame ni comment s'appela l'original; ce mystère a valu au tableau le nom sous lequel on le désigne aujourd'hui : portrait d'une inconnue par un in connu. Un peu poncive, l'appellation; si la dame était plus jeune, elle aurait inspiré quelques vers, dans la tournure du XVIIIᵉ siècle; mais c'est une très belle chose.

Toutes les étapes de l'art français, depuis le xviiᵉ siècle, sont représentées dans la galerie La Caze; Prud'hon, Greuze, Nattier, Pater, Lancret, Drouais, Chardin, Largillière, Rigaud, les frères Le Nain, de la Porte, Regnault, le baron Gérard, tous sont là avec des morceaux de choix, et à côté d'eux voici les grands décorateurs: Le Moine, Boucher, Gallet, Van Loo, ces peintres qui couvraient les plafonds de Versailles, de Trianon, de Saint-Cloud, de Marly, sous les légers coups de pinceaux chargés des cendres bleues et roses dont ils ont poudré les derniers monuments de l'architecture française.

Les autres écoles y sont également représentées par des chefs-d'œuvre; Brauwer y a une admirable tête d'homme, un morceau capital, puis une petite toile, l'Opération, pleine de vie et de vérité. Les œuvres de ce paresseux sont rares; il aimait mieux la rue et la boue, et l'amitié de Rubens ne put vaincre sa paresse.

Avant le don La Caze, le Louvre ne possédait pas un seul tableau de Franz Hals, le beau maître de Harlem, le plus grand peintre hollandais après Rembrandt; on a cité la Bohémienne comme la perle de la collection La Caze mais nous ne sommes pas si absolu.

L'administration des beaux-arts a voulu réparer ses anciens torts; elle a cherché des Franz Hals; on en a trouvé trois, bien inférieurs à la Bohémienne; un seul porte encore la griffe du grand peintre dans l'exécution des mains, mais les autres parties ont été réparées et repeintes.

De la salle La Caze on passe dans celle des sept cheminées qui contient une série de toiles qui forment une véritable suite; voici David, Gros, Gérard, Guérin, Girodet, Regnault, Prud'hon; on peut suivre pas à pas la descendance artistique; c'est là qu'est Géricault avec son immortel chef-d'œuvre : le Radeau de la Méduse, acquis pour 6000 fr. à des

néritiers empressés de se débarrasser d'un meuble aussi en-
combrant.

Les portraits de Mme Vigée, de Ingres, de Mauzaisse, de
Mme Lescot, toiles de moyenne grandeur, apparaissent tout
petits à côté des toiles immenses qui couvrent les murailles.

La salle des sept cheminées précède un petit salon dans
lequel se trouve un trésor, fait de meubles et de bronzes des
époques romaine et gallo-romaine, de bijoux d'or, grecs et
romains, de casques, de fragments d'armures, d'instruments;
ce cabinet est surtout riche par sa jolie collection de pierres
gravées, entailles faites dans les pierres les plus dures aux
belles époques de l'art grec et romain. Cette salle des bijoux
a son plafond peint par Mauzaisse : le Temps passant sur les
villes détruites, allégorie ingénieuse qui est bien à sa place,
ici, où les mille objets renfermés dans les vitrines évoquent le
souvenir des peuples disparus.

Le grand vestibule qui accède à la salle des bijoux est dallé
d'une jolie mosaïque, au centre de laquelle est la copie d'un
grand vase antique du Vatican; les murs sont percés de
grandes fenêtres donnant sur cette jolie partie de la cour du
Louvre qui s'étend jusqu'à l'arc du Carrousel; deux des
colonnes qui sont dressées près de ces fenêtres étaient au
nombre de celles que rapporta Charlemagne de Ravenne pour
la construction de la basilique d'Aix-la-Chapelle; la basilique
d'ailleurs a été construite sur le modèle de l'église dépouillée.

Cette salle grande et froide est là comme l'antichambre, le
vestibule de la galerie d'Apollon, la plus belle d'Europe; on
ne peut trouver nulle part une telle accumulation de richesses.

Le peintre Lebrun a commencé la décoration de cette salle;
Delacroix y a peint le triomphe d'Apollon, le morceau capital
de son œuvre, la plus haute expression de l'harmonie dans la
couleur; les qualités de composition égalent celles de la

peinture. Les murs sont couverts des portraits en tapisserie
de grands hommes; deux rois seulement figurent dans cette
galerie : Saint-Louis et Henri IV ; ce dernier remplace Napoléon III, chassé depuis 1870 de ce temple de l'art.

Toutes ces tentures sont en tapisseries des Gobelins; elles
viennent de la manufacture parisienne; elles ont été exécutées
d'après les dessins d'artistes contemporains. La galerie est
une châsse précieuse qui contient des bijoux inestimables.

Les vitrines du milieu contiennent tout ce que l'art de
toutes les époques a produit de plus remarquable. L'archéo-
logue, l'artiste, le savant, l'amateur trouveront parmi ces
merveilles si différentes l'objet qui réjouira leurs plus secrètes
aspirations artistiques.

Les ivoires des premiers âges de l'ère chrétienne, les émaux,
les plaques, les christs venus de Byzance, les joyaux de la
Renaissance française et italienne, les onyx gravés, les cristaux
sculptés, les coupes de jaspe et de lapis ornées de pierres
précieuses, les châsses, les ciboires, les ostensoirs d'or, tous
ces mille objets sont plus précieux encore par leur haut goût
que par leur valeur; le plus pur style de la Renaissance
éclate dans l'armure d'un des rois de France, sortie des ateliers de Cellini; la plupart de ces richesses sont aussi des
monuments historiques; maints meubles ou coffrets racontent
l'histoire anecdotique de la royauté, plus intéresante souvent que l'histoire écrite : à côté de l'orfévrerie religieuse,
le xvi° siècle païen sertit les perles et les gemmes dans
l'ivoire et les métaux précieux qui chantent les nudités
mythologiques. Chaque meuble de Boulle (cette salle contient
les plus beaux) est surmonté, qui d'une urne en porphyre ou
en jaspe, qui d'un vase en céramique chinoise (les grands sont
ornés des armes des d'Orléans), d'autres enfin de vases de la
famille verte montés sur bronze; tout ce qui a été beau à

travers les âges est là; c'est le garde-meuble des merveilles
artistiques de tous les siècles écoulés; les romains, les grecs,
les florentins, les orientaux retrouveraient dans la galerie
d'Apollon mille objets qui leur étaient familiers et que notre
admiration conserve précieusement.

Le monsieur qui voudrait échapper à la préoccupation de
faire un choix dans les collections du Louvre n'a qu'à s'offrir en
bloc le salon carré; on a réuni dans cette salle quelques
tableaux de premier ordre de chaque école.

L'école Venitienne est représentée par les noces de Cana du
Véronèse, un merveilleux morceau d'art, précieux par la
composition, par l'arrangement, par les couleurs, par les
figures; Véronèse s'y est représenté jouant de la viole; il y a
mis le Titien, le Tintoret et d'autres rois encore : François Ier,
Charles Quint, Marie la Catholique, reine d'Angleterre,
Soliman Ier, etc.; le plafond du grand palais ducal a été
apporté de Venise, c'est la chute des Titans, du même peintre.

Le Titien y a l'admirable portrait de sa maîtresse qui suffirait à éterniser le peintre et le modèle; à côté des deux
grands Vénitiens, voici Bellini, Pâris Bordonne, avec ses portraits, et Sébastien del Piombo, avec la Visitation de la Vierge
qui supporte la comparaison avec les toiles de Raphaël.

Raphaël représente à lui seul l'école romaine, et il suffit à la
tâche; la gloire du divin maître, qui est une des plus hautes
expressions artistiques, emplit cette salle. Voici la belle Jardinière, la Vierge au voile, la Sainte famille, Saint-Michel,
Saint-Georges.

C'est assez, n'est ce pas? Eh bien, non! Un directeur imprudent a voulu forcer la note; c'est à lui qu'on doit l'acquisition
d'une toile d'une authenticité douteuse, Apollon et Marsyas.

On comprend que l'homme qui a découvert un Raphaël
tient à son invention et qu'il a bien le droit de dédaigner les

autres; aussi cette toile a été longtemps accrochée non pas à
plat, mais sur son épaisseur, comme une potence. Le jour
qui vient du plafond était assez bon pour les autres Raphaëls;
pour celui-là on a imaginé cet inconcevable système, et qui
n'ajoute rien au mérite de l'œuvre et qui n'enlève rien au
mérite des toiles merveilleuses prosaïquement appliquées
contre les murs.

Ce tableau a été payé, croyons-nous, plus de deux cent
mille francs; nous plaignons sincèrement le Louvre qui
n'a qu'un budget insignifiant; il pourrait faire un meilleur
usage des crédits extraordinaires qu'on lui accorde à l'occasion.

Le Caravage, le Corrège, Luini représentent l'école lom-
barde; le Corrège y a deux chefs-d'œuvre, l'Antiope et le
Mariage mystique de sainte Catherine que Théophile Gautier
appelle le bouquet de mains.

Spada, le Guide, Frencia, Annibal Carrache, le Guerchin
rappellent l'école bolonaise; Pérugin, l'école ombrienne;
Bronzino, Ghilandarjo, Léonard de Vinci, avec son énigmatique Monna Lisa, l'école Florentine. O Italie, aimée des
Dieux, où chaque ville a eu son école de maîtres, où la gloire
de chaque province eût suffi à l'illustration du pays.

L'école hollandaise a Rembrandt avec le portrait de sa sœur
et sa Sainte famille, Rembrandt, le plus étonnant peut-être des
maîtres, grand peintre religieux dans les Pélerins d'Emmaüs,
Tobie et sa famille, le Samaritain, grand peintre d'histoire
dans la Ronde de nuit, grand peintre et grand philosophe dans
ses gravures qui étalent les tristesses et les misères du peuple
d'Amsterdam; le portraitiste n'a pas d'égal, même chez les
Vénitiens. Le portrait de sa sœur est à côté du portrait de la
maîtresse du Titien; l'un et l'autre sont plus beaux, grâce à
ce rapprochement; moins nombreux que les Italiens, les

Hollandais; mais quel bouquet de gloires : Rembrandt, Gérard
Dow avec sa femme hydropique, un chef-d'œuvre complet,
Van Dyck, avec son beau portrait de Charles Ier, et puis
Terburg, Metzu, Van Ostade.

A côté des Hollandais, les Flamands; ceux-là aussi ont un
chef de file, Rubens, le grand décorateur ; voici le portrait de sa
femme et de ses enfants, une page tout intime, œuvre claire-
blonde ; les yeux seuls font des points noirs dans cette belle
harmonie dorée ; voici Jordaens, un vénitien du Nord, P. de
Champaigne, avec son beau portrait du duc de Richelieu et sa
Descente de croix, un morceau d'un modelé étonnant; Hans
Memling, Antonello de Messine et sa belle tête d'homme ; voici
enfin J. Van Eyck, le Brugeois, le vieux maître qui invente la
peinture à l'huile; ah! il ne brille pas par l'élégance ou la
suavité mais la recherche du caractère et de la vérité s'accuse
dans chaque détail de cette intéressante toile ; la sainte Vierge
et l'enfant Jésus ne sont pas des figures idéales ; la femme est
la première venue, celle du peintre peut-être; l'enfant est celui
du voisin, laid, mais exquis dans sa tournure d'innocent; le fond
est une merveille ; Léonard de Vinci n'a rien fait de mieux
dans ses rêveries bleues derrière ses saintes images.

Les Espagnols ont Murillo et Ribeira; Murillo est là dans
toute la suavité de sa couleur et de son enveloppe, avec la
Sainte famille et surtout avec la Conception de la Vierge, rap-
portée d'Espagne par le duc de Dalmatie et acquise à ses héri-
tiers pour six cent mille francs ; Ribeira, dans toute la force de
son talent et dans toute la puissance de sa conception, a mis
aux pieds du jeune sauveur de réels bergers.

Holbein, à lui seul, représente l'école allemande; mais on
n'y trouverait rien d'aussi complet que le portrait à mi-corps
d'Anne de Boleyn et le petit portrait d'Érasme, une perle de
choix, au milieu de tous ces bijoux. La France, elle aussi, a été

admise dans le sanctuaire ; elle a Clouet, Jouvenet, le Poussin, Claude Gellée, Rigaud, Le Sueur. A côté du grand salon, une petite salle contient les fresques de Luini, la Source et l'Œdipe d'Ingres, un grand tableau de Memling, deux portraits d'Antonio Moro.

Comme le salon carré, la grande galerie est composée des tableaux des maîtres de toutes les écoles ; seule, l'école française a été tenue à l'écart ; elle occupe, à elle seule, deux salles, plus une partie d'une petite.

Les toiles du salon carré forment une collection hors ligne ; mais on pourrait choisir encore dans la grande galerie vingt, cinquante, cent autres toiles pour enrichir le salon carré. Bien embarrassé celui qui serait obligé de faire une sélection dans cet amas de chefs-d'œuvre.

Nous ne ferons pas, on le comprend, une nomenclature complète ; nous irons un peu au hasard, nous arrêtant devant les tableaux qui ont ou un haut attrait artistique ou un intérêt historique, et nous sommes bien sûr d'en oublier.

Au début de cette longue galerie, qui s'étend le long de la Seine, presque toutes les œuvres qu'on rencontre sont des représentations de sujets religieux ; la plus grande partie de ces toiles sont des écoles italiennes du xv⁰ siècle à la fin du siècle suivant ; le clergé seul commandait des tableaux aux maîtres ; l'église entretenait le feu sacré de l'art.

Le plus grand de ces peintres mystiques est Jean de Fiésoles, un moine ; la légende raconte que, pendant qu'il dormait, succombant à la fatigue devant un de ses tableaux, un ange vint terminer la tâche ; c'était sans doute le précurseur de cette école séraphique dont Raphaël, un nom d'ange, devait être un demi-siècle plus tard le représentant sur la terre. Il est probable que les toiles du quinzième sont peintes à l'œuf ou à la détrempe.

Nous voudrions mettre un peu d'ordre dans nos souvenirs, mais nous n'avons jamais mieux compris, que devant cet amas de toiles, l'embarras des richesses. Par qui commencer? Est-ce Raphaël qu'il convient de citer le premier, lui qui se montre aussi grand portraitiste que les plus illustres, avec le portrait de son maître d'armes, le portrait de la reine de Naples, dans son royal costume de velours rouge, et cette tête de jeune homme que pendant longtemps on prit à tort pour le portrait du peintre. Mais le Titien réclame avec l'homme au gant, le Tintoret avec son portrait, avec celui de François Ier, et Léonard de Vinci avec son admirable chef-d'œuvre de la Vierge aux rochers ; devant ce tableau merveilleux, l'admiration est muette.

Les toiles de Léonard de Vinci, son Saint Jean-Baptiste, le portrait de la belle Ferronnière, comme celui de la Joconde, entraînent l'esprit, après quelques instants de contemplation, dans les régions les plus élevées de l'art ; l'illustre peintre est un grand poète, et la magie de son pinceau nous enchaîne à son rêve ; tout éloge serait banal, nous devons nous contenter de crier notre reconnaissance pour les sensations profondes qu'évoque dans notre âme la vue de ces immortels chefs-d'œuvre.

Véronèse, à côté de la Vierge et Saint Benoît, des Pèlerins d'Emmaüs, a un petit tableau de chevalet, Jésus-Christ succombant sous le poids de la croix, une chose très rare de la part de ce grand décorateur ; voici encore le Titien avec les Pèlerins d'Emmaüs et la Vierge au lapin blanc, puis Barocci, un grand coloriste aussi ; puis les trois Carrache, Louis, Augustin et Annibal, ce dernier avec deux toiles charmantes ; son fils Antoine se rappelle à notre souvenir par le Déluge ; et combien d'autres de cette merveilleuse école italienne : Guido Reni, le Dominiquin, Jules Romain, Lorenzino, Angeli, Pietro de Cor-

34

tone, Panini, Guardi, Albane, Zepolo, le Guerchin, le Caravage, Canaletti, Salvator Rosa.

Les Espagnols, peu nombreux, composent une collection
inestimable, où Murillo tient la plus large place. La Nativité
de la Vierge est une chose très belle et très originale; comme
dans la Cuisine des Saints Anges, une légende espagnole, les
personnages contemporains et les fidèles de Dieu vivent côte
à côte, dans un curieux anachronisme; ces deux tableaux
sont d'une couleur admirable; le Pouilleux est d'une jolie
réalité, et quelle charmante créature que la Vierge de l'Assomption avec son air bon enfant, sa belle chevelure et sa bouche
en fleur de grenadier.

Voici maintenant l'Espagne farouche ou fantasque, Zurbaran, Ribera et Goya; Zurbaran le farouche nous montre la
mort d'un évêque; Ribera, le **prophète** Élie et l'adoration
des bergers; Goya, qui est presque un contemporain, est représenté par deux portraits, celui d'un ambassadeur français en
Espagne en 1798 et un portrait de femme espagnole, d'une
valeur discutable.

Mais ce n'est pas le Goya connu qui est là; il faut aller le
chercher dans les cartons avec ses scènes de tauromachie, ses
fusillades, ses monstres et ses cauchemars diaboliques.
Velasquez, le grand portraitiste, a relativement peu de chose
en France; l'œuvre de ce maître est à Madrid, mais nous pouvons nous faire une idée de la reddition de Breda, le tableau
des Lances, dont Regnault a laissé une copie, par ce joli morceau de peinture qui représente l'infante Marguerite, par le
portrait de Philippe IV accompagné de son chien, par le beau
portrait de cet abbé dont les mains replètes font l'admiration
des artistes, et par cette petite esquisse de gentilshommes
en promenade.

A côté des peintres italiens et espagnols, la grande galerie possède la plus précieuse, la plus complète collection de peintres flamands et hollandais. L'école flamande du xvᵉ siècle est représentée par quelques tableaux dans lesquels la qualité de peintre est secondaire ; la foi, la conviction religieuse ont seules guidé le pinceau de ces artistes chrétiens. Une Descente de croix, dont l'auteur est resté inconnu, est une des plus touchantes manifestations de cet art religieux. Jean Van Mabuse est déjà un artiste non moins inspiré, mais d'une science plus développée ; son portrait d'homme en prières, les mains jointes, est un des meilleurs du Louvre. Albert Dürer n'est représenté dans notre musée de peinture que par une singulière tête de vieillard, à longs cheveux et longue barbe ; cette œuvre du grand maître allemand doit être une peinture à l'eau ; sa fragilité est protégée par une glace.

Quentin Matsys fut forgeron avant d'être peintre ; beaucoup des artistes flamands et hollandais des xvɪᵉ et xvɪɪᵉ siècles ont commencé ainsi par un métier qui ne semblait pas leur promettre la gloire qu'ils ont acquise ; on devine le mouvement artistique qui a remué les Flandres en voyant que ces grands artistes furent d'abord forgerons, cabaretiers ou meuniers. Matsys a peint tous les actes de la vie de Jésus-Christ ; son art est remarquable par sa grâce et par la minutie de son faire. Le peintre allemand Holbein est ici dans sa toute-puissance ; bien vilain le grand chancelier Thomas Morus, mais avec quelle précision le peintre a rendu les moindres détails de cet amas de plis et de rides ; le Mathématicien, le Prélat coiffé de sa mitre, d'autres portraits encore sont autant de chefs-d'œuvre Antonio Moro, ce grand peintre trop peu connu a fait un terrible nain accompagné d'un terrible chien ; beau morceau, mais d'aspect peu aimable. Les Ténier, père et fils, animent ce coin grave de leurs scènes bachiques et du spectacle des joies villageoises ; les buveurs paisibles ont pour voisins des groupes de

danseurs hurlant et ivres ; un de ces joyeux compagnons est
toujours placé dans un coin du tableau, occupé au soulagement
d'un estomac trop chargé ; c'est la marque de fabrique. Ténier
le jeune fut plus mondain ; grand seigneur, il peignit souvent
l'intérieur cossu de la bourgeoisie flamande ; il s'est souvent
représenté, accompagné de sa femme, soit à la table de personnages riches, soit dans des fêtes ; le seigneur du premier
plan, dans le beau tableau des Saltimbanques, c'est lui, la
jeune femme, c'est la sienne.

Rubens, le plus illustre peintre de l'école flamande, élève
d'Otto Venius, ambassadeur à Madrid et à Londres, a laissé
chez nous un véritable monument, c'est la suite des vingt-et-un
tableaux commandés par Marie de Médicis pour le Luxembourg
et qui retracent, sous une forme allégorique, la vie de la mère
de Louis XIII. Le Louvre possède encore d'autres tableaux du
maître ; les plus beaux sont, à la suite des grandes décorations,
l'Adoration des Mages, la Vierge aux Anges, la Fuite en
Égypte, la Kermesse, un Tournoi, l'Amour conduisant un jeune
homme, des portraits.

Sneyders s'était mis d'abord à peindre des fruits ; Rubens
lui montra sa voie en l'engageant à peindre des animaux,
chiens, cerfs, etc.; personne ne l'a égalé dans ce genre.

Le portrait de Descartes de Franz Hals est le premier que
nous ayons eu de ce maître ; sa muse, comme à beaucoup de
ses compatriotes, fut le cabaret.

Un des plus puissants coloristes de l'école est Jordaens,
élève favori de Rubens ; Le roi boit, la Communion et un autre
tableau de mœurs flamandes accusent ses grandes qualités de
coloriste, sa belle touche, sa facilité et sa richesse de composition.

Si Rubens est le plus illustre des peintres flamands, Van
Dyck est le plus beau ; il y a des légendes bien intéressantes

sur tous ces peintres ; l'amour donna, dit-on, Metsys à l'art ;
l'amour faillit lui ravir Van Dyck ; ce grand portraitiste n'est
pas considéré, comme son maître Rubens, comme peintre d'histoire, mais on convient qu'il l'a surpassé par la délicatesse de
sa couleur et par la souplesse de son modèle ; il n'a pas eu la
même abondance, mais il était d'un sentiment plus fin et d'un
meilleur caractère dans la forme.

Van der Meulen, appelé de Bruxelles par Colbert, fut le
peintre des batailles de Louis XIV ; la Cour se rendant à Versailles, Épisode du siège de Tournai, etc., montrent de réelles
qualités de composition et de dessin notamment pour les
figures et les chevaux.

Porbus, le jeune, un maître presque inconnu chez nous, a
cependant, dans la grande galerie, un très joli portrait du roi
Henri IV, qui est en même temps un tableau d'intérieur.

Lucas de Leyde fut un des grands maîtres de l'école hollandaise ; ses peintures à l'huile, à l'eau d'œuf sur bois et sur
verre, ainsi que ses gravures, ont fait de lui l'artiste le plus
célèbre de son époque. Albert Dürer fit exprès le voyage de
Leyde pour le voir et les deux artistes consacrèrent le souvenir
de leur amitié dans un panneau où chacun fit le portrait de
l'autre ; les toiles qui sont au Louvre, comme toutes celles de
Lucas de Leyde, sont empruntées à des sujets religieux. Un
tableau bien curieux par son précieux et son fini, dans ses
petites dimensions, Fête donnée à l'occasion de la trêve conclue
entre l'archiduc Albert et les Hollandais, rappelle le nom de
Van der Venne, peintre, graveur, illustrateur et poète ; le
paysage et les accessoires sont peints par Breughel de Velours,
un grand paysagiste qui a au Louvre plusieurs toiles remarquables, parmi lesquelles le Paradis terrestre, la Bataille
d'Arbelles.

Gérard Honthorst, peu connu du public (est-ce à cause de la

barbarie de son nom ?), a quelques toiles qui justifient l'estime que lui témoignait Rubens : le Christ devant Pilate, Concert (salon carré), Triomphe de Silène, portrait de Charles, électeur palatin, etc.; dessin correct, composition grandiose, style vigoureux, admirable entente du clair obscur, les Italiens l'appelaient : Gherardo della notte.

Les tableaux de Wouverman, le peintre des cavaliers, des halles, des cours d'auberge, montrent une grande correction et une grande finesse de coloris. Ses ciels sont célèbres tout autant que son cheval pie.

David de Keem excelle à rendre la transparence des corps lumineux ; nous avons de lui de très belles natures mortes.

Albert Cuyp, dont certains tableaux ont atteint, il y a une quinzaine d'années, des prix fantastiques, fut brasseur avant que d'être peintre. Ce grand artiste, qui eut son père pour maître, resta inconnu de son vivant; ce n'est qu'à la fin du XVIIIᵉ siècle qu'on commença à apprécier ses tableaux ; les amateurs modernes l'ont bien vengé du dédain de ses contemporains.

Gérard Terburg, peintre d'étoffes et surtout de satin ; dessin un peu lourd et incorrect, et, avec cela, ses portraits offrent des beautés peu communes. On a vu, dans le salon carré : un Militaire offrant de l'argent à une jeune fille ; dans la grande galerie, voici la Leçon de musique, un Conseil de magistrats, etc; ce peintre spirituel parcourut l'Europe en fugitif autant qu'en artiste ; ses aventures amoureuses le contraignirent à fuir de Munster ; se corrigea-t-il en vieillissant? toujours est-il qu'on le retrouve bourgmestre à Deventer, mais il meurt en enfance. Voilà un autre vagabond de talent, Adrien Van Ostade ; il a peint surtout les cabarets où il passait sa vie ; le Portrait de sa famille que possède la grande galerie, avec le Maître d'école, le Marché aux poissons, le Notaire, un Fumeur, un Buveur, etc. est un admirable tableau.

Son frère et son élève, Isaac, lui est inférieur.

Voilà deux autres frères, André et Jean Both, que la plus touchante amitié a unis jusqu'au dernier jour ; les tableaux de l'un sont ornés de figures peintes par l'autre ; André s'étant noyé à Venise, Jean ne lui survécut que peu de jours.

Van-Laar, dit Bamboche ; encore un qui ne s'ennuyait pas, comme on voit ; ses tableaux, Départ d'une hôtellerie, Femme trayant une chèvre, sont d'un dessin fin et spirituel, d'une couleur puissante et naturelle.

Jamais peintre n'a poussé plus loin que Gérard Dow la patience dans le travail ; sa Femme hydropique du salon carré est connue de tout le monde ; la grande galerie a dix toiles de cet artiste, dont la précision n'a jamais versé dans la minutie : l'Épicière de village, le Trompette, l'Arracheur de dents, Femme lisant, portraits, etc.

Nous retrouvons ici Rembrandt dans sa toute-puissance ; c'est le maître des maîtres qui n'a dû son talent qu'à la seule nature ; personne n'a mieux traduit que lui tous les mouvements de l'âme, et ses personnages ne doivent rien qu'à la vérité ; il les a pris comme il les a trouvés, laids et vulgaires, mais réels et vivants ; il a pénétré dans l'intimité de la nature et du cœur humain ; ses gravures ont les mêmes qualités que sa peinture ; pointe libre et pittoresque, touche spirituelle, ligne expressive. Cet infatigable travailleur a laissé quarante toiles célèbres et quatre cents gravures ; la grande galerie montre avec orgueil Tobie et sa famille, le Samaritain, les Disciples d'Emmaüs, Saint Mathieu, le Philosophe, Vénus et l'Amour, quatre portraits de lui-même, trois portraits d'hommes, qui tous valent cette admirable Sainte famille qui est un des bijoux du salon carré. Le Louvre possède les plus beaux tableaux de Metzu, un des plus grands peintres de l'école hollandaise ; tout le monde a admiré le Marché aux herbes, le Galant militaire, le Chimiste, une Cuisinière, une Femme buvant et cette admirable toile qui s'appelle : le Clavecin. Metzu, malade de la pierre, mourut au milieu de l'opération dans des douleurs atroces.

On a pu confondre parfois les tableaux de Govert Flinck avec ceux de son illustre maître, Rembrandt ; c'est tout dire ; l'Ange annonçant aux bergers la naissance de Jésus-Christ a, en effet, toutes les qualités du maître.

Jan Miéris, élève de Gérard Dow, que celui-ci appelait le prince de ses disciples, a égalé et parfois surpassé son maître ; il a peint les étoffes avec une inimitable perfection ; qu'on regarde la Dame à sa toilette, les deux Dames prenant du thé, l'Intérieur de ménage. Jan Miéris mourut à quarante-six ans d'excès de boisson ; son fils figure au Louvre avec trois toiles, Cuisinière, les Bulles de savon, Marchand de gibier, qui sont loin d'avoir les qualités du père.

Voici une autre dynastie, celle des Wienix ; les tableaux du père sont si achevés qu'on a pu les prendre pour des ouvrages de Miéris ou de Dow ; la grande galerie possède de lui : Corsaires turcs debarqués et repoussés ; le fils est surtout un peintre de nature morte.

Nicolas Berghem est un grand paysagiste ; le passage du bac est un chef-d'œuvre ; Paul Potter a été très contesté et très exalté ; la vérité est entre les deux ; ses Chevaux à la porte d'un cabaret, ses Bœufs et ses Moutons dans une prairie ont de solides qualités ; mais le peintre, mort à vingt-neuf ans d'excès de travail, n'a pas, peut-être, donné toute sa mesure. Ludolphe Bakuyzen a été un grand peintre, un bon écrivain, un poète distingué et un homme aimable ; c'était un amoureux de la mer et, par le gros temps, il s'y risquait seul ; le Louvre a de lui quelques marines et le port d'Amsterdam.

Jacques Ruysdæl peignait à douze ans; il apprit, entre temps, la médecine et la chirurgie où il acquit une certaine réputation; son esprit rêveur se plaît dans les sites les plus sauvages, au bord des mers soulevées par la tempête. Dans sa Forêt que traverse une rivière, les figures sont de Berghem, et de Wouverman dans le Paysage éclairé par un coup de soleil.

Karl du Jardin est allé mourir à Venise, à trente-huit ans, d'une indigestion; ses tableaux sont aujourd'hui très recherchés; le Louvre possède le Bocage, Jesus crucifié, le Pâturage le Gué, Charlatans.

Jean Steen, qui commença par être cabaretier, garda de son premier métier des habitudes d'ivrognerie; il a peint les mœurs populaires dans des compositions pleines de charme et d'effet et d'un dessin très serré. On croit qu'il a reçu des leçons d'Adrien Brauwer.

Van der Heyden fut non seulement un grand peintre, mais un excellent musicien; les Hollandais lui attibuent l'invention de la pompe à incendie; il avait évidemment des aptitudes multiples, puisque la ville d'Amsterdam lui confia l'éclairage de ses rues. Il a trouvé le temps de faire de l'excellente peinture; dans l'Hôtel-de-ville d'Amsterdam, dans la Place d'une ville de Hollande, les figures sont d'Adrien Van de Velde, qui figure isolément avec plusieurs toiles très remarquables : Pâturages, Paysages, les Amusements de l'hiver

Gaspard Hetscher, affligé d'une cruelle maladie, a passé la plus grande partie de sa vie dans son lit. Ce fut dans cette position incommode qu'il fit beaucoup de tableaux, la Leçon de chant, de basse, de viole, etc, dont les étoffes sont ravissantes.

Adrien Van der Werf; encore un qui, comme la plupart des petits maîtres de la Hollande, a fait tout autre chose que ce qu'on lui demandait; son père voulait en faire un

35

meunier, comme lui ; sa mère, un ecclésiastique, pas comme elle. Van der Werf fut peintre et, à dix-sept ans, son nom était déjà célèbre ; il fut également architecte, graveur, sculpteur.

Comme beaucoup d'artistes de cette époque, il a habillé les personnages de la Bible en velours et en satin. Notre galerie est riche en tableaux de cet artiste, qui fut une des gloires de la Hollande ; Adam et Ève, la chasteté de Joseph, Nymphes dansant, arrêtent le visiteur par leur singulière couleur et par le précieux de leur facture.

Il est difficile de juger un artiste sur une œuvre ; avec Pierre de Hoogue, pas d'hésitation ; tous ses tableaux ont les mêmes qualités ; on l'a comparé à Miéris et à Metzu, il fut au moins leur égal ; plus peintre et d'une couleur plus solide, il fit de la lumière une étude plus complète : son tableau où une jeune femme, jouant aux cartes, montre son jeu à un militaire est un morceau hors ligne. Parmi les Hollandais, Hobbema fait une tache claire avec son joli moulin. Van Huysum et Moucheron ferment la grande galerie, l'un avec ses fleurs, l'autre avec ses paysages. Voici, en résumé, cette école hollandaise qui dura deux siècles pendant lesquels elle ne fit pas autre chose que de se peindre elle-même dans ses tableaux de genre, dans ses portraits, ses paysages et ses marines ; tout cela copié, sans composition ou à peu près, mais sincèrement, et avec une poésie faite des brumes argentées de l'atmosphère et de la vie simple et tranquille des habitants. Les fresques de la Magliana de l'école de Raphaël, achetées en 1873, deux cent sept mille francs, ont été placées près de la porte qui conduit à l'ancienne salle des États.

Cette salle a été longtemps inoccupée ; sous l'Empire elle servait aux séances d'ouverture des Chambres ; le parlement a, il y a quelques années, voté un crédit de cinq cent mille francs pour l'aménagement de la salle ; elle doit servir d'asile à l'école française qui, il faut bien le dire, est un peu sacrifiée.

La galerie Mollien est reservée au xviie siècle, la galerie Daru au xviiie et au commencement du xixe ; l'installation est très satisfaisante, mais l'école moderne se trouve en grande partie reléguée au second étage ; c'est là que sont Ingres, Delacroix, Troyon, Decamps, Flandrin, etc.; il est impossible d'avoir une vue d'ensemble de notre école.

L'aménagement de la salle des États va faire disparaître cette défectuosité, et nous espérons bien qu'on profitera de l'occasion pour faire entrer au Louvre : Corot, Diaz, Fromentin, Millet, et d'autres encore. Courbet y est déjà, alors que Millet attend encore cette suprème consécration.

L'ÉCOLE FRANÇAISE

A l'extrémité de la grande galerie s'ouvrent les salons de l'école française; nous n'avons pas, comme les Flandres et comme l'Italie, un long passé artistique; notre plus vieux peintre connu est René d'Anjou, duc de Lorraine, et de Bar, poète et peintre. C'est donc vers le milieu du xve siècle que commence notre école de peinture; un peu plus tard apparaît Jean Fouquet, peintre de Louis XI. Mais ce n'est vraiment que du commencement du xvie siècle, 1520, que date l'école française, avec Jean Cousin, peintre et sculpteur; malheureusement la plus grande partie de son œuvre a été exécutée sur verre; son principal tableau, le Jugement dernier, est dans la première salle, avec des portraits de Fouquet et de Clouet, dit Janet, qui est l'ancêtre de nos portraitistes des xviie et xviiie siècles.

La seconde salle est occupée tout entière par la Vie de Saint-Bruno de Eustache Lesueur, œuvre pleine de talent et de mérite ; la salle suivante contient des peintures exécutées par le même artiste pour l'hôtel Lambert.

La salle J. Vernet renferme les grandes toiles de ce peintre, les Ports de France, peuplées de charmantes petites figures qui font de Vernet un aussi joli peintre de genre que de paysage. C'est le père de Carle et le grand-père d'Horace. Dans la dernière de ces petites salles, la moins bien éclairée, se trouve ce que nous possédons de l'école anglaise, Raynolds, Gainsborough, Laurence, Constable, Bonnington, etc.; il est difficile de comprendre pourquoi l'école anglaise se trouve ainsi placée au beau milieu des peintres français.

Le xviie le xviiie et le commencement du xixe siècles occupent deux grandes et belles salles, la salle Mollien et la salle Daru.

Le vieux Sébastien Bourdon commence la salle Mollien avec son portrait d'homme; nous y retrouvons Lesueur avec Saint-Paul à Éphèse, la Salutation angélique, de belles œuvres peintes avec un grand talent par un artiste qui avait au service de son art une âme et un goût élevés; on l'appela le Raphaël français. Pierre Puget, célèbre statuaire, constructeur de vaisseaux, architecte, est aussi un peintre estimé; il nous a laissé d'excellents portraits, mais il ne faut pas y chercher cette vigueur et ce charme qu'il a mis dans l'exécution de sa Délivrance d'Andromède, un morceau de sculpture qui a inspiré à Michelet un des plus jolis chapitres de son livre : l'Amour. Courtois Jacques, dit le Bourguignon, suivit durant trois ans les armées pour étudier les grands mouvements humains dans la bataille et le choc des cavaliers; à côté de ce fougueux, Monnoyer, le premier qui fit spécialement des fleurs, a subi l'influence du style architectural de l'époque; la nature est plus simple.

Jouvenet fut un des peintres les plus féconds du xviiie siècle; la galerie Mollien a de lui deux toiles immenses; on pressent dans Allegrani, le père du charmant sculpteur de Louis XV, le goût précieux du siècle suivant.

Detroy fut le plus aimé des peintres de portraits; il eut le secret d'embellir tous ses modèles; un autre charmeur, c'est Santerre dont nous n'avons qu'un tableau : Suzanne au bain.

Contrairement aux artistes de cette époque, Largillière ne recherche pas la faveur de la Cour; les têtes et les mains de ses portraits sont admirables; on l'a appelé le Van Dyck français. Hyacinthe Rigaud, lui, est un courtisan; chevalier de Saint-Michel, il fut choisi par cinq monarques pour faire leurs portraits; c'est une des plus belles gloires de l'école française.

Desportes suit le roi à la chasse et peint les principaux épisodes des chasses royales.

Nicolas Poussin est peut-être le plus grand peintre de notre vieille école, comme il est un des plus beaux caractères de l'époque. Les tableaux de la galerie Mollien sont des chefs-d'œuvre : la Bacchanale, le Triomphe de la vérité, Écho et Narcisse, une toile d'un sentiment exquis, l'Éducation de Bacchus, et bien d'autres encore.

La salle Mollien réunit les maîtres les plus sérieux du XVIIᵉ siècle; Valentin fut un des plus puissants, et il a eu sur le Poussin une réelle influence; son Jugement de Salomon et son Concert sont d'admirables tableaux.

Claude Gelée, dit Le Lorrain, est le premier peintre de l'école française qui ait étudié les différentes manifestations de la nature; soleil levant, soleil couchant, clair de lune, marines, il a tout vu; c'est aussi un peintre d'histoire très fécond.

Les deux Mignard sont inséparables de la cour de Louis XIV : le plus célèbre, Pierre, a peint Louis XIV et ses maîtresses, La Vallière, Fontanges, Montespan, Maintenon; il a peint Bossuet, Turenne, Colbert; il a décoré la coupole du Val-de-Grâce; si le mot mignardise ne se retrouvait pas dans Ronsard, on pourrait croire que c'est à un des frères Mignard que notre

langue en est redevable, car il y a bien de la manière dans
cette peinture dont le coloris, en revanche, est charmant.
Deux autres frères, les Le Nain, qui travaillaient ensemble,
figurent dans cette salle avec de charmants tableaux, la Forge,
la Procession; ils sont morts à deux jours de distance.

Les deux salles de l'école française sont séparées par un
vaste salon qui a fait partie de la salle des États; indépen-
damment de sa décoration propre, ce salon contient d'immenses toiles de Charles Lebrun, représentant les batailles
d'Alexandre, et que la gravure a popularisées; rappelons que
c'est Lebrun qui est l'instigateur de l'école de Rome.

A côté de ces grands tableaux se trouvent plusieurs panneaux décoratifs de petits maîtres du xviii⁰ siècle; ils pourraient être rangés sous cette rubrique : les Plaisirs de l'été;
le bain, surtout, a été pour ces peintres un motif à nudités
charmantes et à rêveries agrestes. De grands vases de Sèvres,
de décoration et de ciselure intéressantes, garnissent les fenêtres. Le jour est mauvais dans cette salle, mais combien
d'artres toiles précieuses sont encore plus mal partagées,
telles : le Rut de cerfs et l'Enterrement d'Ornans, de Courbet,
qu'on promène de galerie en galerie. Depuis que le legs du
baron Davilliers, avec ses émaux, ses ivoires, ses bronzes,
ses admirables tapisseries, a été installé dans une des salles
de l'ancien musée des souverains, ces deux toiles vagabondes
ont perdu leur place qui n'était pas bonne, mais qui valait
mieux que rien : placés comme ils le sont, debout et de
profil, ces deux tableaux, déjà noirs, sont invisibles; l'Homme
blessé, du même, un joli portrait de reine étrangère, peinture
du siècle dernier, un paysage de Chintreuil forment cette
collection de tableaux nomades.

Après avoir traversé ce grand salon obscur, l'entrée de la
galerie Daru est un éblouissement. Ici, contrairement à la

première partie de notre école, tout est clair, brillant, charmant; pas de drames ou bien peu; la coquetterie, l'amour, l'espièglerie, le charme, la beauté, voilà ce que chantent tous ces enchanteurs qui ont eu autant d'esprit que de talent.

Ce sont des perles précieuses, depuis la mythologie de Boucher jusqu'à la nature morte distinguée de Chardin.

Watteau n'a cessé de voir la vie dans la splendeur des soleils couchants et dans la frondaison des grands parcs qu'il commença à peindre pour l'Opéra; l'Embarquement pour Cythère est la plus jolie symphonie amoureuse que nous ait laissée ce grand virtuose; là tout est mystère et aveu; chaque parole est accompagnée d'un baiser ou d'un sourire; la nature, elle aussi, est jolie et élégante; les arbres sont à la mode de ce petit monde; les rivières sinueuses sont gris-perle. C'est précieux, mais charmant, maniéré, mais exquis; tout est sourire, et un reflet de ces yeux brillants a passé sur le satin des costumes.

Vis à vis, la cruche cassée de Greuze, un des tableaux les plus connus; quelle jolie fillette! Le peintre a-t-il voulu y mettre un symbole? Peu nous importe. C'est charmant et cela suffit; laissons à l'opérette le soin de s'appesantir sur ce sous-entendu. Carle Van Loo a, dans cette salle, une magnifique page : le Déjeuner sur l'herbe, et Drouais, ses deux beaux portraits d'enfants princiers, dont l'un conduit une chèvre que monte une mignonne amazone. Les portraits sont nombreux, Drouais enfant, par lui-même, Greuze, Fragonard, Tocqué; mais le plus beau est sans contredit celui de Marie Leczinska par Carle Van Loo; les bras sont charmants et les mains exquises; c'est d'une fraîcheur incomparable; les blancs sont blonds, les chairs vivantes et nacrées; l'ensemble est d'un effet gracieux, d'une touche légère et spirituelle.

Et partout mille choses charmantes, les bergerades de

Boucher, les fruits et les intérieurs de Chardin, les têtes de Greuze, les rêveries de Pattier, les petites marines de Vernet, et les Lancret, les Nater, les Fragonard, les beaux portraits de Mme Vigée Lebrun, les paysages d'Hubert, et ce beau portrait de Mme Récamier, par David, inachevé, mais d'un intérêt intense; Prud'hon et son Christ en croix, une admirable scène, son élève Constance Meyer, Léopold Robert et les Moissonneurs classiques, etc.

La Vision de saint Jérôme, de Sigalon et les tableaux de Leprince, de Gros, de Gérard nous montrent la transformation de notre école du XVIII° au XIX° siècle. Notre siècle à nous y tient sa place et une place honorable avec la Barque de Don Juan, un drame profond sur une mer profonde, de Delacroix, avec les paysages de T. Roussel au et l'Odalisque d'Ingres Signalons encore un bien joli Intérieur de cuisine de Drolling, qui marque le commencement d'un art qui a conquis depuis une si large place.

En retour de la galerie Daru, après avoir traversé le vestibule, on trouve une petite salle qui s'appelle la galerie des sept maîtres, ou des sept mètres; nous tenons pour la première ortographe. C'est la salle des primitifs, toute mystérieuse par son jour un peu bas, et étrange d'aspect. Les vierges des primitifs sont loin d'avoir cette suavité et cette grâce alangine que les peintres et les sculpteurs ont données depuis bientôt cinq siècles à la mère du Christ. Cimabue doit être le doyen de cet art qui est simplement la représentation d'une idée; les têtes dures, les poses rigides, ont, malgré leur laideur, l'expression d'un amour dévot. Un peu plus tard, le fils d'un laboureur, un berger rencontré par Cimabue, devait continuer son œuvre et lui donner un développement nouveau. Bondone dit Giotto a exercé sur la peinture une énorme influence, si l'on considère qu'il avait tout à créer.

L'art est encore imparfait, mais le Saint François d'Assises accuse un incontestable progrès; il est déjà plus enveloppé, moins anguleux que les toiles du vieux Cimabue.

Voici encore une œuvre plus complète, c'est le Couronnement de la Vierge de Memmi, où la figure semble s'éveiller.

L'école florentine est la première qui, avec Goldi, ait étudié l'effet des sentiments sur la physionomie; son tableau de Jésus entre les larrons et sa Décollation de saint Jean marquent le passage de la peinture froide à l'art expressif.

Il semble qu'on assiste à la naissance de toutes les facultés humaines; voici un tableau d'Orcagna, par exemple, la Naissance de la Vierge, qui atteste une imagination féconde, et toutes ces conquêtes viennent aboutir à Fra Angelico da Fiesole, le plus élevé et le plus suave des peintres italiens du xve siècle; dans le Couronnement de la Vierge, on devine l'amour divin du grand artiste.

Le peintre le plus séduisant de cette galerie est le Mantegna; nous avons, de plus, le bonheur de posséder de nombreux tableaux de ce peintre. Dans le Parnasse, dans la Vierge de la victoire, dans la Mort de la Vierge, dans d'autres encore, les figures sont d'une allure charmante, d'une grande pureté de contours et les têtes ont souvent la majesté de l'antique.

Presque tous les tableaux sont consacrés à des sujets religieux; Gentile Bellimi a, par exception, peint la Réception d'un ambassadeur vénitien à Constantinople, un tableau curieux par son arrangement. Une singulière chose arrête le visiteur, dans cette galerie; c'est une tête d'homme dont le nez bourgeonné est horrible à voir; un enfant charmant, coiffé d'une calotte rouge regarde ce bonhomme d'un air étonné; c'est un fragment, c'est un chef-d'œuvre; il est de Ghirlandajo qui eut la gloire d'être le maître de Michel-Ange. D'autres toiles sollicitent encore l'attention, Lippi, le Perugin, Carpaccio et cent chefs d'œuvre anonymes appartenant à toutes les écoles italiennes du xiii⁰ au xiv⁰ siècle. En sortant de la galerie Daru c'est au deuxième étage qu'il faut monter pour retrouver la suite de l'école française ; deux de ces trois salles qui font suite au musée de marine contiennent des œuvres du xvii⁰, du xviii⁰ et du xix⁰ siècles ; les tableaux modernes ne sont entrés au Louvre qu'après un stage au Luxembourg.

C'est là, au deuxième étage, que sont les toiles de Delacroix, d'Ingres, d'Ary Scheffer, de Troyon, de Devéria, de Decamps, de Delaroche, de Flandrin ; c'est là qu'est le Maréchal Prim d'Henri Regnault et bien d'autres. On comprendrait presque que l'école française du xix⁰ siècle fût reléguée au deuxième étage ; le défaut de place explique ce classement ; les nouveaux doivent quelques égards aux anciens, mais il y a des anciens aussi et non des moins célèbres ; il y a des J. Vernet, des Coypel, des Desportes, il y a même une salle tout entière consacrée aux peintres flamands et hollandais, Van der Meulen, Wouwerman, Backhuysen, Mignon, Peter Neefs, P. de Champaigne, etc., etc.

On voit qu'un nouveau classement ne sera pas du luxe.

Pour trouver les dessins et les pastels, il nous faut redescendre au premier étage ; cette galerie occupe l'angle du pavillon en façade sur la rue de Rivoli, entre le musée du Moyen-âge et de la Renaissance et la salle des bronzes.

Notre musée de dessins comprend tous les grands noms de la peinture ; après les anciens maîtres des écoles italiennes, nous rencontrons Raphaël, Michel-Ange, Léonard de Vinci, Jules Romain, le Titien, le Corrège, le Primatice, Véronèse, Holbein, Rubens, Téniers, Memling, et, parmi les français, Boucher, Greuze, Pater, Oudry, Lancret, et les admirables émaux de Petitot, et les miniatures d'Isabey, de Mme de

Mirbel; tous les modernes sont là, Delacroix, David, Delaroche, Gérard, Géricault, Gros, Prud'hon, Ingres, et nous en
oublions cent autres, Mignard et Lebrun, par exemple, dont
nous possédons d'inappréciables cartons.

Beaucoup sont comme nous qui ont une préférence marquée pour cette forme de l'art, où la pensée quelquefois
incomplète n'est pas du moins entravée par les recherches
de l'exécution.

Et combien de grands artistes nous apparaissent plus
grands encore dans leurs dessins, tel Delacroix qui en a
laissé d'admirables et en très grand nombre.

Il y a deux salles de pastels et cela paraît bien peu, quand
on a vu la belle exposition des pastellistes du xviiiᵉ siècle qui
a eu lieu dans la salle Petit.

C'est un art bien français et on regrette que le Louvre n'en
possède pas une collection plus nombreuse; il a, en tous cas,
le beau portrait de Mme de Pompadour de La Tour, il a des
pastels de Chardin, de Vivien, de Mme Lebrun, de Boze, de
Regnault, des pastels du xviiᵉ siècle et quelques œuvres des
maîtres anglais, Laurence, Russel, et de la Vénitienne
Rosalba Camera. Mais il manque bien des noms, Perron-
neau, le rival, souvent heureux, de La Tour, et Millet qui fut
aussi grand pastelliste au moins que grand peintre.

Faut-il croire que Millet n'entrera pas au Louvre avec une
de ses admirables scènes où il a si bien traduit la grandeur
et l'âpreté de la vie pastorale? Si le hasard amène une de ses
toiles, un de ses pastels en vente publique, nous espérons
bien que cette fois le Louvre ne laissera pas échapper l'occasion. Mais les collectionneurs gardent avec un soin jaloux
toutes les productions du grand artiste.

MUSÉE CAMPANA, MUSÉE ÉGYPTIEN, MUSÉE
DES ANTIQUITÉS GRECQUES.

Le premier étage du Louvre contient, outre le musée de peinture, une longue série de salles consacrées à l'art égyptien, à l'art grec, à l'art étrusque. On peut dire que presque tous les objets qui figurent dans ces salles ont été arrachés à la poussière des tombeaux. En sortant de la galerie de l'école française, on rencontre le palier de l'escalier Daru où se trouvent trois fresques du xve siècle, une collection de vases, plats, urnes étrusques, et de beaux morceaux de sculpture parmi lesquels une copie de la Victoire de Samothrace avec son piédestal qui représente l'avant d'un navire.

C'est le vestibule du musée Campana; la première salle, salle asiatique, contient une précieuse collection de terres cuites phéniciennes, des statues babyloniennes en albâtre, des vases peints et des terres cuites de l'île de Rhodes ; dans les vitrines, des bijoux, colliers, bracelets.

La salle des terres cuites renferme des figurines, des urnes, des statuettes grecques, des vases étrusques.

Le nom de la salle des vases noirs indique suffisamment sa destination; de même pour la salle du tombeau lydien ; ce grand tombeau en terre cuite est un objet sans prix, au point de vue de l'histoire de l'art et de la civilisation.

La salle des vases corinthiens contient une série de vases qui remontent à cinq siècles avant Jésus-Christ.

Dans la salle des vases à figures noires se trouvent des merveilles de style, de dessin, de galbe; la salle des vases à figures rouges se recommande surtout par sa collection de coupes grecques, portant la signature de leurs auteurs.

La salle des Rhytons renferme une série de vases à boire; le mot indique d'ailleurs un vase grec, destiné à cet usage, large du haut, étroit du bas ; il y en a là de toutes les formes, ainsi que des poteries d'Arezzo, à vernis rouge et à vernis vert.

La salle des fresques renferme bien des fresques, mais surtout une remarquable collection de verres, et puis des coupes, des plats, des camées, des colliers.

Le musée des antiquités grecques renferme des marbres, des vases en terre cuite, des coupes, des poteries, des verres, et cette charmante collection de figurines de Tanagra, si à la mode aujourd'hui, tout cela distribué en quatre salles, la salle d'Homère, la salle des vases peints à figures rouges, la salle grecque, la salle des vases peints à figures noires.

Le musée égyptien contient cinq salles ; au milieu de la première s'élève une belle statue en basalte noir, dont le modèle serait, dit-on, un fonctionnaire égyptien qui a vécu six cents environ avant l'ère chrétienne ; des cercueils en assez grand nombre sont placés dans cette salle ; des vitrines renferment une collection très complète de dieux égyptiens et d'objets servant au culte.

Mais c'est dans la seconde salle surtout qu'il faut s'arrêter devant ces statuettes bizarres, à tête d'animaux, fort intéressantes dans leur attitude hiératique pour se faire une idée de ces dieux égyptiens dont Flaubert nous a donné le dénombrement dans la tentation de saint Antoine.

La salle des monuments funéraires est une nécropole ; là sont les boîtes de momies, les masques, les bandelettes, les corps d'hommes, les animaux, etc., qui ont dormi pendant des siècles dans les pyramides. La sience infatigable a troublé l'éternel repos des hypogées, et le parisien sceptique arrête un œil étonné sur ces contemporains de Rhamsès et de Sésostris.

La salle suivante a recueilli tous les objets qui nous racontent l'histoire de la vie égyptienne, bracelets, colliers, bagues,

objets en sparterie, instruments de musique, meubles et jusqu'à des faux cheveux, des étoffes en laine et en lin, des bro-
deries, etc., que le temps a respectés.

La dernière salle est plus éclectique; on y trouve à côté de la
statue en basalte vert de Psammétik II et de celle d'Améno-
phis IV des bijoux d'un goût charmant et d'un travail remarquable, le sceau du roi Horus, des bagues, des statuettes, un
groupe représentant les trois divinités, Osiris, Isis et Horus,
tout cela en or massif.

Sur le palier du musée égyptien se dresse une statue gigantesque de Rhamsès II, des sarcophages de pierre et des statues
qui remontent aux premiers âges de l'art égyptien.

Les anciennes salles du musée des souverains, au nombre de
quatre, renferment des vases, la statue de la Paix en argent,
de Chaudet, le Henri IV, également en argent, de Bosio, la jolie
collection de tabatières et de miniatures de Philippe Lenoir, et
toutes sortes d'objets exotiques, des vases chinois et persans,
des orfévreries byzantines et turques.

Dans la galerie en façade sur la rue de Rivoli se trouve le
musée du Moyen-âge et de la Renaissance, plein de choses
charmantes, où apparaît, dans toute son élégance, cet art
exquis qui a bien mérité le nom qu'il porte : la Renaissance
Ces mille objets de fer, de bronze, de cire, d'étain, de plomb
sont des bijoux précieux; heureux ceux qui pouvaient se
servir de ces aiguières, de ces chandeliers, de ces plats, de ces
serrures; nous les gardons précieusement, et ce spectacle nous
humilie autant qu'il nous enchante.

Les terres cuites de Della Robia des xve et xvie siècles remplissent à elles seules deux salles! Nos faïences de Bernard
Palissy et nos produits d'Oiron soutiennent la comparaison
avec les chefs-d'œuvre du maître toscan; la salle des ivoires
contient une collection où sont représentés tous les siècles

depuis le IX° jusqu'au XVIII°; notre siècle y manquera toujours, comme il manquera dans les faïences, dans les étains, dans les verreries.

Une des salles de ce musée porte le nom de Sauvageot, qui a donné au Louvre une collection considérable; certains objets, qui n'ont pas trouvé place dans d'autres salles, y sont réunis, des bas-reliefs en terre cuite, des médaillons en cire, des miniatures, des coffrets, une statuette en albâtre, etc.

Le musée des dessins, dont nous avons parlé plus haut, fait suite au musée du Moyen-âge et de la Renaissance; dans la salle des pastels s'ouvre la salle qui contient la collection de M. Thiers, où il n'y a à voir que quelques bronzes d'une réelle valeur artistique. Le reste n'est que la collection d'un bourgeois enrichi, plus collectionneur qu'artiste.

La salle des bronzes antiques termine la série des musées du premier étage; tous les dieux de la mythologie sont là, jeunes, beaux et radieux, tout prêts à remonter dans leur Olympe; à côté de ces ravissantes figurines, les vitrines renferment des objets usuels, des poids, des mors de chevaux, des bracelets, des fibules, des armes, des cuirasses, des lampes, des casques, des boucliers, des miroirs, des trépieds.

Le deuxième étage, outre les salles consacrées à la peinture, contient le musée de marine et d'ethnographie.

Le musée de marine renferme une collection de modèles de bâtiments, de machines, de canons, les plans en relief des ports; le musée ethnographique, des armes indiennes, les débris du naufrage de Lapérouse retrouvés en 1828 par Dumont d'Urville, des pirogues de l'Océanie, de l'Amérique, puis vient le musée chinois avec des meubles, des peintures, des armes, et enfin une salle où se trouve le plan en relief du canal de Suez.

Il y a encore les greniers, qui sont fameux, mais personne n'y pénètre, pas même les conservateurs, croyons-nous. Mais il ne faut pas croire la légende sur parole; on raconte que, dans les toiles qui ont été reléguées sous les combles, il y a des merveilles; nous ne le croyons pas, et cela nous rassure un peu. Si pourtant il y en avait? nous ne voulons pas y penser.

Nous avons été du premier coup au premier étage et on nous pardonnera; le visiteur qui, pour la première fois, vient au Louvre passe rapidement devant la sculpture pour aller tout droit aux salles du musée de peinture. Il nous faut redescendre maintenant au rez-de-chaussée.

La sculpture a été installée dans un ordre un peu plus satisfaisant que la peinture, et l'on peut embrasser d'un coup d'œil toutes les productions d'une époque ou d'un pays; il est vrai que les œuvres sont moins nombreuses et que la classification est plus difficile; c'est ainsi que le musée des antiques contient des œuvres d'époques bien différentes, mais la chronologie ne présenterait qu'un intérêt restreint, car l'art est arrivé du premier coup à son dernier degré de perfection et nous nous soucions médiocrement de la date de l'Apollon du Belvédère, de la Diane à la biche, de la Vénus de Cnide, de la tête d'Alcibiade, de l'Antinoüs, de la Vénus aphrodite.

C'est la beauté dans toute sa splendeur et cela nous suffit, et, dans cet amoncellement de merveilles, l'œil ébloui va avec le même empressement des bas-reliefs aux bustes, dont nous avons une très complète collection, du buste de Marc-Aurèle à celui de Lucius Vérus et d'Homère, de la statue de Trajan à celle de Germanicus, de l'autel des douze dieux aux admirables fragments du temple de Jupiter, et à cette adorable frise des danseuses; presque toutes les statues sont célèbres, la Diane de Gabies, la Diane à la biche, le Tibre, les Satyres qui jouent de la flûte, la Vénus genitrix, le Héros combattant, la Pallas de Velletri, la Polymnie, la Vénus d'Arles, la Psyché, le Jeune athlète, le Faune dansant, l'Hercule portant son fils, l'Hermaphrodite, etc.; et les bas-reliefs, les sarcophages, jusqu'à une margelle de puits où s'est épandu cet art grec dont la richesse défiait la prodigalité.

Les salles qui renferment ces chefs-d'œuvre s'appellent salles de Mécène, de la Paix, de Septime Sévère, des Antonins, d'Auguste, de Phidias, du Gladiateur, de la Pallas, de la Melpomène, de la Psyché, d'Adonis, d'Hercule, de la Médée, et salle des Cariatides.

Dans cette dernière on a réuni quelques morceaux de choix pour faire honneur à notre vieux Jean Goujon qui a décoré la salle de cariatides gigantesques : c'est là que Henri IV s'est marié ; c'est là qu'il fut transporté après le coup de couteau de Ravaillac.

Le Discobole, le Mercure, le Bacchus, la Victoire de Samothrace, le Jupiter sont des figures de premier ordre ; on a accumulé les chefs-d'œuvre, bas-reliefs, bustes, statues et vases c'est là qu'est le beau vase connu sous le nom de Borghèse.

Il y a une autre salle aussi qui mérite une mention spéciale ; elle n'a qu'une statue, mais celle-là, c'est la merveille des merveilles ; le sculpteur inconnu qui a fait la Vénus de Milo a élevé, à la beauté souveraine, le monument le plus splendide qu'elle puisse rêver.

Mais ne nous attardons pas trop, la contemplation n'est pas bonne par ce temps de corsets, de tournures et de falsifications.

Le musée de sculpture du Moyen-âge et de la Renaissance comprend une série d'œuvres des XIIIᵉ, XIVᵉ, XVᵉ et XVIᵉ siècles ; l'école française y tient une large place avec Goujon, Michel Colomb et les Auguier, qui ont donné chacun leur nom à une salle.

La salle de Jean Goujon renferme la délicieuse Diane du château d'Anet, les trois Grâces de Germain Pilon, une partie

37

du jubé de Saint-Germain l'Auxerrois, par Goujon, des fragments de la fontaine des Innocents, des bustes, des statues de
Barthèlemy Prieur, Jean Cousin ; outre le Saint Georges de
Michel Colomb, la salle de ce nom contient quelques morceaux
de sculpture de la Renaissance française, dont les auteurs sont
restés inconnus et quelques œuvres de la Renaissance italienne.

L'œuvre des Auguier est très importante ; le monument
funéraire du duc de Longueville tient une place honorable au
milieu de Jean de Bologne, Barthèlemy Prieur, Franqueville,
Jacques Sarrazin, Simon Guillain, etc.

Notre musée ne possède que les Deux esclaves de Michel-
Ange, mais ces deux figures suffisent pour affirmer la puissance de cet incomparable génie ; la salle Michel-Ange, en
dehors de ces deux morceaux divins, contient des œuvres de
Mina da Fiesole, Ponzio, Paolo Romano, Riccio, la jolie
nymphe de Benvenuto et quelques œuvres anonymes d'un
haut intérêt.

Une admirable cheminée du xvie siècle a donné son nom à
la salle de la cheminée de Bruges ; à voir surtout la statue de
Blanche de Champagne en cuivre, qui date du commencement
du xive siècle ; un art disparu.

Faisant suite au musée, se trouvent la salle chrétienne et la
salle judaïque, qui renferment des sarcophages et la fameuse
stèle de Mésa, dont l'inscription phénicienne rappelle les
guerres de Mab contre Israël, 900 ans avant Jésus-Christ.

L'antique civilisation de l'Égypte, de l'Assyrie, de la Phé-
nicie revit dans les sarcophages, les stèles, les inscriptions, les
bas-reliefs ; toute la théodicée de ces peuples disparus se révèle
par la représentation de ces dieux fantastiques, taureaux ailés,
taureaux à face humaine, hommes à têtes d'animaux ; la vie
privée apparaît dans les papyrus avec lequels on pourrait
reconstituer le code civil de la vieille Égypte ; ce sont les

savants surtout qui ont contribué à doter le Louvre de ces précieuses collections : MM. Renan, Waddington, Reinach et surtout Mariette.

Deux salles renferment des antiquités découvertes à Milet,
des frises, des chapiteaux, des figures, provenant du temple
d'Apollon, de la nécropole, et du théâtre de Milet et des bas-
reliefs qui ont appartenu au temple de Diane de Magnésie.
C'est dans cette dernière salle que se trouve le vase de Per-
game.

Signalons enfin le musée de gravure et de chalcographie qui
contient une très importante collection de planches dont le
public peut acheter les reproductions.

Le musée de sculpture moderne française montre que notre
école de sculpture a su maintenir en tous temps les véritables
traditions du beau. Puget, Girardon, Lemoyne, Coysevox, Guillaume et Nicolas Coustou, comme Michel et François Auguier, Falconet, Pigalle, Houdon, Pajou, Bouchardon, Clodion,
Chaudet, Cortot, Foyatier, Duret, David d'Angers et Rude
sont là pour attester que si notre école de peinture a subi
parfois quelques défaillances, les sculpteurs sont restés fidèles
au culte de la forme et de la beauté.

Même, dans sa recherche de la vie et du mouvement, la
sculpture est restée attachée à l'idéal, et la sculpture contem-
poraine, reléguée au Luxembourg, pourra, sans avoir à redouter
la comparaison, prendre place dans le Louvre.

Mais il ne suffit pas pour cela que les artistes modernes
soient morts, il faut encore que le Louvre puisse les accueillir,
et la place est bien restreinte.

Quelques statues décorent les salles du premier étage, nous
ne pouvons les citer toutes, mais il convient de faire une exception pour la Diane à la biche, installée dans la salle La Caze
et qui est un pur chef-d'œuvre.

Nous avons essayé de donner à nos lecteurs une idée des
richesses que contient le Louvre. Combien de fois ont-ils pu
constater avec nous, au cours de cette rapide promenade, la
défectueuse installation de notre musée. La faute n'en est pas au
musée lui-même, mais au Louvre qui n'a pas été construit
pour cette destination ; l'aménagement de la salle des États va
permettre de donner à l'école moderne la place à laquelle elle
a droit, mais le mieux eût été encore de construire sur l'emplacement des Tuileries une salle de musée où l'école française de sculpture et de peinture aurait eu une installation
digne d'elle. Nous n'aimons pas beaucoup les longues galeries
où se déroulent des kilomètres de peinture ; au bout de quelques instants l'œil est ébloui, et le visiteur est grisé par cette
orgie de peinture. On ne peut installer au Louvre une série de
petites salles et celles qui existent sont déjà trop mal éclairées.

Autre chose, notre musée de peinture n'a qu'un crédit insignifiant, 150 000 francs répartis entre sept services, et c'est
pour cela qu'il possède si peu de peintres espagnols et anglais
et si peu de Millet, alors que les grandes collections ont pu
acquérir, dans les ventes, les morceaux les plus précieux de ce
grand maître. On a promis au Louvre la moitié du prix de
vente des Diamants de la couronne, mais il ne la tient pas
encore.

Les achats faits, dans ces dernières années, par le Louvre,
ont été payés avec des ressources imprévues ; c'est ainsi que
les Franz Hals et l'Apollon et Marsyas, attribué à Raphaël,
ont été payés avec le reliquat du produit de l'exposition universelle de 1878. Sur les deux mille six cents tableaux que
possède le Louvre, cinq cents environ y sont entrés depuis
1850, mais la plus grande partie provient de libéralités ; nous
ne citerons que le legs La Caze qui a enrichi notre collection de
deux cent soixante-quinze toiles nouvelles. C'est donc par deux

souhaits que nous terminerons cette notice ; nous voudrions
pour le Louvre un fonds de réserve et une dotation annuelle ;
puis un nouveau bâtiment, construit tout exprès en vue de sa
destination, avec des salles petites, pas trop élevées et bien
éclairées.

Ce sont deux conditions inséparables ; car si notre musée
arrive à pouvoir faire des acquisitions, il faut au moins lui
donner de la place et, à cette heure, celle dont il dispose es
notoirement insuffisante.

LES MUSÉES DU LUXEMBOURG, DE CLUNY, CARNAVALET, ETC.

Le musée du Luxembourg, réservé aux œuvres des artistes
vivants, a occupé, jusque dans ces derniers temps, une partie
de l'aile orientale du Palais. La politique a chassé l'art, qui a
trouvé un asile dans les anciens bâtiments de l'Orangerie,
transformés et agrandis.

Le public parisien, qui se tient continuellement au courant
des manifestations artistiques, grâce aux expositions annuelles
et aux expositions particulières, retrouve là tous ceux qu'il est
habitué à rencontrer au Palais de l'Industrie, dans le salon de
M. Petit, rue de Sèze, et à la vitrine des marchands de tableaux.
Mais tout n'est pas d'égale valeur dans ce musée qui est la consécration officielle des gloires contemporaines et si plus d'un
tableau, plus d'un marbre peuvent espérer obtenir l'entrée du
Louvre, il en est beaucoup en revanche qui attestent simplement la libéralité du gouvernement.

Nous ne citerons pas les noms, car ce serait la répétition du
livret du salon ; tous les peintres sont là, célèbres ou simplement connus, illustres et contestés ; il y a là Bouguereau et
Chenavard, Meissonnier et Paul Laurens, il y en a qui sont
entrés dans l'immortalité comme Corot, Diaz, Th. Rousseau,

Courbet; il y a les maîtres de l'école classique, Cabanel et
Hébert; il y a les autres, plus nombreux et plus intéressants,
Henner, Heilbuth, Ziem, Butin, Baudry, il y a les archaïques
comme Gérôme, il y a Chaplin qui tiendrait bien sa place dans
la galerie du xviiie siècle, Tassaert, mort misérablement et
qu'on pourra placer à côté de Boilly, il y a Desgoffes et
Vollon qu'on pourra mettre près de Drolling; il y a même
Millet que le Louvre réclame; mais ses grandes toiles sont
dans les collections particulières, comme aussi ses merveilleux
pastels, les seuls peut-être qui, au point de vue de l'exécution,
puissent souffrir la comparaison avec les merveilleux pastels
du xviiie siècle; tout l'art moderne est là, à l'exception d'une
petite école, dont les manifestations présentent cependant un
très puissant intérêt; on n'y a pas admis Manet, non plus que
Pissaro, non plus que Degas, non plus que quelques autres,
qui ont cherché, quelquefois avec bonheur, à nous traduire la
vie et la nature dans toute son intensité; l'art officiel ne va
pas encore jusque là.

Dans la sculpture nous retrouvons aussi tous les artistes
connus, Marcello, Guillaume, Delaplanche, Mercié, Falguière,
Mène, Chapu, de Saint-Marceau, Lançon, Truphème, Clésin-
ger, Étex, Bary, etc.; il y a des peintres, morts récemment, au
Louvre, mais il n'y a pas de sculpteurs et le défaut de place
maintiendra encore longtemps au Luxembourg les grands
artistes comme Banje qui pourraient figurer avec honneur
dans notre musée national.

Le musée de Cluny est installé dans l'ancien hôtel des
abbés de Cluny construit au xve siècle, qui a absorbé une
partie du palais qu'habita l'empereur Julien et qui fut la
résidence des premiers rois francs; il ne reste du palais que
les thermes qui sont une annexe du musée de Cluny; on peut
y voir encore le frigidarium, le tepidarium, la piscine; les

salles ont été converties en musée où se trouve une intéressante collection de monuments gallo-romains et de fragments
d'architecture et de sculpture du Moyen-âge.

L'hôtel de Cluny passa des mains des abbés de Cluny à
celles de la veuve de Louis XII, du cardinal de Lorraine et
du duc de Guise; la révolution en fit une propriété particulière, et un savant antiquaire, M. du Sommerard, s'y installa
en 1833 avec les précieuses collections qu'il avait recueillies.
En 1843, un an après sa mort, l'État se rendit acquéreur des
collections et de l'immeuble. Le musée, on le voit, est récent,
mais le fond très précieux de M. du Sommerard, composé
exclusivement d'objets du Moyen-âge et de la Renaissance,
s'est enrichi dans de telles proportions qu'il a fallu construire
une salle nouvelle, un hall où sont installés de très curieux
spécimens d'architecture qui ont longtemps dormi dans les
caves.

Le musée de Cluny a conservé la destination que lui avait
donnée son fondateur; il est consacré au Moyen-âge et à la
Renaissance, mais ces deux époques sont tellement riches
en chefs-d'œuvre de tous genres que chaque conservateur
peut y apporter son contingent de richesses; c'est le cas du
conservateur actuel, M. Darcel qui succède à M. du Sommerard fils et qui, au début même de sa direction, a doté le
musée de Cluny de plusieurs objets d'un grand prix artistique.

Le musée de Cluny c'est l'histoire de l'art, dans toutes ses
manifestations, jusqu'au xviie siècle; la peinture, la sculpture
marbre, bois et pierre, les émaux, la céramique, la tapisserie, le meuble, la ferronnerie, la verrerie, tout est là; il y a
des objets en silex qui remontent à l'âge de pierre, jusqu'à
d'admirables voitures de gala des xvie et xviie siècles.

La collection de meubles, cheminées, bahuts, armoires,

cabinets du musée de Cluny est sans rivale et nos tapissiers
y ont trouvé leurs plus séduisantes inspirations.

Les faïences sont nombreuses et admirables, faïences
françaises, italiennes, faïences de Rhodes ; les vitrines contiennent des armes, des ivoires, des reliquaires, une collection de chaussures depuis les temps les plus anciens
jusqu'au xviiie siècle, des vêtements de toute époque et
de tous pays, des ivoires, des émaux ; tous ces chefs-
d'œuvre sont bien placés dans ce cadre charmant, dans ce
vieux palais, dont la chapelle est, à elle seule, une merveille
d'architecture.

Le musée de Cluny a acquis récemment deux émaux de
Léonard Limousin, le portrait de Claude de Lorraine et de sa
femme Antoinette de Bourbon ; il s'est enrichi, en outre, par
suite de la donation Audéou d'une collection précieuse de
meubles espagnols des xvie et xviie siècles, d'une très belle
horloge du xive siècle et d'une pièce de curiosité des plus
originales. C'est un *pastoure* napolitain ou adoration des
mages, sorte de crèche, dont les figures de cire, peintes et
groupées dans des paysages en relief, étaient revêtues le jour
de Noël de costumes variés. Ce curieux objet a deux
mètres de haut et contient une cinquantaine de figures ; on
comprend combien de telles œuvres sont rares, par leur
fragilité ; le spécimen du musée de Cluny est un des plus
beaux connus.

LE MUSÉE CARNAVALET, LE MUSÉE DU TROCADÉRO, LE MUSÉE D'ARTILLERIE, LE MUSÉE D'HISTOIRE NATURELLE, ETC.

La ville de Paris a installé son musée dans l'hôtel Carnavalet ; tous les objets se rattachent à l'histoire de notre vieux
Paris ou à celle de nos grands hommes.

Les démolitions de Paris ont fourni un gros contingent, on le comprend; il y a de tout, des antiquités, des objets gallo-romains, et celtiques, Moyen-âge, Renaissance, il y a même des monuments entiers, comme la façade de la maison syndicale des drapiers, élevée dans le jardin. Le musée est de création récente et s'enrichit chaque jour de dons, de legs, de trouvailles. Le fonds le plus précieux est celui de M. de Liesville qui comprend une série de documents qui embrassent la période révolutionnaire de 1789 à 1804.

La partie la plus curieuse du musée est la collection d'objets de toute nature auxquels se rattache le souvenir de nos grands hommes. L'hôtel Carnavalet a le fauteuil de Voltaire; il conserve tout ce qu'on trouva après la mort de Béranger dans la demeure du chansonnier, son fauteuil, ses derniers vêtements, le livre de compte, quelques carnets de notes intimes; voici l'épée de la Tour d'Auvergne, léguée par Garibaldi, voici un bonnet de jacobin, don de Gambetta, et mille autres objets précieux au point de vue de l'histoire de Paris. La collection des estampes formée par M. de Liesville et se rattachant à la période révolutionnaire est d'un prix inestimable; elle renferme plus de quinze mille pièces dont beaucoup sont devenues très rares.

Le musée d'artillerie est installé dans l'hôtel des Invalides; il comprend une collection complète d'armes de toutes espèces depuis l'origine de notre civilisation jusqu'à nos jours; on peut suivre le progrès de l'arme de guerre depuis la hache en silex, avec laquelle nos premiers ancêtres attaquaient les fauves, jusqu'au fusil à tir rapide avec lequel les peuples modernes se font la guerre. La collection s'enrichit chaque jour d'un engin nouveau, car la fièvre de destruction est éternelle et l'imagination des inventeurs est inépuisable.

Le musée d'artillerie comprend en outre et ce n'est pas la

38

partie la moins intéressante, tout ce qui se rattache à l'art de
la guerre : une collection d'armures des xv° et xvi° siècles, et
celles qui ont appartenu aux rois de France, de François I° à
Louis XIV ; il y a là quelques spécimens qui sont de véritables
chefs-d'œuvre ; une collection d'uniformes qui commence au
iv° siècle avant Jésus-Christ ; des selles, des harnais, des
lances, des hallebardes, des arcs, des arbalètes, tout ce qu'il
faut, en un mot, pour s'égorger le plus proprement du monde,
et tout cela rangé dans un ordre parfait.

Le musée du Trocadéro n'est encore qu'à l'état d'embryon ;
on y a réuni des moulages, des bas-reliefs, inscriptions, frises,
figures, appartenant à toutes les écoles de sculpture de tous
les temps et de tous les pays ; c'est le musée de sculpture comparée ; le musée d'ethnographie comprend des collections
d'objets, ustensiles, habitations, costumes, personnages, de
l'Australie, de la Calédonie, de l'Amérique, des régions
polaires, etc. Citons pour mémoire le musée d'anatomie comparée, ou musée Orfila, à la faculté de médecine, ouvert seulement aux étudiants et aux médecins et le musée Dupuytren,
à l'école pratique, également interdit au public.

Le Muséum d'histoire naturelle s'appelle plus commu-
nément le Jardin-des-Plantes.

Si le public n'y voit qu'un jardin charmant et plein de
surprises, le monde savant sait qu'il peut trouver dans cet
établissement unique, tous les exemplaires du monde animal et végétal, tous les documents les plus récents. Le
Muséum comprend un enseignement spécial auquel les plus
grands savants ont attaché leur nom : Buffon, Cuvier, Geoffroy-
Saint-Hilaire, Daubenton, Lacépède, Jussieu, etc. Les chaires
du Muséum attirent autour de ceux qui y professent un nombre
restreint d'élèves, mais ces élèves sont déjà des maîtres,
attachés aux mystérieux problèmes de la science de la vie.

Le fonds du Jardin-des-Plantes provient de libéralités de toute nature; chaque savant, chaque explorateur, chaque navigateur a son nom dans cette collection sans pareille.

Les monuments primitifs et provisoires se sont peu à peu transformés; il n'y a que peu de temps que le Muséum possède l'admirable serre d'acclimatation pour les plantes rares et les fleurs exotiques. Des collections inconnues des professeurs eux-mêmes sont mises à jour; c'est ainsi qu'on a découvert dernièrement cette collection de squelettes recueillie par Daubenton dans le cimetière de la Cour des Miracles, collection d'un aspect peu aimable, mais précieuse pour la science.

Combien d'objets inconnus dorment encore dans les caves ou dans les greniers? Le public a appris un jour, avec stupéfaction, que les corps de Guy de la Brosse et de Jacquemont, qui a catalogué la flore de l'Inde, reposent dans une cave du Muséum. On a rapatrié le corps de Jacquemont pour lui donner, nous le croyons, une sépulture honorable, et il attend encore; il est vrai que Guy de la Brosse attend depuis deux siècles.

A côté de ces musées, la ville de Paris en possèdera bientôt deux autres d'un nouveau genre; le musée des Arts décoratifs qui va s'installer à la Cour des comptes et le musée Guimet qui coûtera environ 1 600 000 francs, sur lesquels l'État a donné la moitié. M. Guimet s'est chargé de compléter la somme; la ville de Paris donne le terrain, et le fondateur du musée livre tout entières ses précieuses collections qui comprennent une suite de monuments des civilisations et des religions de l'extrême orient.

A côté des richesses de la ville et de l'État, Paris contient encore, disséminés dans les collections particulières, des joyaux inestimables qu'on peut admirer de temps à autre à la salle Petit, à l'exposition des Alsaciens-Lorrains, ou à l'hôtel

Drouot. La salle de la rue Drouot est un musée intermittent,
aussi curieux par le public qui le fréquente que par les objets
mis en vente. Nous y avons vu vendre fort cher des aquarelles
de Gavarni et nous avons retrouvé, au rez-de-chaussée et surtout dans la cour, quelques types qui manquent à la collection
du grand satirique. Au nombre des établissements artistiques
que possède la ville de Paris, il faut signaler aussi la manufacture des Gobelins qui conserve depuis Louis XIV le monopole de ces merveilleuses tapisseries dont la fabrication est
estée tout aussi rudimentaire qu'au premier jour. La science
a bien pénétré dans le sanctuaire, mais elle s'est bornée, avec
l'illustre Chevreul, à des recherches sur la théorie des couleurs; la mécanique a respecté le vieux métier avec lequel les
ouvriers modernes, comme leurs prédécesseurs, nous donnent
d'inimitables chefs-d'œuvre.

CHAPITRE XV

La vie à Paris. — Paris qui mange, Paris qui souffre,
Paris qui s'amuse, Paris qui meurt.

On ferait un volume, on en a fait, rien qu'avec un seul des
titres de ce chapitre final; quant à résumer en quelques lignes
les actes innombrables de cette gigantesque comédie, de cette
scène énorme, dont Paris est journellement le théâtre et qui
compte autant d'acteurs que de spectateurs, nous ne l'es-
saierons même pas. On n'enferme pas Paris en une formule.

Dans l'enceinte des fortifications, comme dans une chau-
dière fantastique, bouillent toutes les passions bonnes ou
mauvaises, qui animent l'humanité.

Quelquefois, l'écume apparaît à la surface, et le feu, attisé
par le génie du mal, a des lueurs sanglantes d'incendie; mais
souvent aussi il a des reflets pourprés de soleil levant.

Ici toutes les misères et toutes les grandeurs, toutes les
lâchetés et tous les courages, toutes les vertus et tous les
crimes se rencontrent, et sur les boulevards extérieurs le
petit manteau bleu, qui ramasse les enfants abandonnés ou
qui recueille les chats errants, peut frôler au passage l'être
immonde, dont la loi sur les récidivistes débarrassera peut-
être le pavé de Paris.

Trois millions d'êtres humains vivent, mangent, aiment,
souffrent, s'amusent, chacun suivant ses goûts, son tempé-
rament et ses ressources, et on comprend quelle diversité de

moyens mettent en jeu tous ces appétits, toutes ces passions, tous ces besoins et toutes ces fantaisies.

A côté des millionnaires dont la vie s'écoule au milieu de toutes les splendeurs du luxe le plus ingénieux, à côté de ceux pour qui la vie n'a que des sourires, il y a une armée de faméliques, trente, quarante, cinquante mille individus, qui se lèvent le matin (quand ils se sont couchés), ne sachant pas comment ils déjeuneront.

S'il y a l'armée de la misère, il y a aussi l'armée du vice, dont les soldats se recrutent trop souvent dans la première. Mais il est injuste d'accuser Paris des malheurs et des mons truosités qu'il engendre, et ceux qui n'y voient que le mal sont aussi peu équitables que ceux qui n'y voient que le bien.

Paris a ses verrues, aujourd'hui, comme au temps de Montaigne, et s'il ne faut pas les aimer, faut-il du moins essayer de les guérir. Nous acceptons bien un ami avec ses faiblesses et ses infirmités; pourquoi Paris échapperait-il à la loi commune et mérite-t-il donc les malédictions dont on accable la nouvelle Babylone?

Ceux qui n'ont vu dans Paris qu'un lieu de plaisir, de perdition et de débauches, sont des esprits étroits et sectaires: ils pourraient tout aussi bien y découvrir Athènes qui revit dans les marbres et dans les élégances, ils y découvriraient Sparte, car il y a bien des héroïsmes ignorés, des misères courageuses et des dévouements obscurs, ils pourraient même y trouver la cité de Dieu, où règne l'amour du prochain avec la charité comme premier ministre. Tout cela mange, boit, aime; « quelle crâne idée cela vous donne des nommes », a dit Gavarni, et ceux qui ont entrevu les mystères de ce problème gigantesque sont loin de partager le pessimisme du féroce observateur.

Il faut voir les halles, le matin, alors que la place immense

regorge de sacs, de paniers et de peuple, alors que les voitures arrivent, apportant les œufs, la marée, le beurre, et on
avouera que le spectacle a bien sa grandeur.

Cela commence, ma foi, nous serions bien embarrassés de
dire à quelle heure, car les passants qui traversent les halles
vers une heure du matin rencontrent, en toutes saisons, pas
mal de braves gens assis sur les bancs intérieurs de la halle.
Ce sont des porteurs et des marchands auxquels se mêlent
quelques vagabonds et ce petit monde s'accroît d'instant en
instant.

La vérité, c'est que la vie, aux halles, n'est suspendue que
pendant fort peu de temps ; à huit heures du soir, la halle aux
viandes commence à recevoir les pièces énormes que les
voitures transportent enveloppées d'un drap blanc comme
d'un linceul. Puis arrivent les légumes, les fruits, les fleurs ;
puis les camions des chemins de fer avec la marée, le poisson
dans des paniers, les moules, à vrac, qu'on jette à la pelle,
dans des bannes ; les quatre points cardinaux apportent leur
contribution.

Le matin, les halles débordent jusqu'à la rue Turbigo et
jusqu'à la rue de Rivoli, c'est le marché des légumes, des
fruits, des champignons, des plantes médicinales ; les marchandes des pavillons, les marchands des quatre saisons, les
restaurants, les pensions, les hôpitaux, les régiments viennent
s'y approvisionner ; au coup de cloche, tout disparaît, il ne
reste plus sur la place que des feuilles de choux, de choux-
fleurs, de carottes, qui sont rapidement mises en tas et enle-
vées ; dans les pavillons de la marée, de la volaille, du
beurre, la vente se fait à la criée, et vers 9 heures, la halle,
délivrée de son public nocturne, reprend la physionomie
qu'elle conserve tout le jour ; la vente au détail succède au
marché en gros.

Les caves immenses et aérées contiennent des resserres, des cages, des viviers; l'eau est partout, sur le sol, dans les boutiques des marchandes, dans le sous-sol; l'air circule à flots. Des inspecteurs spéciaux visitent le beurre, les œufs, les champignons, la viande, et une création récente a installé aux halles un laboratoire où des chimistes se livrent à l'examen histologïque des viandes de boucherie.

Trente millions de kilogrammes de poissons, douze millions de kilogrammes de beurre, deux cent cinquante millions d'œufs, plus de vingt millions de pièces de volailles, voilà. pour quelques objets, ce que les Halles livrent chaque année à la consommation parisienne.

Toutes ces denrées se répartissent entre les marchés, les boutiques et les petites voitures qui, sur certains points, le faubourg Montmartre, le boulevard des Batignolles, le faubourg Saint-Denis, forment de 8 heures du matin à midi un marché permanent.

Et tout ne passe pas par les Halles ! Ce n'est pas comme pour la viande; les abattoirs de la Villette alimentent Paris entier. Le nombre des animaux abattus cette année s'élève à plus de deux millions; 400 000 bœufs, veaux, vaches, taureaux; 1 400 000 moutons, 300 000 porcs; chiffres ronds. Il faut y ajouter le cheval, l'âne et le mulet, dont la consommation s'élève à peine à dix mille têtes. Le peuple de Paris se montre assez réfractaire, quoique ceux qui aient traversé le siège de Paris n'aient pas conservé un trop mauvais souvenir du cheval et surtout de l'âne. Les statisticiens vous diront que la consommation de la viande à Paris est de 84 kilogrammes par an et par habitant.

Il s'en faut de beaucoup que la proportion soit aussi équitable. Il y a des gens qui n'en mangent presque jamais, dans ce Paris, où la misère la plus navrante coudoie le luxe le plus inouï

Mais ce qu'il faut constater à l'honneur de Paris, c'est l'extension que prend chaque jour la charité, qui se fait prodigue
et ingénieuse pour venir au secours des déshérités. Le petit
manteau bleu ne distribue plus de soupe aux mendiants, sur
le marché des Innocents, mais il s'est trouvé des braves gens,
qui, animés du plus pur esprit de philanthropie, ont créé
des fourneaux où les malheureux peuvent avoir, au plus bas
prix, des aliments sains et réparateurs, qui ont établi des
refuges de nuit où le vagabond peut dormir trois nuits de suite,
entre des draps blancs.

Et la charité chez nous ne coûte rien ; dans les *Workhouses*
de Londres le malheureux paie avec son travail l'hospitalité
qu'il reçoit; ici rien de pareil : réconforté par une bonne nuit
et par une bonne soupe, lavé à grande eau, ses vêtements
remis en état et souvent remplacés, le malheureux sort de
l'asile de nuit, plus brave et plus confiant et il peut aller, avec
courage, à la recherche du travail.

On comprend que des œuvres aussi considérables, qui
exigent une dépense constante, ont besoin d'un budget sérieux;
mais il ne manque pas à Paris de bourses toujours prêtes à
une bonne œuvre, et les âmes généreuses, après avoir épuisé
leurs ressources personnelles, savent bien où aller frapper.
Fourneaux, asiles de nuit, sociétés de patronage, toutes ces
institutions sont entretenues par un syndicat anonyme; c'est
l'association appliquée à la charité. Mais il y a d'autres personnes qui opèrent toutes seules; tel a un restaurant où chaque
jour, pour 50 ou 60 centimes, quelques milliers de pauvres
diables trouvent à se réconforter, un autre, restaurateur connu,
distribue le matin des soupes à une centaine de mendiants; et
puis il y a les hospices, les casernes, qui ont leur clientèle; il y
a toujours, matin et soir, vingt gamelles pleines qui ont bien
vite trouvé preneur.

Paris a son peuple de mendiants officiels, qui est connu,
classé, catalogué ; c'est celui qui émarge aux bureaux de bien-
faisance ; peuple de fonctionnaires, pourrait-on dire, pour qui
le traitement consiste en quelques miches de pain, en
quelques secours en argent. Il comprend 48 000 ménages
environ, représentant 125 000 personnes, et il n'est pas inutile
de constater que ce chiffre a été en diminuant d'un recense-
ment à l'autre.

On sait à peu près comment ces 125 000 personnes se nour-
risent ; l'assistance publique les empêche de mourir de faim ;
mais comment s'habillent-elles, où couchent-elles ? C'est là
un mystère. Où ces ménages trouvent-ils les 80 ou 150 francs
nécessaires au logement de trois, quatre et cinq personnes ?
Faut-il croire qu'on a fait aux propriétaires de Paris une réputation imméritée ? C'est là le point noir dans la vie de Paris.
Ce ne sont pas seulement les malheureux qui ne trouvent pas
à se loger, ce sont encore les ouvriers, ceux qui n'ont qu'un
salaire modeste et une nombreuse famille.

Il y a au rond-point des Champs-Elysées des logements au
premier étage, qui ne coûtent pas moins de trente mille
francs ; mais il est plus facile à un nabab de donner ces trente
mille francs qu'à un ouvrier parisien de trouver les deux ou
trois pièces de vingt francs de son terme.

Il faudrait créer des logements à bon marché dont le prix
serait payé chaque semaine. Il y a une cité de chiffonniers ou
ce système fonctionne et tout le monde s'en trouve bien. L'ouvrier parisien ne connaît pas l'épargne, voilà le malheur ;
mais il sera bien difficile de la lui apprendre.

Cela viendra peut-être, avec l'éducation actuelle et les
caisses d'épargne scolaire ; ce sera peut-être le plus grand
profit de notre système d'éducation. A côté de l'armée régulière des mendiants, il y a les irréguliers, les criminels, les

vagabonds, les fantaisistes, depuis le bohême qui va à l'Académie de la rue Saint-Jacques tromper son appétit avec une
absinthe, jusqu'au réfractaire, impatient de toutes les servi-
tudes de la société, qui demande au vol et parfois au meurtre
de quoi entretenir sa paresse et ses vices.

Ce sont les hôtes habituels de ces bouges immondes, de ces
bibines, de ces hôtels borgnes où les chambrées immenses alignent, côte à côte, par terre, des files de paillasses recouvertes
d'un linge douteux. Ce n'est pas l'armée de la misère, c'est
l'armée du vice et du crime, déjà bien amoindrie par l'assainis-
sement de Paris et qui disparaîtra tout à fait quand la pioche
des démolisseurs, renforçant la loi sur les récidivistes, aura
jeté bas les quelques ruelles qui continuent à déshonorer Paris.

Mais passons ; aussi bien ne voulons-nous pas donner à ce
sujet attristant une place trop considérable ; d'autres sujets
nous réclament, plus réconfortants et plus joyeux.

L'eau d'abord qui, comme l'éducation, est un grand élément
de moralisation. Nous avons l'éducation; il nous faut l'eau à
satiété; il nous en faut trop et jusqu'ici nous n'en avons pas
toujours assez.

Et pourtant, si incomplet que soit, à cette heure, notre
système de distribution d'eau, il peut lutter avec ces gigan_
tesques travaux des Romains, dont les vestiges ont résisté au
temps. C'est qu'il faut alimenter une population de deux
millions trois cent mille personnes, et ce grand problème est
près d'être résolu. Quand la ville de Paris aura dépensé les
cinquante millions qu'elle affecte à capter de nouvelles
sources, et à assainir la Seine, nous n'aurons plus à redouter
la disette et M. Alphand ne nous mesurera plus, pendant les
chaudes journées d'été, l'eau qui n'est jamais plus nécessaire
qu'à ce moment. Actuellement cinquante machines échelon-
nées jusqu'en Champagne et en Bourgogne, amènent l'eau à

Paris dans des réservoirs, par plus de quatre cents kilomètres de canaux. Certaines sources sont distaltes de quarante lieues. Le canal de l'Ourcq amène au bassin de la Villette les eaux de l'Ourcq et de quelques affluents ; l'eau de Seine est élevée par sept usines dont la plus importante est celle d'Ivry ; pour alimenter les parties hautes de Belleville et de Montmartre, il y des usines de relais qui reprennent l'eau amenée dans des réservoirs par d'autres machines.

La Vanne, qui alimente d'eau potable les quatre cinquièmes environ de Paris, est une petite source à quatorze kilomètres de Troyes ; elle n'a pas été captée à son origine, où le débit est médiocre, mais à une trentaine de kilomètres environ, alors qu'elle s'est grossie de divers affluents ; elle fournit environ cent mille mètres cubes par vingt-quatre heures.

La Dhuys, au contraire, arrive par un aqueduc, de l'Aisne, à cent trente six kilomètres de Paris, et les Parisiens, en ouvrant le robinet de leur cabinet de toilette ou de leur cuisine, ont l'eau de la Dhuys, telle qu'elle sort de la source. Le débit est d'environ vingt mille mètres cubes par jour.

Les lacs du bois de Boulogne et de Vincennes qui dépensent près de 15000 mètres cubes par vingt-quatre heures, sont alimentés : le premier moitié par le puits artésien de Passy et moitié, partie en eau de l'Ourcq, partie en eau de Seine ; le second est alimenté en eau de Marne par deux des huit moteurs de l'usine hydraulique de Saint-Maur. Nous aurons prochainement un autre puits artésien, celui de la Chapelle qui nous promet un débit de 12 à 15000 mètres cubes. Commencés il y a une vingtaine d'années, les travaux ont été interrompus en 1874 par un accident. Le tube, long de 100 mètres, disparut un beau jour et on a dû retirer d'une profondeur de 500 mètres une masse de 70000 kilos de fonte composée d'un nombre infini de morceaux grands et petits.

Si l'eau est la moralité du corps, l'instruction est la propreté de l'esprit; nous nous contenterons de cette transition pour passer à notre système d'enseignement. L'instruction publique a, depuis la guerre de 1870, marché à pas de géant dans notre pays, et, comme toujours, Paris a été à la tête du mouvement. La loi sur l'instruction gratuite et obligatoire a nécessité la construction de nombreuses maisons d'école; cent trente cinq mille enfants fréquentent les écoles primaires munici- pales ,mais il faut y ajouter un nombre presque égal d'enfants qui suivent les cours des écoles libres, des institutions, des lycées, etc.

Notre système d'enseignement est très simple. A la base l'enseignement primaire, puis l'enseignement secondaire (lycées, école Chaptal, Turgot, etc.), puis l'enseignement supé- rieur qui ouvre la porte à toutes les carrières libérales : école normale, école des hautes études, école centrale, polytechnique, Saint-Cyr, école des Mines, Ponts-et-Chaussées, écoles de droit, de médecine, collège de France, etc.

La part de la ville de Paris, dans notre organisation scolaire, est très considérable et elle s'agrandit chaque jour.

L'enseignement primaire se complète par les écoles normales d'instituteurs et d'institutrices, par les écoles professionnelles pour jeunes filles et jeunes gens, les écoles d'apprentis, les écoles de commerce; les écoles Turgot, Colbert, Lavoisier, J.-B. Say distribuent à des milliers d'enfants l'éducation commer- ciale et industrielle; les jeunes filles auront un jour leur lycée, actuellement elles ont des cours d'enseignement secon- daire à la Sorbonne.

Le service de l'enseignement est un de ceux qui sont le plus richement dotés et par l'État et par la Ville.

Il existe d'autres écoles plus spéciales : l'école des Beaux- Arts qui forme des peintres, des sculpteurs, des architectes, le Conservatoire qui forme des chanteurs, des comédiens, des musiciens ; ça, c'est notre luxe.

L'enseignement est entré, au lendemain de 1870, dans une voie nouvelle ; l'université s'est rajeunie. Le maître d'école a eu, on s'en souvient, son heure de gloire et d'illustration, et ce grand mouvement en faveur de l'instruction s'est traduit par la loi sur l'intruction obligatoire.

Parmi les établissements d'instruction, ceux qui intéressent le plus la population, ce sont les lycées. L'école primaire n'est pour beaucoup que la salle d'attente de l'atelier ; le lycée est pour un très petit nombre la préparation à une carrière du gouvernement. Mais la plupart des enfants de bourgeois, d'ouvriers, de rentiers, de commerçants, fréquentent les lycées où ils font trop souvent des études inutiles, et cela parce que le nombre des élèves est trop considérable. Nos vieux lycées sont trop petits, il faut les refaire. On a déjà commencé Louis-le-grand, mais les autres attendent.

L'école de médecine, l'école de pharmacie, la Sorbonne ont été rajeunies ou agrandies ; l'enseignement primaire a trouvé enfin son type architectural dans de vastes classes bien aérées, bien éclairées où les élèves ne dépassent pas un nombre déterminé ; la nouvelle École centrale est un chef-d'œuvre d'aménagement. Il faut trouver pour l'enseignement secondaire le type définitif si longtemps cherché. Espérons que le lycée Louis-le-Grand nous le donnera. L'Académie, elle aussi, l'Académie de Richelieu a bien droit à un souvenir, dans cette rapide revue de l'enseignement. Si l'Académie française, si l'Académie des Beaux-Arts ne sont, à cette heure, pour le public, qu'une réunion d'illustrations, il s'en faut que les autres sections de l'Institut aient un rôle aussi platonique, et le monde savant suit avec curiosité les intéressantes discussions de l'Académie des Sciences, de l'Académie des Ins-

criptions et belles lettres, de l'Académie des Sciences morales
et politiques, qui ont eu une influence réelle sur la marche
du progrès scientifique et historique.

L'Académie de médecine a eu aussi un rôle efficace et c'est là
que viennent aboutir tous les grands problèmes de la vie.

De l'Académie de médecine à l'hôpital, il n'y a qu'un pas,
car beaucoup des membres de l'Académie professent dans les
hôpitaux. L'ouvrier malade, le vagabond sans domicile,
trouvent en même temps qu'un lit bien blanc, les soins des
médecins les plus célèbres. Le traitement des professeurs est
mince et tel chirurgien qui opère à Beaujon gagne plus à une
seule opération que dans une année à l'hôpital. Mais c'est un
titre envié et que se disputent tous les hommes qui sont
l'honneur de la corporation.

Les hôpitaux sont nombreux à Paris, mais ils sont
devenus insuffisants, par suite de l'accroissement de la population. Heureusement que, de temps à autre, il se rencontre
quelque âme généreuse qui, comme M. Galignani, vient
apporter une obole de un million huit cent mille francs pour
la construction d'une maison de retraite, qui, comme madame
Heine-Furtado, crée et entretient un dispensaire pour les
enfants malades.

Puis il y a les malades soignés à domicile par l'Assistance
publique, soixante-dix mille par an, environ; les femmes
en couches, quinze mille; l'Assistance publique encourage les
malheureux dans cette voie, et nous ne pouvons que la féliciter. Si bien soigné que l'on soit à l'hôpital, l'ouvrier parisien
a une répugnance instinctive pour le mot. S'il était sûr d'avoir
les mêmes soins chez lui, dans sa famille, son choix serait
bientôt fait. L'Assistance publique y gagnerait aussi.

A côté des hôpitaux il y a les asiles de convalescents,
Vincennes, le Vésinet, où, au sortir de l'hôpital, l'ouvrier

trouve encore quelques jours de repos et de soins. C'est le bon temps parfois pour ces déshérités. Hélas, la vie de Paris est pour le malheureux un dur calvaire et beaucoup de ceux qui suivent ce pénible chemin se souviennent avec émotion de ces quelques jours passés à l'hôpital ou à l'asile, au milieu des attentions et des soins. Dire qu'il y a des gens qui peuvent être heureux d'être malades !

Paris, qui étouffe dans son enceinte de murailles, a été obligé de reléguer *extra muros* les cimetières ; Montmartre, le Père-Lachaise, sont devenus des propriétés particulières fermées à ceux qui n'y ont pas leur caveau. Ivry, Saint-Ouen, Cayenne reçoivent nos morts, en attendant la crémation.

Les cimetières de Paris sont de véritables jardins, très bien entretenus, fort ingénieusement disposés et égayés par un peuple de bustes et de statues. Le peuple de Paris a pour ses morts un profond respect et les cimetières sont le but d'un pèlerinage incessant ; mais l'émotion qu'on y éprouve n'a rien de douloureux ni de funèbre. Dans ces beaux jardins, le cœur peut être attendri, il n'est jamais épouvanté ; la danse macabre détonnerait dans ce milieu, où des statues aux belles lignes, des allégories spirituelles rappellent le souvenir de quelques hommes célèbres ; nous avons modernisé la douleur, et elle est presque aimable.

La crémation a fait un premier pas ; la ville de Paris va livrer au feu désormais les débris des hôpitaux. Pour nous, nous verrions sans aucun regret la crémation s'introduire dans nos mœurs, et le culte des ancêtres, qui n'est pas un privilège des Chinois, mais qui est la loi même de l'humanité, n'aurait rien à y perdre. Il nous plairait de conserver les cendres de quelques êtres chéris, plutôt que de penser que la décomposition finale accomplit chaque jour son œuvre immonde.

Nous avons réservé pour la fin les côtés brillants de la vie de Paris, ne voulant pas clore ce livre sur une note attristée.

Nous avons essayé, au cours de cette étude, de montrer le Paris travailleur, le Paris sérieux ; mais Paris a tant de plaisirs et tant de distractions que des observateurs superficiels ont pu parfois s'y tromper et n'y voir, comme le disait une ambassadrice du second empire, qu'un rendez-vous de plaisir pour le monde entier. Il y a en effet des joies pour tout le monde, et de toute nature, dans cet immense caravansérail, où le travail se fait modeste, où la curiosité va plutôt aux héros de la mode qu'aux savants et qu'aux travailleurs. C'est notre travers, il faut bien en convenir.

Le monde est à ceux qui l'occupent, par leurs discours, par leurs bavardages, par leurs excentricités ou par leurs coups de pistolet. Alcibiade a coupé la queue de son chien, et Alcibiade a toujours raison, dans une société où il faut violenter l'opinion et la surprendre pour parvenir au succès.

Notre caractère est fait surtout d'insouciance, de fantaisie et de curiosité, et le peuple de Paris, si âpre au travail, il faut le dire bien haut, car nulle part on ne peine autant, est plein d'indulgence pour ceux qui l'amusent.

Il n'éprouve ni colère ni envie, contre les hommes connus, contre les femmes cotées qui, chaque jour au Bois, lui donnent le spectacle de leur luxe et de leur élégance. C'est un spectacle pour lui et rien de plus et il s'y amuse autant qu'au théâtre pour lequel il a eu de tous temps un goût très prononcé.

Le théâtre, voilà le grand plaisir du Parisien ; non seulement il l'aime pour le théâtre lui-même, mais pour les acteurs, dont il connaît les noms, les habitudes, les mœurs, les manies et les aventures. Il leur pardonne tout, le grand enfant, et lui qui crie si fort contre le traitement des fonctionnaires, il trouve tout naturel que telle comédienne touche un cachet de 1000, 2000 francs et plus encore, par soirée.

Le Parisien qui veut la politique scientifique, qui s'est laissé prendre au roman documentaire, serait bien fâché si on lui changeait son théâtre. Il va y chercher l'oubli de la vie courante, et le repos de l'esprit. Ceux qui veulent pousser le théâtre dans une voie nouvelle, ceux qui rêvent que la scène soit le tableau de la vie, se trompent. Le théâtre doit être un plaisir ; il faut qu'il intéresse, qu'il amuse ou qu'il émeuve. Le reste n'est rien.

Le Parisien sceptique est devenu difficile à amuser, c'est exact, mais ceci est affaire aux auteurs dramatiques et aux directeurs. Qu'on lui donne un spectacle amusant et il y va en foule. Il y a un public pour tout, pour la musique, aux concerts Lamoureux et à l'Opéra, comme à l'Opéra comique, aux Nouveautés, aux Folies dramatiques ; pour le vaudeville à couplets, comme aux Variétés et aux Menus-Plaisirs, pour le drame, comme à l'Ambigu, à la Porte-Saint-Martin et aux Nations ; pour les féeries, comme à la Gaieté et à l'Eden ; pour les acrobates, comme aux Cirques et aux Folies-Bergère.

La concurrence des cafés-concerts a rendu le métier de directeur assez difficile, mais il faut savoir souffrir ce qu'on ne peut empêcher. Le Parisien, qui aime à flâner et à rire après une journée de travail, ne se montre pas très exigeant sur la qualité du plaisir ; et puis le prix est en proportion ; pour 2 fr. 50, 3 francs au plus, on passe sa soirée, au milieu d'un public qui ne se gêne pas pour manifester sa joie et qui est plus curieux souvent à entendre et à voir que les aimables personnes qui débitent les inepties en vogue. Et puis franchement quand on joue quatre cents fois la même pièce, le Parisien lassé est bien excusable d'aller chercher une distraction un peu plus grosse.

Le concert a enlevé au théâtre un public nombreux, c'est
incontestable ; mais on le retrouvera quand on lui offrira des
places à bas prix et quand les théâtres ne joueront pas la
même pièce pendant des années entières. Les directeurs ne
peuvent s'en prendre qu'à eux-mêmes ; le rêve de tout directeur est de tomber sur une bonne pièce qui l'enrichisse; il
jouera jusqu'à saturation, mais le procédé est dangereux.
Quand on ne trouve pas la pièce, on se ruine ; quand on l'a
trouvée, on ruine ses successeurs.

Le bal, lui, a été atteint aussi par le café-concert et par
les Folies-Bergère; il ne reste plus guère que Bullier, Tivoli-
Vaux-hall, et l'Elysée-Montmartre appelé irrévérencieusement
la Présidence. Mais les beaux jours de Mabille, de Valentino,
de Pilodo sont envolés depuis longtemps, et ils ne reviendront
plus. Serait-ce que la danse se perd, ou ne serait-ce pas
plutôt parce que les bals particuliers et les soirées sont devenus
plus fréquents? Quand il y a deux jeunes gens et deux jeunes
filles et un piano, on a tôt fait d'improviser une sauterie et où
n'y a-t-il pas de piano à cette heure?

Si le bal public a disparu, ou à peu près, en revanche il y a
une distraction qui a pris un développement considérable. Ce
sont les courses : Longchamps, Vincennes, Auteuil, Saint-
Ouen, Maisons, et d'autres encore. Pendant la plus grande
partie de l'année il y a course chaque jour à Paris et aux
environs et les grandes voitures à cinq chevaux qui, à partir
de midi, stationnent sur les boulevards, offrent au public
toutes facilités désirables. A cette heure il y a quelques milliers d'individus n'ayant jamais approché un cheval et qui
savent, aussi bien que le premier entraîneur venu, les
origines et les performances du moindre cheval.

Nous ne sommes pas devenus meilleurs; nos vices se sont
déplacés. C'est comme pour les cercles. Croit-on que le jeu

ait disparu ? Ce sont les irréguliers qui en ont profité. Au lieu
d'être pontes, ils sont croupiers, dans des chambres d'hôtel
dans des appartements insuffisamment garnis. Le jeu clan-
destin s'est propagé, voilà tout.

Théâtres, concerts, bals, courses, cercles, c'est le dessert.
Le plat de résistance, c'est le restaurant et le café. Le restaurant est comme le reste, bon et médiocre, mauvais et pire,
y en a pour toutes les bourses. Il y a le restaurant à prix
fixe pour lequel le Parisien professe une sainte horreur, et
nous n'avons pas le courage de lui en vouloir.

Dans les bons, il y a encore des degrés, et tel plat vaut
3, 4 ou 5 francs à cent ou deux cents mètres de distance. Ce
que paye le Parisien au restaurant, c'est l'empressement
qu'on lui montre, c'est le confortable du service, et il le sait
bien. Quand l'estomac devient paresseux, il remplace par des
égards la côtelette mal cuite qu'on mangeait avec tant d'appétit dans les pensions du quartier latin.

De la crêmerie où l'ordinaire, bouillon et bœuf, coûte 40 centimes, jusqu'au restaurant où le déjeuner coûte facilement un
louis, on voit qu'il y a place pour tous. Chaque restaurant a son
public habituel, là, les journalistes, ici, les commerçants de la
rue du Sentier, de la rue de Cléry, ailleurs les officiers ;
quant à la province, elle partage ses préférences entre Mar-
guery, Champeaux, et les restaurants du Palais-Royal ; et
puis il y a les spécialités, les tavernes anglaises, les restaurants italiens, restaurants allemands, et après tout cela,
comme on est aise de retrouver le pot au feu de la famille,
servi sur une nappe bien blanche, par un cordon bleu sans
prétention !

Et tout cela n'est rien ; ce qui fait la gloire de Paris, c'est
son public plein d'indulgence et de gaieté, bon enfant au fond,
et qui s'amuse beaucoup plus des excentricités de quelques

révolutionnaires qu'il ne s'en effraye ; c'est l'esprit large et facile de la population, c'est son goût pour les belles choses et son enthousiasme pour les belles actions.

Ville de plaisirs, soit, mais surtout parce que le plaisir n'y rencontre aucune contrainte, parce qu'il n'est gêné par aucune hypocrisie, mais surtout ville de la liberté et de l'art, qui conserve précieusement son patrimoine artistique, qui l'aime, qui le soigne et qui l'enrichit, et qui reconstruira peut-être un jour les Tuileries, non pas pour y mettre un roi, mais pour y installer les grands artistes de la France moderne.

Que sera le Paris de demain ? se contentera-t-il de faire disparaître quelques-unes des verrues qui le compromettent et qui le déshonorent, se contentera-t-il d'achever les travaux annoncés, le prolongement du boulevard Haussmann, le dégagement du Palais-Royal, la construction de la Bourse de Commerce, la reconstruction de la gare Saint-Lazare qui doit entrainer la suppression de la gare Montparnasse, l'achèvement de la rue Réaumur, la création du chemin de fer métropolitain, etc, etc; ou bien forcera-t-il les remparts qui l'enserrent et qui l'étreignent et qui sont une entrave au développement de la population ? Il y a un côté, en tous cas, par où il s'étendra fatalement un jour ou l'autre, et si les fortifications ne doivent pas disparaître dans leur entier, du moins ne subsisteront-elles pas toujours dans la partie que longe la boucle de la Seine.

En 1785, la superficie totale de Paris était de 13,370,725 mètres carrés ; trois ans plus tard, elle passe à 33,703,307 mètres par l'établissement du mur de l'octroi, élevé par les fermiers généraux.

La disparition de ce mur, en 1860, donne à Paris l'étendue qu'il occupe actuellement, 78,000,000 de mètres carrés, les 2268 rues de Paris s'étendant sur 888,000 mètres de longueur.

De 8000 habitants, en 373, sous l'empereur Julien, la population passe à 30,000 en 510, sous Clovis, à 120,000 en 1220, à
175,000 en 1545, à 200,000 sous Henri IV, à 500,000 sous
Louis XIV, à 622,000 en 1785. La progression n'a fait qu'aug-
menter depuis un siècle; le nombre des habitants est de
715,000 sous Louis XVIII, de un million en 1845, de 1,500,000
en 1860, après l'annexion, et de 1,800,000 en 1870. Elle est au
jourd'hui de deux millions trois cent mille.

La ville de Paris est le plus gros propriétaire connu. Le
monsieur qui, sûr de sa fortune, dit qu'il achèterait Paris, s'il
était à vendre, se vante. Avec ses propriétés particulières,
maisons, églises, synagogues, mairies, cimetières, marchés,
écoles, casernes, bibliothèques, certains théâtres, la Bourse,
les réservoirs, la canalisation des eaux, les squares, le domaine de la ville de Paris représente une valeur de
un milliard 100 millions de francs. Le matériel des établissements administratifs, scolaires, militaires, les objets d'art des
édifices civils ou religieux, des squares, du musée Carnavalet,
livres de bibliothèque, kiosques, etc., s'élèvent à 423 millions.
Si l'on ajoute à ces chiffres, la valeur approximative des voies
publiques, on arrive au total de 4 milliards et demi. Voilà un
chiffre qui humilie Rothschild, Vanderbilt et autres millionnaires.

Nous n'avons pas la prétention, on le comprend, d'avoir
résumé dans ce livre l'histoire du Paris ancien ou la vie
du Paris moderne ; ce sont quelques notes rapides, présentées sans prétention et qui seront, nous l'espérons, accueil-
lies avec complaisance. Elles pourront guider le voyageur
dans ses promenades et peut-être y retrouvera-t-il un reflet de
ses impressions et de ses souvenirs ? C'est notre souhait. On
a écrit beaucoup de livres sur Paris et on en écrira encore,
car la mine est inépuisable ; pour nous, nous avons voulu, à

côté de souvenirs historiques, fixer quelques traits de cette figure gigantesque et mobile, qu'on aime d'autant plus qu'on la connaît mieux. Puissent ces notes valoir quelques sympathies à notre cher et grand Paris et nous nous en réjouirons, comme un fils orgueilleux de la gloire de son père.

FIN

TABLE DES MATIÉRES

IMP. DU PROGRÈS. — PLANTEAU, 7, RUE DU BOIS, ASNIÈRES.

L'EXPOSITION DE 1889.

1. La tour Eiffel. — 2. Habitation lacustre. — 3 et 4. Constructions de M. Ch. Garnier
pour l'habitation humaine.

A

L'EXPOSITION DE 1889.

1. Le palais de l'Algérie. — 2. La rue du Caire. — 3. Le palais cambodgien.

B

LA SEINE. — Vues générales de Paris.

1

LA CITÉ

1. Rue de la Ferronnerie. — 2. Le faubourg Saint-Honoré.
3. Les moulins de Montmartre.

Le boulevard Saint-Martin. — La rue Saint-Antoine et la rue de Rivoli.

Boulevard des Italiens.

1. Le boulevard Montmartre et la rue Vivienne. — 2. Le boulevard de la Madeleine.
3. Les bâtiments des Magasins-Réunis.

La fontaine Médicis, au Luxembourg.

1. Le pont de l'Estacade. — 2. La Seine à Ivry. — 3. Vieux quai de Bercy.
4. Pont-Marie.

1. Vue prise du pont de la Concorde. — 2. Le pont Saint-Michel. — 3. Le pont des Arts.

1. Le palais du Trocadéro. — 2. Les chevaux de Marly. — 3. Le viaduc du Point-du-Jour.

L'avenue des Champs-Élysées.

Le square du Temple. — Cour du donjon de Vincennes.

1. L'Observatoire. — 2. Le parc Monceau. — 3. Les buttes Chaumont.
4. La naumachie du Parc Monceau.

Place de la Concorde.

14

1. La place du Châtelet. — 2. La place de la Bastille.

Chevet de Notre-Dame de Paris. — Un des portails de Notre-Dame.

1. Église Saint-Germain-des-Prés. — 2. Église Saint-Étienne du Mont

1. Église Saint-Sulpice. — 2. Église Saint-Merri. — 3. La tour Saint-Jacques.

Église de la Madeleine.

La Sainte-Chapelle

1. Palais du Luxembourg. — 2. Palais du Louvre.

Le palais de l'Élysée vu des jardins. — La Chambre des Députés.

1. Le Palais-Royal. — 2. Le Palais de l'Institut. — 3. Le Palais de Justice.

1. Le Palais de l'Industrie. — 2. Le tribunal de Commerce.

L'Hôtel-de-Ville de Paris.

L'Hôtel des Invalides.

La place du Théâtre-Français.

1. L'hôtel Barbette. — 2. Le ministère de la Marine. — 3. L'hôtel Carnavalet.

1. L'hôtel de Sens. — 2. La Maison de François Ier. — 3. L'hôtel Soubise
(Archives nationales).

1. L'Arc-de-Triomphe. — 2. La Porte Saint-Denis. — 3. L'Arc du Carrousel.

1. La statue de Louis XIV, place des Victoires. — 2. Fontaine Saint-Sulpice. —
3. La Fontaine Molière. — 4 La Fontaine Louvois.

Marché du quai aux Fleurs

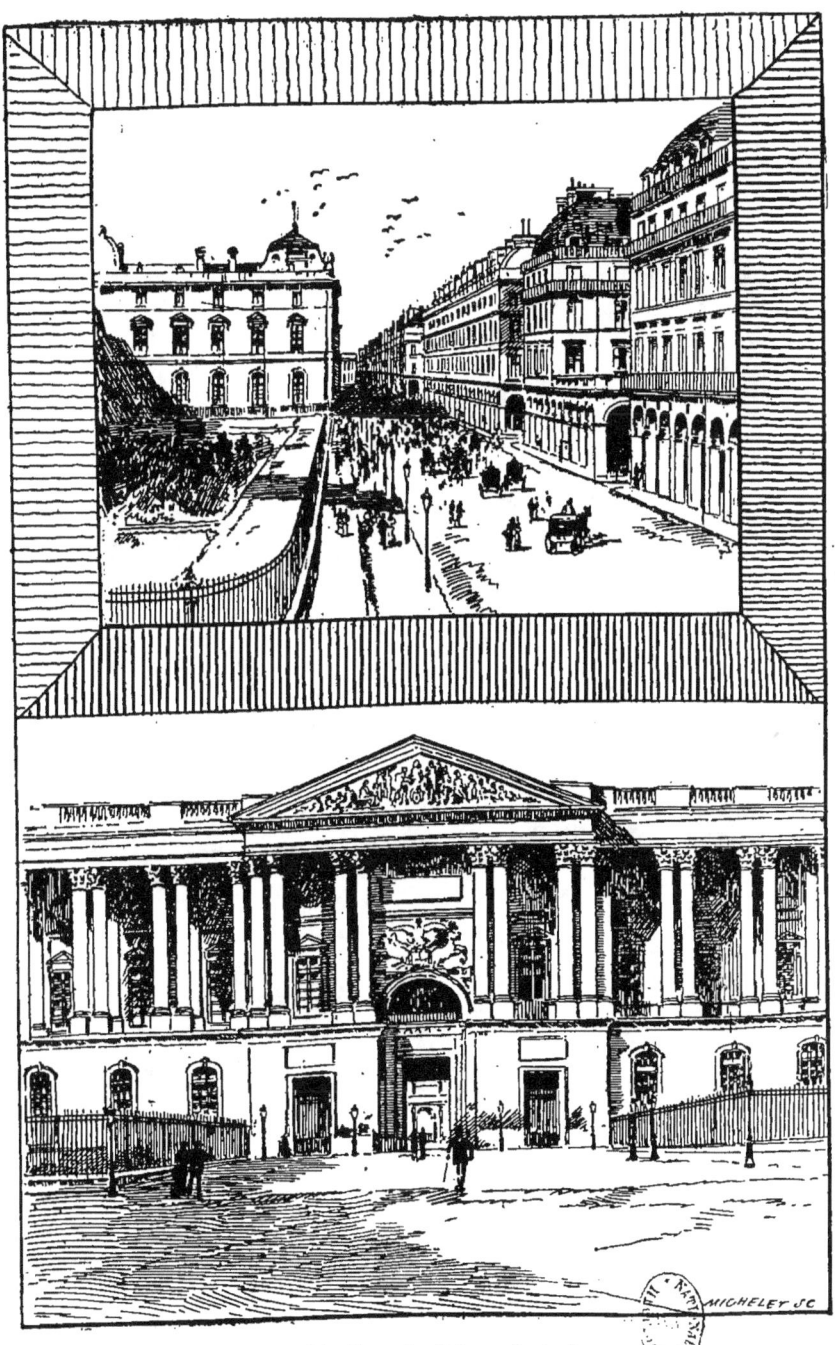

La rue de Rivoli. — La Colonnade du Louvre.

La Mausarde.
Tableau de Mademoiselle J. Rongier.

Salle des antiques au Musée du Louvre.

La galerie d'Apollon, au Louvre.

1. Musée de Cluny. — 2 Les Thermes de Julien.

Les Halles centrales.

1. Le grand lac du bois de Boulogne. — 2. Cascade du lac des Minimes.
(Bois de Vincennes).

Avenue du bois de Boulogne.